Al morir don Quijote

Contemporánea
Narrativa

ANDRÉS
TRAPIELLO

AL MORIR DON QUIJOTE

DESTINO

AUSTRAL

El papel utilizado para la impresión de este libro es cien por cien libre de cloro y está calificado como **papel ecológico**.

Ediciones Destino, un sello editorial de Editorial Planeta, S. A.
Avda. Diagonal, 662-664, 08034 Barcelona (España)
www.edestino.es
www.planetadelibros.com

Diseño de la colección: Compañía
Diseño de la cubierta: Austral / Área Editorial Grupo Planeta
Ilustración de la cubierta: © Guillermo Trapiello
Primera edición en esta presentación en Austral: noviembre de 2014

Depósito legal: B. 20.694-2014
ISBN: 978-84-233-4864-0
Impresión y encuadernación: CPI (Barcelona)
Printed in Spain - Impreso en España

Biografía

Andrés Trapiello nació en Manzaneda de Torío, León, en 1953, y desde 1975 vive en Madrid. Es autor de ocho novelas, entre ellas *El buque fantasma* (Premio Internacional de Novela Plaza&Janés 1992), *Los amigos del crimen perfecto* (Premio Nadal 2003; Premio Nacional 2005 a la mejor novela extranjera, Pekín), *Al morir don Quijote* (2004; Premio de Novela Fundación José Manuel Lara 2005; Prix Littéraire Européen Madeleine Zepter, París, 2005, a la mejor novela extranjera) y *Los confines* (2009); de un libro sobre el maquis en Madrid, *La noche de los Cuatro Caminos* (2001), y de un diario titulado *Salón de pasos perdidos*, del que han aparecido diecisiete entregas. Como ensayista ha publicado, entre otros, *Las vidas de Miguel de Cervantes* (1993), *El arca de las palabras* (2006), *Imprenta moderna (1874-2005)* (2006) y *Las armas y las letras* (1994), revisado en 2010. Sus primeros cuatro libros de poemas se han reunido en *Las tradiciones* (1991), volumen al que siguieron *Acaso una verdad* (Premio Nacional de la Crítica 1993) y *Segunda oscuridad* (2012). Ha recibido, entre otros, el Premio de las Letras de la Comunidad de Madrid (2003) y el de Castilla y León (2011) al conjunto de su obra.

Las aventuras y desventuras nunca comienzan por poco.

Quijote, I, 20

El loco por la pena es cuerdo.

Covarrubias, *Tesoro*

Forse altro canterà con miglior plectro.

Orlando furioso, XXX, 16

CAPÍTULO PRIMERO

El ama, que había ido a la cocina a preparar unos gazpachos, oyó aquel hondísimo suspiro, dejó las sartenes y corrió alarmada a donde estaban todos. Se abrazó a la sobrina y rompió en un penoso llanto.

Antonia quiso llorar, por no desentonar en ese trance, y acaso por haberse pasado ya tres días llorando, pero no lo logró y hubo de conformarse con la tristeza, aunque envidió aquellas lágrimas del ama. El fleco de un pensamiento sombrío rozó fugaz su frente: «¿Por qué el ama, que no es nada suyo, puede llorar, y yo, que soy de su misma sangre, ya no tengo lágrimas? Debería llorar yo y no ella».

Los demás se pusieron de pie y no sabían si acudir a consolar a la sobrina o entrar en el estrecho aposento donde yacía don Quijote.

Fue lo que hizo maese Nicolás, barbero, amigo de don Quijote desde hacía más de cuarenta años y partidario de la lanceta. En ausencia del médico, hizo la suerte él, y ganó de un salto la delantera, y entró y salió del mechinal en un punto. La gravedad de su rostro y las solemnes cabezadas con que se acompañó, certificaron el desenlace.

El primero en darle pésame y besamanos a la sobrina fue el

escribano señor Alonso de Mal. Se veía a una legua que era escribano por la barba de cola de pato que lucía y la garnacha vieja, color algarroba. Era un viejo con cara de pocos amigos, en los huesos y con la tez moscada. Le llevaba a don Quijote las cuentas y asientos de la hacienda, pagaba las alcabalas y buscaba los abogados si pleiteaban en la Audiencia. Fue él también el que tres días antes había hecho traslado a su enrevesada letra procesal de las últimas voluntades de don Quijote.

Junto al señor De Mal se hallaba el bachiller Sansón Carrasco. Si el barbero era un amigo viejo de don Quijote, el bachiller lo era reciente, de ayer como quien dice.

Así como Antonia pareció darse prisa en soltarse de los abrazos del señor Alonso de Mal, no mostró ninguna acucia por salir de los del bachiller, que repetía la misma jaculatoria como si no se le ocurriese otra:

—Consuélese vuestra merced, señora Antonia, que su tío ha pasado a mejor vida.

No se entiende por qué le habló de aquella manera, ya que nunca gastaba con ella ese tratamiento. La llamaba de tú, nunca de vos, pero se conoce que debió de parecerle que aquel trago pasaría mejor circunstanciándolo un poco.

El señor cura don Pedro Pérez se había quedado dormido leyendo su breviario hacía unos minutos, cuando el sollozo de Antonia le despertó. Miró a todos lados con ojos saltones. Y gracias a que estaba leyendo su breviario y a que era puntualísimo y escrupuloso en sus devociones, sabemos que don Quijote murió durante la hora tercia, porque su dedo índice se había quedado metido en esa parte del libro. Y no le preocupó esa noticia; sabía que don Quijote había arreglado sus cuentas con Dios hacía tres días, en confesión. Lo que confesó don Quijote a don Pedro sí que no podrá saberlo nadie nunca, ni Cide Hamete ni Cervantes ni nadie, porque todo lo enterró el secreto del sacramento. ¿Para qué pecados suyos pidió clemencia y perdón don Quijote? ¿De ira, de orgullo? ¿Acaso confesó que en aquellos tres últimos meses de sus aventuras no había entrado en sagrado ni oído misa ni un solo domingo, como manda la Santa Madre Iglesia? ¿Se sintió eximido de arrepentirse cuerdo de los pecados que cometió loco? En cualquier caso no debieron de ser sus pecados ni muchos ni graves, porque la confesión fue somera, duró unos minutos y en ella don Pedro se limitó a humillar la mirada y mover la cabeza, como si le diera a entender a su amigo: «No, si ya me hago cargo. Siga vuestra merced». Así que a don Pedro la noticia de que había muerto don Quijote le dejó tranquilo, con el trabajo hecho.

Maese Nicolás Calderón se quedó un poco apartado, esperando junto al cura turno para formalizar el besamanos con la sobrina. Era barbero, sangrador, albéitar, colmenero y médico si no había uno cerca. Y como buen barbero, guitarrista. Era también corresponsal de cinco academias manchegas. Con esto último ya está dicho todo para saber que era un hombre buenísimo. Quizá porque él mismo era corpulento y estaba forrado de buenas mantecas, se mostraba muy partidario de sangrar a los enfermos. Y no sólo eso: durante unos días él se culparía de la muerte de su amigo por haber tardado tanto en sangrarle y dejar que los malos humores se le pudrieran, contra la opinión del médico, enemigo de las sangrías y con el que no se llevaba nada bien, hay que decir.

Juan Cebadón era el gañán que trabajaba desde hacía dos años como mozo de caballeriza y casa en la de don Quijote, y lo primero que hizo fue ponerse al lado de Quiteria, como quien sabe que muerto el capitán es el alférez quien toma el mando, y así, servicial y calculador como era, preguntó al ama:

—¿Ordena vuestra merced alguna cosa, ama?

Y el ama, sin saber muy bien lo que le decía ni para qué, lo envió a poner los corderos con sus madres y dar de comer al ganado y a sacar agua del pozo, porque de todos modos el agua nunca estaba de más en una casa grande como aquélla, y a los corderos tanto les daba que hubiese muerto el mismo rey para quedarse sin su pienso. Y cuando Cebadón se estaba yendo con la colodra del ordeño, recordó el ama lo más importante, y le ordenó que buscara al médico, que vivía en el otro extremo del pueblo, porque tenía ella desde niña un miedo cerval a las catalepsias, y a enterrar viva a la gente sólo porque pareciese muerta.

Aquella casa funcionaba gracias a Quiteria. De eso no había ninguna duda. El tiempo que don Quijote se pasó fuera llevando vida de caballero andante, se hizo la cosecha de casa, se recogió el grano, se vendimió, se condujo el trigo al molino y se pisó la uva, como si hubiera estado el amo allí. Como las dos salidas de don Quijote fueron en verano, Quiteria le dijo: «Señor Quijano, ¿y no podría vuestra merced para dejarnos buscarse otras efemérides que estas en las que se cosecha el año?». Insinuaba que podía irse a fijar en otras fechas para sus correrías. Ni qué decir tiene que don Quijote ninguna de las dos veces respondió a esa pregunta, no por arrogancia, sino porque había llegado a un punto en el que ya no escuchaba lo que no quería oír ni oía lo que no podía escuchar, ni aun queriendo, pues tenía puesta la cabeza en más altos negocios.

En cambio Quiteria tenía el oído finísimo, y al contrario que todos, que conversaban en murmullos delante del muerto, ella habló sin bajar la voz, no por falta de respeto al difunto, sino para probar si don Quijote se despertaba, o cerciorarse de que en efecto había muerto.

Quiteria había dejado ordenado que cuando ella muriese le vertieran cera caliente en los párpados y luego aceite hirviendo por una oreja, y que sólo si no rebullía después de eso, la llevaran al cementerio. Tal espanto le causaba el que pudieran enterrarla viva, y lo que no quería para ella mucho menos lo hubiera deseado para don Quijote. Por eso envió a buscar al médico, no para que certificara que estaba muerto, que eso fue una cosa que pudo ver todo el mundo, sino que no iba a despertar cuando estuviera ya a dos metros bajo tierra.

De los presentes, sin embargo, quien más acusó la mala nueva, no por esperada menos penosa, fue Sancho Panza, el obediente escudero de don Quijote.

Se había pasado la noche apartado de todos, sin querer hablar con nadie, sentado en una sillita de costillas, al pie de la puerta, por si su amo lo llamaba o quería de él alguna cosa.

Tenía la cara desencajada y los ojos enrojecidos de haber llorado, los labios blancos y la garganta seca.

Esa noche Sancho Panza pensó en lo extraño que resultaba todo en esta vida, porque de las noches transcurridas con don Quijote, en venta, en castillo o al raso, aquélla había sido la única en la que él, a quien tan bien le cogía el sueño, se la había pasado en blanco, en tanto que su señor, que las había gastado todas, o la mayor parte de ellas, desvelado y mecido por las memorias de su amada Dulcinea, dormía como un bendito para no volver a despertarse.

Después de consolar a la sobrina, el cura, el barbero, el escribano y el bachiller rodearon a Sancho Panza, por entender que era el más afectado de todos, y quien más se resentía de aquella pérdida.

Se había arrinconado, volvía a llorar de una manera desconsolada y se limpiaba los mocos con la manga del sayo, al tiempo que meneaba la cabeza, diciendo: «No somos nada, no somos nada». Y le pareció que la muerte de su antiguo amo obligaba a quitarse la caperuza. Descubrió entonces una media calva blanca como la leche, que contrastaba con lo atezado del rostro. Sin su capuz, Sancho parecía incluso otra persona, y costaba reconocerle.

Tras aquellos ceremoniosos y dolidos abrazos, pasaron todos al aposento donde reposaba muerto don Quijote.

CAPÍTULO SEGUNDO

HABÍAN estado velando al enfermo esa noche estos amigos íntimos, el ama y la sobrina. La sobrina era la única familia que tenía don Quijote. Ni primos, ni tíos, ni hermanos. Si la sobrina no tenía descendencia, ahí se acabaría el linaje de los Quijano.

Se había temido que don Quijote pudiera morirse en cualquier momento. Lo había pronosticado el médico, aunque de manera difusa. Había dicho: «Este señor padece desabrimientos, penas y disgustos, pero sobre todo melancolía y creo —añadió— que sé la causa: se ha pasado estos tres meses comiendo lechugas y ensaladas de los campos, que según Dioscórides y el doctor Laguna son buenas para mitigar el apetito venéreo, pero muy malas para el ánimo, que lo consumen y apocan». Y recetó unos defensivos y cáusticos, que no surtieron efecto.

Habían pasado la noche los veladores hablando de esto y de lo otro, y aunque les causaba mucha tristeza su muerte, se habían hecho ya a la idea y algunos incluso, pese a no atreverse a declararlo en voz alta, pensaban que era mejor que se muriese cuanto antes, si había de morirse.

Ya hacía un rato que había salido el sol.

—Vete a ver a tu tío, cómo sigue —le pidió el ama Quiteria a Antonia Quijano, la sobrina de don Quijote, al tiempo que empezaba a preparar los gazpachos—. Si duerme, déjale dormir; y si se ha despertado, pregúntale qué ha menester.

A Antonia Quijano, la sobrina, no le gustaba que el ama Quiteria le diese órdenes, pero le debía obediencia. El ama la había criado como una madre, y como a madre le había ordenado siempre su tío don Quijote que la quisiera, pero nadie manda en los afectos, y Antonia no conseguía querer del todo a Quiteria. La respetaba, la obedecía, la escuchaba, pero no la quería. Se preguntaba, «¿y por qué he tenido que tener esta madre y no la mía?». Y sabía que si perseguía hacer sufrir al ama, bastaba con decirle saltándose el debido tratamiento: «Tú no eres mi madre, tú en mí no ordenas, tú no eres nada mío, tú en esta casa no mandas».

En esos días que don Quijote andaba un si es no es que se moría, Antonia Quijano pensó que de morirse su tío, cambiarían algunas cosas en aquella casa. Ella era la sobrina, ella era la dueña, ella iba a ser la señora, ella daría las órdenes, y en su corazón se esponjó ese sueño secreto.

Pero la sobrina sabía que mientras don Quijote siguiera vivo, él era el dueño de todo aquello, y seguirían haciéndose las cosas tal y como él había dispuesto siempre que se hicieran.

Así pues cuando Quiteria le pidió que se acercara al aposento de don Quijote, Antonia obedeció.

Llevaba enfermo don Quijote nueve días y nadie sabía de qué. «Desabrimientos, penas, disgustos... ¿quién no los tiene? Tonterías», había contraatacado Quiteria, y trató de restablecer la salud de su amo con las yemas de una docena de huevos cada mañana. Pero tales cuidados se mostraron ociosos, porque se moría sin querer probarlas. Sólo pasaba consumados, caldos o una o dos cucharaditas de granzas calientes. Y cosa extraña, sin haberse quejado de nada en ningún momento. Ni entonces, que estaba postrado en el lecho, ni en todos los años de su vida. Ni un resfriado, ni un dolor de cabeza, ni desarreglos en la orina, ni el estómago delicado, ni el hígado colérico como cabría suponer en una constitución biliosa como la suya. El mucho ejercicio, en inacabables jornadas de caza y la moderación rigurosa en el comer y en la bebida (y nunca vino, sino aguapié, y muy rebajado), lo había hecho invulnerable a los achaques, como uno de esos cristos de ciprés de los altares en los que no puede meterse la carcoma.

Los últimos tres meses había llevado la durísima vida de los caballeros andantes, había dormido a la intemperie, le habían molido los huesos o se los habían sacado de su coyuntura, había comido pésimamente o no comido o a deshora, se había pasado las noches en vela, había perdido más de la mitad de los dientes y muelas, arrancados de cuajo en las refriegas y lances propios de su orden, había adelgazado una arroba más, lo cual casi era milagro porque no se hubiera podido adivinar de dónde se había quitado aquellas libras de carne, y nunca se había sentido más joven ni más entero, para sus cincuenta años. No, jamás se quejó de ninguna dolencia física don Quijote, y ni aun de las otras, porque sabía que la queja trae descrédito siempre para el quejoso. Se dolía, eso sí, de amores. Pero la queja de amores la encontraba él muy poética y decorativa, y sabía que en ella el exceso redunda siempre en pro del que se queja. Podría haber dicho lo que aquel alférez: «Yo no me quejo, sino que me lastimo». El caso es que se estaba muriendo, sin pronunciar un ay, y eso es lo que tenía engañados a casi todos, que confiaban en que saliera adelante.

De aquellos nueve días los seis primeros había sufrido el enfermo de calenturas, y los otros tres había estado destilándosele la salud en desmayos y sobresaltos que lo mismo lo sacaban de esta vida que lo volvían a traer a ella por horas. En uno de esos raros momentos de consciencia aprovechó para hacer testamento y confesarse, como se ha dicho, después de dar gracias al cielo una y mil veces de haberle devuelto el juicio y de poder morir cuerdo como Alonso Quijano el Bueno, cuando habría podido desdicharse Dios sabe por qué andurriales como don Quijote de la Mancha, el Loco.

Ésa fue la gran novedad, ésa fue una felicísima noticia, desde luego, que a todos sus amigos y a la sobrina y al ama contentó lo indecible: don Quijote había recobrado el juicio. Al mismo tiempo a algunos, como a Sancho o al bachiller Carrasco, esa mejoría, en cambio, les pareció sospechosa y les llenó de tenebrosos presentimientos, porque empezaron a ver que su amo y amigo, como también iba confirmando el médico, se moría sin remedio, y dieron en pensar que acaso se moría por cuerdo, cuando de loco había sobrevivido a tantos asaltos inesperados y desiguales.

Conviene decir también que cuando don Quijote dijo, «ya no estoy loco», casi todos pensaron, al menos al principio: ahora es cuando más loco está, porque ésa es una manía que les entra a los locos, la de decirle a todo el mundo que ya han cobrado el juicio. Pero no, todo lo que habló a continuación y en los raros momentos que le dejaban los desmayos era de una admirable sensatez.

Entró, pues, la sobrina, como le había ordenado Quiteria, en el aposento donde dormía su tío, pensando, por supuesto, que sólo estaba dormido.

¿Y cómo supo que don Quijote había finado?

Era una muchacha, pero eso no obstaba para que hubiese visto ya morir a mucha gente, de la noche a la mañana, por un cólico, por un aire traidor, por unas bascas negras, por unas súbitas calenturas, por un ahogo, por un sarpullido, niños, hombres, mujeres, viejos. Cuando menos se pensaba, caían enfermos y a los dos días los llevaban al cementerio. Todo el mundo se había acostumbrado a la muerte, pero a Antonia le angustiaba ver a su tío enfermo. El olor de la muerte le asustaba. La muerte olía de una manera acre, a vejez, a orines retestinados, a leche cortada, a almidón, a almendras amargas, a vinagrillo, a pozo alunado, a lobo muerto, a milanera, a sangre seca, a cenizos. No le gustaba entrar en el aposento del agonizante. Deseaba quedarse en la cocina, prefería que fuese el ama quien se ocupara del aseo y las comidas de su tío. Y de hecho era el ama quien corría con tales trabajos, pero le había enviado a ver si dormía, y ella obedeció.

Encontró a don Quijote vuelto de lado, con un gorro colorado, del tipo galocha, calado hasta las orejas, mirando la pared.

Ni siquiera tuvo que ponerle la mano en la frente para saber si persistían o no aquellas fiebres que se tomaron al principio por un causón y luego por tercianas. Supo que estaba muerto porque la muerte dice las cosas sin palabras, mordiendo con sus dientes de rata una esquinita del corazón de los vivos, y comprendió la muchacha que a su tío se le había helado la vida, y así, como estaba, que parecía dormido más que muerto, vuelta la cara contra la pared, supo que estaba más muerto que dormido, y salió a comunicárselo a los amigos que durante aquellos últimos días habían querido acompañarle en el tránsito y lo velaban, esperando un desenlace funesto o la mejoría milagrosa.

Apoyó el brazo en el quicio de la puerta, como si quisiera encontrar fuerzas para seguir de pie, se colocó un mechón de pelo por detrás de la oreja con inadvertida coquetería, porque entre los presentes estaba el bachiller Sansón Carrasco, y dijo con voz evaporada:

—Ay, señores, que me parece que se me ha muerto mi señor tío.

Y aunque el ama Quiteria, por encontrarse en ese momento en la cocina haciendo unos gazpachos, no oyó estas palabras, sí advirtió el hondísimo suspiro que le siguió, y le dio un vuelco el corazón, y acudió desolada a donde estaban todos.

CAPÍTULO TERCERO

AL morir don Quijote el pueblo empezaba a despertarse y no se oía ni una voz, ni unos pasos, ni los cascos de las caballerías sobre las piedras, ni el atropellado menudeo de las pezuñas de las cabras, como caireles. Nada. Sólo los gallos. Y algún perro.

Luego sí. A media mañana se oyeron las campanas.

Al morir don Quijote la casa se llenó de un gran silencio, que únicamente se atrevieron a romper seis corderos que se guardaban en el corral. Dadas las circunstancias, habían olvidado echárselos a sus madres, y balaban dolidos y hambrientos.

Al morir don Quijote, y después de las primeras condolencias y la lógica agitación, los amigos allí reunidos, el ama y la sobrina no supieron muy bien qué tenían que hacer, aunque todo lo fueron haciendo ordenadamente a lo largo del día, como si improvisaran al mismo tiempo el ensayo general y el estreno de aquella triste y memorable jornada, e hicieron cosas que pensaban serían muy necesarias para el alivio del dolor de los demás, aliviándose de paso en el dolor de hacerlas.

Incluso la vida de ese pueblo, al morir don Quijote, quedó durante unas horas como ese mosquito que vemos apresado en un trozo de ámbar.

Pudo ser así porque era un pueblo pequeño. Para algunos era un pueblo pequeño, pero para otros, orgullosos de él, era un pueblo grande y señalado. Tenía médicos (dos), cura, albéitar, boticario, droguero y algebrista. También hombres de armas. Tenía un oficial del Santo Oficio, un corregidor, y dos corchetes de la Santa Hermandad, y cuatro alguaciles. Alcalde, regidores y servidores del Rey. En el pueblo vivían tres alcabaleros, uno de ellos en posada. Había, pues, posada. Tenía tres molinos, en el alfoz, y dos hornos, cada uno con su hornera y su anacalo. Tenía docena y media de hidalgos, de modesta hacienda, unos con más y otros con menos, un conde (que vivía en la Corte), y oficiales de más de veinte oficios, pelaires, boneteros, esparteros, tejedores, jubeteros, calceteros, olleros y alfayates, alarifes, carpinteros y tallistas, zapateros, pelliteros, melcocheros y dulceras, herreros (dos), aguadores (dos también). Llegó a tener un impresor, que al año de instalarla se llevó la imprenta al cercano Argamasilla, mejor comunicado con Madrid y Toledo. Y un laurente que hacía papel en tina y que siguió al impresor en su éxodo argamasillero. Tenía escribanos (dos), licenciados (tres), y por supuesto todos aquellos que se dedicaban a las labores del campo, labradores, pastores, jornaleros, podadores, talabarteros, guarnicioneros (uno), aperadores. Así que para unos podía ser un pueblo pequeño, pero había quienes pensaban, con razón, que no era tan pequeño.

Tenía una iglesia, con su torre y su reloj de sol, y dos conventos de monjas, uno llamado de Santa Águeda y otro Las Claras, que competían en devociones y gollerías.

Tenía un viejo caserón en la plaza de la Iglesia (llamado del conde, o Palacio), de fábrica colosal, y otras muchas casas, acaso no tan grandes o más escondidas, con su blasón. El cronista del lugar, un viejo que había sido secretario del conde, tenía inventariados veintidós blasones, algunos muy antiguos, todos de piedra, con más o menos literatura y más o menos estropeados. Este viejo estaba muy enfermo y murió un par de días después que don Quijote, pero su muerte, al lado de la del caballero, quedó completamente ensombrecida.

El resto de las construcciones del pueblo parecían acogerse alrededor de la iglesia como polluelos pegados a una gallina clueca, amontonadas y artríticas.

Tenía también dos calles airosas y concurridas (la que iba a la iglesia, la Ancha, y la que salía del pueblo, la Alameda), y todas las demás retorcidas, cortas, sombrías y estrechas, sobre todo las del barrio morisco.

A mediodía empezaron a oírse las campanas.

Los vecinos, los caminantes que venían al lugar o pasaban cerca, los labradores de los contornos y los pastores, las oyeron hiriendo a muerto, graves, lentas y profundas. Les parecía una hora muy insólita para doblar a muerto (la costumbre en La Mancha era tundirlas por la tarde, después de vísperas), y algunos llegaron a creer, supersticiosos, y así lo difundirían luego, que los bronces habían sonado solos ese día, como la célebre campana de Belilla, que se tañía de suyo en ocasiones de sucesos notables.

Y a la gente le extrañó que tocasen a muerto, porque nadie pensaba que don Quijote se encontrara enfermo, habiéndolo visto llegar hacía un par de semanas tan campante.

Es más, al principio muchos creyeron que quien se había muerto era el secretario del conde, el cronista del pueblo, el de los blasones, que llevaba muriéndose desde hacía lo menos cuatro meses. La noticia corrió como la pólvora: «El que ha muerto ha sido don Quijote». Y no lo podían creer. «¡Válgame Dios! —decían—, si no era tan viejo; si decían que había recobrado el juicio; si hace dos semanas lo vimos todos como si tal cosa.»

Se referían al día en que lo vieron llegar de su tercera salida, de vuelta de Barcelona. Dio alarma un chico que disputaba con otro en ese momento a cuenta de una jaula de grillos. Muchos salieron a verlo y otros se hicieron los encontradizos, para no pasar por curiosos e impertinentes. Venía como siempre, flaco, acaso un poco más viejo y desmejorado, con más canas y las encías mondas, pero firme sobre su cabalgadura. Don Quijote, que montaba a Rocinante, echó pie a tierra. No se sabe por qué se le cruzó por la cabeza que derrotado como venía por el caballero de la Blanca Luna era mejor hacer la entrada en su pueblo a pie firme, y no a caballo. Seguramente pensó que de ese modo daba a entender que no le temía a las murmuraciones, y que las arrostraría a pie, con quien hiciera falta. Y allí, en aquella era, echó un breve discurso a los chicos y a media docena de bausanes y baldíos que estaban cazando pájaros con liga y a unos que venían corriendo una liebre. Nadie entendió lo que decía. Luego se marchó a su casa, y algunos que no se habían atrevido a reírsele en las barbas, lo hicieron con pena en cuanto se alejó.

La casa de don Quijote estaba frente al Palacio, frente a la iglesia, frente a los soportales.

Fue caminando despacio por la calle Ancha, sin mirar a parte ninguna, sólo al frente, llevando el rocín de las riendas. Su expresión era de suma tristeza y aflicción causadas no tanto por sus quebrantos de cuerpo sino por tantos sinsabores como había conocido los últimos días.

Unos le saludaron y otros no, quizá por timidez, quizá por temor, quizá por respeto y no hacer leña del árbol caído.

Pasaron quince días de eso, y se murió.

Al morir don Quijote todo fue un poco más confuso y un poco más claro.

Al morir, don Quijote ya era don Quijote, y no era nadie, es decir, tenía mucha fama por aquellos pagos, pero no como para que hiciesen tañer las campanas a mediodía, privilegio, si acaso, del conde o de su familia, ni siquiera de su secretario, que estaba agonizando. Las campanas saben muy bien por quién tienen que doblar y a qué horas. Las campanas, como casi todo en esta vida, adoran las jerarquías. Y si no iban a doblar por el secretario, tampoco doblarían por don Quijote. Pero doblaron, y se oyeron. Y por eso algunos pensaron que habían doblado solas, como las de Belilla.

Aunque también es verdad que don Quijote, siendo nada y nadie, era mucho y todo por esas fechas.

Para empezar se había publicado ya la historia de sus dos primeras salidas, y muchas de sus aventuras, su lucha contra los molinos de viento o sus estocadas a unos odres de vino que había en una venta, a los que había tomado por gigantes, y otros dislates, se habían propalado también muy rápidamente por la Mancha, para regocijo general. Y aunque no viene ahora a cuento, hay que subrayar que en el pueblo podían haber leído ese libro algunos más de los que lo habían hecho, puesto que de alguna manera trataba del pueblo y de un hijo del pueblo.

Ya se ha dicho que había en él licenciados, algebrista, boticario, médico, escribanos y muchos otros que sabían leer, pero exceptuando al bachiller Sansón Carrasco, al cura don Pedro Pérez y a maese Nicolás, nadie más quiso leerlo, unos por envidia y otros por despecho o ignorancia; a unos les molestaba que se gastasen papel, dineros y trabajo en propalar las tonterías y repentes de un loco, y otros consideraban que sus vidas, mucho más atenidas a la razón y a los buenos usos de la república, eran más merecedoras de celebridad que la de un mentecato que había dejado arruinar su hacienda. Así que en el pueblo la mayoría de la gente, al oír las campanas a media mañana, no creyó que fuese por don Quijote, sino por alguien que habría dejado buenos ducados para misas y responsos. Y don Quijote era más bien tirando a pobre y ya se murmuraba que su hacienda estaba en bancarrota. De todos modos no tenía dineros para soltarlos en misas ni endechas. Ni en pagar al campanero. Más tarde, cuando la gente supo que doblaban por don Quijote, algunos lo explicaron de esta manera maliciosa: era amigo del cura.

El caso es que amigos o enemigos de don Quijote, partidarios y detractores no tenían la menor idea de lo que se les iba a echar encima con aquella muerte.

Más aún, no había muerto y ya habían empezado a verse no sólo por la Mancha, sino por buena parte de España y en algunos lugares de Inglaterra, Francia, Alemania, Portugal e Italia locuras más o menos parecidas de gentes que en traje de don Quijote salían al campo para emular sus gestas, y otros, sin llegar a tales excesos, se habían puesto en camino, un poco a ciegas, para topárselo y manifestarle su admiración y su respeto o, bien al contrario, para reírse un poco a su costa, como de hecho habían hecho tantos. También en los corrales de comedias habían empezado a menudear las salidas de representantes vestidos en trazas del caballero y del escudero manchegos para amenizar los entremeses, y bastaba que un comediante dejase asomar unas piernas escuálidas y un morrión sobre las tablas, para que, antes incluso de abrir la boca, la gente se desternillase de risa.

Y ocurrió también otra cosa. Al morir don Quijote, los más ingenuos pensaron que se cerraba su historia, de la misma manera que, aunque sea mala comparación, decimos: muerto el perro, se acabó la rabia. Los que sabían que la locura y las graciosas extravagancias de don Quijote eran la causa de que Cide Hamete Benengeli, el cronista árabe a cuyos oídos llegaron, las pusiera por escrito, y de que Miguel de Cervantes las mandara traducir, los que sabían esto, es posible que pensaran que, muerto don Quijote, todo había concluido. Pero no fue así, porque las historias responden al conocido símil del cesto de las cerezas, las cuales, cuando alguien quiere sacar una, se eslabonan, hasta arrastrar a todas las demás, no sólo de ese cesto, sino del mismo mundo de los cerezos, y de ese modo, tras la historia de don Quijote, estaba esperando la historia de Sancho Panza, y con la suya, la de Teresa Panza y la de sus dos hijos, Teresica y Sanchico, y la del cura don Pedro, y la de maese Nicolás, y la de Sansón Carrasco, y la de la sobrina y la del ama del hidalgo, y todas las historias de aquellos que en algún momento tuvieron que ver con el caballero, la historia, por ejemplo, tanto o más increíble, tanto o más aventurera que la del propio don Quijote, de Ginés de Pasamonte, el canalla galeote a quien liberó aquél y que no estaba resignado a desaparecer de la vida de Cervantes, o la del noble bandido Roque Guinard, que agasajó al caballero manchego en su manida, o la de Cardenio, conocido como El Roto o enamorado, o la de la dulce Dorotea, que el azar llevó a las profundidades de Sierra Morena, o las de la hermosa Luscinda y don Fernando, o la del cautivo capitán Ruy Pérez de Biedma y la morisca Zoraida, o la de su hermano, don Juan de Biedma, oidor que iba proveído a la Audiencia de Méjico con doña Clara su hija, o la del morisco Ricote, vecino de Sancho, que dejó enterrados dos tesoros en el pueblo cuando lo expulsaron de España como a todos los de su nación y a quien el propio Sancho y su familia iban a estarle eternamente agradecidos, o la de aquellos duques mentecatos que acogieron a don Quijote y Sancho durante un par de semanas con el único propósito de proporcionarle a sus tediosas vidas un poco de entretenimiento, como suelen hacer a menudo los ricos sin novela con los pobres con ella, o la novela de don Álvaro de Tarfe, que creyó que don Quijote era quien no era, y que luego se enmendó sin que le dolieran prendas en cuanto lo vio, o la historia de la pobre Dulcinea... La dulce, la triste, la abandonada Dulcinea, que tanto llegó a odiar a don Quijote, la trágica y un poco cómica historia de Dulcinea...

De modo que la historia de don Quijote, el mismo día que murió, despertó, a cada cual más admirable, otras cien historias que estaban a su lado haciendo la guarda para ser contadas, y que de no haber sido por don Quijote habrían permanecido eternamente en su limbo.

Y ni siquiera la novela de don Quijote se abrochó al morir él. Tampoco supo, cuando murió, los innumerables problemas que su mala cabeza dejaba concernientes a la hacienda. «Feliz don Quijote que se ha muerto en la completa ignorancia», llegó a decir don Pedro, haciendo referencia a tanto desarreglo. Sin saberlo y sin quererlo murió arruinado y lleno de deudas y con acreedores y voraces logreros dispuestos a despedazar aquellos bienes muebles e inmuebles que fueron de sus bisabuelos, de sus abuelos y de sus padres y que él creyó dejar limpios de polvo y paja, como se los dejaron a él, a su única sobrina, Antonia Quijano. Y así, ¿quién diría que la historia de Antonia Quijano era diferente de la de su tío y que podía empezarse sin que antes se contase, toda entera, la de su tío?

Pero no hay nada que llegue a mucho que no empiece por poco. He aquí, pues, los detalles exactos de lo que ocurrió ese día.

El día que murió don Quijote fue inusitadamente caluroso para ser octubre, acaso uno de los días más opresivos y pegajosos del año, como si se tratasen de unas secuelas del veranillo de san Martín.

¿A qué hora exactamente transió don Quijote de ésta a vida más favorable? Nadie puede asegurarlo. Ninguno de los que se hallaban presentes llevaba encima un reloj. No eran príncipes ni reyes para tener uno. Únicamente don Pedro, por aquella coincidencia del breviario, hubiese podido saber la hora exacta, pero tampoco deja de ser una suposición que a don Pedro le interesara tal pormenor.

«Para morir no hay hora buena», dijo Sancho Panza, un

poco antes de que se supiera que don Quijote había muerto. Apenas acababa de opalescerse el cielo con las primeras luces. Las agonías suelen ser lentas. Como nadie de los presentes se tomó la molestia de responderle, añadió otro refrán: «Para todo hay maña, sino para la muerte». Quería decir que salía sobrando el dar coces contra el aguijón, y más cuando el aguijón era el de la muerte.

Quizá cuando Sancho Panza se acordó de este segundo refrán, su amo ya no estaba entre los vivos. No obstante, podría certificarse que la muerte de don Quijote tuvo lugar, como se ha apuntado, en el cuartel de tercia, la hora más risueña de esa mañana. Parecía harta de trinos y olores finísimos y campesinos, y pájaros y perfumes hacían coro a la tenebrosa sentencia de Sancho con otra bien diferente: «Para vivir, todas las horas son buenas», después de que durante unos segundos no se oyera nada, ni pájaros ni perros ni cabras. Como si el mundo se hubiese acabado. Y, cosa extrañísima, después de tales trinos y olores al rato, dejó otra vez de oírse nada y de perfumarse. Como si el mundo no existiera.

Pero a pesar de que don Quijote muriese esa mañana, la vida continuó para aquellos que con él la habían compartido.

CAPÍTULO CUARTO

Cuando murió, hacía algo más de un año que había hecho su primera salida a lomos de su rocín, el famoso y molido Rocinante. Esa vez salió solo. Todavía no había tomado a Sancho Panza a su servicio, porque no sabía aún lo necesario que era un escudero para la vida que pensaba llevar.

De no haberse marchado de casa se habría muerto de pena. Le consumía la melancolía. No se entiende bien esto, porque el pueblo que muchos creían pequeño era bastante grande, lleno de gente, con todos los oficios, ideal para un hidalgo que no tenía que trabajar y podía pararse hablando con unos y con otros, mientras los veía trabajar, con el herrero, con el carpintero, con el jubetero, hasta la hora del almuerzo. Luego la siesta, algo de lectura y a última hora, después de la cena, una tertulia con el cura, el barbero, otro hidalgo amigo suyo, en fin, las fuerzas vivas.

Pero se ve que no era bastante. Lo que era suficiente para el cura, para el barbero, para el jubetero, para el ama y para la sobrina, lo que a todo el mundo parecía contentar, se le convirtió a don Quijote en una comezón que le tenía el alma en carne viva. La melancolía le volvió loco y la melancolía le mató, cuando ya estaba cuerdo. Lo supo de una manera oscura. No dijo «estoy loco porque no puedo salir» o «si no me voy de casa, acabaré loco», ni «como estoy loco, me voy a hacer caballero andante». Tampoco fue que comiese culantro verde, como en un principio aseguró uno de los médicos. Sólo por eso dejó el ama de pasarle los avisos. «¿De cuándo acá va mi amo a comer culantro? ¿Es acaso él un borrego que pasta por los prados?», dijo Quiteria. No, sencillamente don Quijote pensó: «La vida está fuera de aquí, la realidad espera en cualquier parte, y todo esto que parece real, no lo es, sino un mal sueño, el de todos los días, algo que yo creo que es, pero no es, y así ni el ama es ama, ni mi sobrina, mi sobrina, ni yo soy yo, como no me vaya fuera. Yo sé quién soy, pero lejos de aquí, en otra parte. Soy viejo y me queda poco tiempo. O ahora o nunca, y dure la vida, que con ella todo se alcanza». Eso fue lo que ocurrió, y se tiró al campo solo, sin sus galgos barcinos, con determinación de no volverse atrás y morir, como suele decirse, en el empeño.

Lo de la caballería andante y todo eso, de lo que se ha hablado mucho, fue una excusa. Si no hubiese sido la caballería andante, habría sido otra cosa. Se hubiera podido ir con una tribu de gitanos, o en una compañía de milites, o de romero. Sucedió que le gustaban las novelas de caballería y por ahí se volvió loco, porque la locura y el agua siempre buscan la flojera. («¡A quién se le ocurre decir que fue por el culantro verde! —repitió el ama a todo el que quiso oírla—; ese médico nuevo no tiene ni idea».) ¿Y qué iba a hacer un hidalgo en ese pueblo sino leer novelas? Y, claro, al leerlas, quiso ser caballero. ¿Qué, si no, hubiese podido ser? ¿A quién, en su misma circunstancia, no le hubiese pasado lo mismo?

En esa primera salida llegó a una venta que tomó por castillo, a tres o cuatro leguas de su casa.

Lo razonable es que al verlo hubieran sabido quién era, pero a don Quijote no le conocía nadie, porque no tenía la costumbre de salir a ninguna parte ni dejarse ver. Para cazar se iba al lado mismo del pueblo, al alijar, y si se quedaba una noche por ahí, dormía al sereno. Allí había conejos, había liebres, había perdices para no acabar. Y la mayor parte de los días comía solo, en una mesa de pino, contra la pared. De modo que es natural que en la venta nadie le hubiera visto antes, ni les sonase su cara de nada. Allí veló sus armas y se hizo armar caballero como lo habían hecho los que para él eran los hombres más esclarecidos, generosos y enamorados del mundo, Esplandianes, Palmerines, Lanzarotes, Arturos, Galaores y demás campeones del Febo. Don Quijote quería poner como ellos en su escudo un gran lema que hablara de humillar al soberbio y poderoso y ensalzar al humilde, amparar viudas, huérfanos y pupilos y socorrer a los menesterosos y apaleados injustamente, y a esas alturas se propuso desfacer agravios y enderezar tuertos. Hablaba de esa manera tan apolillada y primorosa por fantasía. Le parecía que con palabras antiguas y sonoras se llegaba más lejos y se levantaba más el espíritu que con otras de moderna invención, por lo mismo que con sus armas viejas y orinecidas pensaba poder reducir con más facilidad los desmanes inicuos y recientes, y que los follones y malandrines se someterían a su guerra galana en cuanto las vieran tan viejas, diciendo: «Si esas armas tan llenas de roña han sobrevivido hasta hoy, es porque vienen de épocas gloriosas; nos rendimos. ¿Hay que ir al Toboso a hincar los hinojos ante Dulcinea? No se hable más».

En realidad, con aquellas hazañas don Quijote se había propuesto alcanzar fama eterna y no morir, cuando ya estuviese muerto, porque le acometió en la vejez tediosa que llevaba lo que a otros suele sucederles incluso en la juventud; a saber: tenía miedo de desaparecer sin más, sin dejar rastro. Le aterraba ser menos incluso que una sombra en una pared. Observaba a los viejos del pueblo, y se veía reflejado en ellos.

Si eran hidalgos como él, con más razón se amohinaba con desconsuelo. «Somos el acabóse. ¿Qué hemos hecho nosotros digno de memoria?» Así que un día se dijo: «No es un hombre más que otro, si no hace más que otro, y yo voy a hacer por todos lo que ninguno hemos hecho hasta el presente». Y lo mismo que se dijo antes de esa caballería tan famosa, puede decirse ahora de la fama. Si la hubiese podido alcanzar de otro modo, componiendo relojes como Juanelo Turriano, o dando la vuelta al mundo como Magallanes, o conquistando los reinos peruleros, le habría parecido bien. Pero siendo un hidalgo manchego no tenía muchas posibilidades donde elegir, y aquella de hacerse armar caballero andante era tan honorable como otra cualquiera. Incluso más.

La gente que le vio al principio pasar con aquellas reliquias herrumbrosas y hablando solo, pensaba, ¿y éste, de dónde se ha escapado?, y se acercaban a él para mirarlo más detenidamente y escucharlo. Y unas veces decía cosas de loco y otras no, hoy tenía un genio vivo y pésimo humor, y al día siguiente en cambio era un hombre profundo, afable y melancólico y daban ganas de no apartarse de su lado porque siempre se le venían a la boca historias muy ocurrentes.

No habían pasado ni doce horas y el mismo ventero que ideó la burla de armarle caballero, le recomendó que volviese a casa por dinero y alguna muda, porque no se podía salir al mundo sin ir provisto de ambas cosas. Y eso pensaba hacer, cuando lo apalearon y lo dejaron tirado y medio muerto en un camino. O quizá fue al revés, le pegaron antes y le armaron caballero después. Da un poco igual. En esta historia es un poco irrelevante cómo han sucedido las cosas, se amontonan como las cerezas, da igual el orden en que lo hacen, y suceden porque sí, como en la vida, y una vez que han sucedido, ya no se puede evitar que hayan sucedido. El caso es que lo apalearon, y quiso la suerte que pasara por allí al rato un vecino suyo, que lo conoció, lo atravesó en la caballería y se lo llevó al pueblo.

En el pueblo se repuso de esa tunda y aprovechó para vender un pegujal, porque no tenía dineros en casa. Todos se los llevaban el señor De Mal y su desmedida pasión de comprar libros. Según su sobrina, el ama y sus amigos el cura y el barbero, esa pasión era la causante de aquella locura que le había entrado de querer hacer como los caballeros de las novelas. Y no el culantro verde, como aventuró el médico nuevo. Incluso el ama hubiera encontrado más escandaloso que don Quijote se hubiera vuelto loco por comer culantro verde, que por leer libros de caballeros andantes. Lo primero que hizo don Quijote fue hablar como ellos, y vestir lo más parecido a ellos y dar en creer que también estaba enamorado de una dama, porque era forzoso que un caballero andante se enamorase de una. «No se habrá leído en ningún libro señalado donde no aparezca un caballero que no esté rendido hasta los tuétanos de una doncella a la que no haya hecho señora de su corazón.»

La idea de quemarle los libros fue en realidad del cura, muy buena persona aunque muy partidario también como muchos curas de las hogueras, pero la sobrina, rabiosa de ver que su tío iba a acabar con el patrimonio familiar si no se le ponía coto a su novelería, se sumó entusiasta a esa iniciativa, lo mismo que el ama, aunque ésta obró como lo hizo por otras razones. Tenía lo menos dos mil libros. En lejas teñidas con nogalina y puestas contra una pared. No había tantos ni en la iglesia ni en los dos conventos ni en ninguna casa del pueblo. Y los hubieran quemado todos, de no ser porque lo estorbaron el cura y el barbero, con los que el ama y la sobrina no se atrevieron a porfiar. Se hizo una buena hoguera y salieron volando por encima de las bardas del corral un millón de pavesas negras, como murciélagos. El cura y el barbero se alarmaron un poco de su piromanía, y salvaron a algunos de aquellos mamotretos. Les parecía poco piadoso, poco ejemplar que pagaran justos por pecadores. Llevaron luego los libros indultados al aposento donde se guardaban y a continuación lo tapiaron, aprovechando que don Quijote seguía convaleciente de los palos recibidos. Cuando se levantó y buscó los libros, le contaron que los libros y el aposento se los habían llevado por los aires unos encantadores, explicación que encontró él muy lógica, porque además de loco por la caballería tenía manía persecutoria, haciendo bueno aquel dicho de que las locuras nunca vienen solas. Y cuando vio en el corral las piedras chamuscadas y un tapiz de cenizas, ni siquiera preguntó.

Aunque lo de los libros en el fondo le dio lo mismo, porque se los sabía al dedillo todos, y hubiera podido recitar de carrerilla, de la cruz a la firma, más de la mitad de los que tenía, sin equivocar una sola palabra, porque su memoria era tan portentosa como su locura.

A continuación buscó por el pueblo quien quisiera ir con él. Preguntó a unos y otros, y así fue como dio con Sancho Panza, que tenía unos cuarenta años, diez menos que él, y que vivía en la calle de Zurradores, cerca de la Alameda, en una de las casas pobres del barrio, a la salida ya del pueblo.

Todo lo flaco y cecial que era don Quijote, era Sancho craso y lucido. Tenía una figura extraña. Era largo de piernas, pero de brazos cortos, y con un abultado abdomen. Por las piernas se le hubiera tomado por alto, pero en todo lo demás parecía achaparrado, con aquella cabeza suya de una esférica perfección y pegada al tronco por un cuello ancho y corto. Su ojos, grandes, negros y abultados, le hacían la mirada triste, no obstante la fama de gracioso y reidor que se había granjeado. La fama era cierta, desde luego, pero si permanecía en silencio, su expresión era de tristeza, como la de algunos sabuesos.

Siempre vestía de la misma manera, porque sólo tenía un traje, sayo corto, camisa, calzones abiertos y alpargatas. Eran ropas viejas, con chafallos y soletas por todas partes, exhumaciones de otros andrajos. Se cansaba mucho al andar y se quedaba sin fuelle en cuanto hacía el menor esfuerzo. Le habría gustado ser barbero, todo el día hablando y sin mover las piernas. Para muchos Sancho era un gandul que no valía para nada, incluso sin gracia, pero fue emplearse con para don Quijote y descubrió su grandísimo talento para la conversación, como uno de esos elementos de alquimista que sólo pueden probar y precipitar su verdadero valor en contacto con otro elemento extraño.

En un primer momento Sancho Panza no supo muy bien qué es lo que le estaba proponiendo su vecino el hidalgo, ni cuáles iban a ser sus cometidos ni su salario. Tras mucho perorar y extrema filatería, quedó concertado que el escudero se ocuparía de ensillar y desensillar a Rocinante y darle el pienso, y de ayudar a su amo a ponerse y quitarse la armadura, lo mismo que a llevar la maleta con las mudas y el matalotaje. De los gajes no habló, pero sí de que don Quijote le haría gobernador de una ínsula en la primera ocasión que se terciara, y conde por añadidura, porque era lo que les solía sobrevenir a los personajes que salían en las novelas que leía.

Sancho halló el trabajo, en principio, prometedor: decapitar dragones y ensartar endriagos, enamorar doncellas y administrar ínsulas. Por eso al escudero, con tales perspectivas, le pareció una rapacería concretar salario.

Los que conocían a Sancho Panza, empezando por su esposa, no se explicaron cómo un hombre receloso como él, que ajustaba los tratos al cuartín, se dejó convencer de ese modo. Tampoco entendieron que Teresa Cascajo de Panza, una mujer fuerte y de muchísimo argumento, se lo hubiera consentido, y más de uno llegó a la conclusión de que se había avenido con don Quijote porque, aunque no lo pareciera, estaba ya tan loco como su amo, y hubo quienes maliciaron otras causas, como que por entonces no estaba a bien con su mujer, cosa de todo punto falsa, porque diecisiete años de casado le ponían en ese particular por encima del bien y del mal, y se llevaba con su mujer, y su mujer con él, ni peor ni mejor que la inmensa mayoría de los que hayan apurado hasta ese punto los cálices del casamiento.

La realidad fue otra, sin embargo. Don Quijote le propuso la salida a Sancho en mitad del estío, cuando empezaban las labores del campo más duras. Todo el pueblo vivía volcado en la cosecha. Se segaba, se trillaba, se aventaba, se ahechaba, se llevaba el trigo a los alhorines o al molino, se dormía en las eras junto a las parvas para disuadir a los ladrones, se trabajaba de sol a sol en días ya de por sí de noches muy cortas, y se comía en los campos, al aire libre, aplastados por el calor, acosados por los mosquitos y desconcertados por la fanfarria de las chicharras. Sancho, de por sí algo poltrón, vio la posibilidad de orillar esas fatigas, y de apañarse con un amo que no le iba a mandar otra cosa que la de acompañarle y servirle de réplica, y le dijo: «De acuerdo, incluso sin jornal, sólo con la promesa de la ínsula esa famosa, me conviene; y si aquí o allá vamos despertando tesoros, mejor que mejor».

Así que salieron y anduvieron errantes menos de dos semanas, sin meta precisa y con ilusionismo vario.

En esos casi quince días les pasó de todo, bueno y malo, sucesos de gentes que entraban, que salían, que tan pronto se manifestaban sin historia como se desvanecían con ella. Entre lo bueno Sancho Panza encontró una maleta que parió más de cien escudos, y para lo malo hay que referirse a la mañana en que unos mozos guasones lo mantearon con malas artes. Ahí, según el escudero, don Quijote no estuvo ni a la altura de su nombre, ni detrás de su valeroso brazo, ni a la par de su mote, porque cobardeó y no lo socorrió, contra el parecer del propio don Quijote, que sostuvo haber hecho lo que había podido. Conocieron igualmente a otras muchas gentes, algunas muy granadas, pero también villanos y mujeres del partido, arrieros y clérigos, enamorados, cuerdos, locos, en fin, el vistoso surtido del mundo.

Las aventuras que tuvieron lugar durante esa breve salida fueron muy celebradas, principalmente la de los molinos de viento, la de los carneros y la de la bacía de barbero que don Quijote creyó yelmo, aunque acaso la que más alarmó a las gentes de aquellos lugares fue la de Ginés de Pasamonte, galeote de muy malas pulgas a quien liberó don Quijote junto a otros penados, contra el consejo de Sancho y de los alguaciles que los llevaban custodiados a galeras.

Estas gestas se propalaron en uno o dos meses por toda la comarca. Y en dos o tres meses más llegaron a conocimiento de un tal Cide Hamete Benengeli, un zapatero de Toledo, muy amante de los cuentos, que las trasladó al papel por pasar el rato él y hacérselo pasar a sus amigos.

Pero no todo en la vida viene bien trabado, y al zapatero se lo llevaron por delante unas fiebres furiosas que le atacaron la vejiga. Lo primero que hizo la viuda, una cristiana llamada Casilda Seisdedos, en cuanto lo enterraron, fue vender los libros y papeles de su marido.

Y aquí es donde entra en escena Miguel de Cervantes, vecino del pueblo de Esquivias.

Se encontraba éste mercando una pieza de seda para su mujer Catalina de Salazar en la tienda de un sedero del Alcaná, donde se situaba el mercadillo o rastro toledano, cuando llegó allí vendiendo unos cartapacios un muchacho. Era el hijo del zapatero.

Cervantes compraba aquella pieza de seda para su mujer porque quería enternecer los enfados que presumía iba a tener con ella. Se había pasado en Sevilla más de cuatro años sin haberse dejado ver por el pueblo, y ése era el día en que regresaba. Todo el mundo hablaba cosas. Les parecía muy extraño que aquel hombre que doblaba casi en edad a Catalina, se hubiese ido por ahí, sin llevarla consigo. Decían: eso no se hace con una recién casada, tan joven. Y la gente se puso, en general, y aunque no conocían la rebotica, de parte de Catalina, que era del pueblo, y no de Cervantes, que era el forastero. Venía a pedir unos avales sobre el patrimonio de su mujer, que le eran requeridos para poder seguir con su empleo de alcabalero o recaudador, y no sabía muy bien cómo hacerse perdonar las dos cosas, el haber tardado cuatro años en volver a casa y el tener que hacerlo únicamente porque necesitaba unos avales por valor de cuatro mil reales. Por eso se le ocurrió viniendo de Sevilla detenerse en Toledo, en casa del sedero, antes de llegar a Esquivias, y llevarle aquella pieza de seda. En ese momento fue cuando apareció el hijo del zapatero con los cartapacios.

Cervantes amaba más que ninguna cosa todo lo que tuviera que ver con papeles. Se detenía incluso en medio de la calle cuando se tropezaba uno caído, por no pasar sin leerlo, y quiso echarles un vistazo a los que traía el chico. Cuando advirtió que todos ellos estaban escritos en arábigo, salió y volvió con un morisco aljamiado que sabía leer tan angostos caracteres. Éste hojeó los papeles y leyendo aquí y allá algunos trozos, se topó con un pasaje donde se hablaba de Dulcinea del Toboso. Fue oír ese nombre y saltársele los pulsos a Cervantes con el hallazgo, porque se le alcanzó que ésa no podía ser otra que la historia de don Quijote, de la que habían llegado ya a sus oídos muchas, entretenidas y variadas anécdotas. Mandó entonces esperar al morisco y se llevó con disimulo al hijo del zapatero a un rincón, y puenteando al sedero, le compró todos aquellos papeles por medio real, encubriendo en el trato su excitación como un consumado zarracatín. Aunque le pagó al chico lo que el chico le pidió, ni un maravedí menos, no hubiera estado mal haberle dado un poco más, porque el chico qué sabía. Le costó más traducirlos que los papeles propiamente. Luego se llegó donde el trujimán y apalabró con él la traducción completa, sin faltar palabra, a cambio de dos arrobas de pasas y dos fanegas de trigo, y en poco más de un mes, aquél le devolvió los papeles vertidos a lengua romance. De su coleto añadió Cervantes algunos episodios más que él había oído referir y que Cide Hamete o no los conocía o no había querido ponerlos o no pudo, porque se murió antes, como por ejemplo el de la liberación de Ginés de Pasamonte; y debió ser que Cide Hamete conocía a ese matachín, y sabía cómo se las gastaba, y prefirió ni en broma incluirlo en la relación general, por si acaso llegaba a sus manos publicada aquella crónica, y le buscaba las vueltas. Cuando Cervantes tuvo listos y traducidos los papeles, los llevó a un impresor amigo suyo de Madrid. El impresor los leyó, y acordó quedárselos. Cervantes no tenía hacienda propia y además de necesitar los avales (que Catalina, por cierto, aconsejada por su hermano, un cura avariento, no firmó), había contraído unas pequeñas deudas, no todas de juego. No quiso satisfacerlas con la tantas veces tentada bolsa de su mujer, y pidió al impresor dos mil reales por el libro. Después de un breve regateo en un bodegón de puntapié de la Costanilla de los Desamparados, cerca del famoso Mentidero, habitual en las gentes de ese mundo, quedó fijada la suma en mil seiscientos reales. Como se ve el negocio que hizo Cervantes fue pingüe, porque lo que le costó medio real, dos arrobas de pasas y dos fanegas de trigo, se centuplicó de tal modo.

A partir de ese día las prensas del librero no reposaron ni de día ni de noche, y unos componiendo, otros corrigiéndolo, otros imprimiendo los diferentes pliegos, el libro quedó listo para los libreros y mercaderes en menos de un mes.

Uno de los ejemplares encontró incluso a don Quijote, cuando se reponía de su segunda salida.

Estaba a la sazón el hidalgo esperando que llegara el buen tiempo para volver a armarse. La vida de los caballeros se lleva mejor con buen tiempo que con malo, mejor en verano que en invierno, teniendo en cuenta que la mayor parte de los días se ha de dormir al raso y que la lluvia o la nieve deslucen cualquier alarde caballeresco. Aquel invierno se le hizo larguísimo, y no se le cocía el pan, como suele decirse. Ya no salió a cazar, porque después de haber conocido aventuras reales, lo de cazar conejos le parecía un ejercicio pueril, y sin libros, que era su único entretenimiento, no veía el modo de que amaneciese el día de la salida, que al fin llegó y lo hizo para los anales de esta historia con la inmarchitable fecha del cinco de junio del año del Señor de 1614, octava del Corpus.

Esta tercera salida, segunda de Sancho, duró mucho más que la anterior. Anduvieron caballero y escudero tres meses, día más o menos, y el destino les llevó hasta Barcelona, donde les aguardaban el fin de las aventuras, la derrota y, sin que nadie pudiera predecirlo, una herida mortal que llevaría a la tumba a don Quijote y el desconsuelo a parientes y amigos, por una muerte, que fue, para los amantes de los detalles exactos, como sigue.

CAPÍTULO QUINTO

El mechinal donde murió don Quijote no fue propiamente su aposento, sino otro de la parte baja al que le trasladaron para que no sufriera aquellos calores tan desusados. El camaranchón se había llenado de moscas otoñales que zumbaban enloquecidas y pegajosas, sin resignarse a morir. Se le posaban en los labios entreabiertos, en los párpados, le recorrían el cuello, y en eso se veía que estaba bien muerto, porque lo sufría todo sin mover una pestaña. De todos modos no fue suficiente para el ama, que espiaba a su amo por el rabillo del ojo y esperaba quedarse a solas con él para verter, cuando nadie la viera, cera caliente en sus párpados y unas gotas de aceite hirviente por el oído.

La expresión que el hidalgo había tenido en vida, de combate interior, el cejo fruncido, el rictus melancólico de la boca, así como la mala color del rostro, un tanto olivácea, habían desaparecido, y su semblante sugería una inconmensurable paz, al fin alcanzada, de magnífica estatua de alabastro.

El ama Quiteria corrió a buscar un pañizuelo orlado de randas, más tenue que el humo, lo perfumó con unas gotas de algalia, y cubrió con él el rostro de su amo, que quedó a resguardo de las moscas y no oculto, sino velado, proporcionándole aún mayor serenidad.

Se diría que todos sabían lo que tenían que hacer, y en un momento quedó armada una escena como si fuese la de un retablo.

A los diez minutos se presentó el médico. El de toda la vida, no el que supuso que todo aquello estaba motivado en parte por comer lechuga, no el de ideas novedosas que había dicho lo del culantro verde. Era un hombre de unos setenta años, alto, de rostro cetrino y ojos pequeños, sagaces y algo erráticos. Traía ropa de levantar negra por donde asomaba el cuello no demasiado limpio de la valoncilla. Parecía llegar con prisa, anunciando sin duda que no se quedaría allí más que los minutos precisos. Al saludarlo todos le llamaban don Frutos.

A diferencia del aposento habitual en el que siempre había dormido don Quijote, y antes que él don Bernardo Quijano y Justa de Arce, padres de don Quijote, y aun antes que éstos sus abuelos y tatarabuelos, a diferencia de aquél tan ancho y despejado, aquella improvisada enfermería era angosta y algo tenebrosa, y apenas cabían en ella tres personas, de modo que cuando llegó don Frutos, tuvieron que salir dos para que el galeno pudiera acercarse al lecho donde las formas del difunto sobresalían del fazoleto de randas. Ni siquiera le tomó el pulso. Se limitó a preguntar cómo y cuándo había ocurrido todo, y aunque no era propiamente un amigo de don Quijote, a pesar de conocerlo de toda la vida, parecía sincero queriendo averiguar esos pequeños e insignificantes detalles.

Era una persona seria, que detestaba las novelas y sólo leía tratados de medicina, sobre todo el Dioscórides y al doctor Laguna, a los que interpretaba de modo muy distinto que su joven colega. Cuando don Quijote cayó enfermo después de volver de Barcelona, les dijo: «Déjenme morir en paz, no quiero ver ningún médico, y menos que a ninguno a don Frutos».

Entonces el ama hizo venir al joven, que se llamaba don Servando, que salió con aquello del culantro verde. El ama hizo en ese momento propósito de no volver a llamarlo en la vida, y ordenó que avisaran a don Frutos.

Para entonces don Quijote estaba ya tan mal que cuando vio aparecer a don Frutos no dijo nada, se dejó reconocer y ni siquiera se molestó en preguntarle qué tenía.

—¿Cataléptico?

Don Frutos no era un hombre sutil, y tranquilizó al ama con irrevocables palabras, molesto de hablar con una ignorante:

—Créeme, Quiteria, éste no resucita hasta el día del Juicio.

Maese Nicolás, animado por la presencia de su rival, se decidió a cruzarle al muerto las manos sobre el pecho, subrayando de ese modo, ya que no su jurisdicción sobre los enfermos del pueblo, sí al menos sobre las manos de su amigo.

Las manos de don Quijote no eran ya más que un montoncito de palos secos, largos y descarnados, con las uñas no demasiado cortas ni limpias, aunque manos desde luego delicadas y finas, de persona decente que jamás las había puesto en cosa que no fuese la espada, la escopeta o los libros. También en esas manos husmeaban las moscas, que Quiteria espantaba con una pluma de ganso, la misma con la que don Quijote había escrito tantos versos, la misma de la que se sirvió para poner su rúbrica a las disposiciones testamentarias que redactó el señor De Mal.

Parece que ésas fueron las últimas palabras del hidalgo: «No me dé vuestra merced su pluma, porque no me hallo con ella. Quiteria, vete a mi oficina y tráeme de allí la mía, acaso peor cortada pero hecha a mis silenciosas melarquías, y me conoce, y es mandible». Esta manera de hablar tan gótica y solemne que tenía cuando se volvió loco, fue la que hizo dudar a algunos momentáneamente de la veracidad de su cordura.

Después, don Quijote no dijo nada, y estuvo dos días muriéndose. Así que Quiteria estaba secretamente conmovida de que el último nombre que pronunció don Quijote hubiera sido precisamente el suyo. Y se quedó la pluma como reliquia.

Terminó el médico de preguntar, el cura desmigó los latines de un responso en un susurro, y al acabar el responso, salió don Frutos y entró Sancho, que cayó de rodillas. Se hubiera dicho que aquella muerte le había aniquilado. Nadie tenía la menor noción de lo que ocurría en el alma de aquel ganapán, pues él, tan hablador, no despegaba los labios. A continuación salió el barbero y pasó el bachiller, y su corazón de poeta quedó impresionado por el espectáculo de la muerte, y no apartaba los ojos de quien hasta hacía unos días había entretenido sus prolongados ocios en aquel pueblo con algo que no habían sido rezos, sino libros y cosas de la fantasía, de las que el bachiller gozaba también como el que más.

Y si maese Nicolás sintió secretamente que quizá hubiera podido remediar aquella muerte, de haber sangrado al enfermo a tiempo, algo parecido sintió también el bachiller Sansón Carrasco en lo más íntimo, y se le encapotó el ánimo por haber vencido a don Quijote en la playa de Barcelona y haberle impuesto aquella cláusula tan rigurosa de recogerse en el pueblo durante un año, prohibiéndole las aventuras, que se había demostrado funesta. Se preguntaba: «¿Qué derecho tenemos a apartar a nadie de la vida que quiera llevar, si en ella es dichoso, y no haciendo daño al prójimo? ¿A quién menos cababa don Quijote? ¿No fue más feliz don Quijote en estos últimos meses de locura que en todos los años de su cordura? Quizá hiciera mal venciéndole...».

Su pesar, en cambio, no le impidió que allí, cuando todos parecían elevar al cielo una oración por el eterno descanso del alma de don Quijote, pronunciase el primer encomio fúnebre del caballero.

Los que cuchicheaban en la puerta, el barbero, el médico, el escribano, el ama y la sobrina, así como Cebadón el mozo, venido ya de sus recados, y algunos vecinos que se habían enterado de la muerte y habían pasado a soltar los pésames, guardaron silencio, y se dispusieron a oír a Sansón Carrasco, que tenía ya mucha fama en el pueblo de ser un hombre elocuente, que hablaba por lo fino.

—Pobre don Quijote —dijo con la voz encarrujada por la emoción, y abrochándose la sotanilla de chamelote—, te ha llegado la muerte en mala hora, si no es que la muerte nunca suele llegar en buena, como decía esta noche nuestro buen Sancho Panza. Cuando más prometía tu jornada, más sin piedad te han segado la vida, cuanto más larga la necesitábamos todos, más corta han dispuesto los cielos que fuese. Y si como don Quijote has dejado prueba de hazañas famosísimas, como mayoral bucólico tus vagidos de enamorado habrían preñado los aires y las nubes, aunque ninguna fama que dejaras como loco se comparará a la que dejas, entre nosotros, como Alonso Quijano el Bueno, que a bueno nadie se te igualó. Y te llamaste el Bueno, pero podríamos llamarte el Cuerdo, y a ello contribuimos tus amigos, que ahora, sin embargo, enloquecemos de dolor. Viéndote así, ruines las carnes y la pelleja amarilla, los ojos abismados en las sombras del más allá y la nariz afilada y vidriosas las pupilas, con la barbas huecas y deshiladas sobre el pecho hundido, muerto y bien muerto, podríamos decir que te has consumido como un gorrión, tan dócil te mostraste para seguir tu estrella. Pero sabemos que fuiste hidalgo como un gavilán. No hay entre las aves ninguna de mayor hidalguía, y todos hemos visto cómo en las noches frías de invierno, a la puesta de sol, prende esta ave un pajarillo que se lleva consigo a la dormida, abrigándose con él el pecho, para soltarlo libre a la mañana siguiente, sin lesión ninguna, y como gerifalte mostraste gran corazón y ánimo, e igual que él te pegaste con cualquier ave, quiero decir, gigante, follón, encantador o endriago, por valiente y descomunal que te pareciera, aunque hubieras de morir en la disputa, y así tú nunca miraste, como el mismo gavilán, si con quien peleabas era más que tú en fuerza, en hacienda o en cuna, sino sólo si lo era menos en razón; y por ponerla en su justo punto, te ves así ahora, vencido por la mayor sinrazón de todas, que es la muerte. He dicho.

—Ay, ya lo creo —gimió Sancho comiéndose las lágrimas, desde el suelo—, que no hace todavía dos días se lo dije. No se me muera vuestra merced, señor mío, y tome mi consejo y viva muchos años, que con la salud todo se alcanza, y la mayor locura que puede hacer un hombre es dejarse morir sin más ni más, sin que nadie le mate ni le acaben otras manos que las de la melancolía. Y es esta maldita tristeza impertinente la que se lo ha llevado, y nos deja ahora a todos en este desamparo. No me hizo caso, y aquí está la prueba. Él, cuerdo, y nosotros locos. Él gozando ya la gloria, y nosotros aún purgando la vida.

CAPÍTULO SEXTO

La muerte de don Quijote no afectó, como es natural, a todos de la misma manera.

Para el ama Quiteria fue un verdadero cataclismo. Después de aquellas primeras lágrimas, mientras abrazó a Antonia, no se volvió a verla llorar en todo el día, y de ello podría sacarse una impresión equivocada.

Era una mujer reservada y adusta. Vestía mitad de ama y criada, mitad de dueña, con camisa, basquiña y delantal, y, aunque no tenía los años para ello, llevaba las tocas negras de las dueñas desde que don Quijote se salió la primera vez al campo de sus quimeras. Acaso por hacerse respetar de los criados, a falta de amo.

Ese día, después de que el bachiller pronunciase aquel elogio y cuando todo el mundo se marchó a su casa, aprovechó un momento para correr a buscar una vela.

La encendió, esperó un rato que se calentara la cera, y vertió con sumo cuidado una gota en cada párpado de don Quijote. Luego aguardó a que la cera se enfriara y desprendió con la uña de su dedo meñique aquellas dos lágrimas, que podrían haber sido suyas, y las envolvió en el pañizuelo, lo plegó con cuidado y lo escondió en la manga de la camisa. El éxito de aquella comprobación le hizo desistir de probar con el aceite hirviendo. Agitando el mandil con las dos manos, ahuyentó las moscas que había dentro, y cuando no quedaba ni una, salió del mechinal y cerró la puerta.

Envió a continuación a Antonia al convento de Las Claras a pedir un hábito, pues sabía que ése había sido el deseo de don Quijote, ser enterrado con las mismas sargas terciarias que su padre, su abuelo y todos los hombres de la familia, y ella se quedó en la cocina terminando aquellos gazpachos que se habían quedado a medio hacer.

Estuvo allí un rato, y mientras guisaba, lloraba, y aunque trataba de evitar que las lágrimas cayeran dentro de la sartén, no siempre lo conseguía, y chisporroteaban sobre el aceite. Cuando terminó, dejó Quiteria las sartenes, y regresó al mechinal, cerró por dentro para que no entraran las moscas y allí donde antes había vertido dos gotas de cera, depositó ella dos besos, y se sentó a los pies de don Quijote, en un extremo del camastro, porque dentro no había ninguna silla.

Ah, si la hubiera visto alguien dejando aquellos dos besos tan amorosos e inopinados en la cabeza de don Quijote. ¿Qué hubieran dicho de aquellas confianzas?

—¿Cómo se ha dejado morir vuestra merced? Y ahora, ¿qué será de mi vida?

Y siguió haciéndole al muerto otras mil preguntas, todas a media voz, no porque pensara que iba a respondérselas, sino como si quisiera dormirle, igual que cuando se sigue contando un cuento a un niño que hace ya un buen rato se ha hundido en el insondable mundo de la almohada y los sueños.

Y con sus manos gordas y sonrosadas y ardientes acariciaba las de don Quijote, aquel montoncito de palitos secos y fríos, que parecía que fuese a desbaratarlos.

En el tiempo en que el ama permaneció en el camaranchón, marchaban uno al lado del otro el bachiller y Antonia, él a su casa y ella a Las Claras.

Hablaban los dos de lo que había sido don Quijote, pero eran palabras que salían un poco solas.

En la esquina de la calle Ancha y la del Azucaque, frente al convento, se despidieron.

«¿Qué me ha dicho Sansón?», se preguntó Antonia cuando se vio sola, en el torno, mientras llamaba. «¿Nunca se va a fijar en mí? ¿Es que no se ha dado cuenta de que me he puesto la camisa de lino nueva? ¿Es que no notó él cuando me dio el besamanos que me apreté contra su pecho con más fuerza de lo usado y que me quedé mirándole a los ojos? ¿Por qué no me sostiene nunca la mirada, por qué cuando le miro se azora de ese modo? No le gustaré.»

—Ave María Purísima.

La voz que salió del torno era, a un tiempo, aniñada y aviejada, y lo mismo parecía invitar a la cháchara que atajar cualquier circunloquio.

Explicó Antonia tímidamente quién era y lo que quería. No se atrevió a decir que no importaba que fuese un hábito viejo, porque al fin y al cabo tanto daba que fuese nuevo o viejo, de sarga, de lanilla o de chamelote, porque iba a durar lo mismo en la tumba. Le pareció que algo tan juicioso no había de decirse por respeto, y se lo guardó.

—Es para mi tío, que ha muerto.

La monja preguntó: «¿Y quién es tu tío?», y cuando Antonia dijo, «Alonso Quijano», la monja se disculpó, porque, al ser forastera y llevar poco en ese convento, no lo conocía. Dijo: «Soy de Valladolid».

—Quizá le suene más por don Quijote —admitió la sobrina, a quien no gustaba referirse a su tío por ese nombre. En eso era igual que Quiteria. Su tío era Alonso Quijano, no un loco que se decía don Quijote, y llamarle por ese mote lo encontraba ella un escarnio para la familia. La sola idea de que la llamaran «la quijota» hubiera sido tan oprobioso como si la hubieran dicho «la jifera» o «la judía» o cualquier cosa peor.

La monja admitió que por ese nombre tampoco le conocía, y con la mayor indiferencia, se fue a buscar el hábito o a pedirlo a quien pudiera dárselo.

Se quedó sola Antonia en aquel zaguán vacío mirando el torno sobre el que había clavada, en la pared, una cruz de palo. Pasaban los minutos y no llegaba nadie, y Antonia seguía pensando: «¿Nunca va a mirarme, nunca va a requebrarme como hacen otros? ¿Nunca se fijará en mí? No, no le gusto».

Oyó al fin al otro lado del muro unos pasos, y un cuchicheo. Alguien, acaso la tornera, explicaba a otra aquel negocio del hábito. Oyó también que esa otra monja le decía que el tal don Quijote era un loco y que ignoraba si era o no prudente darle aquella ropa santa. También oyó que la misma monja que parecía tan enterada le decía a su compañera que el loco tenía una sobrina con la que no se llevaba bien, una muchacha de genio muy vivo, como su tío, y oyó que la tornera, o quien fuese, le chistó y, apagando la voz, oyó Antonia que le decía: «No hable alto, vuestra maternidad, que me parece que me ha dicho que era la sobrina, y nos va a oír; está ahí fuera esperando. ¿Qué la digo?».

Al fin le entregaron un hábito, muy bien doblado y atado con el mismo cordón de la cintura, y se volvió Antonia a casa tras poner en el torno los cuarenta reales que le pidieron por él. Se decía: «¿Y esas monjas cómo sabrán si mi tío y una servidora nos llevábamos así o asá? ¿Será verdad que me parezco a él? Entonces ¿por qué Sansón era amigo de mi tío y no quiere serlo mío?».

La mayor parte de las cosas que pasaron por la cabeza de Antonia estuvieron pensadas con atropello. Cuando llegó a casa, el ama Quiteria, que había vuelto a encerrar a don Quijote en su mechinal, le preguntó:

—¿Cómo has tardado tanto?

Antonia no le contó nada de lo que había oído a través del torno, porque creía que al fin y al cabo don Quijote era su tío, y ella no era nada de Quiteria, y aquellas cosas debían quedarse en la familia. Sólo le dijo: «Fui hablando con el bachiller Sansón Carrasco», y le pareció que de esa manera decía mucho más de lo que en realidad quería o podía decir de los dos.

A propósito de Antonia es raro que Cide Hamete no descubriera nada de su belleza, cosa más extraña todavía en quien jamás solía pasar por alto esos detalles en las doncellas lozanas y hermosas como la sobrina, que lo era en grado sumo.

Era más bien menudita y delgada, pese a lo cual le gustaba ponerse un cuerpo bajo, porque de ese modo sus camisas blancas realzaban un escote muy ponderado por las miradas de los hombres que pasaban por casa.

Tenía en el rostro tres lunares como tres soles, uno sobre el labio, otro en la mejilla y otro en la sien, y sus labios finos y rosados se plegaban en un rictus de tristeza que humanizaban algo unos ojos de color miel, que podían hablar solos, si se lo proponían. Los ojos eran bellísimos desde luego, pero no lo serían tanto sin aquella boca que se desbordaba a menudo en ingenuas invitaciones y sonrisas, maliciosas e irresistibles, cuando no estaba enfadada por algo.

La gente decía, a sus espaldas, «¿y esta muchacha, siendo tan galana, por qué tendrá ese carácter, por qué parece que está siempre de tan mal humor? Eso va a ser la casa, con ese loco dentro, desquiciándolas todo el día».

Al contrario que a su tío, que había vestido de cualquier manera, siempre igual, en invierno con un balandrán que no se quitaba ni para comer, y en verano, con aquel jubón viejo, a Antonia le gustaba ir muy lavada y planchada, con la ropa limpia, que cuidaba con esmero, como un tesoro, lo mismo que las cintas de seda de color rosa, blanco, rojo, que se ponía en el pelo, que en ella era muy negro y undoso.

A menudo pensaba, mirando a su tío: «Yo no puedo ser nada suyo, yo me parezco a mi padre; no he sacado nada de mi madre ni de mi tío ni de la familia de mi madre. Yo soy de la de mi padre». A menudo pensaba en él, lo tenía en las alturas de su imaginativa.

Lo extraño es que a pesar de esa belleza, se consideraba fea y poco agraciada, y su natural destemplanza y desasosiego le hacían tenerse por una mujer que se quedaría sola como el ama Quiteria. «Si no soy de Sansón, no seré de nadie», se dijo ese día también, al tiempo que se asustó de su propio discurrir: «Se ha muerto mi tío y yo no debiera estar pensando en estas cosas. No hoy, por lo menos». Pero apenas pudo tascar el freno de las desbocadas ensoñaciones que siguieron a los minutos que le acompañó el bachiller camino de Santa Clara. «¿Por qué no habrá sido primo mío Sansón? ¿Por qué no habría ido yo a vivir a su casa? Pediríamos una dispensa, y podríamos casarnos. Pero he tenido que venir a la casa de mi tío.»

Sansón Carrasco no era tan diferente a Antonia como creía ésta. Es posible que él no supiera mucho de asuntos de amor ni les dedicara demasiado tiempo, como no fuese sobre un papel componiendo versos, que en eso era único. En aquel momento no podía pensar en otra cosa que en la muerte de su amigo. Le impresionaba la muerte. Pese a su juventud sabía que con don Quijote se había evaporado algo más que un hombre. Lo intuía oscuramente. Estaba muy afectado, de modo muy diferente a como podía estarlo Sancho, aunque en aquellos pocos meses le había tomado un gran cariño. Se dijo al dejar a Antonia a las puertas de las Claras: «¿Qué hubiera sucedido si don Quijote hubiese sido mi padre?». Esa pregunta no le llevó a pensar que habría sido primo de Antonia. Reconoció que se había llevado y entendido mejor con don Quijote en un año que con su padre en toda su vida. Don Quijote era todo lo contrario que su padre, y lo deploró el bachiller por Tomé Carrasco.

Su padre, al verle entrar en casa el día que murió don Quijote, después de haberse pasado la noche velándole, no pudo reprimir un gesto de fastidio y una frase hiriente. Claro que no sabía que había muerto, porque las campanas no empezaron a hablar sino a mediodía, y cuando él entró eran las nueve de la mañana.

—¿Tan temprano y ya perdiendo el tiempo, señor estudiante?

—Acaba de morirse don Quijote —proclamó triunfal Sansón Carrasco, con mucha gravedad en el rostro, consciente de que aquella respuesta no se la esperaba.

—Ah —dijo su padre, pero como no era hombre que se dejara vencer, y mucho menos por su hijo, añadió—: Qué lástima de hombre.

Sansón Carrasco no respondió a ese comentario, porque lo había dicho únicamente para molestarlo, y subió directamente a su aposento. Allí se lavó, se puso ropa limpia y tomó algún alimento que le llevó una criada de su madre.

A Sansón Carrasco todos lo creían el mozo más feliz de la tierra.

Tenía entonces veinticuatro años. No era muy grande de cuerpo, aunque sí de talle rocoso, de piel oscura y muy buen entendimiento. Su aspecto era característico, de nariz chata, boca abultada y ojos pequeños y vivos, señales de que era de condición maliciosa, tracista y amigo de burlas. De hecho cuando vio a don Quijote el día en que éste preparaba su tercera y definitiva salida, publicado ya el libro con la primera parte de su historia, se arrojó de rodillas delante de él y empezó a echarle grandísimos bombos. Cualquier otro que no hubiese sido don Quijote se habría amoscado con aquel turíbulo y hubiera descubierto en la pantomima la insolencia de un fatuo o una simpleza de necio. Pero don Quijote era un ser puro que veía muy natural que hubiese alguien que hincase la rodilla en el suelo no tanto para rendirle pleitesía como por honrar en él a toda la caballería andante, y tratándose de tal cosa le hubiera parecido incluso poco que hubiesen lanzado a su paso cohetes y triquitraques.

Comiendo el refrigerio que le trajo la criada, se acordó el bachiller de aquella primera vez que vio a don Quijote y de las chufetas que le dijo, y sintió un poco de vergüenza por haberle escarnecido. Pensó: «Le hemos matado entre todos, sin quererlo; no creímos que estuviese tan mal como estaba y quizá no nos hemos portado con él como buenos cristianos».

Todo el mundo pensaba que Sansón Carrasco había terminado ya su grado de bachiller, y que iba a recibir pronto con la tonsura las órdenes que le faltaban.

Pero llevaba dos años de dilaciones y demoras. Su padre le apremiaba de continuo para que tomase estado, pero el mozo no se decidía, apoyado en parte por su madre, a la que tenía sorbido el seso. Su padre se enfrentaba a ella: «Tú ríele las gracias», decía malhumorado.

¿Y qué hacía Sansón Carrasco en la vida? Nada. Salió dos veces a buscar a don Quijote para traerlo a casa.

La primera se vistió con una casaca de color amarillo. Cosió en ella muchas lunas pequeñas de resplandecientes espejuelos, y se puso una celada de la que volaba una gran cantidad de plumas verdes, amarillas y blancas. Al verlo así en el patio, su padre entró furioso en casa, buscó a su mujer y la arrastró a la vista del mozo:

—¿Puede explicarme alguien qué hace vestido de esa guisa mi hijo, como un mamarracho?

El hijo le informó que se trataba de una obra de caridad, que era la de devolver a su casa a un hombre que andaba por el mundo perdido el juicio, y que a ningún buen cristiano debía parecerle mal. «¿Quién?», preguntó el padre. «Don Quijote», respondió el hijo. La cólera del padre subió de punto: «¿Te refieres a nuestro vecino Alonso Quijano? ¿Ese iluso, ese novelero? Cuanto más lejos se vaya, mejor para la sobrina, que se va a quedar sin nada como siga comiéndose la hacienda en libros». Sansón no se rindió y agregó que lo había consultado con don Pedro, y don Pedro era un cura juicioso y le parecía bien. Don Pedro tenía mucho ascendiente en la casa de los Carrascos, y Tomé Carrasco, por esa vez, no dijo nada.

Pero quiso la mala fortuna que Sansón Carrasco encontrase a don Quijote, y que éste le venciera.

Cuando su padre le vio llegar de vacío y con dos costillas rotas, estuvo pensando qué decir, pero el recuerdo de don Pedro le contuvo. Se tiró sin hablar todo ese día. Cuando estuvieron sentados a la mesa, cenando, se ve que o hablaba o reventaba, y dijo, sin que se supiera a quién o a qué se estaba refiriendo:

—¿Hasta cuándo va a durar esto?

En cuanto se repuso de las costillas, el bachiller Sansón Carrasco volvió a hacer los preparativos para una segunda búsqueda. Enfundó la armadura con unos ropones blancos, de los pies a la cabeza, y pintó con albayalde el yelmo y el escudo, sobre el que clavó también una luna brillantísima hecha de azófar.

Su madre palmoteó de entusiasmo, porque lo encontraba más apuesto y galán esta segunda vez que la primera, pero el padre, para no verlo salir, se estuvo tres días sin aparecer por la casa, de caza en unas dehesas suyas, con dos monteros improvisados entre sus pastores.

En esa segunda ocasión tuvo que ir hasta Barcelona, porque don Quijote ya había atravesado media España, pero no le fue difícil dar con él. En todas partes o habían oído hablar del caballero loco, o lo habían visto o conocían a alguien que lo había visto.

Cuando llegó de vuelta al pueblo, victorioso y ufano, Tomé Carrasco, harto de chilindrinas, le lanzó la terminante:

—Basta de perder el tiempo. Decídase, señor bachiller, y haga por recibir las órdenes y hacerse clérigo como mi señor cuñado —se refería al hermano de su madre, obispo de Sigüenza, que se había ofrecido hacía años a favorecer a su sobrino—, pero se acabó el comer en mi mesa la sopa boba. O las órdenes, o ya sabéis dónde está la puerta.

La madre, ante el ultimátum, rompió a llorar y Sansón Carrasco no se atrevió a decirle que se encontraba negado para las cosas de Iglesia.

En esas andaba cuando murió don Quijote. El padre, en consideración al difunto y a la amistad que parecía haber reinado entre su hijo y aquel mentecato, le otorgó, al menos tácitamente, un aplazamiento.

Y aplazamiento fue igualmente para Sancho la muerte de don Quijote.

Llegó a casa con los ojos enrojecidos y taciturno. Dio la noticia y se echó a dormir, porque no había dormido ni un minuto en toda la noche. Dijo a su mujer: «Despiértame de aquí a un rato». Pero Teresa, su mujer, le dejó dormir todo lo que quiso, que no fue mucho, porque le despertaron sobresaltado las campanas, doblando a media mañana.

—¿Qué hora es? ¿Cuánto he dormido? ¿Quién toca las campanas?

Estaba bañado en sudores fríos y tenía la boca seca. En los escasos minutos de reposo había tenido profundos y espesos sueños en los que andaban él y don Quijote por esos mundos, en su vida caballeresca.

Mandó Sancho a comprar un poco de vino a su hijo, Sanchico, y sin que nadie le dijera nada, Sanchica, la mayor, la preferida de su padre, se puso a freírle unos torreznos.

Bebió algo de vino, pero no probó los torreznos, y en eso

estaba cuando apareció Cebadón con un recado del ama Quiteria.

Cuando se quedaron solos Teresa Panza y sus dos hijos, les dijo:

—Ay, hijos, a vuestro padre os lo han cambiado. No ha tocado estos torreznos. ¿Cuándo se ha visto algo así? Los meses que ha pasado con don Quijote han hecho de él otra persona, y no se le conoce. Antes era socarrón y alegre, amigo de dichos y de burlas, de pitos y chirigotas, y aun de tientos, y ha vuelto un hombre taciturno. Hasta le encuentro más delgado. ¿No habrá enfermado? ¿No habrán contraído los dos una de esas enfermedades raras que andan sueltas por el mundo? ¿Habrá probado culantro?

—Será —dijo Sanchica—, porque la muerte de su amo le ha llenado de pesar. Pasará el tiempo y todo se remediará. No hay mal que cien años dure y no hay nada que no remedie un jarro de vino. No tenga vuesa merced cuidado y déjelo de mi mano, que en dos días le voy a devolver el marido como se usaba.

—Ojalá sea como dices. Pero te aseguro que es muy otro del que era. Ayer mismo, antes de salir para la casa de don Quijote, se me quedó mirando, y me dijo: «Ven acá, Teresa. Dime: ¿Qué quedará de mí en este mundo? ¿Seré dueño de mi vida, dueño de mi fama? ¿Se habrá escrito todo lo que de mí convenía saber o me queda aún por vivir vida memorable? Mira que se muere don Quijote, ¿y qué será de mí? ¿Me espera nueva vida o habré de languidecer aquí esperando la muerte, contando mis aventuras con don Quijote, como un soldado viejo? ¿Se acabó todo? Al morir don Quijote, ¿no me he quedado a medio hacer? Yo antes no era así, a mí antes no me preocupaban estas cosas».

—¿Y tú qué le dijiste, madre?

—¿Qué querías que le dijese? Que de cuándo acá la vida

de un pobre se acaba con un amo. Cambian los amos, pero los criados son los mismos. ¿Adónde irá el buey que no are? Le dije, quítate cuervos de la frente, ventílate el ánimo, orea el pecho y tus cuidados, levanta la cabeza y mueve los pies, que amanecerá Dios y medraremos, y bien se está San Pedro en Roma.

—¿Y él te dijo más?

—Sí me dijo. Me dijo: «Tienes mucha razón, Teresa mía, pero dime, dime: ¿Me espera nueva vida o habré de apocarme aquí aguardando la muerte, contando mis aventuras con don Quijote, como un soldado viejo? ¿Se acabó todo?». Y me contó que no podía figurarme lo mucho y bien que había estado esta segunda vez con su amo, y que en nada se había parecido a la primera, y no tanto porque hubiera llegado a ser gobernador, como por haber descubierto en don Quijote un verdadero compañón como no lo había tenido antes, y que sólo ahora que se moría, sabía lo que se le moría a él por dentro, y que a todo parecía que le estaba perdiendo el gusto. Os digo, hijos, que vuestro padre me preocupa.

No le podía oír Sancho ninguna de estas razones, porque se había ido con Cebadón a la caballeriza, detrás de la casa, y estaba poniéndole la jáquima al rucio.

Mientras se atareaba Sancho y Cebadón le echaba una mano, empezó éste a cantar unas coplas. Tenía una voz barnizada y donosa.

—Cebadón, ¿no vas a guardar ni un minuto de luto por tu amo? ¿Cómo puedes cantar un día como hoy?

Cebadón era un mozo y, ante la autoridad de Sancho, suspendió el sonecito.

Cebadón era el único a quien aquella muerte le había dejado indiferente. No sólo porque llevara poco tiempo en la casa. Tampoco había tenido demasiado trato con su amo. Cuando él llegó, don Quijote vivía los días de mayor exaltación y frenética actividad, ejercitando las armas detrás del corral y leyendo en voz alta, encerrado en su aposento, aquellas novelas de las que le gustaba hacer todas las voces. Imitaba la voz de las princesas, cuando eran princesas las que hablaban, o la de los gigantes cuando lo hacían éstos o, en fin, la de los caballeros, y se servía para ésta de la suya propia, que ponía en un punto que ni el más asenderado de los comediantes se le hubiese igualado. Y Cebadón pensó: «¿En casa de quién he entrado a servir? Está como un cencerro».

Y la verdad es que tampoco tenía en mejor consideración a Sancho, pero le obedeció cuando le afeó la conducta.

Al cabo de unos minutos, como se hacía incómodo el silencio entre los dos hombres, Sancho le dijo:

—Canta si quieres, Cebadón; cantando y más cantando, la pena se va aliviando.

—No. Ya no tengo ganas.

—Y tú, Cebadón, ¿qué piensas hacer ahora que tu amo ha muerto?

—¿Yo? —respondió alegremente el mozo—. Se sorprendería voacé, señor Sancho, de las cosas de las que soy capaz. A mí me espera el mundo, y me lo voy a poner por montera.

CAPÍTULO SÉPTIMO

De allí a un buen rato aportó por la casa de don Quijote maese Nicolás. Traía en una mano la bacía y en la otra un saquito con la navaja, las tijeras, un peine y algunos pomos con aceite de estoraque, agua de rosas, jaboncillo de Venecia, solimán y otros lucentores para amortajarlo. No le parecía decoroso que su amigo se presentara con aquellas confusas barbas ante las de Dios el día del Juicio.

Se encontró cerrada la puerta del mechinal donde lo había dejado, y por no armar escandalera en la casa de un muerto llamó con la voz apagada al ama Quiteria, y se llevó un gran susto cuando la vio aparecer precisamente del cuarto donde yacía don Quijote.

El ama ni siquiera se entretuvo en saludarlo, sino que se fue a su aposento, como urgida por algo. Ya a solas en él, abrió un arca, y guardó entre sus tesoros de tela blanca el pañizuelo que acogía las dos gotas de cera que habían estado en contacto con los párpados de don Quijote.

Cuando salió, vio llegar a Antonia con el hábito de Santa Clara.

—¿Cómo es que has tardado tanto? —preguntó.

Oyeron a maese Nicolás que pedía un poco de agua caliente.

Y de allí a un rato, empezaron a llorar las campanas el clamor de los difuntos. En ese instante ordenó Quiteria a Cebadón que fuese a buscar a Sancho.

Fueron aquellas campanadas las que dieron pie a que pasados los años tomase cuerpo la leyenda de que se habían puesto a tocar solas, porque en aquel entonces la iglesia no contaba con sacristán y don Pedro ya era muy viejo, flojo y achacoso como para ocuparse él de ese menester. Había que subir por una escalera medio podrida, y don Pedro ya no estaba para tales escalas.

El cura, compungido como la mayoría por aquella mala noticia, había llegado a la rectoral y a medida que pasaban los minutos se entristecía más y más. Sabía que había muerto cristianamente y confesado y que había sido ungido por el santo óleo, pero no le bastaba. No se resignaba a que hubiese muerto. No era sólo uno de sus mejores amigos, sino de los más antiguos, y con él había jugado cuando Alonso era un niño aún, recién llegado don Pedro al pueblo con las órdenes apenas estrenadas, y con él había cazado con visco pájaros, y leído con él, a menudo en los mismos ejemplares, las primeras novelas. Y de pronto, con los ojos bañados en lágrimas, en la soledad de su casa, y sin que nadie le viese, rezó por el alma de su amigo más de dos horas seguidas, y le parecía que rezando por su alma, lo hacía por la suya propia, y empezó a creer que el siguiente en seguirle a la tumba sería él mismo.

Le daba vueltas la cabeza y hasta en el hecho de sentarse encima de los anteojos y romperlos vio una premonición.

Cuando acabó de rezar no lo pensó más, y subió los más de ciento cuarenta traveseros. «¡Don Quijote muerto!», se iba diciendo. Llegó arriba, se quitó la correa de la sotana, lió con ella el badajo de una de las campanas, y pudo así, a dos manos, hacer sonar, con lastimoso acento, el lloro por el caballero, como queda dicho. Se pasó más de media hora tundiéndolas a muerto, aturdiéndose con aquel sonido y con la magnífica llanura manchega que tenía a sus pies, delante de los ojos. «¡Pobre don Quijote! ¡Muerto!» Aunque en realidad parecía que estuviese diciendo: «¡Pobre don Pedro!».

Aquella música campanil fue sin embargo el mejor acompañamiento para que el bachiller Sansón Carrasco ensayase en el estudio de su casa el epitafio que habría de acompañar el cuerpo de don Quijote en su correspondiente filacteria. No le costó traer del éter la primera estrofa:

> Murióse al fin quien puso con su espada
> un orden nuevo de justicia y sueño,
> devolviéndole al mundo en loco empeño
> su más cuerdo valor, como si nada.

Siguieron a éstas otras estrofas no menos inspiradas y cuando ultimó y pulió sus versos, quedó tan a gusto con ellos, que se levantó con el ánimo espumoso y, sin pensarlo, salió camino de la casa de don Quijote, con el propósito de enseñárselos a alguien y cosechar los primeros parabienes.

Encontró la puerta abierta y la casa, al contrario de lo que supuso, reposada, el patio despejado, la sala sin gente, y la enfermería donde había muerto, desalojada. Únicamente las moscas volaban desesperadas y aún más belicosas, sin encontrar nada donde posarse, porque habían desaparecido del mechinal el muerto, el trasportín y el colchón, y cualquier otro vestigio de lo que allí había sucedido esa mañana.

Quedó atónito con tal mudanza y buscó el cadáver de su amigo por toda la casa, sin hallarlo, ni abajo ni arriba.

Era una casa grande, de dos plantas, patio empedrado con tabas de cordero, testimonio del antiguo esplendor, corral, establo, caballeriza, bodega y sobrado o desván. Pesquisó primero los aposentos que se destinaban a los moradores, y no encontró a nadie. En el sobrado reconoció entre algunos viejos armatostes y tejas viejas puestas contra la pared, las armas del hidalgo, condenadas a aquel encierro por el juramento que don Quijote de la Mancha le hizo, cuando disfrazado como caballero de la Blanca Luna le exigió reposarlas durante un año y recogerse en su pueblo. Volvió al mechinal, no tanto para saber si habían devuelto allí el cuerpo de don Quijote en ese rato, sino para cerciorarse de que había mirado donde lo había dejado, y no en otro. El hecho le dejó confuso. No podía figurarse qué había ocurrido o qué estaba ocurriendo, y aunque no quería pensar en ello, sintió un vago desasosiego. Y por más que se decía, «ea, ánimo, Sansón, que los muertos no van a ninguna parte por su propio pie», no quería quedarse a merced de los fantasmas, si los había.

Los minutos le parecieron siglos. Oyó como murmurios en el piso superior, y el corazón se le apretó. Los oyó fuera, pero pasaron de largo. Ni la sobrina ni el ama dieron señas de vida ni ninguno de los amigos que hacía dos horas habían estado con él velando a don Quijote ni nadie que le contara lo que allí estaba sucediendo, como si a ellos también los hubieran hecho desaparecer algunos verdaderos encantadores.

CAPÍTULO OCTAVO

Con el cuerpo de don Quijote no hubo ningún misterio ni caterva de encantadores que lo secuestrara ni nada parecido. Se lo habían llevado en andas el barbero y el mozo Juan Cebadón, entre los dos, tan poco pesaba, sobre el mismo jergón en el que había muerto, y lo dejaron en la iglesia.

No pudo evitar la elegía el académico barbero, mientras lo llevaban, cruzando la plaza.

—Pide a Dios, Juan Cebadón, que no se levante viento, porque si soplara como suele soplar en esta calle, arrancaría el cuerpo de tu amo de estas andas y se lo llevaría dando tumbos como seroja. No pesa lo que una avecica. Hay que ver en lo que nos convertimos, y todo, como quien dice, de la noche a la mañana. Nos lo va a aventar el aire, igual que la paja de las eras.

—Lleve vuestra merced mucha cuenta, señor barbero —le advirtió el mozo—. Y mire dónde pone los pies y vaya más avisado, que a punto ha estado el cuerpo de rodar a un lado, y no se nos ha caído de milagro.

El cura, que les vio llegar desde lo alto del campanario cruzando de lado a lado la vacía plaza, dejó de tocar las campanas, y les lanzó una voz:

—Vayan entrándolo en la sacristía, que yo bajo.

La iglesia era una gran mole de piedra roja, con un atrio porticado, un portal de filigrana y una torre de desmedida altura para la irrelevancia del lugar. Lo más notorio de aquella torre, aparte de las dos campanas fundidas en Toledo y que acababa de tocar el señor cura, era su reloj de sol, labrado en piedra berroqueña. Hacía un siglo que se había caído el estilo que marcaba las horas y hacía exactamente un siglo que no pasaba un solo día sin que alguno de los vecinos del lugar no recordase que alguien tendría que subir a la torre o descolgarse del campanario y reparar la falta.

La decisión de trasladar a don Quijote fue acertada, pues con el calor del día ya había empezado a oler algo, y no precisamente a ámbar.

—Poco ha tardado en cebarse la muerte en este pobre cuerpo —dijo el ama, tapándose la nariz disimuladamente con el mandil—, menos que en subir su alma al cielo, donde sin duda estará ya gozando de la gloria.

En cuanto Cebadón vino de avisar a Sancho, el ama lo envió a decirle al cura si podían llevarse el cuerpo a la iglesia, más fresca y apaciguada, y don Pedro ordenó:

—Tráiganlo, que como buen cristiano no querría estarse en ningún lugar mejor ni más santo que éste.

De ese modo quiso también el cura honrar a su amigo en aquel lugar sagrado, antesala apropiada para el otro mundo.

Antes de sacarlo de su casa, le vistieron entre el ama y maese Nicolás con el hábito de los frailes menores, y lo llevaron a la iglesia. Era la sacristía una habitación amplia, de tres altas bóvedas, que olía a una mezcla rara de setas y suero, cera e incienso, y en ella se hizo el modesto mortuorio. Por allí fue pasando, desgranándose después de mediodía y de oír las campanas, todo el pueblo, para ver al insigne hidalgo. Milagrosamente en aquella fresquera no había moscas, cosa sabida en toda la región, ya que las moscas jamás habían entrado en aquel templo por una especialísima intercesión de san Cristóbal con el Altísimo, y Quiteria no tuvo que ir a buscar de nuevo el fazoleto de randas que había guardado ya como una joya.

Se le había quedado a don Quijote un ojo medio cerrado, o fue que se le medio abrió, por el traqueteo del traslado, y por más que el barbero trató de bajarle el párpado, no lo consiguió. Parecía que el hidalgo dormía con un ojo y con el otro estaba avizor, sin que nada de lo que sucedía y se decía a su lado se le escapara.

Se acordó entonces la sobrina de que no habían advertido a Sansón Carrasco de aquel traslado del difunto, y envió a su criado Cebadón a casa del bachiller con el aviso, para que no se extrañase si llegaba allí y se encontraba la casa vacía.

Cuando Cebadón llegó a casa del bachiller, le dijeron que ya había salido. Mientras, Sansón Carrasco, cansado e inquieto por la espera, había dejado la casa de don Quijote, sin saber muy bien dónde buscar.

Era ya la hora más calurosa de un día que amenazaba serlo también de todo el año, contra la lógica de las fechas y de estar en mitad del otoño.

Los pájaros raros que aún no habían emigrado debían de haber perecido, al igual que los perros y los animales, porque no se oía nada, ni un trino, ni un gorjeo, ni un ladrido, ni un baladro. Nada. Era un silencio sobrehumano. Como si el mundo no existiera, en verdad. Las piedras de la calle quemaban como puestas al fuego y no era posible dejar la vista en las paredes enjalbegadas de las casas sin dañarla. Hasta respirar aquel aire abrasivo producía fatiga.

No se veía un alma y el pueblo parecía abandonado. Lo atravesó Sansón Carrasco de un lado a otro. Todo parecía muerto, las casas cerradas, los cortiles vacíos, los pájaros fugitivos, los hombres idos, los talleres mudos, los hornos apagados, los molinos inmóviles, los perros sombras y las mujeres enterradas en lo más hondo y fresco de sus casas.

—Ay —se dijo lleno de inquietud el bachiller—. El pueblo está vacío, el ama y la sobrina voladas, el cura escondido y ya no se oyen las campanas, la casa del barbero, que acabo de ver, cerrada, y yo aquí, sin comprender nada, como debe de pasarles a los difuntos. ¿A quién voy a leerle mi soneto?

Llegó en esto el bachiller, de vuelta de su estéril borneo, a la iglesia. Le caía el sudor por la frente como fuente de doce caños, y unos de esos sudores le quemaban la cara, y otros se la helaban, sin que pudiese distinguir lo que era calor de lo que era miedo. Pero al fin, doblando el contrafuerte del templo, advirtió que había allí un burro que ronzaba unos cardos, con su albarda puesta y el cabestro recogido, única criatura viva de aquella hora, y reconoció con secreta alegría que era el rucio de Sancho Panza.

«Si aquí está el rucio —pensó más tranquilo el bachiller—, no debe de encontrarse lejos el amo.»

Confirmó sus barruntos el asno con un sostenido y majestuoso rebuzno. Quiteria, que pilotaba aquellas primeras horas con extremo tino, dispuso el gobierno a su modo.

—Mira, Sancho, tal como vienen las cosas, no vamos a poder retener con nosotros a don Quijote esta noche velándolo ni siquiera en la fresquera de la sacristía, porque se nos va deprisa, y será mejor enterrarle cuanto antes. Hay que avisar a Pedro Angulo, que está trabajando en las bodegas del conde.

Se refería el ama a Pedro Angulo, el enterrador, y a unas bodegas, llamadas del conde, propiedad del mismo conde del Palacio, que se encontraban en Quintanilla, a dos leguas y media de allí, y en las que estaba Pedro Angulo trabajando ese día como bracero haciendo vino. En el pueblo se hubieran hallado desde luego peones que habrían podido abrir una fosa para enterrar a don Quijote, pero el sepulturero era Pedro Angulo, el más pobre de aquel lugar, como solía serlo siempre el enterrador de los pueblos manchegos, y no querían quitarle de ganar su jornal ni el almud de trigo, la media hoja de tocino y la arroba de vino que según costumbre solían dar los labradores ricos, o sus deudos propiamente hablando, a quien les ponía la proa mirando a la eternidad.

Pedro Angulo, como otros braceros, apuraba hasta el límite aquellos días de otoño cada vez más cortos, y era lo más probable que no volviese aquella noche.

—Eso voy a hacer —le confirmó Sancho al bachiller—, como si fuera el mismo don Quijote quien me lo ordenara, que mientras él esté sobre esta tierra, yo lo tengo por vivo, y sabiendo lo buen amo que fue conmigo, acataría yo sus órdenes incluso después de muerto si pudiera oírlas, mejor que las de ningún vivo, porque quien fue considerado y juicioso en vida, raramente podría no serlo de muerto.

—Considerado desde luego lo fue siempre, pero juicioso, Sancho, no lo fue hasta hace una semana, cuando ya se moría.

—Le engañan, señor bachiller, todos sus latines y tantos libros. Ahora empiezo a ver que mostró don Quijote más juicio en su locura que muchos en sus bien adobadas razones, y no digo más porque ni son estas cochuras para orear la palestra ni horas de ajustar opiniones, sino de ir a buscar a mi compadre Pedro Angulo. Ahí se quede con Dios.

CAPÍTULO NOVENO

LLEGÓ la tarde, y con ella, de vuelta, Sancho, al que acompañaba Pedro Angulo.

Entre los dos, uno cavando y otro apartando la tierra, uno en un cabo y otro en otro, dejaron lista la sepultura de don Quijote en el pequeño cementerio que se acostaba en uno de los muros de la vieja e imponente iglesia.

Mientras trabajaban le hablaba Sancho a Pedro Angulo y le iba relatando historias y episodios ya famosos de su vida con don Quijote, y lo que a éste debía y lo que de él aprendió, que, según le confesó a su compadre, y no podía mentir allí, al pie mismo de la sepultura que le estaba abriendo, no había tenido en todos los días de su vida un amo como don Quijote ni creía lo podría volver a tener, y que eso en un pobre es cosa muy triste, porque era como saber que se ha llegado al cénit y ya todo va a ser rodar hacia al oscuro crepúsculo viviendo de memorias tristes y de pasadas glorias.

Pedro Angulo se admiraba de oír hablar con tanta discreción a su vecino, pues lo tenía por hombre ameno pero de poco discurso y paniaguado. No se daba cuenta de una cosa, y es que de haber estado sirviendo a don Quijote, a Sancho se le había pegado mucho del buen sentido de su amo, cuando éste lo tenía, e incluso un poco también de sus manías, fantaseos y quimeras, y a don Quijote se le había pegado también un poco de los refranes y la visión de su escudero, y puede decirse incluso que al término de su vida don Quijote soltaba ya casi tantos refranes como Sancho, y lo llamaba «hermano», y más, «compañero del alma», y «ven acá, amigo mío, verdadero y leal como ninguno».

Por eso Sancho hablaba a veces que parecía un teólogo. Y esa manera de hablar de Sancho que admiraba al enterrador, también le fastidiaba. E igualmente verle tan mejorado, porque era de naturaleza algo envidiosa. Llegó a pensar que Sancho quería presumir delante de él, cuando tantas veces habían destripado terrones juntos. También se había corrido por el pueblo que Sancho había traído tanto y tanto dinero esta vez, quilmas repletas de monedas, joyas, perlas y cadenas de oro que no partiría Hércules con su maza, así como escrituras de tierras en Aragón de la ínsula gobernada, y que dejaba en Barcelona media galera con un socio argelino renegado y reconciliado, que dedicaría al corso.

—Pero ¿fue para ti, Sancho, este don Quijote —le preguntó el enterrador con la sonrisa un poco biliosa— bueno porque te aconsejaba y enseñaba, o bueno porque te permitía que asentaras tú mismo la cuantía de tus jornales, como me acabas de decir, y porque, según todo el pueblo, te ha dejado en testamento la hijuela?

—Si me pagó bien, mal o regular, poco o mucho, no entro ni salgo a declararlo, que fueron asuntos nuestros, ni creo que haya que darle tres cuartos al pregonero, pero mejor me aconsejó, cuando tuve necesidad de ello, y ahora te diría que si viviera, sólo por servirle me quedaría a su lado, aunque no pudiera pagarme.

Sancho lo decía de corazón, pero Angulo era un ser oblicuo y desconfiado y halló esa respuesta engreída y presuntuosa, y arguyó que decir eso era brindar al sol, porque lo sabía muerto y bien muerto, y a continuación se estuvo un buen rato sin decir nada. Empezaba a molestarle mantener aquella plática con Sancho, y en el fondo le mortificaba que fuese precisamente Sancho quien le hubiera ido a avisar, quedándose como testigo de sus necesidades y penurias, teniendo en cuenta además que ese Pedro Angulo fue una de las personas a las que primero propuso don Quijote que le sirviese como escudero. Conociendo Pedro Angulo la locura de su vecino, lo había tratado con desdén y mofa y le había dicho que antes se pondría él a servir al ciego bulero que entrar a su servicio, y ahora, suponiendo rico a Sancho con un oficio que él había desechado, Pedro Angulo no lo podía sufrir.

La tierra, seca de todo el verano, se mostraba dura como una piedra, y al cavar se levantó un polvo fino y blanco que secaba las gargantas.

—Yo prefiero con los amos —dijo al cabo de un rato el enterrador— mantenerme a un lado, y no entrar en sus cuestiones, porque tarde o temprano hacen valer ellos su autoridad, cuando dejan de tener su razón, y por eso nada como ponerse a jornal con un amo rico y partir la cena con un compadre pobre, y tú, que tanto te gustan los refranes, acuérdate de aquel que decía que ni en burlas ni en veras con tu señor no partas peras, o dame dineros, no me des consejos.

—Te equivocas mucho, vecino —le respondió Sancho—, porque quien te da un ducado y un consejo te da cien veces más que quien te da sólo un ducado, y si el consejo es bueno, vale más que cien ducados, y otro gallo te cantara, si buen consejo tomaras, y quien bien se aconseja, nunca yerra. Y yo sé que si por don Quijote hubiera sido, me habría cedido toda su hacienda, por tenerme regalado con él. Y más te digo: al final la hubiera partido conmigo si con ello no hubiese dejado desamparada a su sobrina.

Desde la sacristía, por un ventanuco, se oía el lúgubre golpeo de los legones, envuelto en los animados coloquios del escudero y del enterrador, lo que dio origen a otros que tuvieron lugar en presencia del cuerpo de don Quijote.

El ojo mal cerrado del caballero parecía no perder ripio.

—Me van vuestras mercedes a perdonar lo que ahora voy a decir, y en primer lugar me lo ha de perdonar mi querido don Quijote, que debe de andar a estas horas más arriba de donde le llevó el caballo Clavileño.

Y el señor Nicolás, a quien el mismísimo don Quijote había relatado esa aventura del caballo Clavileño, a cuyos lomos creyeron Sancho y don Quijote, más aquél que éste, que habían llegado volando a las regiones hiperbóreas, el señor Nicolás dio una solemne cabezada dirigiéndose al finado, como si le pidiese la venia para continuar, tal y como hacían en las sesiones de la academia, cuando alguno de los cofrades pedía el uso de la palabra.

Le escuchaba con atención el cura, que no se había apartado del muerto ni siquiera para comer, y que andaba un poco perdido, con unos anteojos viejos que encontró, con un cristal estallado, como huevo frito. Y estaban allí también el bachiller Sansón Carrasco y Pedro Pérez, el vecino que había recogido medio muerto a don Quijote hacía un año, cuando se lo encontró después de que lo apalearan los mercaderes toledanos que iban a Murcia. A veces llegaba alguien del pueblo, se plantaba delante del cuerpo sin vida del caballero, rezaba un padrenuestro, y se marchaba. La sobrina y el ama se habían ausentado, y preparaban en casa del hidalgo unos llamativos, para entretenerles el hambre hasta la hora del entierro, tras del cual pensaban también celebrar el banquete mortuorio, que igualmente iban metiendo ya en las ollas.

—El caso es —prosiguió maese Nicolás— que no sé muy bien a quién echaremos más de menos, si a don Quijote o a

Alonso Quijano. Si en Alonso Quijano nosotros perdemos a un buen amigo y la Iglesia a un buen cristiano, en don Quijote perdemos mucho más, un modelo de caballero. Todos trabajamos desde el principio de su locura por devolverlo al redil de los cuerdos. Cierto que a menudo nos juntamos con él y le aguijoneamos con el único afán de oírle disparatar y alegrarnos el tedio que se destila en un poblachón como el nuestro, pero Dios sabe que nada fue hecho con malicia ni el perjuicio de terceros, al contrario, a todos nos guiaron los buenos propósitos. Le abrasamos los libros que le habían despertado esa manía suya, cuidamos de su hacienda y velamos de sus mujeres cuando él corría por ahí detrás de la que nunca fue suya ni podía serlo, lo buscamos en la serranía donde lo sabíamos más demenciado y frenético que nunca y por él hicimos, poniendo nuestra reputación y buen nombre en hábitos de mojigangas y representantes, lo que no está escrito. Peor aún, lo que ya está escrito y publicado a los cuatro vientos, que se habrán de reír de nosotros mucho más que de don Quijote o de Sancho, vestidos como salimos de la venta, vuesa merced, don Pedro, ¡un cura!, ¡y a sus años!, en hábito de doncella andante con sayas, tocas, fajas de terciopelo y corpiños que no le estaban nada bien a la gravedad de esa sotana, con aquel birretillo de lienzo colchado que llevaba para dormir por la noche, y la liga de tafetán negro haciéndole de antifaz para cubrirse las barbas y la cara y que no le conocieran, y yo... Todavía me da risa recordarlo, y me reiría de no ser porque sería una cosa bien fea hacerlo con don Quijote de cuerpo presentísimo entre esos cuatro cirios. Y no estuve yo mejor que vuestra merced, escondido detrás de las barbas que nos prestó la cola de aquel buey barroso. Ay, Señor, y qué pronto se pasan las burlas y qué pocas ganas le quedan a uno de reír. Y es lo que digo: que, loco, don Quijote nos enseñó a ponernos, con razón o sin ella, al lado del que más la necesita, por faltarle la justicia, y a ninguno de cuantos conoció hizo mal a sabiendas. Al contrario, el número de aquellos a los que socorrió es infinito, tanto si le estaban engañando con burlas y chufetas, igual que hicimos nosotros, como si lo buscaban de veras para remediarse, que lo que a un hombre honra no es el fin que casi nunca alcanza, sino la rectitud de su intención y la pureza de corazón en alcanzarlo, aunque se lo estorben.

—Bien cierto es, barbero, lo que estáis diciendo —le confirmó el cura, que aprovechaba el largo velatorio para ir escribiendo, sentado a la mesa de aquella amplísima sacristía, unas cuantas cartas.

Las dirigía a los conocidos como don Fernando, a Luscinda, a Cardenio, a don Ruyz Pérez de Biedma y a su hermano don Juan, que habían conocido a don Quijote y simpatizado con él, admirándose de su estampa y su discurso, y a los que maese Nicolás y él mismo, el cura, habían conocido cuando salieron a buscar a su vecino y amigo. Todos ellos, al despedirse cuando enjaularon a don Quijote para traérselo consigo, le habían rogado que les escribiera contándoles en qué paraban aquellas prisiones del caballero de la Triste Figura y aquel suceso. Y el cura, con buen criterio, pensó que quien apreció en vida a don Quijote sentiría su muerte y agradecería que se le comunicase. Y a esas cartas añadió el cura dos más, una, por especial deseo de Sancho, y otra, por discreta indicación del propio don Quijote, que así se lo pidiera en confesión. La de Sancho iba dirigida a los duques. Sancho le rogó que pusiese en la suya algo más de lo que iba metiendo en las otras, ya que vio, mirando por encima de su hombro, mientras las escribía, que éstas eran demasiadamente cortas, y reputaba Sancho a los duques, que tuvieron en su castillo a don Quijote y le dieron a él la ínsula, muy importantes señores que no habían de conformarse con las cuatro letras con que los demás quedaban despachados; la otra la dirigió el cura, anunciando la triste nueva, a un caballero llamado don Diego de Miranda, modelo de caballeros, y al decir del don Quijote cuerdo, el único que se condujo con don Quijote loco con tanta suavidad y ponderación que no podría olvidarlo así hubiese vivido siete siglos, sin tener en cuenta si estaba o no loco, sino con suavidad cristiana como tampoco hubiera olvidado aquella casa suya sosegada con un maravillado silencio, ni a su hijo el poeta, ni a su esposa, que tanto y limpiamente les regaló mientras estuvieron recogidos por su hospitalidad; y recomendaba don Pedro a todos aquellos correspondientes el libro que recogía la puntual y todavía parcial crónica de las cosas sucedidas a don Quijote, anunciándoles que también formaban parte ellos de ella, aunque les señalaba que si lo adquirían, advirtieran que se trataba del de Miguel de Cervantes y no uno que circulaba con embustes afrentosos y vulgares, bajo la férula de un tal Avellaneda; así que don Pedro, mientras escribía estas cartas podía escuchar lo que decía su amigo el barbero, y aun responderle como lo hizo:

—Bien cierto es, amigo Nicolás, eso que decís. Y no ha tenido tiempo su cuerpo todavía de enfriarse, y ya sabemos algo que quizá habríamos de haber sabido cuando vivía, y no haber andado tan a la ligera. No querría que nos juzgaran mal en los siglos venideros, viendo las proporciones que esta historia va cobrando, y que nos tomaran por los causantes de haber abreviado una vida que freía gracias como buñuelos, en cuanto abría la mano. Pero me temo que nos ha dado que pensar mucho más el don Quijote loco que el Quijano cuerdo, y dijo aquél cosas más juiciosas y verdaderas en año y medio de loco, que en todos los que había vivido cuerdo entre nosotros, antes de que le diera por las andanzas caballerescas, pues les recuerdo a todos, y lo saben vuestras mercedes tan bien como yo, que don Quijote, que siempre fue de natural melancólico, era además, antes de abismarse, un hombre taciturno y de poquísimas palabras, que costaba arrancarle. Fue enloquecer, y descoserse a hablar como no lo había hecho nunca, y con más coraje se entregó a su ideal estando loco, que estando cuerdo, si acaso ese ideal suyo de reparar los tuertos de la vida sólo parece posible tenerlo si se está un poco loco. Y hemos de reconocer que él ganó lo que buscaba, que fue nombre y fama en este mundo y gloria por sus buenas acciones en el otro. En aquél habrá de rendir cuentas no de sus obras, de las que no pueden pedírselas, por haberlas hecho encadenado a la locura, sino de la rectitud de su corazón. Pero nosotros ¿qué hemos hecho en este mundo? En el ejercicio de mi ministerio, no debería decir lo que voy a decir, y fuera de esta reunión de amigos negaría haberlo dicho. Pero todos estamos aquí unidos por la misma empresa, que es honrar a don Quijote como don Quijote honró al género humano. Nos hemos dejado engañar, señores, por las apariencias, y si don Quijote por fuera, con aquellas trazas que llevaba, era un loco de remate, bastaba que se le plantearan cuestiones peliagudas, para que partiera el campo como no lo habría hecho ni el mismo Salomón, y tonto hubiera sido quien le metiera el dedo en la boca. Y si él llevó a Sancho al gobierno de una ínsula, como sabemos, nosotros tendríamos que haberlo levantado emperador de un reino, o como poco, de nuestras haciendas, porque nadie las habría guardado mejor que él.

Escuchaba con atención y en silencio Sansón Carrasco las palabras de sus amigos, un poco desasosegado por no haber encontrado aún el momento oportuno de leerles su soneto, y se conoce que no pudo sufrir las del cura, y saltó de su asiento como por resorte.

—¡No, no y mil veces no, señores! Díganme entonces qué hicimos devolviéndole de nuevo a esta aldea. Parece que están vuestras mercedes hablando de san Quijote de la Mancha. Tanto como a vuestras mercedes, me preocupa a mí lo que se diga de nosotros el día de mañana. Y aún está el rabo por desollar y hasta el rabo todo es toro, y no tardando mucho, antes pronto que tarde, vamos a ver impresas las últimas y nuevas andanzas de don Quijote, todas las que se corresponden a estos últimos tres meses, desde que salió en junio hasta que lo traje hace quince días rendido desde Barcelona, con el juramento de que aquí se recogería durante un año. Y no me digan cómo, ni yo quiero saberlo, por parecer cosa esta, sí, verdaderamente, de encantamiento, pero hasta estas mismas palabras que ahora estoy diciendo llegarán a la estampa y se darán a conocer, como se conocieron las otras, y tan por lo menudo que es mejor no meneallo. No sé quién será esta vez el historiador, el rabino Muscardino o don Lope de Vega. No sé vuestras mercedes, pero yo, pudiendo, me resisto a quedar en esta crónica como un necio, no siéndolo, o como culpable de haber robado al mundo, como insinúan ahora vuestras mercedes, uno de los siete sabios de Grecia o el dechado de todos los eremitorios de Egipto. Así que pongamos atención en lo que decimos y hacemos, porque de todo lo hablado ahora se está ya registrando, punto por punto, como hacen los imagineros, o mejor dicho, sin faltar coma, y yo defenderé aquí y en el día del Juicio lo que hice, como lo único y mejor que cabía hacer. Y es cierto que la primera vez que salí a buscar a don Quijote me traje, con dos costillas rotas, la pena de ser vencido, y la segunda, venciéndole, la pena de ver a mi amigo tan escabeche y acabado, porque también a mí se me desborcilló el alma al ver el fuste de un hombre firme y valedero como él, estropeado y roto. Pero peor hubiera sido dejarlo suelto. No le vieron vuestras mercedes como le vi yo en Barcelona, donde los muchachos lo seguían, escarnecían y cercaban propinándole sosquines y chasqueándole el colodrillo, que era cosa de echarse a llorar de pena, porque si vestido de armas causaba espanto y risa, con su balandrán causaba tal tristeza que los niños que lo vejaban se reían por no llorar. O con aquellos señores que lo tuvieron en su casa, sin más propósito que el de ponerle en el disparadero y entretener a sus aburridas damas con sus penosos donaires, que hasta le colgaron, como si fuera un sambenitado, un cartel en la espalda que despertó en todos los que lo vieron burlas y escarnios. Era el hazmerreír de la Mancha, de su estirpe y de su memoria, y maldita la gracia que tiene que a partir de ahora se conozca nuestra patria por lo extenso de la tierra no como cuna de un Alejandro, de un César, de un Ptolomeo, sino de un pobre lunático como hay miles sueltos por los caminos, y que se le tenga a él por un pobre hombre. No hagamos cuestiones antes de tiempo ni leyenda. Don Quijote estaba loco, y a los locos, con amor y caridad, hay que recogerles, para que no lo volteen todo. No acataba otra autoridad que su disparada locura, y así le saliera al encuentro la Santa Hermandad con sus leyes y sus cohortes, él se los ponía al retortero como perinolas, liberaba galeotes y a hombres culpados, confesos y convictos, arremetía contra los alguaciles, se endeudaba con los mesoneros y venteros, arruinaba pellejos de vino, degollaba corderos, y donde no le llamaban se entrometía para derrocar lo que ya estaba levantado o entronizar lo que no valía la pena sacar del albañal. Y no sólo no desfacía tuertos, como él repetía, sino que al que lo era, a poco que se le diera bien la aventurita, lo dejaba ciego para todos los días de su vida. El cojo de una pierna quedaba, después de tratarlo, quebrado de la otra, y el triste de un lado, de los dos. La venta que estaba reposada, la volvía castillo, al castillo lo creía un palacio de la estratosfera, y de las mismas estancias de San Pedro habría hecho una jaula de grillos. Era un peligro no sólo para el gobierno de esta tierra, sino para sí mismo. Allá donde llegaba, asombraba su figura, desde luego, pero movía a risa, y la fama tiene un precio, y es bien triste llegar a viejo para ver en un minuto cómo se le astilla a uno la honra forjada duramente a lo largo de una vida, y que no le respeten a uno, y que los muchachos del lugar acudan a donde está y le sigan en procesión y le pitocheen y coreen, llamándole de todo, y le suelten cantazos como a perro comido por la sarna. De los cincuenta que vivió don Quijote, cuarenta y ocho los pasó como tantos otros hidalgos de esta tierra en la mejor ocupación posible, entregado a sus ocios, a sus galgos y a dejar correr la vida sin mayores cuidados. Él además fue honesto y no avasalló viudas ni mancilló doncellas ni burló casadas. Cierto que yo también dudo a veces, amigos, y creo que el precio de su locura fue pequeño en consideración de lo que con ella nos dio a todos. Pero antes que el arte está la vida, antes que el ingenio, el buen sentido, y antes que los donaires, la razón, aunque se suela vestir ésta con sus severos atavíos. Nada, señores; hicimos lo que cualquier alma caritativa y cristiana hubiera hecho con quien teníamos en tanta estima, reducirlo, comprometer su palabra, traerlo a casa y sujetarlo, si era posible, en ejercicios honestos que fuesen en aumento de su hacienda y de su buen nombre, no de su descrédito, y si nos pusimos en trance de parecer tanto o más locos que él fue porque no hubiera habido otro modo de domar el potro de su imaginativa, por la misma razón que al niño se le envuelve la medicina en arrope. Y así debe entenderse también que hasta ayer yo le alentara diciendo que íbamos a hacer vida pastoril, en cuanto sanase. Sólo quise darle la esperanza que había perdido y el gusto por esta vida. Sólo por eso. No para hacerle disparatar como pastor bucólico lo que le atajé que disparatara como caballero ambulante. Fue nuestro postrero acto de caridad para con él.

—¿Y ha dicho vuestra merced que todo lo que hablemos aquí, saldrá algún día en letra impresa? —preguntó el cura, que parecía haberse quedado en ese paso de su alegato, con la pluma en ristre y la mirada suspensa y los ojos, tras los cristales estrellados, vagamente soñadores—. ¿Va a decirnos que contamos entre nosotros con otacustas y delatores?

La verdad es que apenas habían prestado atención a la soflama del bachiller.

En cambio aquella insinuación de que los presentes saldrían en los papeles les inquietó lo indecible, y se abrió allí un murmureo de conjeturas, discusiones y advertencias. Hubo quien, el barbero sin ir más lejos, vivió con ilusión esa posibilidad de saltar a la fama, sin necesidad de pasar por la locura de don Quijote, y empezó a maquinar en su interior las palabras que a partir de ese momento pronunciaría. Vio maese Nicolás, y lo vio el cura, que lo que el bachiller decía tenía su lógica, y supusieron, por haber leído la primera parte de la historia, que la segunda no le iría a la zaga a la primera en cuanto a exactitud se refiere, y unos de una manera y otros de otra, todos se atusaron el pelo y se retocaron el vestido como para quedar en una pintura.

Otros en cambio, como Sancho, que ya estaba de por sí muy confuso y harto inquieto con la fama, miraron esa posibilidad llenos de miedo, recelo y franca hostilidad.

—Déjenme de famas de hoy, denme las de mañana. Ya no le tengo miedo a nada ni a nadie, que he sido gobernador, y aquello no fue cosa de brujería.

CAPÍTULO DÉCIMO

—No es cosa de brujería —protestó el bachiller—. Ya han visto cómo han salido vuestras mercedes con pelos y señales en la primera parte de esta historia. Se diría que llevaron pegado a los talones una espía de cámara, y hasta yo mismo hubiera figurado en esa crónica de haberme encontrado el año pasado en el pueblo cuando hizo don Quijote su primera salida. Si no me hubiese hallado en Salamanca haciéndome ostiario y exorcista, ahí figuraría mi nombre en letra impresa. ¡Y qué tendrá la letra impresa que a todos subyuga como la luna llena! Y del mismo modo que se ha publicado esa primera parte, habrá una segunda. De eso no les quepa la menor duda. En ella se relatarán todas las cosas que al loco de don Quijote y al no menos loco de Sancho, y sabes Sancho que lo digo sin ánimo de ofender, les han sucedido estos últimos tres meses, y en la que se asiente en libro todo esto mismo que ahora está teniendo lugar.

—No me ofendo, señor bachiller, porque sé que apreciasteis a mi amo y sé que me apreciáis a mí. Pero pensad que de no haber mediado este loco, como me llamáis, y de no haber cuidado de él, quizá estaría don Quijote a estas horas criando malvas en un barranco, como el estudiante Grisóstomo, y no por manda. Y en cuanto a que todo ande justo en esa historia es cosa dilucidada hace más de un año por vos y por mí, en aquel careo que tuvimos delante de don Quijote. Y ahora seguid con lo que estabais diciendo.

—Y a ese día voy, Sancho. Decía —prosiguió el bachiller— que me verán vuesas mercedes en ese segundo tomo que no tardará en ver la luz departiendo con don Quijote y contigo, como lo hice, cuando le traje la primera parte de su historia, *El ingenioso hidalgo don Quijote de la Mancha*. Yo mismo lo había comprado recién impreso estando en la librería de Hernán Rato con mi amigo el licenciado don Tomé de Pisa, que es también gran amigo de su autor, Miguel de Cervantes. Y también saldré en esa segunda parte hablando con don Quijote aquella noche en el bosque, en que a cuenta de su Dulcinea y de la dama que me inventé sobre la marcha y a la que llamé Casildea de Vandalia, lo reté a duelo, confiando en vencerle, venciéndome él. No tengo la menor duda de que en el nuevo libro que está por aparecer me verán vuesas mercedes vestido como caballero de los Espejos, y quizá se diga en sus páginas que me hizo el traje el alfayate de este pueblo, Mateo Halcón, cosiéndole los espejuelos a una sobrevista amarilla, y allí se dará cabal cuenta de la conversación que don Quijote y yo tuvimos emboscados, antes de cruzar nuestras lanzas, y cómo se me rompieron dos costillas del costalazo que recibí, y no una ni tres, sino dos, que así son de exactos los historiadores que nos han tocado en suerte. Y saldrá también lo que sucedió en Barcelona todavía no hace ni un mes. Todo ello vendrá también en ese libro que acabará por ver la luz tarde o temprano, más temprano que tarde. Y si no, al tiempo. Se ha muerto don Quijote, amigos, pero nos queda Sancho que nos confirmará con puntualidad la exactitud de tales pasos, cuando salgan de las prensas estas nuevas aventuras, de la misma manera que por nuestros propios ojos veremos entonces la realidad de ahora, ya esfumada.

Y se contará no como lo han hecho el historiador apócrifo que se dice de Tordesillas, sino el verdadero Cide Hamete de la primera parte, y el trujimán de ese nuevo Cide Hamete y el señor de Cervantes, que es quien ha puesto en danza todo este tinglado, hasta, ya digo, estas mismas palabras mías de ahora, todas, sin olvidar una; y hasta que acaba de entrar ahora mismo por esa puerta Antonia Quijano, sobrina de don Quijote, va a venir allí puesto con letras bien grandes, y declarará lo que trae vestido, una basquiña de color uva y una camisa con los picos de randas, y cuerpo bajo bien ligero, que le está dando no poco calor, con su cara bonita, blanca como la harina, y un escote que envidiaría la aurora.

Era blanca como la harina hasta ese momento, pero cuando oyó que el bachiller Sansón la requebraba sin venir a cuento y al asalto, delante del muerto, en la sacristía, se puso como la misma grana, y aunque llevara años esperando que aquel bobalicón colocara los ojos en ella o en su escote, que lo hiciese tan manifiesto, presentes el cura, el barbero y los otros deudos, la llenó de cólera. Y sí, así era en efecto. Llegaba en ese momento algo sudorosa Antonia Quijano, sobrina de don Quijote, vestida como acaba de decirse.

Traía la muchacha una bandeja con diferentes frutas de masa, recién sacadas de la sartén, amarguillos de almendra, sequillos y algunos dulces, así unos vasos de aguapié fresco con que entretenerles el hambre y la sed. Iba a preguntarle a don Pedro dónde podía dejar aquello que no fuese delante del muerto, por parecerle poco adecuado, pero así como oyó hablar al bachiller Sansón, se le encendió el genio.

—¿Pero es que no les da sofoco estar hablando de estas cosas con mi señor tío de cuerpo presente? —reprochó la muchacha—. ¿Estamos acaso en día de mercado? ¿Es que no se respeta nada? Y usted, don Pedro, ¿no ve en todo esto que acaba de decir este señor estudiante de pacotilla materia más que de sobra para que lo encerraran en los palacios de nuestro Santo Oficio? ¿Es que no hay un poco de cordura ni siquiera en la sacristía de un lugar tan sagrado como éste? Vamos a ver, ¿quiere alguien explicarme que los fantasmas que le volvieron loco a mi tío son diferentes de estos otros que al parecer se están apoderando, tomándolo de memoria, de lo que decimos, para correr luego a llevarlo a una imprenta? ¿Acaso les ha sorbido el seso a vuestras mercedes el mismísimo demonio?

Y la muchacha les abrasó a todos con su mirada de fuego, dejó la bandeja sobre las cartas que estaba escribiendo don Pedro y salió corriendo, que lo mismo podía ser de contrariedad que de furia, si es que no era de hiperestesia y agotamiento y de que tenía los nervios a flor de piel por aquellos nueve días de agonía pasados en vilo al pie del lecho de don Quijote.

Y se hubiera salido de la sacristía, de no haber estado cerrándole el paso, junto a la puerta, el ama Quiteria.

—Sosiégate, niña —le dijo—, y no te vayas, que estos señores me van a oír.

Traía Quiteria más surtidos peteretes, melcochas, unas como suplicaciones o barquillos y garrapiñadas, que dejó al lado de la otra bandeja, y poniendo las manos en jarras, exclamó:

—¡Válgame Dios, y qué vergüenza! ¡Y qué desgracia también! ¿Les parece bien asustar a una niña como ésta el día que ha perdido los mismos ojos por los que veía? ¿No se apiadan de quien acaba de quedarse más sola que la torre de esta iglesia? ¿No les enternece? Es como si este buen hombre —y sacudió la cabeza para señalar la momia de don Quijote—, muriéndose, se hubiese llevado con él el poco juicio que tenían vuestras mercedes en la mollera. Ya una vez le quemamos los libros y le tapiamos el aposento donde quedaban los que se salvaron de aquella hoguera, pero díganme qué hemos de quemarles a vuestras mercedes para que no disparaten como disparataba el señor Alonso, que en paz descanse. No asusten a las criaturas, no nos metan dudas en el ánimo a los buenos cristianos, no nos lo apoquen, no nos hagan creer en fantasmas que no existen, y recen por el alma de este buen hombre que si vivió como vivió, tuvo la gracia de morir como lo hizo, que no todos tendremos acaso tal merced.

Y dicho esto, la sobrina y el ama se salieron y volvieron a sus fogones, y quedaron el cura, el bachiller, Pedro Pérez y el barbero, y tres vecinos que habían venido a velarlo un rato, sin decir palabra, royendo en silencio los dulces que les habían traído, de espaldas al muerto, en la otra punta de la sacristía, que era casi tan grande como la iglesia, y Sancho no, porque se había salido hacía más de media hora a preparar el entierro.

Y así se pasó la tarde y fue llegando la noche.

CAPÍTULO UNDÉCIMO

CON el sol desangrándose en el horizonte se apaciguaron aquellos ardentísimos calores, y en cuanto se quedó serena la tarde, entre dos luces, sacaron el cuerpo de la sacristía, lo metieron en un cajón hecho de tablas y lo bajaron con dos cuerdas a la sepultura. Los mismos que habían abierto la fosa, la fueron cerrando.

Las paletadas de tierra sobre el ataúd sonaban de modo siniestro, pero no lograban acallar ni el parpadeo de los luceros vespertinos, que acababan de salir de sus madrigueras, ni el tartamudeo alegre de los grillos más madrugadores, que aún quedaban por el campo y no se habían extinguido, pese a que el verano hacía ya mucho que había pasado. Silenciosos y caprichosos los murciélagos garabateaban el cielo deslucido con sus alborotados y fúnebres gallardetes. Vencejos, aviones y golondrinas habían dejado en el cielo el vacío de su partida.

Era un cementerio angosto, sin un árbol, cerrado como corral con bardas en las que crecían jaramagos y otras yerbas raquíticas. Esparcidas por el suelo había hasta seis docenas de tumbas, con sus cruces de forja o de palo, algunas caídas o torcidas, lo que hacía que aquello pareciese un poco un almacén de bujerías. Las de hierro, estaban enmohecidas; las de palo, podridas o deslustradas, aspaban sus brazos con desaliento entre ortigas y vistosos cardos que parecían haber florecido a deshora. Vestían las tumbas hierbas hermanas de las que se esbozaban en las bardas, y junto a las tapias y barbacanas se espigaban algunas malvas polvorientas comidas por las orugas, y voraces zarzamoras mostraban sus rozagantes y orientales racimos negros y rojos, ya medio secos y pasados. También contra la pared estaban, en sus corazas de alcornoque, las cinco colmenas de don Pedro, cuya miel repartía a los pobres, una miel muy famosa porque decían que estaba hecha con las flores del cementerio, y las flores, con los sueños de los muertos, y que todo eso contribuía a hacerla más célebre que la de la Alcarria y a competir con la que ordeñaba el otro maestro de esas artes que era el barbero.

Había venido a darle el adiós a don Quijote todo el pueblo, hubieran pasado antes por la sacristía o no, viejos, hombres, mujeres y niños, desde el alcalde con sus regidores y alguaciles, hasta el último ganapán, boticarios, braceros, incluso un mercader de lana que había llegado esa tarde a comprar género al pueblo, se sumó al duelo.

Se había corrido la voz y todo el mundo sabía que lo que fuese a suceder esa tarde en el cementerio lo recogerían puntuales y puntillosos escribanos, con pelos y señales, y que saldría a la luz en libro, y unos por amor al difunto y otros por amor a la posteridad, nadie quiso perderse aquel suceso, hasta el punto de que la mayor parte se vistió con sus mejores galas, y así parecía aquello más una boda que un entierro.

En primer término estaban, junto al cura, los amigos del hidalgo. El bachiller se había puesto su cuello de lechuguilla y se había colgado la espada de un talabarte de ante nuevo, y parecía un apuesto matasiete, sobre todo con aquel sombrero a orza que nadie supo de dónde sacó. Tampoco el barbero se había olvidado de vestir calzas y ferreruelo, y sólo su porte, y una lechuguilla desusada por grande y ensortijada, le hubieran acreditado como miembro no ya de cinco academias, sino de cien. Incluso Sancho, no teniendo otras prendas con que pudiera honrar mejor a su amo, echó mano de aquel traje verde, de finísimo paño, que le dieron los duques para la montería. En medio de aquel cortejo funebrísimo, sobresalía y admiraba a todos los vecinos la figura del escudero vestido de pies a cabeza con greguescos, jubón y montera verdes, que parecía un papagayo.

Cuando se dieron por concluidas las obsequias fúnebres de don Quijote, insistió de nuevo el cura con el escribano, señor De Mal, para que dejara constancia de que metían en tan angosto y profundo agujero al mismo caballero que había salido a la luz en letras de molde como don Quijote de la Mancha, con el fin de que nadie viniera a aquella sepultura a remover sus huesos con nuevas honras ni aventuras impresas.

—Dé fe por escrito de que Alonso Quijano el Bueno, llamado comúnmente don Quijote de la Mancha, ha pasado de esta vida presente a otra mejor y que queda muerto de muerte natural, estorbando con este testimonio, firmado por los testigos, que nadie le resucite falsamente y vuelva a imprimir inacabables historias de sus hazañas, así se llame el historiador como quisieran llamarlo todos los demonios.

Después de esto, se disponían a marchar de allí, cuando, sin que nadie lo advirtiera, se arrancó el bachiller Sansón Carrasco en un gesto inaudito. Sacó de debajo de un capotillo negro que llevaba la adarga que había sido de don Quijote, o lo que de ella quedaba después de la derrota de la playa de Barcelona. La había descubierto en el montón de armas viejas del sobrado esa misma mañana, mientras vagaba por la casa buscando su cadáver, y allí, sobre la marcha, como hombre de recursos que era, se le ocurrió la traza. Sobre el cuero de ese famoso escudo había escrito el bachiller con un poco de pez caliente, de la que se usa en la Mancha para aderezar los odres y pellejos de vino, estas palabras enigmáticas:

Quien puede, quiera.
Quien quiere, pueda.

—Ahí quede eso —dijo el Bachiller apoyándolo sobre la cruz que el enterrador había clavado a la cabecera de la sepultura, y a continuación rescató de la faltriquera el sonetico, y lo enjaretó con los responsos.

La gente dijo: «Ha tenido un entierro de primera, no lo podía haber soñado mejor nadie de este pueblo, ni el conde», y al propio don Quijote, que tanto le preocupaba lo que la gente decía o no de su valentía, de sus hazañas y de su cortesía, le habría placido ver el concurso del vulgo deslenguándose en sus alabanzas, porque si en vida habían dicho de don Quijote que era un grandísimo loco y Sancho un mentecato, muerto ya el caballero, aquélla fue la hora de las loas. No obstante como es imposible hallar unanimidad ni siquiera en los entierros, algunos, mirando a Sancho, con aquellas galas de papagayo, murmuraron a los oídos de sus vecinos: «A ése se le ha subido a la cabeza». Pensaban que hacía ostentación de todos los dineros que traían desvividos a los envidiosos.

Después del entierro, se marchó todo el mundo a su casa, comiéndose su trozo de oblada y en general un poco desencantado, porque nadie vio por ninguna parte los encantadores que decían que habrían de venir para levantar la crónica de todo lo que allí había sucedido, sino que estaban los mismos de siempre. Y ni siquiera el señor De Mal, el escribano, llevó con él la péñola, y todo lo que le dijo el cura que tenía que poner, lo de que quedaba allí bien muerto don Quijote, prometió trasladarlo luego de memoria para que el alcalde le pusiera los sellos.

Era ya de noche y apenas se veía dónde poner los pies.

La sobrina, el ama, y los amigos más estrechos del finado se habían dado cita en la que fue casa de don Quijote.

—¿Y a quién perteneció la tal enseña? —preguntó el cura luego, cuando ya estaban todos reunidos, esperando el convite—, porque no la he oído jamás.

—A ningún otro podía pertenecer que a don Quijote —respondió el bachiller—. Yo no me hubiera atrevido a escribir sobre su escudo un mote que no hubiese sido suyo.

—Pero es algo que conviene precisar —indagó el barbero— si esas palabras os las dijo don Quijote, en compañía de quién y cuándo, ya que un día, como decís, van a hacerse públicas.

—Que me las dijo él —respondió el bachiller— acabo de declararlo; el dónde, en su mechinal, cuando me encontraba a solas uno de los momentos en que le venía la consciencia estos últimos días, y hace tres responde al cuándo.

—Pues no logro entender lo que con ellas quiso decir, y más estando ya como estaba, o sea cuerdo. ¿No sería que volvieron a volteársele las cosas en la cabeza? —preguntó el barbero.

—No —le respondió Sancho Panza, que les había estado escuchando atentamente—. No puede ser eso, pues es manifiesto que lo que dicen esas palabras es que el hombre que quiere y no puede es tan desdichado como el que puede y no quiere. El que quiere hacer el bien y no puede, se desespera y se desvive. Pero no lo pasa mejor el que pudiendo hacerlo, no lo hace, porque el corazón se le volverá de pedernal y todos lo aborrecerán, como al tirano. Por eso esa consigna es de un hombre no sólo cuerdo, sino muy bueno, como don Quijote era, que sólo pedía poder hacer lo que quería y ajustarse y acomodarse en lo que podía, o sea, el ser libre y el ser justo. Y lo mismo que ahora figuran en su escudo, hubieran podido campear en el de Alejandro el Grande.

—¿Y tú qué sabes del Magno Alejandro? —preguntó alguien que a falta de amo quería oír disparatar al escudero, pero nadie le secundó esa broma, y tampoco Sancho se molestó en responderle, porque estaba inapetente, de no haber dormido, de haber tenido que ir a buscar a Pedro Angulo y de haber cavado la sepultura de su amigo. Y, claro, de habérsele muerto la mitad del alma.

Siguieron a éste otros coloquios. Por su animación se hubiera podido creer que ya no se acordaban de don Quijote y que en todo se estaban holgando, pero fue aquel entierro como muchos otros entierros, en los que se da sepultura a hombres que dejando tras de sí gran consternación y desconsuelo, dejan también entre los vivos un alivio, de ver que la vida podría haber sido para el difunto, de no haber muerto, un larguísimo calvario de penurias.

Y eso pasaba desde luego en aquella ocasión. Con don Quijote se iba, cierto, un hombre bueno. Pero don Quijote, al morir, era también un viejo de bien cumplidos cincuenta años, con la salud quebrantada y el juicio tan precario que aunque los cielos se lo hubieran retornado, nadie hubiese podido asegurar que sus malos pasos y sus devaneos fuesen a conservárselo para siempre. Así que, tal y como lo sintieron todos íntimamente, don Quijote había muerto en el mejor momento, cristianamente y dejando un testamento que a todos contentó y admiró por su sensatez. A todos menos a la sobrina. Era el secreto de la sobrina. Uno de ellos al menos.

CAPÍTULO DUODÉCIMO

¿Por qué había tenido don Quijote que dejar aquella cláusula? ¡Qué viejo extravagante! ¿Por qué quería hacerle pagar a ella sus pecados librescos? ¡Qué ganas de seguir disponiendo las cosas desde la otra vida! Desde luego entre Sansón y todo lo que le dejaba su tío, si tuviera que escoger, ella no lo dudaría, y que el demonio se llevase la casa, los pegujales, los viñedos, el ganado. ¡Maldito loco!

Antonia estaba deseando que se terminara aquella larga jornada y que se fuese todo el mundo a sus casas, pero antes tenía que cumplir con la tradición y ofrecer aquel convite a los más íntimos. Lo habían estado preparando durante todo el día Quiteria y ella, personalmente en su cocina, y otras cosas, como los dulces, los trajeron de Santa Águeda, y los asados los mandaron a Justina, la hornera, que tenía su horno a la vuelta de la calle.

Al final, entre unos y otros, entre invitados y los que se invitaron por su cuenta y a los que nadie se atrevió a decir, «¿y tú por qué te quedas?», se reunieron lo menos veinte personas.

De algunas se ha hablado ya, pero de otras no tanto.

Se encontraban presentes el escribano señor De Mal, Sancho, el muchacho de Sancho, que acompañó a su padre, el bachiller, el barbero y el cura, y otros cuantos de los que apenas se sabe nada, como por ejemplo Bartolomé de Castro, que había sido alférez en los tercios, al mando del famoso capitán José de Velasco. El alférez que decía siempre aquello de «yo no me quejo; me lastimo», refiriéndose a su pobreza y a verse lampando después de haber peleado por el Rey en más de cuarenta batallas. Este Castro había tenido mucho que ver en la locura de don Quijote. Fue él quien primero le calentó los cascos. Le relataba, fantaseándolas a gusto, toda clase de aventuras militares y campañas de Italia y Flandes, y luego le decía: «No sé cómo vuesa merced, que podría dotarse como corresponde a un caballero y buscarse cartas, no se va a la milicia como capitán»; o Marcelo García Menores, herrero que herró por última vez a Rocinante, y que sólo por ese viático algún día entrará en la nómina de los inmortales; y Mateo Halcón, sastre, del que se decía que más que halcón era lince, que le avió a don Quijote en una noche dos ropillas, un jubón y unas calzas, prendas de las que no cobró la hechura ni el hilo, por parecerle de mal cristiano favorecerse de la locura de un vecino, y que fueron ropas con las que Sancho hizo maleta; y Valeriano de la Flor, boticario, a quien don Quijote encargó la preparación del famoso y genuino bálsamo de Fierabrás, milagroso específico y panacea de todos los males, con el objeto de llevarlo consigo en la tercera salida (boticario que, compadecido de la locura de su amigo, le dio únicamente un suero catolicón hecho con hidromiel, y muy aguado, engaño que descubrió don Quijote, pese a lo cual no dijo éste nada ni habló nunca mal de don Valeriano, limitándose a verter ese mejunje detrás de la puerta del corral, en cuanto llegó a su casa, para evitar usurpaciones infamantes, con el propósito de hacérselo él mismo en la primera ocasión que pudiera); y Albino Casariego, cautivo cinco años en Argel. Éste llevaba hablando desde su liberación, hacía más de veinte, de armar una gran flota que liberase a todos los cautivos cristianos que allí quedaron, en la cual quería enrolarse, cómo no, el mismo don Quijote; y así hasta juntarse en casa del hidalgo veinte personas o más.

Las asistían a todas Quiteria y Antonia, a las que se sumaron Teresa Panza y la hija de ésta, Teresica, que ayudaban.

Con la impresión del cementerio estaban al principio todos un poco apagados, pero en cuanto empezó a circular el vino y la mistela, la ratafía y la aloja, el aguardiente de anís y el orujo, aquello fue animándose y las conversaciones se avivaron. Todas versaban sobre el difunto, y los mismos a los que don Quijote traía a mal traer cuando vivía con sus locuras, lo echaban de menos cuando ya no podía cometerlas.

Lo recordaban cuando se llamaba Alonso Quijano y se hubiera asegurado que aquello era un torneo para dilucidar quién lo había tratado de antes o con mayor intimidad, pues todos de una u otra manera empezaban a sentirse orgullosos de haber sido amigos suyos.

La alegría y la locuacidad se apoderaron de la reunión, pero contrastaban con el aire sombrío y taciturno de Sancho, quien, pese a su sobriedad de los últimos días, dio en beber con probado ofuscamiento y la mirada perdida en las migas de la mesa.

El bachiller Carrasco, que estaba sentado a su lado, lo advirtió.

—Sancho, ¿estás bien?

—¿Habría de estarlo? Se nos ha muerto algo más que un amo o un amigo. En poco más de un año se nos ha ido el siglo mismo, y acaso ha llegado él loco más lejos en ese tiempo, que logremos nosotros llegar cuerdos en lo que nos queda de vida. ¿Es para estar bien?

El calor hacía tener las ventanas abiertas. La animación de aquel cabildo trascendió, y algunos vecinos más se animaron a sumarse a ella. Hubo necesidad de ir a pedir sillas a dos o tres casas, que Cebadón trajo presto.

El cielo, cargado, anunciaba tormenta, pero no acababa de romper por ninguna parte, y el aire erizaba el pelo de los gatos y perros que se daban el festín entre los pies de los presentes comiéndose lo que se caía de los platos.

—Ea, señores —dijo el ama Quiteria poniendo una fuente de humeantes viandas, como para dar de comer a un regimiento—. Sírvanse vuestras mercedes y que nadie quede con hambre. Que no se diga que en el entierro de mi señor Quijano se acordaron de él más por su tacañería que por su liberalidad. Coman, y que les aproveche.

Se personaron, como en una ordenada comedia, por turno o en tropel, una olla cuyo caldo habían espesado tres gallinas canónicas y doce pichones; media docena de uñas de vaca y la lengua de esta misma vaca, que habló mucho y bien en aquella hora tristísima de su buena disposición, y medio carnero que no se quedó atrás en hacer el ditirambo del difunto, y un cabrito lechal que puso ojos de mucha tristeza, más dolido también por la muerte de don Quijote que por la suya, tres conejos en pebre y cinco francolines en conserva, una fuente de tajadas truchuelas y una orza de adobadas longanizas sin contar todas las frutas de sartén que vinieron a los postres nadando en miel y otros menudos pasteles. La comida y el vino soltaron las lenguas y ayudaron a disipar la tristeza de haber enterrado un hombre tan irrepetible como don Quijote, y al rato, muy animados, ya hablaban todos, y a voces, de las famosas hazañas del muerto. Algunos se las habían oído referir al mismo don Quijote, otros a su escudero, otros las habían leído en el libro de Cervantes, y otras, en fin, las habían protagonizado algunos de los convidados.

—Y cierto es que ninguno de los presentes en aquellas aventuras hubiera podido recogerlas mejor ateniéndose a la verdad, de donde se sigue que en la vida tanto como vivirla está el saber contarla, y felices quienes conocieron la edad de oro, pero más felices aún cuyos nombres fueron sacados de ella y puestos en el mármol de la página de un libro para ejemplo y suspiro de quienes fuesen a vivir en la de hierro, y si como don Quijote tuvo su Cide Hamete, daría yo mi hacienda por tener un Amed Marfucio cualquiera que mostrara el florido pensil de mis cuidados.

El académico maese Nicolás, que estaba ya achispado con el vino y amaba la retórica, pronunció estas palabras de pie, levantando su jarro de vino, y rizó el rizo, como suele decirse, y añadió de su coleto que no sólo era así, sino que a la mayor parte de las vidas les bastaría con alguien que las metiera en una crónica para no tener que vivirse.

—Y si yo contara —añadió— con la suerte de tener para mí un historiador escrupuloso como Cide Hamete o uno tan clemente como Cervantes, les daría carta blanca para que hiciesen y dijesen de mi vida lo que quisieran, no menoscabando la honra, porque en el haberlo dicho bien estaría ya la verdad que uno, como académico, ha buscado siempre. Y no sería yo quien fuese a sacarles mentirosos. ¿Que decían que yo era un gigante como García de Paredes y más hermoso que Apolo, siendo como soy mantecoso y deslucido? Bueno estaría. ¿Que mi porte era marcial? Bien también. ¿O ruin y estevado? Allá penas. ¿O que fui amamantado por una loba en el monte Aquilón? Bueno también. ¿O que yo le enseñé a Alonso Quijano a cazar pájaros con liga, como es cierto? Mejor que mejor... Señores, brindemos por don Quijote, que nos ha hecho a todos famosos, pues no hay hombre sin nombre ni nombre sin renombre. ¿No crees, Sancho, tú que sabes de refranes?

A Sancho le había dado llorona y no hacía más que suspirar, hipando, entre gemidicos y lloramicos:

—¿Famosos? ¿Y a quién le importa eso ahora? Un hombre son sus obras, y de nada sirven los libros, si no están sustentados en una verdad. ¿Quién nos dice que no seamos todos nosotros en ese libro como papel mojado?

Nadie hizo caso a Sancho Panza, porque no querían que les aguara la fiesta y porque empezaban a darse cuenta de que Sancho sin don Quijote decía muchas menos cosas graciosas que cuando estaba con él.

Se contaron una y diez veces cien sucesos referidos al recién finado caballero, y cada cual añadía a cada una de ellas matices y nuevos pelos, vistiéndolas y adornándolas hasta la exageración.

Volvieron a referirse los episodios antiguos de los molinos de viento contra los que arremetió don Quijote creyendo que eran gigantes, o el de los carneros que don Quijote tomó por los ejércitos de Alifanfarón, o el de los leones que venían regalados al rey por el general de Orán y que él quiso liberar, y otros nuevos y recientes sucesos, como el de la cueva de Montesinos o el de la ínsula Barataria, este último del que se enteró todo el pueblo, porque lo pregonó la venida del servidor de los duques que trajo a Teresa Panza la sarta de corales y el ruego de que le enviase una arroba de bellotas.

Corría el vino por la mesa y los comensales levantaban sus jarros y tazones, y dirigiéndose a Sancho, le preguntaban joviales:

—¿Y para cuándo emperador, Sancho?

Y el antiguo escudero sonreía un poco bobaliconamente, por no parecer descortés, y acertaba a decir sin saber muy bien lo que decía:

—¿Y eso a quién le importa ahora?

Y si en la historia era un molino el que le había volteado a don Quijote, allí se dijo, y todos hicieron como que lo creían, que se lo habían pasado de aspa en aspa lo menos veinte molinos, puestos en la cuerda de un teso, peloteado de uno a otro como si el hidalgo fuese un muñeco de trapo. Y si a Sancho le habían manteado, se exageró tanto el lance que parecía que, de tan alto como había subido, pudo tocarle los cuernos a la luna, lo cual contribuyó a que al propio Sancho se le olvidase por un momento toda la tristeza en que le había sumido la muerte de su amo, y él mismo se animó a relatarles a sus vecinos algunos de los curiosos lances de cuando fue gobernador, como cuando tuvo que juzgar el caso de aquella mujer que variaba en la cama a su marido con un vecino, a cambio de las vacas de éste, o el caso más agudo de aquel que quería saber si mentía o decía verdad cuando decía que mentía.

Al cabo de un rato, hasta Sancho olvidó la pena que sentía. Porque, sí, acababa de morirse don Quijote, y, con todo, comía la sobrina, brindaba el ama, y, pese a su dolor, se regocijaba Sancho Panza en una casa que estaba, tras el entierro, alborotada y llena de afanes.

Hasta el ama Quiteria o Antonia, que tanto habían deplorado las locuras de su amo y de su tío y tanto las habían combatido, tenían que hacer esfuerzos para no quedarse oyendo aquella montaña de disparates y acababan por aceptarlos con una risa indulgente, como travesura de un niño que tanta más gracia hace cuanto más aspada e inocua es.

El bachiller Sansón Carrasco, acaso el que llevaba la voz cantante en aquel póstumo homenaje a don Quijote, se dio cuenta de ello, y se atrevió a decirle al ama:

—Quiteria, se diría que todo lo severa que fuiste con tu amo en esta vida, lo eres ahora piadosa con su memoria, y hasta yo aseguraría que te resultan graciosas las mismas locuras por las que hace dos semanas te llevaban todos los demonios. Y a ninguno se nos ha despintado de la memoria el recio rapapolvo que no hace ni horas echaste a todo el mundo, a cuento de esas locuras. ¿Tan pronto se te han olvidado las cosas que decías?

—¿Y qué, si así fuera, señor bachillerillo? —respondió crispada.

Todos rompieron a reír de ver aquella suspicacia.

—No he terminado aún —prosiguió ella, rehaciéndose—. Desde luego, siempre quise a mi amo mejor que loco, cuerdo, y me dolía que vuesas mercedes le espolearan sus desvaríos, pero no soy tan mala como para preferirlo muerto a loco, y fíjense en lo que voy a decir: si por mí fuera, le retornaría a la vida aunque con ello volviera a perder la cordura que recobró los últimos días, y Dios me perdone esta blasfemia. Y claro que me río de esos disparates. ¿Cómo no había de reírme, si no los habrá tan graciosos en ninguna parte ni criatura tan inocente ni menos lesiva que él? Sólo que ahora ya no pueden hacerle daño, ni nadie se le reirá en las barbas, ni le faltarán al respeto. ¿Y qué es este nuevo uso de llamarle a todas horas don Quijote, cuando él era y no podía ser otro que el señor Quijano? ¿Qué es eso de llamarle con su nombre de loco, cuando tenía uno bien cristiano de cuerdo? El día en que nos dijo a todos, ya soy cuerdo, y enterró todas sus locuras pasadas, sabed, señores, que ahorcó su nombre de don Quijote, y harían vuesas mercedes muy mal si siguiesen llamándole como a él no le gustaría que lo llamaran ya más, de haber vivido. Ay, y qué bueno era y cómo nos trataba entre los algodones de su finura.

Y llegado a este punto el ama dio un profundísimo gemido y rompió a llorar desconsolada y súbitamente. Se tapó la cara con una rodea, dio media vuelta y salió de la sala.

Nadie entendió tan brusco cambio de humor, ni cómo se había pasado de las risas y el jolgorio al rompimiento de lloro.

La salida inesperada del ama les estropeó a todos el banquete, y no hubo nadie tan poco piadoso que no pensara si la habían ofendido o en qué, y a todos se les acordó que estaban allí porque había muerto un hombre, y no estaba bien no honrarle con alguna seriedad y más reposo.

De todos modos, Sansón Carrasco, el más malicioso de todos, trató de descargar la culpa y dijo no hallar entre las cosas que allí se habían dicho ninguna que le faltara el respeto a la memoria del finado ni a ninguno de los deudos. Antes al contrario, todos los presentes lo tenían por una bellísima persona que harto bien había muerto mirando los últimos meses de vida que había llevado. Así que se sorprendieron de ver llorar al ama, pero no se hubieran extrañado de haber sabido las razones por las que lloró y sus sentimientos hacia su señor.

Siguió el banquete. Se hicieron algunos esfuerzos por animarlo de nuevo, y lo probó Sansón Carrasco, y lo intentaron otros, pero sin éxito. Acabaron lo que quedaba de vino, se dio cuenta de los últimos pasteles y se partió todo el mundo a su casa, donde se recogieron con un sentimiento ambiguo.

Cuando marchaba cada cual hacia su casa en medio de una noche oscurísima, rompió a llover lo que no había llovido en cien años, acaso para que nadie olvidara aquella noche.

Y siguió lloviendo incluso durante una semana seguida, con frío y viento, pasándose así del verano al invierno sin antesala, como quien abre una puerta de una patada y dice: aquí estoy yo.

CAPÍTULO DÉCIMO TERCERO

LLOVIÓ tanto y tanto que los caminos se llenaron de barro y lodo y la gente, si podía, excusaba tener que salir de casa.

El hueco dejado por la muerte de don Quijote en las vidas de sus amigos y parientes se hizo bien patente en ese tiempo, sobre todo ante la imposibilidad de trabajar los campos. Se estaban todo el día dando vueltas por la casa como hurones a los que se les hubiera tapado la boca de su madriguera, pensando y pensando.

Como los días de su enfermedad habían discurrido apaciblemente, ni al ama ni a la sobrina les hubiera importado volver a tenerlo así, en la cama, llevando pía la vida y alimentado con caldos de gallina, sin que nada le doliese y sin quejarse de nada. Sólo que se murió, y aquellos días tristes, encapotados, con el cielo entoldado y cada vez más cortos, se encargaban de recordarles que había muerto, llenándoles la cabeza de obsesivos temores tristes, pensando y pensando.

El grandísimo caserón de los Quijano quedó más silencioso y reposado que nunca. Y tuvieron las dos mujeres tiempo de vaciar el aposento que había sido del hidalgo, limpiarlo de polvo, regalar a los pobres del pueblo las ropas y zapatos que no podían ellas aprovechar, y hablar de don Quijote y de lo que iba a sucederles en adelante.

—Porque hay que ver —advirtió la sobrina— que son cosas que acaban de suceder, y ya le bailan a una en la cabeza, como si nunca hubieran pasado.

—A ti te bailarán, niña —dijo Quiteria—, que a mí no se me despintan, y no pasa minuto que no me acuerde de tu tío y piense para mis adentros, «ahora se hallaría en el patio, sentado, acariciando a sus galgos barcinos; ahora se estaría en el aposento de los libros, ahora miraría desde el palomar si venían o no lluvias, o cortándoles las alas a los palomos...». Desde que se nos escapó de casa la primera vez, hoy hace un año y dos meses y trece días, y aún te diría los minutos, podría señalarte todo lo que nos ha sucedido, paso por paso. Primero los tres que estuvo perdido por ahí, en la Venta de los Astures. Esa vez vino mucho peor que salió, asegurando que ya era caballero y con el don puesto, él, que nunca lo había tenido ni falta que le había hecho tenerlo. Luego los veinte días que lo tuvimos en casa, sin que se mejorara en nada, o por mejor decir, cada día peor, aunque le quemáramos los libros y le tapiáramos el aposento donde los posaba, metido entre estas cuatro paredes todo el santo día como un lobo enjaulado, hasta que dio con el sandio de Sancho Panza y volvió a salirse a voltear el mundo, por donde anduvo otros diez días...

—¿Sólo diez días estuvo con Sancho esa primera vez? A mí —dijo la sobrina con desenvoltura— se me hizo que anduvo más tiempo fuera. Habrá que preguntarle a él, que habrá llevado la cuenta aunque sólo sea para cobrarse los jornales.

—Esa cuenta le salió más que bien, porque a los tres pollinos que tuviste que darle sumó los muchos dineros que al parecer se encontraron en una maleta, y que tu tío, como era así de ilusionista y dadivoso, en vez de guardárselos como dueño que era de la aventura y señor de Sancho, permitió que éste los embaulara en su faltriquera. Pregúntale, pregúntale a Sancho cuanto quieras, que no te dirá nada que no te confirme yo de los días que se estuvieron fuera, que bien llevaba yo la cuenta aquí —y Quiteria se aporreó la frente con el dedo, aunque hubiera debido golpearse con él no la cabeza, sino el corazón.

Se acercó en ese momento Cebadón. Traía la colodra con la leche. Quiteria selló la boca y no volvió a abrirla hasta que el mozo, después de dejar la leche y llevarse una quilma de salvado, no se hubo alejado hacia el corral.

—¿No has notado, Antonia, lo jaranero que anda este mozo desde que murió tu tío?

—¿Y qué he de notar, sino que es un atolondrado de tomo y lomo, y simple, todo el día cantando por los rincones, llueva o haga sol? ¿Qué le has visto tú de extraño?

Los barruntos que el ama Quiteria tenía eran todavía lo bastante oscuros y confusos, y se encogió de hombros. Cuando comprobó que el mozo se había alejado definitivamente, siguió su coloquio donde lo había dejado:

—¡Y qué invierno tan triste fue este último! ¿Es que ya no te acuerdas, Antoñita, cómo lo pasó el pobre, sin un libro en la casa, paseando arriba y abajo todo el día, desabrido y hórrido, que ni quería ocuparse de su aseo personal? ¿No lo recuerdas? Hasta perdió las ganas de sacar a cazar a los perros. Qué tósigos por ver cómo se consumía, cuánto desasosiego, como una avispa en un frasco, tú lo viste igual que yo, él, tan cordero como había sido, y saberlo con aquellas ganas de que llegara el buen tiempo para escaparse, como los segadores, a cosechar sus aventuras, notando a toda hora el cielo, pulsando las estrellas, como los navegantes, para averiguar la mejor circunstancia para levar el aparejo.

—¡Sí que es verdad! —admitió la sobrina—. Que ni yo,

con todo lo que me temía, conseguí que se sentara a la mesa, ni arrancarle de la cama por las mañanas; tan postrado estaba. Todo el día en camisa o con aquella almilla de bayeta verde, con el bonete colorado toledano calzado hasta las cejas, las piernas flacas al aire y los pies metidos en aquellas zapatillas viejas y más rotas que un serón. Qué estampa, ama, qué pintura. Ay, si lo hubiesen visto como lo vimos nosotras todos esos que se dicen ahora sus partidarios, sus paladines, sus espoliques. ¡Se les hubieran quitado las ganas de admirarlo! Y ahora que lo pienso, si no se hubiera salido, se nos hubiera muerto en esta casa de todos modos.

—¿Por qué crees que lo dejé ir esa tercera vez? ¿No te acuerdas que llevaba lo menos nueve meses rumiando esa idea? Dos o tres días antes, por el Corpus, me dijo, con el brillo aquel suyo en los ojos: «Ay, Quiterilla, y cómo adelanta este año el verano y cómo están esperándome mis venturas!». ¿Sus venturas?, le pregunté, y me respondió: «Quien no ha aventura, no ha ventura, decían nuestros abuelos, Quiteria, y eso me abre el apetito». Y él, que no comía nada, me hizo que le friera media docena de huevos. Lo conocía como si lo hubiera parido, y bien sé que quien no la corre de joven acaba corriéndola de viejo. Recuerdo el día que se bajó de nuevo las armas del sobrado. Las guardó sin decir nada debajo del lecho, y se pasó las noches en blanco amolando y acicalando la espada con el esmeril, que no me dejaba pegar ojo. Luego debió de aderezar el morrión sacándole los bultos, encajar la celada que tan mal parada había llegado de Sierra Morena, reponer las presillas que faltaban y componer con cartones y latones lo que se había llevado su mudanza. Comprendí que si le estorbábamos, lo mataríamos de pesar, y además, ¿cómo podría una pobre mujer contener al señor de la casa ni mandar en su voluntad, y quién ha nacido que sepa ponerle puertas al campo? Puedes creerme que cuando yo digo que lo prefería loco, fuera de casa, que muerto en ella, es la pura verdad. Y que por lo menos la corriera, como la corrió. Y de los tres meses que ha estado fuera este verano, ni un solo día pasaba que no me acordara de él, a todas horas en vilo, temiendo que lo apalearan o lo ensartaran con una lanza. Y me iba a las eras del pueblo, por si lo veía volver por el camino, o me subía al sobrado por columbrar el horizonte, con el corazón encogido temiendo que nos lo trajeran atravesado sobre una bestia, o metido en una jaula, o me encaramaba en el palomar; y desde la misma hura por donde él afilaba su catalejo por descubrir las estrellas o denunciar nublados, miraba yo para ver si le veía de vuelta.

—Ay, yo no —se excusó la sobrina—. Le quería más que tú, porque al fin y al cabo era de mi sangre, pero yo estaba bien tranquila. Y no entiendo que pienses que le querías más tú, que no fuiste nada suyo.

—No digas, Antonia, que le querías más que yo, porque nadie sabe lo que en cada casa se cuece, y estoy por asegurarte que cada palo que recibió en esos meses, los sentí yo en las entrañas, por cómo se me salía el corazón por la boca, sin venir a cuento, a cualquier hora, y yo me decía: Ay, señor Quijano, ¿qué os han hecho ahora?

—Yo sabía que mi señor tío era bueno para valerse, siquiera fuese por hacer honor a su linaje. Bien se conoce en esto que el tuyo es plebeyo, y hay cosas que no podrás entender y que todo te amilana.

Quiteria, acostumbrada a tales alfilerazos, no los tomaba en consideración, y había aprendido a responderle en el mismo tono:

—No sé lo que podré o no comprender, pero algo me dice que si no sentías lo mismo que yo sentía, eso sería porque no le querías lo mismo que yo le quise.

—Lo mismo y aun más —se defendió Antonia—, porque

la sangre tira de otra manera, y por sus venas y las mías corría la misma, sin contar con la de mi señor padre, don Felipe, que algún día volverá, me llevará con él a Madrid y sabrá ponerme donde me corresponde, fuera de este pueblo y lejos de este caserón viejo y acabado que huele a freza. Pero dejemos estar esta cuestión de mi padre. De mi tío, yo casi prefería que anduviera por esos mundos, a que nos trajera de cabeza todo el día. Ya sabes lo que se dice, al loco y al aire, darles calle. Que cuando no vendía un majuelo para comprar más y más libros, repartía sus cuartos sin tino, e invitaba a unos y a otros a sentarse a su mesa, con tal de que le hablaran de la soldadesca. Hubo meses, y lo sabes mejor que yo, que no parecía sino que aquí viviera el señor Bartolomé de Castro, que no es precisamente un gorrión al que contenten cañamones y alpistes y el agua de la fuente, y lo que mi tío no se permitía comer, se lo daba a sus huéspedes con tal de que le regalaran los oídos con las cosas que quería oír, y lo que no bebía él, se lo trasegaban todos esos regalones, hambrones y tagarotes. Cuántas mentiras no le habrá adobado mi señor Castro de su milicia, con tal de poder agasajarse de gorra, con qué embustes le embaucaba más fácilmente que a un niño. Y cuántos gazapos a cuenta de una estocada, y qué pollos con alcaparras se llevaron sus asaltos, y qué bandadas de palominos rindió la punta de su lanza, y cuántos besugos como la leche domaron sus patrañas, y qué primorosos pucheritos de natas le ablandaron sus memorias de nada. Y dolor de cabeza me daba verle tan a merced de pícaros, aprovechados y soldados viejos. ¡Y ese bellacón, golosazo y gumia de Sancho, que el diablo pierda! No estaba sino queriéndole sonsacar a la vida, y perderlo por esos andurriales. Así que yo pensaba, aire, aire, fuera de casa menoscabará su honra, y su honra es suya, pero la hacienda queda, dentro de lo que cabe, como siempre estuvo, y no porque viva aquí, va a recobrar el seso ni la honra, pues bastante desgracia era tenerle como le tuvimos. Lejos, perdía su honra, y en casa perdía doblemente su honra y su hacienda, que es la mía. A una casa de salud habría que haberlo llevado, con los señores locos. Y Dios me perdone a mí también por lo que voy a decir, Quiteria, que mejor es que Dios lo haya llamado a su seno, que dejárnoslo a merced de la tropa que lo sangraba o de los amigos que con él hacían burlas. ¿Y el cura, hurgando en la llaga de su locura, con la excusa de saber si había o no sanado? ¿Y su amigo el rapador maese Nicolás? ¿Qué necesidad tenía él de meterse en danza? ¿No le bastan sus academias? ¿No le basta el cuervo que tiene en su barbería? ¡Mejor hubiera sido que se hubiese entretenido en enseñarle latines y más tranquilo hubiera dejado a mi tío! Ha muerto, y bien muerto está en lo que a nosotras respecta. Mujeres somos, Quiteria, solas estamos, y para llorar sus penas, cualquiera se vale. Así que te lo digo bien claro: mi tío tenía su vida ya cumplida y la había gozado, era viejo, no tenía mujer ni hijos a los que haya dejado huérfanos, pero sí una sobrina amantísima que va a destinar la hijuela en misas que lo saquen cuanto antes del Purgatorio y que pondrá su hacienda en el mismo punto, si no más, de como él la tomó de sus padres, mis señores abuelos, si me dejan.

Mientras duraba esta plática estaban las dos mujeres escogiendo lentejas, sentadas a la mesa, y Quiteria dejó su tarea y levantó la vista de aquellas áridas semillas, para clavarla en Antonia. Se lo pensó antes de hablar, y Antonia, sabiéndose mirada, también dejó quietos los dedos y sostuvo la mirada de Quiteria con impasible tristeza.

—Cuánta pena me da, Antonia, oírte decir esas cosas y que creas que tu tío se andaba mejor por esos mundos, pobre, roto y burlado, que aquí sujeto con nosotras. Quiero pensar que se trata de tu puericia, que te hace hablar de esa manera, como si no tuvieras entrañas, o como si pensaras que la juventud y la vida van a ser cosa de siempre. Pero antes de lo que te piensas, tú misma te verás vieja y acaso loca como tu tío, que esas cosas he oído yo decir que se pasan de padres a hijos, por la sangre.

No creía Quiteria lo que acaba de decir, ni lo sentía, pero le devolvía en esas palabras el réspice de la hidalguía. Lo hacía, digamos, que con claros fines pedagógicos, más que por vengativa o rencorosa, que nunca lo fue.

Se conocían bien las dos mujeres. Muchas veces antes se habían zaherido.

Acogió esas palabras Antonia con una sonrisa sarcástica, y se puso a rumiar una respuesta adecuada, por lo que es casi seguro que ni siquiera oyó lo que Quiteria seguía diciéndole.

—Para mí, mientras vivió el amo, aunque anduviera lejos, por esos mundos, la casa seguía viva, y notaba su presencia en todos estos aposentos, corrales y sobrados. Y se ha muerto él, y se diría que ya nada me retiene aquí, y digo lo de aquél, que donde no está mi dueño, está mi duelo.

Y hubiera llorado Quiteria de no haber sido Antonia, la fría, la dura, la empedernida Antonia, la que estaba delante, así que se contuvo las lágrimas.

Antonia seguía buscando algo que molestara a Quiteria, pero no lo encontró, y pensó: ya tendré ocasión.

Anduvo Quiteria inquieta unos días. Hacía en la casa sus tareas taciturna y ausente, cuando no estaba en bregas y enojos con Antonia. Nada en apariencia había cambiado. Se levantaba y se acostaba a la misma hora que lo había hecho siempre, pero su corazón se marchitaba antes de tiempo.

Consideró:

—Ya soy vieja.

En cuanto a Antonia, esperaba no sabía qué, entre torbellinos azarosos que la tenían también a ella asustada y medrosa, con su secreto, y pensaba a su vez:

—Si no lo remedio pronto, me convertiré en alguien igual que Quiteria. ¡Qué triste es la vida!

Y concluyó la muchacha en el fondo de su corazón que su señor tío Alonso Quijano había obrado con harto egoísmo dejándose morir antes de haberla casado, negocio este para el que un hombre valía, según ella, más que una mujer. Y con aquella manda absurda en el testamento, que hizo que pensara de nuevo: «¡Viejo loco!».

CAPÍTULO DÉCIMO CUARTO

Lo dicho por Antonia el día anterior respecto de la hacienda y de que ella la pondría en su punto, si la dejaban, fue una mera fantasía, un bonito juego de pólvora. Ella sabía, lo sabía Quiteria y lo sabía todo el mundo, que el estado en que don Quijote la había dejado era calamitoso. Y lo supieron no precisamente en el último minuto. El desmoronamiento de las fortunas escasas suele ser por lo general tan lento como rápido suele serlo el de las grandes. Aunque el pobre don Quijote no pudo sospecharlo, primero porque estuvo loco mucho tiempo, y en segundo lugar porque los pocos días en que cobró la razón nadie, por no entristecer esas últimas horas, se molestó en advertírselo, y así había testado a favor de su sobrina en el pleno convencimiento de que ella iba a heredar tanto al menos como en su día heredó él.

A Antonia, sin embargo, con preocuparle lo suyo, no era lo que más inquieta la traía, sino aquella manda que añadió su tío en el testamento y que parecía condenarla sin remisión. O perdía la hacienda de una manera o la perdía de otra.

El señor De Mal concedió, con la hipocresía de los administradores rapaces, dos semanas de tregua después de que muriera don Quijote. Se dijo: «Así son los negocios, y yo no tengo la culpa de que don Quijote fuese un manirroto y su sobrina una niña».

Lo cierto es que el señor De Mal, viejo de unos sesenta años, viudo y sin hijos, pensaba en quien cuidara de su vejez. Y con esa facilidad que tienen algunos para arreglarse los deseos a conveniencia, pensó en Antonia. «Yo seré su salvador, y ella se casará conmigo».

Pasados esos días, el señor De Mal fue dando curso a las demandas y pretensiones de aquellos que habían prestado dinero al caballero. La pasión libresca del hidalgo y su ociosidad habían ido sangrando su patrimonio sin que se notase demasiado. Al morir don Quijote, como cucarachas, empezaron a salir de todas partes agiotistas y prestamistas, algunos venidos incluso de pueblos cercanos, con sus correspondientes documentos y libranzas. El señor De Mal convenció a todos de que la ruina del caballero era aún mayor de la que se veía a simple vista, y les persuadió asimismo de que le dejaran satisfacer una parte de esas deudas de su propio pecunio, a cambio de que le cediesen el documento en el que don Quijote se obligaba. Aquellos usureros de poca monta, asustados por el señor De Mal, de tan acicalada probidad, y ante el temor de quedarse sin cobrar, aceptaban cancelar sus deudas a cambio de esas pequeñas satisfacciones. De ese modo en pocos días el escribano se hizo dueño de todas las deudas del hidalgo por un tercio de su monto, lo que equivalía a decir que pasó a serlo también de todas sus tierras, viñedos, bodegas y ganados.

Mientras, no tanto para tranquilizar a la sobrina, como para poder maniobrar a su gusto, el escribano la abordó con lagotero confusionismo. Le hizo creer que aquel embrollo acabaría desliéndose tranquilamente de la noche a la mañana, y un buen día, cuando no había transcurrido ni un mes de la muerte del hidalgo, el señor De Mal presentó las cuentas.

Estaban con el escribano Quiteria y Antonia. Teñido con la

jerga de los abogados, el señor De Mal vestía el pésimo estado de las cuentas con galas vistosas e ilusorias. Aún necesitaba unas semanas para asestar el golpe definitivo, que esperaba de la Audiencia de Toledo con resoluciones terminantes.

Quiteria estudiaba en la cara de la sobrina si aquello de lo que hablaban era o no bueno, porque no comprendía las palabras del escribano.

Pero bien pronto lo comprendió la sobrina. Le entraron ganas de llorar de rabia y furia, y lo hubiera hecho, de no haber estado presente Quiteria, porque no quería que pensara que ella, que no había sido capaz de llorar la muerte de su tío, lloraba ahora por su hacienda.

—¿Heredo humo? —le preguntó al señor De Mal.

Y el señor De Mal, que tan buenos negocios había hecho a cuenta de don Quijote, no se atrevió a otra cosa que a ir poniendo ante la sobrina los documentos que probaban que la mitad de las propiedades iban a tener que irse una detrás de otra, para pagar a todo el mundo, aunque ese «todo el mundo» se limitaba ya únicamente a él sólo, cosa que ocultó no tanto por vergüenza como por interés. Acaso hubiera desbaratado los últimos chanchullos todavía en los registros.

—Al judío le debemos —y en aquel «le debemos» se hubiera dicho que ponía el señor De Mal a disposición de Antonia Quijano toda la lealtad que había servido a don Quijote— tanto y tanto, y es preciso vender tal tierra y tal otra, y las tres yeguas y aquel viñedo.

Se marchó el señor De Mal, dándole unos días a Antonia para que lo pensara. Se dijo el escribano: «Estas cosas es mejor llevarlas a cabo por las buenas que por las malas, y mejor así que entrar en pleitos. Y que a la niña se le vayan bajando las ínfulas. Si quiere, ella conmigo será princesa».

Quiteria, asustada por lo que había visto, preguntó a Antonia:

—¿Es grave lo que sucede? ¿Qué nos espera?

—A ti nada —respondió de una manera seca Antonia—. La que está en apuros soy yo, no tú, el que tenía un tío loco era yo. Mi tío no era nada tuyo.

Quiteria se tragó el orgullo, y dijo:

—Mira, Antonia, que eres una niña aún y yo soy una ignorante y no puedo ayudarte. Aconséjate del cura, del barbero, de Sansón, ellos fueron los albaceas de tu tío.

—¿Ésos? Saben de mi hacienda lo que yo de la suya. Estése cada cual en su casa, que cada uno en la suya es rey.

Toda la locura de su tío se le destiló a Antonia en algo parecido a fiereza y astucia. Se diría que al que se le acercara en ese momento no sólo le mordería con la fuerza del tigre, sino con la fatalidad de la víbora. Antonia sospechó la trapaza de aquellos negocios.

—El escribano ha estado robando a mi tío, y seguramente quiere robarme a mí, pero va listo. Es un hombre repulsivo. Me dan asco sus babas y cómo me reboza con miradas de viejo verde. No me rendiré. Guarda esos papeles, Quiteria. He de estudiarlos. Salvaré lo que se pueda.

Obedeció Quiteria por vez primera a su nueva señora con un sentimiento extraño, y salió de la estancia con aquellos documentos que había dejado el señor De Mal. Pensó: «Antonia lo perderá todo por orgullosa». Pensó también: «Lo tendría merecido», pero fue este último un pensamiento tan fugaz que la bondad de Quiteria se hubiera negado a confirmar que se le había pasado por la cabeza.

Ya a solas, Antonia, demasiado joven, empezó a temblar de arriba abajo. El escribano había logrado asustarla. Por orgullo no rompió a llorar. Y si siempre se había sentido huérfana en aquella casa, se sintió por vez primera pobre y no se atrevía a imaginar lo que le esperaba.

A partir de ese día Antonia, malhumorada e irritable, apenas dirigía la palabra al ama, quien a su vez no podía sufrir el carácter de la muchacha.

Al morir don Quijote, algo quedó por dentro de imposible compostura, como un cántaro roto. Eso fue algo que pensaron una y otra, el ama y la sobrina.

No se habían dicho cosas más graves o ofensivas de las que acostumbraban a decirse cuando vivía don Quijote, que arbitraba, limaba y suavizaba las disputas y rencillas entre las dos mujeres, pero se diría que faltando éste ya no podían soportarlas de la misma manera.

No entendía Quiteria a su nueva ama Antonia, y no se preocupaba Antonia por saber qué pensaba hacer Quiteria. Antonia se decía: «Estoy a un tris de perderlo todo, ¿y cómo me ayuda Quiteria? Malhumorándose por todo. Es una vieja maniática, como mi tío». Y pensaba Quiteria: «Se ha muerto el único que me protegió estos años, ¿y qué voy a hacer ahora, tanto más si Antonia lo pierde todo? ¿Adónde voy a ir?».

Y acaso esperaba Antonia que Quiteria se marcharía en algún momento de aquella casa, si finalmente lo perdía todo, y Quiteria esperaba que Antonia le ordenara, incluso antes de perderlo, «vete». Pensaba Quiteria: «No se atreverá. Y si se atreve, quiero ver con qué cara me lo dirá, a mí, que llevo en esta casa desde muchos años antes de que llegara ella».

Pero ni la una se iba ni a la otra la echaba, de modo que seguían las dos viviendo bajo el mismo techo, peor que cuando don Quijote vivía, con el cuervo de la miseria sobrevolando la hacienda y con aquel encono entre ellas royéndoles las entrañas.

Dejaron Antonia y Quiteria pasar los días. Se habría dicho que habían decidido olvidarse de sí mismas. Eran dos naturalezas diferentes y opuestas, y si una decía: «Habrá que tejer un poco de lino», la otra respondía: «Más necesario nos es amasar»; si una ordenaba «vete al corral y mata una gallina», la otra pensaba «¿no sería mejor mirar por esta hacienda, que tan descabalada está, y no este trasiego en el corral?»; si una decía, «habrá que llevar trigo al molino», la otra corregía, «más valdría hacer mañana la colada».

La muerte de don Quijote fue, pues, no por menos esperada o temida, menos cruel, y lo mismo que un rayo partiendo un olmo centenario, recorrió, partiéndola por la mitad, el solar centenario de los Quijano, levantado hacía más de ciento cincuenta años por el tatarabuelo de don Quijote.

La muerte de don Quijote, y el invierno, que se metió con más celeridad de la deseada, enfriaron pronto sus muros y estrecharon sus días, más cortos e inhóspitos. En cuanto se ponía el sol, el ama y la sobrina se quedaban a solas como acaso no lo habían estado nunca. Echaban de menos a don Quijote y sus paseos, arriba, abajo, por los corredores. Los tueros de la chimenea se quemaban de uno en uno, y aquellas llamas no eran suficientes para disipar la humedad, el frío y la sensación de miseria que se respiraba allí. Después de los primeros días, y como suele ocurrir tras la muerte, empezaron a espaciarse las visitas del cura, del barbero, del bachiller y de otros vecinos, hasta que ya nadie acudía a visitar a las dos mujeres, salvo el señor De Mal, que se daba una vuelta de vez en cuando por allí, más para comprobar el estado de lo que daba por suyo, que por compasión. No le había hablado todavía de matrimonio a Antonia, pero pensaba: «El asalto a su tiempo. Y a la muchacha parece que no le caigo del todo mal. Le conviene un hombre como yo, con experiencia, que sepa y quiera regalarla como se merece».

La vida continuaba para todos.

—¿Qué habrá sido de Sancho? —preguntó una tarde Quiteria, por tener algo de que hablar entre las dos.

Antonia ni contestó. No le importaba lo que sería de ése o del otro. Cada cual debía mirar por lo suyo. Al menos si Quiteria le hubiese preguntado por el bachiller, tal vez hubieran podido hablar de él. ¿Lo habría hecho Antonia? ¿Con Quiteria? ¿Y Quiteria? Otra tarde, y más que por hablar, Quiteria le dijo a Antonia:

—¿No podemos ser amigas y contarnos nuestras cosas?

Antonia le respondió:

—Ya lo somos, y ya nos las contamos. ¿Qué querrías contarme tú? ¿Qué quieres que te cuente yo?

Quiteria guardó silencio unos instantes, y dijo:

—No, lo decía por hablar.

Pero sabía que se mentía, lo mismo que Antonia supo que se mentía cuando le respondió...

—Lo mismo me pasa a mí, que no tengo nada que contar.

Y se mentían y ni siquiera podía la una sospechar los secretos de la otra, pasándose el día juntas.

Cosa que no ocurrió con el secreto de Cebadón, el mozo.

Hubiera podido llamarse a aquella casa la casa de los secretos.

Y el secreto de Cebadón era que...

No había ido muy descaminada Quiteria cuando, hacía días, le había hecho notar a Antonia el extraño comportamiento del mozo, que se movía por allí caracoleando y suficiente, como un potro.

Cebadón era joven, ambicioso, reflexivo y se había hecho una composición de lugar que le convenía. Cierto que cantando a todas horas podía uno llamarse a engaño, pero esa de cantar era en él una manera de pensar. Silbar, tararear, cantar le ayudaba a pensar en otras cosas. Sus pensamientos necesitaban ese acompañamiento.

Sí. Cebadón también tenía su secreto: estaba enamorado de Antonia Quijano. Secreto a medias, porque lejos de quererlo mantener para su coleto, parecía estar exhibiéndolo, convencido de su valía y del buen término al que llevaría las cosas.

Estaba enamorado. Lo decían su semblante risueño, aquel andar erguido, sacando pecho, sus cánticos. O se enamoró perdidamente de ella, o se lo creyó, y lo creyó con hinchada desmesura a raíz de la muerte de don Quijote. Se dijo, «esta moza es para mí o no será de otro; o mía o muerta». Como los amadores de teatro. Aquella resolución tremebunda contrastaba sin duda con la jovialidad de sus perpetuas melopeas, y para él no ofrecía la menor duda. Estaba determinado a conquistarla, porque creía que su buena estrella tenía que ver con la determinación de su carácter. «Es —se decía— la historia de mi vida. Nací en un chozo como los bandoleros, y mi destino era ser uno de ellos; por mi voluntad y maña, he llegado a servir en una casa buena como ésta. Muchos envidiarían ya mi suerte, y la vida ha querido adornarme con partes que otros codician en secreto: tengo planta, canto como los ángeles, soy discreto y sé cómo enamorar a las mujeres. De aquí arriba, todo lo que se quiera, pero quedarse en esta medianía toda la vida, como gañán, es pensar lo excusado. El porvenir me sonríe; Antoñita, ahora que has heredado, eres rica, y brava, pero a mí me gustan así, porque cuanto más fiera, más se valorará mi doma; necesitas más que nadie de un mastín que defienda tu hacienda de todos esos lobos que dicen te la quieren comer. Si quieres echarlos a patadas, aquí me tienes. Al que pase esa puerta, lo rajo. De modo que, Antoñita, conmigo, o muerta».

De una manera oscura imaginaba Cebadón que aquel bien había de arrebatarlo por la fuerza, porque de grado no lo obtendría nunca. Incluso se hacía la ilusión de esos arrebatos teatrales. Y eso le enardecía y ponía alas a su imaginación, que ya le pintaba dueño de todo aquello. Probaría a la sobrina la necesidad de arrimarse a un hombre que mirase por lo suyo. Ella era una niña.

Quizá la ambición de casarse con Antonia fuese en Cebadón anterior a la muerte de don Quijote, pero ésta le dio alas, y se dijo: ancha es Castilla. Porque una cosa, según pensaba Cebadón, eran las comedias y entremeses y otra bien diferente, como él decía, «la cruda realidad»; una cosa, celebrar el triunfo del amor en las novelas o en los cánticos y madrigales, y otra, descender a los casos concretos de la familia propia, y Cebadón, atribuyendo a don Quijote su propia previsión, estaba convencido de que el hidalgo habría estorbado la unión de un gañán con su sobrina, incluso en el caso de que ella le hubiese favorecido con sus amores, y por eso jamás se le hubiera ocurrido en vida del hidalgo acercarse a la muchacha. Pero una vez muerto, nada le impedía soñar con ocupar un lugar preponderante en el corazón de Antonia, en su lecho y, desde luego, en aquella casa, los majuelos, las tierras y el ganado.

Y tales cosas le participó Cebadón a un amigo suyo, con el que había guardado los rebaños muchos días, un cabrero al que se le conocía en el pueblo por el nombre de Juan y el sobrenombre de Montés, porque era un hombre que como los gatos monteses era de difícil presa, y siempre lograba escabullirse y hallarle una gatera a todas las cuestiones y parlas que se hablaran, por donde fugarse. Pero precisamente por ello, todo el mundo le consultaba los casos graves y peliagudos, para los que tenía, a pesar de su extrema juventud, una razonable salida.

A Juan Montés le habló Cebadón:

—¿Qué justicia hallas tú en el mundo, Juan, que nos hace a unos desde la cuna pobres y a otros ricos, a unos con castillo y a otros sin más techo que las estrellas, sin haber puesto de nuestra parte nada?

A Juan Montés mientras le hablaban le bailaban los ojos en la cara, a uno y otro lado, como si vigilara por dónde le habría de atacar la paradoja, y aunque vio que Cebadón tenía propósito de seguir adelante con su prólogo, le atajó allí mismo.

—Así es, pero ¿hallas tú alguna justicia en que el Rey nuestro señor no duerma tranquilo porque sus ejércitos han de defender a sus vasallos? Y cuando tú duermes a pierna suelta, ¿hallas justo echarte sobre una hormiga, a la que tu peso quitó la vida? Sabes que soy de los que piensan que estamos mal, pero que podríamos estar mucho peor.

—Y mucho mejor. Y ahí es a donde quería ir a parar. Porque con tus teologías nunca llegarás a nada, y a mí con las mías me esperan las esferas siderales. Mira lo que voy a confiarte, y me has de guardar el secreto.

—Te lo guardaré, pero secreto bien guardado es el que a nadie se ha confiado.

—Este no puedo guardarlo conmigo, porque malamente me podrías dar tú un consejo, sin que lo supieras. ¿Tú me encuentras galán y apuesto?

—Yo, y todas las mozas del lugar, Cebadón. Y ahí voy yo también. Ahora respóndeme tú si hallas en ello justicia, que a ti el cielo, sin que pusieras de tu parte ni un adarme, te hizo alto y fuerte como un olmo, y de talle tan gentil que estás a todas horas en boca de las mozas y doncellas no sólo de este pueblo, sino de estos contornos, mientras a mí ya ves cómo me hizo el cielo, pequeño, desmedrado, feo, con estas afrentosas orejas de soplillo, y si no fuera bastante, con tanta flojera de vientre, que cualquier día se me lleva con los pies por delante un cólico. A tu boca no le falta un solo diente, y todos ellos son sanos y blancos como los de un muchacho, que cuando sonríes parece que viniera el sol a darnos los buenos días. ¿Has visto los míos, ruines, negros y picados como con una perdigonada de pólvora? ¿Hallas tú justicia en esto? Y qué me dices de ese don que tienes, que cantas como una mirla? ¿Y quién hizo que tocaras el rabel como lo haces? Sin que nadie te enseñara la solfa, un día tomaste en las manos el rabel, y parecía que hubiese sido pensado para que tus manos lo rasgaran con las melodías más dulces y lastimosas. Así, cuando cantas, las mujeres se te derriten y te envuelven en miradas melosas y soñadoras, porque les parece que has bajado del cielo por una escala. ¿Me has visto a mí cantar alguna vez? No, por cierto, ya que soy juicioso, porque si una vez quisiera hacerlo, espantaría de mi lado hasta las mismas fieras, si acaso no las irritara tanto que viniesen todas a descuartizarme para no tener que oírme. ¿Ésa es la justicia de la que me hablabas?

—Dios te hizo, sin embargo —admitió Cebadón un poco corrido— más discreto y agudo que ninguno de nosotros.

—Así puede ser. Pero ¿has visto tú a alguien que coma su pan por discreto? ¿A cuántos conoces tú que por agudo y gracioso le den gratis el vino? ¿Respeta la muerte más al listo que al zoquete? Haces mal en quejarte, Cebadón. Echa cuenta de que estás bien, y que podrías estar mucho peor.

—Y mejor. No me resigno a acabar mis días como los empecé, en un chozo. Y ahora se me presenta la ocasión de mejorarme para siempre.

—¿Cómo? ¿Te pasas a las Indias, te marchas a la milicia, va a tomarte un cardenal como criado, alguien principal ha reconocido en su lecho de muerte haberse acostado con tu madre y haberte engendrado?

—Nada de esto, sino que la suerte se me ha entrado por la ventana y se llama Antonia. Y ya has oído aquello de al buen día mételo en casa.

—¿La sobrina del señor Quijano? Además de necio estás tan loco como su tío si crees que esa moza zahareña va a fijarse en un azacán como tú, por mucho que se apague el sol cuando sales con las ovejas. Hazme caso, cásate con una igual y no tendrás rival, y ya sabes que en casa de mujer rica, ella manda siempre y tú nunca. ¿Quieres tener vida regalada o en paz, prefieres andar a diario en grandes disputas por un faisán o vivir apaciblemente con tus sopas de ajo? Y dime, ¿crees tú que una mujer hermosa ha de amar a uno feo, porque éste la ama? ¿Amaría él a otra más fea, porque lo amaba? ¿Amarías tú a una fea, sólo porque te amara viéndote tan hermoso? ¿Vas a decirme que Antonia te querrá por pobre sólo porque tú la estás queriendo por rica?

No le hizo el menor caso Juan Cebadón a su sabio amigo Juan Montés; todo lo contrario. Le pareció un desafío someter a aquella hembra tan capitana, y se propuso no cejar hasta hacerla suya.

«O mía o muerta», repetía alegremente, como silbando. Y de ese modo buscaba andar cerca de donde estaba Antonia, a la que rondaba con curvas de jineta.

El ama Quiteria, por vieja, husmeó en el aire el peligro, solo que no acertó a ver de dónde provenía.

Al día siguiente de la tercera visita del escribano, se presentó la ocasión al mozo. Justamente la mañana en que no estaba Quiteria en casa. ¿Lo tenía ya planeado para ese día o fue ese día, viéndose solo en casa con Antonia, el que le dio la idea?

Ya había Cebadón ordeñado las cabras y, como se lo había dejado dicho la víspera la sobrina, fue a llevarle la leche a la cocina, donde la esperaba, pues pensaba hacer unos quesos. No había nadie más en la casa que ellos dos, la sobrina y el mozo, ni se esperaba a nadie. Quiteria había salido antes de amanecer hacia su pueblo, y ésa fue también gran novedad. Sin anunciarlo, la noche antes, se lo comunicó a Antonia: «Mañana, si no mandas otra cosa, me voy a mi pueblo. Por la tarde estaré de vuelta», le informó. Y lo dio por hecho, porque Quiteria, que no pedía tales asuetos al tío, consideró que no tenía por qué pedírselos a la sobrina. Pasaría el día visitando a su madre y a sus hermanos y sobrinos.

Supo Cebadón que acaso no se le presentase mejor coyuntura en toda su vida, cuando la víspera Quiteria le ordenó que madrugase para ponerle la albarda a la burra, porque pensaba irse a su pueblo.

Se encontró Cebadón a Antonia majando en un mortero un cardo para cuajar la leche, distraída, pensando en su secreto, cuando le vino el mozo con el suyo.

—Antonia —le dijo, dejando en el suelo la colodra y pasándose la palma por el jubón, para limpiársela—. Lo que tú decidas, ése será el veredicto que voy a acatar como si me lo mandara el mismo rey.

Pero Antonia no era amiga de tener coloquios con sus gañanes, y le atajó sin contemplaciones.

—Mira, Juan, hoy voy más retrasada que nunca porque Quiteria se ha ido, y no sé a qué veredictos te refieres. Di lo que tengas que decir, rapidito, y márchate a tus labores, que desde que murió mi señor tío parece que ésta es la casa de la solfa.

El tono desabrido de la muchacha no desanimó al mozo.

—Es como si se te pegara algo de la condición de esos cardos cuando hablas conmigo, que parece que tienes palabras amables para todo el mundo menos para quien bien te sirve y mucho más te serviría si tú se lo pidieses. Sé muy bien que por cuna y por fortuna tú aspiras a más altos vuelos. Y no descarto que hayas puesto los ojos en quien siendo rico te saque de estos apuros que sufres, aunque te sé decir que no encontrarás en toda la Mancha nadie que defendiera lo tuyo con colmillos más afilados ni que te quiera mejor que yo ni céfiro que más blandamente sople que yo, y si me dejaras trastearte como mi rabel había de sacar yo de ti sones más dulces que la miel.

—Ay, Jesús —exclamó Antonia con enfado—. ¿Y desde cuándo se gastan esos modos de apearle el tratamiento a la señora de la casa, señor faquín? ¡Y que nos ha salido poeta el cabrero! De tanto cantar romances se te han pegado los usos de los galanes, señor mío. Mira que no estoy para andar en adivinanzas, Juan Cebadón, de modo que si lo que acabas de decir no es un requiebro en toda regla, yo soy becerra y pido teta. Vamos a dejarlo, Juan, en este punto, y no sigas por ese camino que te despeñarás, porque como tú bien dices, no está bien que dos tan desiguales fortunas se junten, porque tarde o temprano uno de los dos iba a sentirse desgraciado por eso, y lo mismo da que se rompa el cántaro con la piedra que la piedra rompa el cántaro, en cualquier caso, mal para el cántaro, y tú me entiendes. Que otra más destemplada que yo y menos fingida, mandaría ahora mismo darte de azotes por esa desfachatez de hablarme como lo has hecho. Vete, y déjame hacer lo mío, y haz lo tuyo bien y hayamos la fiesta en paz. Ésta va a ser la primera y última vez que tú y yo tratemos de un negocio que tanto me enoja. Así que ya sabes, aire, y cada oveja vaya con su pareja, y de ovejas sabes tú quintales.

En el tono de aquella respuesta apreció Juan Cebadón ecos espumosos que le hicieron decir para sí: «Tate, muchacha; para respuesta, es demasiado larga, para tajo, muy insistido; a ti no te disgusta el peligro de estos cerros ni las palabras picantes. De lo contrario no te brillarían los ojos. Yo sé mucho de ojos, y los tuyos brillan como tú misma no te puedes imaginar». Así que animado por ello, y haciendo poco caso a su joven ama, que lo acababa de rechazar, insistió el mozo.

—Muchas querrían haber oído lo que sólo a ti podría decirte.

Acogió Antonia aquella salida de su gañán con una carcajada demasiado estentórea para no parecer teatral.

Cebadón pensó: «Ya has caído, ya has mordido el anzuelo. Te ha gustado saberte preferida a las otras mujeres. Ahora sólo es cuestión de tiempo, pero te veré en la orilla, sobre las piedras, dando las boqueadas».

La juventud de Cebadón conocía ya resortes que otros, más viejos, no llegan a conocer en toda su vida, y advirtió que

Antonia no era tan corta que no se sintiera halagada viéndose cortejada por el mayor galán de aquellos reinos, y bien por vanidad, bien por curiosidad, bien por andar aquellos días tan agobiada y sin sosiego con las calculadas rondas del escribano, hizo Antonia lo que acaso no debiera haber hecho, que fue entrar en danza y contradanza, enredándose con las palabras.

Y allí, con la gran mesa de la cocina de por medio entre los dos, empezaron a bailar de unos labios a otros una zarabanda de sobrentendidos, que se encendían en el aire como las pavesas y le abrasaban en vergüenza las mejillas.

Aquel fuego ya no iba a poder apagarlo nadie. El color encendido en el rostro de la doncella, el brillo de sus ojos y su sonrisa, le hicieron sentenciar para su coleto al joven, que de mujeres sabía lo suyo: «Te has delatado, corza mía. Sé quién eres, a mí no me engañas. Te oiré suplicar antes de lo que te imaginas».

Y así, en aquel saleroso toma y daca lleno de dobles sentidos, chocarrerías y galanteos, se llegó a la frase fatídica que pronunció la joven:

—No te sabía yo tan descarado, Juan Cebadón, ni que tuvieses la osadía de abordarme sabiendo que estamos solos tú y yo en la casa.

No fue tan tonto Cebadón para alcanzársele que aquella alusión era un recordatorio que le venía a hacer su ama de que Quiteria estaba ausente, y ellos, solos; más una invitación que una advertencia y un «todo el monte es orégano, si tú quisieras». Así que se acercó a ella por detrás.

No se movió Antonia. Se le aceleraron los pulsos de tal modo que trató de ganar tiempo preguntando:

—¿Qué vas a hacer, Cebadón?

Tan evaporadas le salieron aquellas palabras que no las oyeron ni las randas de su camisa. Hizo como que no sabía lo que iba a suceder, le dio la espalda y se dispuso, como si tal cosa, a verter la leche de la colodra en un gran lebrillo, aparentando seguir con su tarea, cuando era lo cierto que el corazón le golpeaba con tanta fuerza el pecho y le desmembraba los brazos, que temió se le derramara la leche.

Aprovechó Cebadón que su joven ama no podía defenderse, por tener ocupadas las manos, y le puso las suyas, grandes, fuertes y seguras, en la cintura.

Lanzó la joven un grito que ahogó en suspiro. Cuando ya todo hubo sucedido y pensara Antonia en lo ocurrido, iba a parecerle inexplicable lo que a partir de ese momento sucedió en aquella cocina. Porque Antonia jamás se había fijado, al contrario que tantas mujeres, doncellas, viudas y casadas, en su gañán Cebadón. Ni tenía más pensamiento desde hacía años que para Sansón Carrasco. Y en el afán de justificarse, llegó a concebir un vago rencor contra el bachiller, al que hacía y no hacía culpable de lo que allí había sucedido. Se preguntó una y mil veces: «¿Y por qué no sería Sansón? De haber obrado Sansón hace tiempo de esa manera, no habría sucedido lo de Cebadón, porque yo ya sería del bachiller». Pero Antonia se dejó envolver en las palabras magas del gañán. También pensó que como el cordero prendido entre unas zarzas, podría salir con un pequeño impulso; acaso dejando una vedija, pero no el pellejo. No, no se explicaba por qué había sucedido todo aquello, cómo había permitido que sucediese. Se dijo también: «Aunque hubiese gritado, nadie nos hubiera oído». Pero no había gritado. Y eso lo sabía también Cebadón. También pensó: «Cebadón es un hombre fuerte, y no habría servido de nada resistirse; es una infamia la que ha cometido conmigo». Pero tampoco se había defendido como acaso debiera.

Y sucedió todo tan deprisa, y fue todo tan extraño, que cuando acabó, Antonia creyó que no había ocurrido nada ni supo qué había ocurrido.

Cebadón la envolvió en una mirada de triunfo, y sin despintar la sonrisa de su semblante quiso, después de ajustarse las pedorreras, dejar en el pelo de la muchacha una caricia, que ella esquivó, con una mirada de odio, más hacia sí misma por no haber sabido, querido o podido evitar aquello, que hacia Cebadón, a quien consideraba, además, un vanitonto.

—Como quieras, Antonia, pero piensa si no será mejor que anunciemos nuestra boda cuanto antes, porque la palabra de matrimonio que te daba hace un rato, cuando no tenía nada, te la reitero ahora, que ya tengo lo que en más valor debiera considerar una doncella, y no podría retirarte esa palabra aunque quisiera, y menos que nunca en este momento, que me has rendido la posesión que ninguna mujer debiera tener en tan poco aprecio como tú has mostrado, juzgándolo por el modo ruin de defenderlo.

Volvió a encenderse el rostro de la que ya no era doncella, sólo que esa vez fue la ira la que le impidió decir nada, como hubiese querido.

—Te mataría —acertó a balbucir.

Sin dejar de abotonarse el corpiño pero sin apartar sus ojos de los de su conquistador, Antonia Quijano, con una mirada fría y temible, admitió al fin lo que allí acababa de suceder.

—Echa cuenta, Cebadón, de que aquí no ha ocurrido nada.

—Antonia —dijo el mozo levantando la herrada que había rodado minutos antes por el suelo—, conviene además que sea como yo digo y no como dices tú. Esta casa es grande, la mala cabeza de tu tío la ha puesto al borde de la ruina; todos lo saben. En el pueblo se dice que entre el judío y el señor De Mal se han repartido ya vuestra hacienda, y sola ¿adónde irás? ¿Quieres recuperar la casa, los pegujales, la viña? Déjalo de mi cuenta. Meteré tal susto a ese viejo avaro, que no le verás aquí en tres años. Yo daré mi vida por ti. Quiteria es una vieja gruñona y tú, mi dulce bien, eres demasiado tierna para que no te engañen unos y te devoren otros. Y después de lo sucedido, nadie mejor que un hombre cabal como yo sabrá defenderte de todos los peligros a los que vas a estar expuesta, mi corderilla, mi tórtola.

—No son ésas cuestiones que haya de tratar el amo con los criados. Te lo repito, Cebadón, aquí no ha pasado nada —dijo una Antonia cada vez más dueña de la situación—. Y ni tú eres nadie para hablar mal de mi señor tío y de su cabeza, que la tuvo loco mucho mejor de la que tú la tengas cuerdo, ni te voy a consentir que hables mal de Quiteria, que es a quien debes obedecer como a tu principal. Y si vuelves a acercarte a mí, estando sola, juro que te hundiré en las entrañas la misma espada de mi tío y te dejaré esos humos y arrogancias con más cuchilladas que un jubón. Y ay de ti como se te ocurra ir contando a nadie la villanía que hoy has cometido con quien no ha podido defenderse.

—Más bien querrás decir sabido, Antonia.

—Nadie te creería.

Cebadón se arrancó del pecho una risa de galán, como las que había visto a los comediantes que pasaban por el pueblo.

—Di lo que quieras, Antonia, pero tú y yo sabemos lo que ha ocurrido, y con eso a mí me basta. Y te digo más aún: yo podría olvidarlo, pero no creo que tú puedas.

Salió de la cocina el mozo con aires apoteósicos, se sentó Antonia junto a la mesa en la que acababa de ver sacrificado lo que en mayor consideración tenía, tomó distraída uno de los cardos que le habían sobrado, y lo estrujó a propósito en la mano. Quiso también esta vez llorar, pero no le brotaron las lágrimas, aunque sí unas gotas de sangre fueron a caer en el lebrillo de la leche, tiñendo aquella inmaculada blancura como un símbolo.

Hasta entonces había tenido Antonia un solo secreto, el estar enamorada de Sansón Carrasco, pero después de aquel día tuvo dos.

CAPÍTULO DÉCIMO QUINTO

¿Y QUÉ estrella lo había dispuesto, dónde estaba escrito que la mañana en la que sucedió aquello entre Cebadón y su joven señora, Quiteria estuviese lejos?

Nunca se alejaba el ama ni dos pasos de sus fogones y raramente se quedaba la casa sin nadie, pero tuvo que suceder de aquella manera.

El ama Quiteria, que de tal modo persiguió, descubrió y condenó las quimeras de su amo, con el brazo secular de las llamas incluso, creyó a pie juntillas las disposiciones de las estrellas que la habían traído a servir en aquella casa hacía veintitrés años, y por nada del mundo hubiera dejado de confirmar que su llegada a casa de don Quijote no hubiera sido providencial y ordenada por la disposición de los astros.

En cambio no hubiese creído providencial el hecho de tener que abandonarla, alejándose de todo lo que le recordaba a don Quijote, sólo porque Antonia hubiese mostrado hacia ella aquel fondo de indiferencia y extrañamiento.

¿Qué le había hecho ella?

La había criado como si fuese una hija, desde mucho antes de que la niña pudiera recordar. ¡Y cómo la había querido! Se hacía a veces la ilusión de que era hija suya, fruto de su amor con don Quijote. ¿Cómo no lo habría advertido aquel hombre? ¿Por qué siempre había tenido metida la cabeza en un libro? ¿No se dio cuenta de que la vida era superior a cualquier novela?

«Ay, Antonia —iba diciéndose Quiteria, y sentía que la pena le atosigaba el alma—. ¿Qué haré yo ahora? Aquí está mi vida, aquí mi casa y ya sólo puedo esperar un corto morir.»

El paso cadencioso de la borrica pareció agitarle por dentro los recuerdos, que le afloraban uno detrás de otro.

«¿Qué años tenía cuando llegué por primera vez a esta casa de los Quijano? ¿Trece, catorce? ¿Quién le dijo a mi pobre padre que aquí iba a tener yo acomodo perpetuo? ¡Y cómo me recuerdo de aquellos días, flaca como una cañaheja! Los que me veían por primera vez, me decían, "rapaza, ¿no vas a dejar de crecer?". La gente me miraba al pasar, y yo siempre con la cabeza gacha, como si hubiese sido mi culpa haberme espigado tan sin por qué. Cómo me avergonzaba ser tan alta, Altea.»

Altea era el nombre que le había dado don Quijote a aquella borrica, y llamándola Altea y yéndola a ver a la caballeriza tenía Quiteria la sensación de que lo seguía teniendo vivo, porque era además la borrica que montaba don Quijote cuando salía en primavera a un soto cercano a buscar ninfas. Y a veces le gustaba repetirlo diez veces seguidas, para embebecerse de un nombre tan sonoro, y evocar a su amo.

Metió Quiteria el talón en la panza de la borriquilla, para avivarla el paso.

No era el ama Quiteria una de esas personas que idealiza sus recuerdos con los años, por conveniencia o fantasía, sino que se atenía a la realidad, punto por punto.

En efecto, llegó donde los Quijano la primera vez cuando no había cumplido aún los catorce años. Venía descalza y llevaba en una mano el atillo con su ropa, todo lo que había po-

dido sacar de su casa, todo lo que le pudieron dar sus padres para ponerla a servir, una camisa de lanilla, una saya algo más buena que nueva de color pardo, un par de alpargatas y otro de zapatos que no usaba para no gastarlos, y un peine, un trozo de espejo poco más grande que un doblón, y unas ligas, regalo especialísimo de su hermana Magdalena.

Se le fue la imaginación en ese momento a Quiteria a la liga, al peine, al espejuelo... Ésa, sí, fue toda la hacienda que trajo consigo Quiteria. Vino buscando a cierta prima de su madre que conociendo las necesidades de su parentela hontoriana, la había reclamado. Pero todo debió de ser un equívoco, porque en cuanto llegó, comprendió Quiteria que pasaban allí aún más calamidades que en Hontoria. Aguardó unos días, y cuando esperaba retornar a su pueblo, moría de un cólico una de las criadas que servían en casa de don Quijote. Entonces sí que la casa era próspera: pastor, gañanes, mayoral, podadores, cavadores, cinco criadas, hasta carpintero propio tenía la casa y aperador, que también entendía de cosas de fragua. ¿Dónde habían ido a parar tantas riquezas? Así que fue el azar lo que le llevó a llamar en aquella puerta, cuando más desesperada estaba.

Quiteria nunca había sido hermosa, ni siquiera de muchacha, y, acaso porque no lo era, Alonso Quijano, tan compasivo siempre, la admitió a su servicio. Otros, menos piadosos que él, pensaban viéndola: «¡Qué lástima que Quiteria sea tan fea! ¡Terminará de moza de mesón, de mano en mano!». Y la frase hizo tanta fortuna, que acabó circulando como muletilla de boca en boca, cada vez que salía su nombre. Hasta la propia Quiteria lo oyó una vez a dos mozos, inadvertidamente, mientras estaba oculta por una parva de garbanzos, y se pasó tres días seguidos llorando, sin poder quitárselo de la cabeza.

Nadie podría conjeturar lo que pensó Alonso Quijano al

ver por primera vez a la muchacha, si era así o asá. Vería lo que todos, que tenía la nariz partida y grande como una berenjena, y la cara llena de manchas rojas, y el pelo fosco y sin brillo y una expresión equina y triste, y los pies anchos y las manos como los pies, descomunales, y que estaba cargada de hombros para no parecer alta como un alcacel, y que tenía unos dientes tan grandes y salientes y una boca tan pequeña y sumida que se esforzaba siempre para mantenerla cerrada, porque si no se le quedaba ligeramente abierta, y le hacía cara de inope. Pero don Quijote tuvo que verle también algo bueno, porque le causó una gran impresión; debió pensar que era una muchacha seria, despierta, trabajadora, dulce y buena.

¿Qué le decidió a emplearla? ¿La manera en que le miró, con la barbilla metida en el pecho y los ojos levantados con asombro, ante la figura de aquel joven tan pálido y melancólico, aquellos ojos tan bonitos y tristes? ¡Y cómo le impresionó a Quiteria la manera en que vestía aquel apuesto hidalgo, qué cuidado en su camisa, y cómo olía a agua de azahar, a benjuí, a violetas!

«¡Y cómo me gustaron aquellos ojos de mi joven amo, tan negros, brillantes y profundos, tan misteriosos y discretos, Altea, no lo sabes tú bien! ¡Y la elegancia y cortesanía de su porte, y el esmero y limpieza de sus vestidos, tan fuera de los tristes harapos que yo siempre había visto! ¿Cuándo empezó a descuidar la policía de su persona? No me acuerdo. Todo eso suele venir rodado. ¡Cómo me impresionó aquel caserón con aposentos tan amplios y techos tan levantados! ¡Y aquella chimenea de casa rica en la que ardían a todas horas las encinas enteras, y no las humildes lumbres de la casa de mis padres donde apenas se sacrificaban dos o tres astillas del tamaño de una cuchara!»

Nunca olvidaría Quiteria las primeras palabras que don Quijote le dirigió.

—Y bien, Quiterilla. ¿Así te llamas, no? ¿Qué sabes hacer? Te tomaré de fregona, y veremos qué sale de ello, si vales o no —y le prometió que en aquella casa si valía para algo más que para fregar los suelos, se le enseñaría a hacer labor y a coser, y se le daría de comer, de beber, cama y ropa lavada.

«Quiterilla, Quiterilla»... Llamarla con ese nombre, siendo ella tan alta, con aquellas manos, con aquellos pies. Nadie, recordó el ama, le había llamado nunca con ese nombre, ni su madre cuando le limpiaba los mocos ni nadie, hasta que apareció Alonso Quijano.

«Haré lo que vuestra merced me ordene y sea de razón», recordó Quiteria que le respondió callando, y no lloró de gratitud por parecerle que acaso le molestara a su joven señor verla llorar, y pensase que era pánfila y desustanciada, y dijera: devolvedla a su madre y cuando no llore, que me la traigan de nuevo.

Nunca una respuesta tan discreta se atuvo a mayor verdad. Desde ese mismo día entró al servicio de Alonso Quijano, y no dejó de hacer, y hacerlo con la mejor disposición de ánimo, todo cuando se le ordenó. El tiempo y otras muertes la colocaron al frente del gobierno de una casa que empezó, sin embargo, a desgobernarse, consecuencia sobre todo de aquella manía tan tonta que tenía su amo de leer sin ton ni son a todas horas unos libros de los que nadie podía obtener el menor provecho. No venían en ellos ni modos nuevos de roturar la tierra, ni el siempre útil de componer relojes, o enjambrar colmenas, o el bien oportuno para un hidalgo de multiplicar los lances de la caza. Eran libros extraños aquellos para Quiteria, que sin embargo no sabía leer. Y supo pronto que la hacienda se venía abajo, desmedrada, que los rebaños menguaban, que las tierras no se labraban, que las viñas no se podaban a tiempo, y que cuando se despedía o moría un criado no se traía otro que lo remplazara. De nada de eso se hablaba en los libros que él tenía. De ninguna de estas materias trataban, sino de vírgenes y doncellas que ordenaban a caballeros armados los más tontos propósitos, las más descabelladas empresas de ir a conquistar reinos a Trapisonda o retar al preste Juan de las Indias, los más inútiles combates con dragones y camuesos que nadie había visto nunca.

Todos esos recuerdos los iba desgranando Quiteria a su borriquilla, por hacer más corto el camino. Hablaba con Altea, como si fuese persona, o un juez severo ante el que expusiera los graves sucesos de su vida.

«Has de saber, Altea —siguió contándole—, que cuando entré a su servicio, tu amo, que entonces era más joven de lo que eres tú ahora, vivía con su madre. Pobre mujer, Justa de Arce. Al padre le decían Bernardino Quijano. Acababa de morir cuando yo llegué, y todo lo que sé de él lo supe de oído, por las cosas que oí contar a unos y otros. Mi amo y tuyo fue el único varón, y bien por varón, bien por haber sido el menor, bien porque se quedara en casa cuidándola, su madre lo quiso más que a Elvira, la otra hija, la hermana de Alonso, la madre de Antonia. Eso se veía de lejos.»

Y la borriquilla sacudía la cabezota, en su cadencia, como dándole a entender que no se le iba ripio de aquella crónica. El sol ya marchaba alto, pero como había llovido tanto aquel mes, todo estaba lleno de charcos y lavajos, y el aire era gélido, y Quiteria sintió un poco de frío en la espalda. Sacó una mantellina de las alforjas y arreó con un palito la albarda, para que el asno lo oyera y alegrara sus andares.

«El secretario del conde de Montones, y no me preguntes quién era ese señor, pasó un día por el pueblo, conoció en la puerta de casa a Elvira y se prendó de ella. Tenías que haber visto a Elvira, qué hermosura, qué cabellos como el oro, qué labios hechos de coral, qué cuello de garza, qué hombros de marfil, y qué manos y qué pies tan chiquititos, y qué nariz tan graciosa, como un pellizco. La nariz de Antonia es de su madre. Antoñita es hermosa, pero si se pudiera ponerlas a las dos una al lado de la otra, los jueces iban a tenerlo difícil para saber cuál era más hermosa. El de Montones le doblaba en edad. Era un hombre temible. El suyo sí que era genio, y qué cólera a todas horas. Yo creo que el genio de Antonia no viene de su tío, como ella cree y como ella le reprochaba, sino de su padre. Estaba lleno de deudas y lo traían y llevaban por los caminos unos negocios movedizos que todo lo devoraban, pero la apariencia la tenía magnífica, como su atavío. Qué presumido, qué cadenas de oro, qué guantes siempre nuevos, qué zapatos de Cremona, qué diamantes en el cintillo del sombrero. Se quedó en el pueblo un mes, y rondándola y llenándole la cabeza de pájaros, y los brazos de manillas y ajorcas y el cuello de sartas de perlas, la rindió. Recuerdo que la señora Justa le decía a su hijo: "¿Vas a dejar que se la lleve?" "¿Y qué —le respondía su hijo— si quiere irse tras de él? Que cada cual vaya donde mejor le pruebe." ¿Si se llevaban bien los dos hermanos? Ni bien ni mal. Alonso a lo suyo, con sus libros, y Elvira con su tontera, su albayalde, su carmín y su palmito. ¿Quién le pone puertas al campo? Elvira sólo quería salir del pueblo. Veía también que su madre quería más a Alonso que a ella, y corrió tras su enamorado a Madrid, con la promesa de que la haría su esposa, lo que firmó en un documento donde le prometía además tres mil ducados. En Madrid desde luego se casaron, pero no parece que aparecieran nunca los tres mil ducados por ninguna parte ni supimos bien de qué vivieron los tórtolos los meses que pasaron juntos, aunque lo hicieron, según escribió ella una vez, en casa grande, con criado, coche y tres o cuatro mujeres que los asistían, y paje y un esclavo morisco. En vista de eso, la primera providencia que se tomó la muchacha fue trocar su nombre de Elvira Quijano en Doña Elvira de Arce, esposa de don Felipe Melgar»...

Al llegar a este punto, Quiteria, que iba hablando sola con la mayor naturalidad sin advertir siquiera que lo fuese haciendo, enmudeció como quien hubiera tropezado con algo. Aquel nombre, don Felipe Melgar, secretario de Montones.

¿Qué será de don Felipe?, se preguntó Quiteria. Su historia sería seguramente tanto o más apasionante y aventurera de lo que resultó la de su cuñado Alonso Quijano, si acaso se llegara a saber un día, porque el de Montones, a cuenta de seguir a Montones, que marchó a Nápoles con embajada del Rey, desapareció para siempre. Al saberlo, la madre dijo a su hijo, por todo comentario: «El que lejos va a casar, o va engañado o va a engañar», pero le prometió que nada de aquello le diría a Elvira.

Empezaron a recibirse en el pueblo cartas de la abandonada. En una de ellas decía: «No sabiendo nadie si en Italia se lo llevó la peste [a mi marido], o si la galera en la que volvía cayó en manos del turco o si conoció a quien le convino más servir, me hallo ahora sin poder tomar partido. Se fue y no me dejó dineros más que para días, a cuenta de otros que prometió enviarme, y no llegaron y no sabemos mi hija y yo cómo vamos pudiendo vivir. Para el día en que hubiere necesidad de ello, me encomendó llamara a la puerta de un caballero muy principal de esta Corte, a quien dan el nombre de don Tomás de Izcategui. Así se hizo, pero el tal señor no quiso proveer otra cosa que no fueran consejos [...]. Así que hago el caso que don Felipe tomó las del humo, aunque lo espero y rezo a la Virgen para que nos lo devuelva pronto, sano y salvo, a mí y a mi hija. Hasta una docena de cartas, con sus costas pagadas, han salido ya para Italia, y ninguna ha venido de allá. He cambiado de casa y tomado aposento en una visitación de la calle de la Trinidad. De los tres mil que prometió darme, no he visto ni un real hasta la fecha, y unas fiebres nos tienen a mí y a mi hija quebrantadas. Mi leche es mala y pago a un ama. Díganme vuesas mercedes cómo haré y dónde se me remediará. No hay una sola hora que no piense en volverme, y lamento el día que de allí me vine engañada con tanta promesa».

Suspiró Quiteria ante los tristes recuerdos. No hacía ni dos semanas que había visto la carta por última vez, cuando guardó los documentos en la bujeta de los papeles. Desde luego la hija la había leído una y mil veces. Era todo lo que conservaba de su madre. Y a pesar de saber la verdad de lo ocurrido, aún se podía oír a Antonia decir cosas como: «¡Mi madre vivía en casa palacio», o «la servían doncellas y amas y criados», o «tenía coche, y caballos, y verdugados, y saboyanas y mantos bordados, y chapines de seda». Y don Quijote y el ama, que conocían la verdad de todo, por no disgustarla asentían y no le quitaban la razón.

«Pobre Elvira, pobre Antonia —se dijo de pronto Quiteria, tomando de nuevo el curso de su coloquio con la borriquilla—. No tuvo otra que morirse de un mal ferino, Altea. Le tomó el pecho y se lo deshizo en sangre. De no haber sido así seguramente lo habría hecho de estrecheza, porque todo lo fue vendiendo, sus alhajas y sus saboyanas, los verdugados y las alfombras, las sartenes y las ollas, y quedó tan pobre como la llama de una candileja, sin más valedor que un criado viejo que la robaba. Cuando llegamos ya no le quedaba nada, más que miseria.

»A Madrid fuimos yo y mi amo, y aquí las trajimos a las dos. Tú, Altea, todavía no habías nacido. La pobre Elvira murió en cuanto entró por la puerta, que se hubiera dicho que estaba deseando llegar a su casa para descansar, y nos quedó el consuelo de su buena muerte. Murió como un apóstol, sin decir ni mu, la pobre, como su hermano. Eso debía de ser cosa de la familia.»

Se ve que en ese recuerdo tan penoso y funéreo, se despertó uno jovial, como a veces ocurre con ese sueño que abre una puerta que lo comunica con otro sueño. Y fue que Quiteria recordó aquel viaje a Madrid.

«Tenías que haberlo visto, Altea. Fue la primera vez que salí yo a una ciudad. Y que salía él. Qué poco le gustó Madrid. A mí en cambio me gustó muchísimo. Quiso la suerte que fuésemos a dar a la calle del Lobo, frente a un burdel. «¡Cuánto alboroto!», decía él: "¡Qué inmundas, angostas y pestilentes estas calles! Para calles, Quiterilla, la nuestra o la Alameda, allí entra el sol, allí corre el aire, allí se huele a tomillo y a cantueso, a aciano y a orégano, a manzanilla y a mentas! Las casas huelen a alcamonias, a alcaravea y orégano, ¿Y la confusión de la posada, y el guirigay de los criados y mandaderos, y las tercerías de las dueñas, y la tristeza de los que llevan en la Corte semanas, meses, años, buscando favorecerse sin conseguirlo, y esta desesperada alegría de los soldados sin destino y sin blanca! Quiterilla, mañana mismo nos volvemos al pueblo con Elvira y la niña". Pero a mí me gustaba ver a tanto caballero en sus caballos y tantas damas en sus coches. ¡Cómo vestían, Altea, qué talle, qué porte el suyo!».

«Ay.» Volvía Quiteria a suspirar y a meter el talón en el ijar de la burra, porque Altea, para burra, ya no era joven y se iba durmiendo por el camino, hasta quedarse quieta, y había que despertarla de vez en cuando con el pie y un golpe de la vara en la albarda para que siguiera, y esos meneos bastaban para que entendiera.

Siguió un rato Quiteria sin decir nada, regustándose en el recuerdo. Le había hecho sonreír lo poco que le había gustado Madrid a su señor Quijano, con lo que iba a gustarle Barcelona, y lo mucho que le había gustado a ella. «¡Lo que no hubiese dado él por viajar de muchacho, cuando quiso marchar a Alcalá a estudiar, y va a Madrid, y no le gusta!», y recordó Quiteria cómo su madre, que no se podía separar de él, le ordenó que no se fuese a estudiar, como quería, y él, que era un buen hijo, allí se quedó baldío a no hacer nada.

Mucho había oído hablar el ama de todas aquellas cosas que habían sucedido antes de que ella entrase en la casa. No había sido Alonso Quijano nunca un hombre rencoroso; quedarse ni le amargó ni cobró por ello inquina a su madre. Fue poniéndole, eso sí, poco a poco, triste, como rodado.

Recordó también Quiteria que cuando entró a trabajar con los Quijano, y más después de que murió Elvira, Alonso no hacía otra cosa que leer, cazar y soñar con poder salir algún día de aquel oscuro rincón, y conocer los confines del mundo como su compañero de juegos Bartolomé Castro había hecho. Pero no se fue, y su tristeza fue rodando, y al rodar, creciendo. Decía: «Antes por mi madre, y ahora por mi sobrina, ¿adónde me voy a partir? Voy a ser un triste rodado».

Pero la madre de Alonso Quijano vivió muchos y buenos años junto a su hijo, y al morir, éste era otro ya muy diferente de aquel joven que tanto había soñado, y no salió ya del pueblo.

Cuando murió la madre, Quiteria le dijo:

—Ahora vuesa merced váyase a Alcalá, o donde quiera, que yo me ocuparé de la hacienda, y criaré a Antonia.

Pero don Quijote le dijo:

—Quiterilla, ya soy talludo para ponerme la beca y echarme encima el vademécum. Aunque me gustaría volver alguna vez a Madrid, porque no puede ser que no me gustara. Madrid es Madrid, y algo tiene el agua cuando la bendicen. Debió ser que como llegamos con aquel negocio y nos metimos en la calle del Lobo, todo se torció. Pero no puede ser Madrid como la vimos nosotros. Madrid, Quiterilla, tiene que tener algo.

Y sí, ¡lo que no hubiese dado por pisar los famosos corrales de comedias de Madrid, donde representaban a su entender «los mejores autores del mundo»! Pero no, no volvió a dejar el pueblo, hasta que ya se volvió loco del todo. ¿Por qué no salió a ver mundo, cuando aún estaba sano él y la hacienda junta, y a correr los orbes? «Altea, tengo para mí que si mi amo la hubiese corrido entonces, nos habría ahorrado su desquicie», se dijo el ama tratando de buscar una explicación y remedio a lo que ya no lo precisaba.

Todos estos pensamientos se desvanecieron súbitamente como por ensalmo, porque chilló un cuervo cerca, y siguió Quiteria un buen trecho del camino con la mente en blanco, moliéndose en su corazón tanta tristeza. Al cabo de una hora, se preguntó de nuevo: «¿Y cómo será que Antonia no me quiere?». Empezó a llorar, pero como pensar en Antonia le hacía daño, viró su pensamiento hacia el difunto don Quijote, que le hacía bien.

«Nunca se arrepintió de haberme tomado a su servicio, ya lo creo», dijo en voz alta otra vez, sorbiéndose la pinganilla en la nariz con un brusco movimiento, muy orgullosa.

Y desde luego que no se arrepintió. Aprendió tanto y en tan poco tiempo, que llevó la casa ella sola, asistió la larga enfermedad de la madre de don Quijote y acabó también ocupándose de la gañanía, porque ya entonces empezaban las cosas a marchar mal, y no corría en la casa el oro de los buenos años y no se metían más criados.

¿Y las veces que a ella, cuando ya la conocían en el pueblo, lavando en el río, comprando, trabajando, le dijeron, «Quiteria, deja esa casa y vente a ésta mejor acomodada»? Pero siempre dijo no y no y no. ¿Cómo hubiera podido separarse de Alonso Quijano? Le tentaban: «Ganarás más». Y ella respondía, «seguro». O: «En la casa de los Quijanos haces el trabajo de cuatro, aquí estarás más regalada». Y ella repetía, «seguro, y lo agradezco, pero yo estoy bien». Y cuando a don Quijote empezó a conocérsele la manía, y decían «déjalo, está loco», ella, furiosa, se encaraba con todos: «Mi amo no está loco, sólo es tristeza y una pena muy honda que tiene por no haber podido salir por ahí a correr el mundo». Y si le preguntaban, «¿y de qué está triste, si no hace nada?», ella respondía, «de eso precisamente, de no hacer nada».

Veintisiete años sin dejarlo ni a sol ni a sombra. Sólo una vez dudó, al principio. Fue en el viaje a Madrid. El dueño de una venta habló con Alonso Quijano y viendo la condición de Quiteria, le dijo, déjemela vuesa merced sirviendo aquí, le daré cien reales por ello. Alonso miró a Quiteria y le respondió después de meditarlo, «pregúntele a ella». Recordó Quiteria que miró a su amo y pensó con angustia, ¿será capaz de dejarme aquí? Pero a su señor Quijano le hablaron los ojos, y ella leyó en ellos, y recibió una de las alegrías más señaladas de su vida. También influyó aquella ocasión en que oyó a los mozos decir detrás de la parva que acabaría en un mesón de mano en mano, y dijo al ventero, «no».

A partir de entonces los días que se levantaba ella mal o se le torcían las cosas, amenazaba a don Quijote, a la sobrina, o al lucero que se le cruzase delante: «Cualquier día me voy; no me faltarán casas donde me llamen», pero don Quijote y la sobrina sabían que eso no sucedería nunca.

Esos recuerdos la pusieron triste y le alegraron el viaje hasta Hontoria. Por momentos le gustaba empezar a recordarlos y al momento le amargaban la boca, cuando ya era tarde y tenía que acabar de recordarlos todos, y pasarlos como una cucharada de un jarabe amargo.

«Tantos años en esa casa, y se ve una en el camino sin más bienes que el pan comido, menos dientes y los huesos más viejos. Mientras vivió mi bien, mi protector, mi dueño, mi amo, mi cuidado, mi desvelo, mi reposo, mi afán de cada día, mi confín, mi Alonso Quijano, viví feliz. Siempre me tuvo en la mayor consideración, y me habría tirado yo de lo alto del campanario, si me lo hubiese rogado él. No era necesario ni siquiera que nos hablásemos, ni que él me ordenase nada ni que yo preguntara, porque nos adivinábamos el pensamiento. Falto él, ¿a quién voy a deberle yo respeto? ¿De qué iré colmada, muerto él, si no es de pesares? ¿Cómo me reposaré, si ya no puedo más que vivir en un puro desvelo? El día para mí se ha nublado, vivo en una tiniebla sin resquicio, no pasan las horas sin quitarme cada una la vida, los días se vuelven noches y las noches no acaban, y cada día que pasa parece una sepultura que se me abriera a los pies, y ya ni el pan me sabe ni el agua me quita la sed, y hasta que no nos resuciten a los dos, no podré decirle a la cara todo lo que no pude o supe o quise decirle, que de haberme dado el cielo la mitad del donaire que él ponía en explicarlo todo, habría entendido que no iba a encontrar entre todas las mujeres ninguna que le quisiera como yo lo quise, ni ninguna que lo atendiera y cuidara como yo lo cuidaba y asistí, y quitándole de correr para contentar con hechos y gestas a una Dulcinea improbable, le habría apartado para siempre de la locura. Así que en parte yo he sido la culpable de que su buen juicio se echara a perder. ¡Cómo habría entendido él que debía quedarse conmigo, y aunque el cielo no me hizo hermosa ni blanca de cara, pocas me ganarán a honesta, limpia y leal! No, y mil veces no, yo no soy moza de mesón, no soy moza de venta. ¡Ay, y cómo ese día tenía que haberle dicho esto y más!»

Si Altea hubiese sido persona, tampoco se hubiera enterado de qué hablaba Quiteria en esta última confidencia, porque se refería a cierto día, de hacía dos años, en que venciendo su recato y la grandísima timidez que la atenazaba, le declaró su amor, para sorpresa de don Quijote.

Llevaba amándole ya más de quince años. En realidad le amó desde el primer día, desde que la llamó Quiterilla como nadie se lo había llamado nunca. Pero al principio, se decía:

«¿Cómo se lo diría? ¿Y cómo me mirará, siendo tan fea? Pero somos viejos ya los dos, y esas cosas, a nuestra edad, ya no importan, ni la cencerrada si nos la dan». Y teniéndole cerca, a la vista, y sin que él mirara a otra, se contentaba.

Concibió la idea cuando murió Justa Arce, la madre de don Quijote, y quedó Alonso Quijano solo en este mundo, con la niña Antonia, y sin que se le conociesen amores con nadie, y pensó Quiteria, «nos casaremos y la criaremos como a hija con nuestros hijos, porque no es bueno que esta niña crezca en esta casa grande, siempre sepultada en silencio».

Hasta le dio a Quiteria un poco de vergüenza recordar cómo había sucedido todo.

Se encontraba don Quijote leyendo ese día uno de sus libros, a la luz de un velón de tres luces. Era uno de esos días de invierno húmedos y tristes en los que no cesa un minuto de llover. Estaba ya entrada la noche y dormía la niña Antonia en su aposento. Se acercó Quiteria a don Quijote por detrás, sin dejarse sentir, como la gata Malva, la gata de don Quijote, y le dijo:

—¿Sabe vuestra merced cuánto hace que sirvo en esta casa?

Levantó don Quijote la vista del libro, extrañado de que el ama le interrumpiera, pues le tenía ordenado que mientras le viese recogido en su estudio nadie, ni ella ni la sobrina ni ningún otro de la casa, huésped, asalariado o amigo, tenía licencia para venir a sacarle de sus cogitaciones.

—¿Cuántos años, dices? Lo sé muy bien; no pocos, desde luego —le respondió, sin entrar en detalles.

—Veintisiete años, tres meses y quince días —señaló Quiteria, siempre escrupulosa para sus cuentas—. ¿Recuerda vuesa merced el día en que llegué, alcanza a recordar las palabras que me dirigió y lo que yo le contesté?

—¿Y a qué viene, Quiterilla, tanto puntillismo? ¿Te debo

alguna mesada, he dejado de comprarte alguna saya prometida, no vas calzada como conviene al ama de una casa hidalga como ésta?

Quiterilla... Se turbó el ama de oírse nombrar como aquel lejano día. Sí, tenía que acordarse, aunque no lo dijese.

—Dime, ¿te falta algo que se te deba?

—Nada de eso, señor Alonso. Gratis trabajaría yo en esta casa, y hasta vestiría harapos con tal de estar a vuestro lado, como bien sabéis, y nunca podré dejar de estarle agradecida por todo lo que hizo por mí recogiéndome del arroyo, como quien dice, y apartándome de la jurisdicción del hambre, como suele decirse.

—Ah —exclamó don Quijote—. Yo no hice nada.

—Sí hicisteis. Pero me ha sucedido algo que no puedo excusar de deciros, y sin embargo no encuentro el modo. Ay, si tuviera vuestro salero, que habláis cuando queréis y no estáis amorugado todo el día, como los poetas. No parece sino que os han hecho la lengua las propias potestades.

Don Quijote la escuchaba atónito, sin adivinar lo que su ama quería decirle.

—Mira, Quiterilla, ya ves que estoy ocupado y no sé bien a dónde quieres ir a parar; abrevia —la acució con aquella paciente dulzura que a veces sabía poner en sus palabras.

—Ay, señor —exclamó Quiteria—, si yo pudiera parar en alguna parte. Por dentro estoy azogada, sin sosegarme un punto. Ahí voy. No sé cómo, desde el primer día en que le vi a vuestra merced... Y es que no puedo seguir. Todavía tenía vuesa merced todo el pelo de la cabeza en su sitio, y la barba bien negra, y aquel porte pulido, y la manera gallarda en que me ordenaba que hiciera las labores, que aspara o que lavara el lino o que secara higos o que partiera almendras, y la paciencia con la que me corregía... ¿Cómo no iba a despertárseme en mi corazón un amor tan verdadero? Todo este tiempo lo tenía sepultado bien dentro, y me lo hubiera llevado a la tumba, de no haber empezado a ver en esta casa cosas que quitan el sosiego y no dejan apaciguarme, viendo el peligro en el que estáis poniendo la salud.

Miró don Quijote al ama con descosidas cejas y los ojos fuera de órbita.

—¿Salud, dices, Quiteria? —preguntó—. En todos los días de mi vida me he sentido más sano.

Y dicho y hecho, sin soltar el libro, se puso de pie, y de admirable corcovo, a pies juntos y formidable impulso, como hubiera hecho la gata Malva, se plantó don Quijote encima de su mesa, y de otro volvió al suelo, mientras abrió los brazos al modo de los saltimbanquis, y repitió la cabriola dos veces más, arriba y abajo, disparándose al techo el bonete colorado que acostumbraba traer puesto por abrigarse la cabeza.

—¿Te parece ésta la salud quebrada de un hombre?

—No, sino a que no duerme, no reposa, no come... Me refería, señor, a estar viéndoos como os veo estos últimos meses hablando solo, sin sosiego, leyendo a todas horas y pronunciando en sueños, cuando dormitáis al lado del fuego, el nombre de una rival mía...

—¿Una rival, dices? —exclamó don Quijote, que no dejaba el libro de la mano, sino que lo mantenía cerrado, con el dedo entre las páginas para no perder el hilo de lo que llevaba leído—. ¿Una rival? No sé de qué me estás hablando. ¿No será que hablan por mí mis enemigos los duendes y encantadores?

Ésa fue, que recordara Quiteria, la primera vez que su amo habló de duendes y encantadores, la primera vez que se asomó al pozo real de su locura.

—¿Qué duendes, qué encantadores? ¿No fue vuestra merced el otro día, a cencerros tapados, a averiguar qué hacía o no, y en qué o no se ocupaba una tal Aldonza Lorenzo, del Toboso? Vive Dios y Nuestra Señora de Hontoria, patrona de mi pueblo, que de no haber sido por ese bien funesto nombre, jamás habría dicho yo nada, y hubiera padecido los rigores de este amor hasta el mismo día en que me hubieran untado el santo crisma. ¿Acaso vais a negarme que...?

Ni terminar le dejó don Quijote a Quiteria. Se puso en pie, encendida la color de la cara, no se sabía si de indignación, de cólera o de vergüenza. Temió Quiteria un arrebato de su señor, y ya lamentaba haber dado aquel paso.

Pero no. Paseó don Quijote el aposento arriba y abajo media docena de veces, antes de decir nada, meditando cada una de las palabras que iba a decir. Y como no se decidía a replicarle nada, continuó Quiteria diciendo, ya como excusa:

—Bien lo sabe el cielo, y lo puede saber vuestra merced, que yo no pido nada para mí, y que como he estado, seguiría siempre, de no haber visto que otra habrá de quitarme el bien mío, que ya comprendo que una persona de mi calidad no ha venido a este mundo para amar a quien en fortuna y cuna le sobrepasa, ni mucho menos a ser amada por él, y menos aún a quien como a mí no le señaló el cielo con hermosura. Pero cuando supe de quién se trataba, y que era Aldonza Lorenzo, a quien conozco desde que ella era una niña, y no aventajarme ella, en lo que yo modestamente veo, ni en linaje ni en nada de lo demás, sólo entonces me he atrevido a veniros con ésta para mí gravísima cuita; y para disculpar la falta de mi indiscreción, y conociéndome como me conoce, imagine cómo me siento para hablarle ahora como le hablo.

Ya se había calmado algo don Quijote, y había vuelto a sentarse. Enternecido por esas palabras que jamás hubiera imaginado oír, rumió lo que iba a decirle, y al fin sus palabras, como nieve, se fueron posando en las ascuas de un corazón como el del ama:

—Has de saber, mi buena Quiteria, que de esa Aldonza de

la que has oído hablar, yo jamás osaría pronunciar su bellísimo nombre entre las modestas paredes de mi casa, estando como está siempre el suyo en boca de reyes, emperadores y duques y en palacios todos cubiertos de pórfido y mármoles marinos, y conviene que te vayas haciendo a la idea, Quiteria, que esa Aldonza es la mujer a la que he entregado todo mi corazón. Y no de ahora, sino ya desde hace luengos años, doce o catorce, si no me sale mal la cuenta. Y que si no hubiera sido ella la ladrona de mi corazón, en este mismo punto te lo daría a ti, porque no he conocido a ninguna otra mujer más buena que tú ni más solícita ni discreta. Pero entra tú misma en mi pecho, Quiterilla, y lo verás vacío, porque aquella Dulcinea se lo ha llevado a su nido como la codiciosa urraca.

Empezó a llorar Quiteria, que, como pobre que era, apenas tenía otros gozos que aquel de llorar.

—Y así como tú has guardado tu secreto durante este tiempo —siguió diciendo don Quijote, a quien las lágrimas de su ama conmovieron y le hicieron bajar el tono de sus palabras hasta dejarlas en un puro murmullo—, yo no hubiera publicado el mío de no habérmelo arrancado en sueños los encantadores y magos malignos. Así lo habrás oído, cuando me quedo dormido al lado del fuego. Sea, y ya que tú lo sabes, lo proclamaré a partir de hoy a los cuatro vientos y no lucharé sino para merecerlo y hacerle proclamar a todo el orbe que ella es la más gentil, hermosa y delicada señora de todas cuantas hoy habitan este mundo, y que ninguna otra se le iguala en importancia ni porte ni donaires. Canta como las rosas, y toda ella está perfumada como los ángeles. Aunque no puedo decir que esté enamorado de ella sino de oídas y figuraciones mías, porque el otro día apenas me pareció verla de lejos en El Toboso. Y conviene que sepas que no es Aldonza Lorenzo, como tú crees, sino que los encantadores le habrán dado esa apariencia, pero su naturaleza es de princesa genuina, y no quita ello para que sea mi encarnizada enemiga, y por ella y para rendirla voy muy pronto a acometer tales empresas que serán el orgullo de las naciones presentes y el pasmo de las venideras, porque ningún caballero enamorado, ni el mismísimo Lanzarote de su Ginebra, ha podido estarlo tanto como yo de ella. No sabes tú bien cómo me duelen estas palabras, si con ellas te causo algún mal. Ítem más te digo, que sabiendo ya, u oliéndome lo que contra mí empiezan a maquinar ciertos encantadores que me malquieren, estoy por creer que ese sentimiento que tú dices que es amor te lo han infundido esos enredadores únicamente con el propósito de hacerle el mal a quien yo mejor quiero, que eres tú, mi buena Quiteria, sin quien esta casa se habría echado al traste. Y no casa, sino huerto y vergeles es lo que aquí hay, entre estos cuatro muros, por cómo lo tienes todo de ordenado y dispuesto. Y darte un sí en esta ocasión yo lo tendría como dárselo a una hermana, y como a hermana te he visto siempre y como hermana quiero que sigas llevando esta casa y ocupándote de mi sobrina Antonia, para la que has sido padre y madre al mismo tiempo, y a quien, por cierto, habrá que atar corto porque la niña está espinándose entera, como las zarzas, saliéndole en la cara las locuras de su padre y la locura de su madre, con tantas figuraciones como mi pobre hermana traía en la cabeza, que yo no sé de dónde le vendrían a ella. Así que mi respetada Quiteria, mi casta Quiteria, mi benditísima Quiteria, sigamos cada cual en lo nuestro, sin salirnos de los cauces naturales que cada una de nuestras vidas tiene marcados, y váyase cada cual a su mancera, tú a tu rueca y yo a mis meditaciones, que hay muy mucho aún que labrar, y en mí, como no sea para requebrar amores, hallarás siempre a quien te defienda. Y no digo más. Vete, que aún me queda mucho por saber de este buen y gran amigo Amadís.

Abrió el libro don Quijote por la página en que lo había dejado y siguió leyendo como si tal cosa.

Salió de su estudio Quiteria un tanto conturbada, triste y alegre, al mismo tiempo, tranquila y asustada, y de aquello no volvió a hablarle a don Quijote nunca más, ni don Quijote se lo recordó, pero no por ello dejó de sentir la mujer en su corazón aquel fuego que la abrasaba y el dolor que le producía ver al príncipe de sus sueños cada día más loco y haciendo cosas cada vez con menos asiento en esta vida.

«¿Y qué que me hubieran despertado este amor los malditos encantadores y el mismísimo Belcebú señor de las moscas, Altea? Lo padece mi corazón, y aunque en ese amor me hubiese muerto, más me hubiera muerto de no sentirlo. Ay, tonta mía, y cómo supe entonces que no era la tal Dulcinea la que le separaba de mí, sino aquellos libros habían sido el estorbo que entre los dos se levantaba, y más aún, entre él y el mundo, y los que le volvieron triste, él que no lo era, y que de no haber mediado aquellas tías Ginebras, Belisas y Amarilis que tenían de princesas lo que yo de emperatriz de Constantinopla, no habría llegado a la que luego llamó él su Dulcinea del Toboso, otra que tal, pues tiene ésa de dulce lo que yo de tobosana. Pero buenos quedaron todos sus libros en la hoguera que les hicimos en el patio, que de habérsela podido hacer en su mollera le habrían dejado cuerdo en su casa, atendiendo a su hacienda y cuidando de nosotras dos, que fuimos, al fin, peor o mejor avenidas, la única familia que le quedaba en este mundo...»

«Y ahora, ¿qué haré?, Altea, Alteílla», y la llamaba así, porque le recordaba el Quiterilla con que don Quijote la había llamado tantas veces.

Ese pensamiento que le colmó ciertos turbios pasajes del alma en el arranque, en el arribo se la colmaron de más triste y penosa realidad, porque no quería irse de casa. «¿Adónde iré? —se repetía asustada—. ¿Quién va a querer a Antonia más que yo?», y acaso pensó, como ya lo había pensado otras veces, que ésa podía haber sido la hija que no tuvo con don Quijote. Pero Antonia era una muchacha orgullosa y ni siquiera le preguntó la razón por la cual quería ir a Hontoria, cuando no era el día de Santiago el Mayor.

Al fin avistó, doblando el camino, detrás de unos álamos que ya habían perdido la hoja, su pueblo, tras la tenue celosía de las ramas desnudas. «No tiene una mujer sola y vieja como yo en estos tiempos, Altea, sosiego para pensar sus cosas. Ni tampoco a quien decírselas.»

Y repetía un arre, arre, y tamborileaba con el palito sobre la albarda, para que Altea avivase el paso, ya que Quiteria quería llegar cuanto antes a su pueblo, aunque no sabía para qué y tampoco lo sentía ya su pueblo, porque su pueblo ya sólo podía ser aquel en que vivió y murió su amo.

El escaso caserío de Hontoria, suelto, en dos barrios, subía por la suave loma de un montecillo como un puñado de cabras. De los humeros, en el azul frío y ceniciento de la mañana, se colgaban algunos hilos blancos que tardaban en disiparse. Y ante la visión de su pueblo, se le apretó el corazón, porque no sabía en realidad muy bien a qué había vuelto allí ni cómo iba a explicar a los suyos lo anómalo de aquel viaje, tan desacostumbrado.

Porque ¿cómo explicar que no venía a ese lugar sino para huir de otro?

CAPÍTULO DÉCIMO SEXTO

Quiteria, que tenía que estar de vuelta de Hontoria ese día, no apareció. Cebadón, después de que sucediera todo lo que sucedió, todo lo que para Antonia no había sucedido, fue a buscar un guitarrillo con el que solía acompañarse cuando cantaba, y allí mismo, en el patio, para que la muchacha le oyera bien, empezó a templar ásperos y alusivos sones.

En las galernas de amor
el que manda es el querer
y por eso nunca digas
de esta agua no beberé,
porque podría ocurrirte
que te murieras de sed.

Desde su aposento, en el primer piso, donde había subido la muchacha a lavarse, lo oyó enfurecida, sin atreverse a mandarlo callar. Siguió el mozo, más y más enardecido, cantando unos buenos ratos, sentado en el patio, apoyada la espalda contra una pared y las piernas extendidas sobre aquel pavimento de guijos y tabas que formaban curiosas trenzas y dibujos.

Al rato bajó Antonia y se plantó delante de él, esperando

que dejara de pulsar la guitarra para hablarle. Lo hizo el mozo, pero no tan deprisa como le obligara el decoro, retando a la muchacha con la mirada. Se medían los dos, por ver quién salía victorioso de aquella justa, y sin perder la paciencia ni la compostura, le ordenó Antonia con inusitada firmeza, inexplicable en alguien tan joven, que se levantase y se marchara a sus labores, porque no eran horas de estarse cantando. No tuvo otro remedio Cebadón que rendirse a la fuerza de aquella orden, y con una sonrisa de bravo en el rincón de la boca, se levantó muy despacio. Luego, y sin dejar de mirarla a los ojos, añadió con cinismo:

—Ay, Antonia, me estás matando. ¿Y el ama no va a volver? ¿Tenemos la casa para nosotros solos todo el día?

Quiteria enamorada de don Quijote, ya muerto. Cebadón conquistador de Antonia, y Antonia conquistada... del bachiller Sansón Carrasco. Al modo de las de Plutarco, eran las de todos ellos vidas paralelas en formación combinada. Todos parecían haberse enamorado de quien no debían. ¿Y el bachiller?

Para Antonia, el mejor del mundo. A su lado se empequeñecía y se sentía como la niña que acaso jamás había sido, lo cual decía mucho y bien de esa muchacha. Ni Quiteria, que presumía de conocerla tanto, podía barruntar aquellos arrebatos. Sí, Antonia era desdichada, «y nadie que lo sea por cuitas de amor puede tener un fondo malo», recordó que solía decir su tío. ¿No le había dicho Quiteria en una de sus últimas disputas que ella no era buena? ¿Cómo no iba a serlo, enamorándose de Sansón Carrasco?

Pero no estaba a la sazón Sansón Carrasco para pensar en Antonia Quijano, porque le sorbían el seso otras más graves cuestiones.

Por ejemplo, ahorcar la sotanilla de clérigo y dejar para siempre la carrera eclesiástica, a la que su padre le había destinado. Durante un par de años había pospuesto el recibir las órdenes mayores, pero no podía dejar pasar más tiempo sin comunicar su decisión. ¿Y cómo proceder entonces? Sin duda su padre trataría de convencerle para que se hiciera cargo de tierras y ganados, pero no, Sansón Carrasco no era tampoco un hombre agropecuario. Ya había probado el veneno de los caminos, la jalea de la fantasía, el vergel inagotable de los libros como para resignarse a llevar en aquel lugarón una vida languideciente que acabaría haciendo de él un pobre orate como su recién fallecido amigo don Quijote. No, marcharía a Sevilla, a Nápoles, a Génova, a cualquier lugar donde floreciese el arte. Y aunque a nadie había participado aquellos deseos, los llevaría a cabo. Era un hombre resuelto. O pasaría a las Indias. Pediría al padre la parte de su hacienda, la vendería y se proveería de lo necesario para emprender nueva vida donde decían que los árboles manaban leche y las montañas oro, si se sabía ordeñarlos. ¿No tenía su madre un hermano en Arequipa? Era libre, joven, y nada ni nadie le ataba a aquella tierra.

Nadie hasta que se cruzó en su vida don Quijote de la Mancha, y como consecuencia de lo uno, lo otro: Antonia Quijano.

Ésta, mientras tanto, le dio muchas vueltas para hacerle saber a su enamorado todo lo que sentía por él y cómo ponía lo suyo a sus pies, pero por mucho que lo pensó, no dio con la manera de hacerlo. Por eso tomó la decisión de hablar con Quiteria, en cuanto se presentase la ocasión. ¿A quién, si no, podría consultarle? ¿Qué familia tenía ella en el pueblo para dilucidar tan peliagudas cuestiones?

Pero no pensó Antonia que en ausencia del ama sucediesen las cosas que sucedieron y lo más grave aún, que el ama Quiteria no apareciera esa noche. Ya cuando empezó a ponerse el sol, y después de aquel día tan triste para ella, en el que sucedió lo que ella creyó que no había sucedido, salió impaciente a la puerta de casa por si la veía llegar. Le inquietaba pasar la noche a solas con Cebadón y que volviese éste a las andadas.

¿Le diría Antonia a Quiteria lo que había ocurrido, cuando era la primera en creer que no había ocurrido?

Pasaron las horas, se echó la noche encima y Quiteria no llegó. Subió Antonia a la sala a esperarla, y oyó cómo el mozo rasgaba su guitarrillo de nuevo, y encadenaba coplas y romances, a cada cual más impertinente y mortificante para ella.

Sintió Antonia que necesitaba un hombre que viniese a ocupar el lugar que don Quijote, loco y todo, tenía en aquella casa. En cierto modo todos creían algo parecido, ella, Cebadón y el señor De Mal, el escribano. Todos, menos Carrasco. ¿En qué estaría pensando el bachiller?, se preguntó la muchacha. También ella necesitaba un hombre que la defendiera de aquellos que pretendían atropellarla por el hecho de estar sola en el mundo. Pero no Cebadón. Y no el señor De Mal, de cuyos planes sinuosos ni siquiera sabía nada Antonia todavía. Y Antonia tomó la determinación de que antes de casarse con Cebadón se ataría una piedra al cuello y se arrojaría a un pozo.

Esa idea tan descabellada de tirarse a un pozo la llevó a pensar que quien acaso la hubiera llevado a efecto hubiese sido el ama, al ver que ni ese día ni al otro dio señas de sí. Antonia empezó a temer que le hubiera sucedido en verdad una desgracia. Y no supo muy bien qué hacer ni a quién acudir, por no dar publicidad a sus desavenencias y disputas con el ama, y para que no la culpasen a ella de una desgracia que cada hora que pasaba cobraba más y más visos de realidad en las procelas de sus sobresaltos y sospechas.

Al tercero que faltaba, Antonia, a quien se le hacía ya insostenible estar todo el día a solas con su gañán, le ordenó ensillar a Rocinante y llegarse a Hontoria para recabar noticias de Quiteria.

El mozo, antes de partirse, preguntó muy jacarandoso sobre su caballería:

—¿Serás mía, Antoñita? Porque sabes que sé cosas que conviene callarse, y de esta casa se van todos. Ya lo ves. Menos yo, que espero el sí delante de don Pedro.

CAPÍTULO DÉCIMO SÉPTIMO

Se hubiera dicho que Rocinante se había enterado de la muerte de su amo, porque parecían haberle caído encima todos los infortunios, y estaba más depauperado que nunca, lo que alargó lo indecible el camino y la llegada a Hontoria.

En la entrada de este pueblo unas mujeres que hacían la colada en un lavajo encaminaron a Cebadón a la casa de la madre de Quiteria, y en ella le confirmaron varias cosas, todas de interés. Que, en efecto, había llegado Quiteria a Hontoria, fuera de la costumbre, por no ser el día de Santiago, hacía tres días, y que lo había hecho a media mañana; que había pasado ésta con su madre; que había visto a sus hermanas y hermanos y demás familia, y que en cuanto hubo reposado el almuerzo, había vuelto a subirse a la borrica, sin que hubiese declarado a qué o a qué no había ido al pueblo, y se había salido de él contando a todos que se volvía a su casa, porque en ese momento Antoñita, la sobrina del difunto don Quijote, la precisaba más que nunca. Y que todos creían que estaría ya de vuelta sirviendo en la casa donde servía. Aunque preguntando más, se supo, por el molinero de Hontoria, que Quiteria había sido vista, pero no en el camino que debería llevarla de vuelta a la casa de don Quijote, sino en el contrario, que llevaba a Quintanar, y de Quintanar a Sierra Morena, y que allí, parados en el camino, el tal molinero y Quiteria habían estado hablando un buen rato, por ser ambos del mismo tiempo y haber jugado juntos de niños. Y que al molinero le extrañó verla en aquel camino de Quintanar, y no en el suyo, pero no preguntó nada, por si era cosa que no le incumbía.

Picó Cebadón a Rocinante, y todo lo trotado que pudo, llegó con aquella extraña nueva, contento de ver que le despejaban el campo para sus propósitos.

Encontró el mozo sentados en un poyo que había en el patio de la casa, entre dos tinajas, a quienes habían sido los amigos de su amo don Quijote, el barbero, el cura, don Frutos, el escribano y el escudero, que acompañaban a Antonia. Todos menos el bachiller, que se había ausentado del pueblo por unos días, según le dijeron. Al fin se había decidido Antonia, y los había hecho llamar, para relatarles la misteriosa desaparición del ama. Esperaba de ellos consejo.

Al principio temió Cebadón que estuvieran allí por algo relacionado con su desmán, y pensó si salir huyendo. Pero se sobrepuso a la primera impresión. Pronto comprendió que Antoñita nada les había contado. Esto le reafirmó en su idea, pensando para sí como si hablase con ella: «Antoñita, tarde o temprano serás mía, y más te valiera que fuese pronto, no sea que el después saque a la luz tu antes».

Los presentes querían saber, todos preguntaron a un tiempo y a todos fue contestando el mozo, que no era tonto. Expuso Cebadón el resultado de su negocio y contó lo que a él le habían contado en Hontoria. Nadie adivinaba la razón de aquella fuga intempestiva, lo cual dio paso, como cabe imaginar, a las suposiciones. Hubo quien aventuró la idea de que Quiteria quizá se hubiera partido hacia La Asunción o Potosí, donde tenía un hermano, cosa que descartaron al punto, pues para ello hubieran sido necesarias ejecutorias de linaje, cartas de la Casa de Contratación y otros papeles que no hubieran podido cosecharse en secreto ni venir tan callando como para que nadie los hubiera visto o sentido, y más para quien, como el ama, no sabía leerlos.

El cura fue de la opinión de que la muerte de don Quijote había trastornado a Quiteria porque algo se barruntaba él de su secreta pasión y había encaminado sus pasos a un convento, porque conocía su condición devota, pero fue Sancho Panza quien más cerca se anduvo de la verdad, aunque a ciegas y tomándose como modelo, al decir que quizá se había marchado de aquella casa, porque ya nada la retenía en ella.

Antonia guardaba silencio y ni siquiera destapó las conversaciones que había tenido con Quiteria los últimos días, por no descubrirles a aquellos señores su aspereza para con el ama. ¿Qué habría pensado su bachiller cuando sus amigos le contaran que ella, una muchacha, lo primero que hacía apenas se veía dueña de su hacienda era despedir a quien tan bien la había cuidado durante veintisiete años?

Fue aquel sínodo de la opinión de que a Quiteria no debía de haberle sucedido nada malo, porque de lo contrario se habrían enterado, ya que las malas noticias vuelan siempre y no hay ninguna que no suela llegar a su destino, y acordó también que no podían ellos hacer otra cosa que dejarla en paz, allí donde hubiese ido a parar, porque a diferencia de don Quijote, Quiteria no estaba loca, y sabría cuidar de sí; cuando había dado aquel paso, sus razones tendría, si bien todos temieron en lo hondo de su corazón, sin atreverse a descubrirlo, que quizá no volvieran ya nunca a ver al ama, y concretamente Antonia pensó, «yo la he matado; todo ha sido por mi culpa».

Sólo Cebadón, a quien aquella desaparición inquietó menos aún que la muerte de don Quijote, insinuó ante la insigne asamblea y por mostrar su condición inoportuna y soez, que quizá aquella fuga tuviese relación con algún tropiezo deshonesto del ama, aunque ni sus años, ni sus tocas, ni sus verrugas favoreciesen esa sospecha.

—Tal vez haya querido —concluyó el mozo, al que lo único que le importó en ese momento fue subrayar la palabra tropiezo mirando a Antonia—, tal vez, digo, lo único que quiera encubrir con esta fuga sea el fruto de sus devaneos y se nos presente dentro de nueve meses con un sobrino o el hijo de una comadre muerta de sobreparto.

Se enfureció el cura con el modo licencioso de hablar del mozo, y exclamó:

—Más tiento, majadero. ¿Qué desenvolturas son esas de levantar falsos testimonios? ¿No has visto cómo ruborizas a Antonia, que no tiene hechos los oídos a oír las inmundicias de un mozo de mulas como tú? Aquí declaro la inocencia de Quiteria y su virtud. Si se ha ido, sus razones habrá tenido y las sabremos a su tiempo, pues no hay secreto que al cabo esté quieto.

Se marcharon todos al rato con las mismas dudas que los habían congregado. Desconcertada e irresoluta, pasó Antonia los días que siguieron. Ni se atrevía a despedir a Cebadón, cada vez más remontado e insolente, ni a enviarle como veredero a buscar al ama, pues precisaba de él para las sobradas tareas que había que hacer en la casa.

Ya habían traído los jornaleros la uva de las viñas al lagar, la habían pisado y se había guardado el mosto en doce grandes tinajas. Había sido buena la cosecha, y de todo se ocupó el señor De Mal como de viña propia, pagó los jornales, lo anotó todo en un libro de asientos y ordenó que se limpiara el corral del escobajo. El olor del mosto avinagraba el aire y lo saturaba de efluvios dulzones que emborrachaban hasta a los perros.

Y aprovechando las horas que el mozo bregaba en el lagar, el escribano se coló en la casa, para hablar con Antonia.

La lascivia del viejo le hacía andar con requilorios empachosos cada vez que hablaba con la muchacha. Ésta lo advertía y no lo advertía, se daba cuenta de ellos y no quería dársela, por no tener que tomar cartas en el asunto, y tenía bastante con disimular el asco que le producía aquel viejo de boca babeante y caspas perpetuas sobre la garnacha.

—Antonia, sabes bien el aprecio que me tuvo siempre tu tío y lo mucho que confió en mí. Yo, porque conservaras lo tuyo, haría lo indecible, pero no va a ser fácil, que los acreedores y prestamistas quieren llevarse ya sus tajadas. No te puedes figurar lo que me cuesta mantenerlos a raya. No me importaría ayudarte, pero he de velar también de lo mío. Claro que sería cosa distinta si lo tuyo y lo mío fuese uno, y tú y yo selláramos ese compromiso en la iglesia.

Ante tal revelación, Antonia hubo de reprimir un gesto de repulsión, y actuó como si el escribano le estuviera leyendo uno de aquellos papeles legales que siempre traía bajo el brazo.

—¿Qué puedes perder? —continuó diciendo—. Yo soy viejo, y pronto te librarás de mí, soy rico, y te sacaré de la pobreza, que sin duda te espera. Y para que veas la rectitud de mi intención, quiero corroborarlo de este modo.

Antes de que pudiera advertirlo y evitarlo, sintió Antonia el cuerpo de aquel hombre encima, y su boca temblona y húmeda sobre la suya, y sus manos huesudas aferrándole los hombros. Lo apartó de sí como pudo.

—¡Cómo os atrevéis, señor De Mal, con una pobre huérfana! Os agradezco la intención, pero sabed que la muerte de mi señor tío me tiene consternada, y no puedo pensar sino en él a todas horas. Os prometo que pensaré lo que acabáis de decirme, y algo os diré. Pero no volváis a hablarme de matrimonio ni mucho menos a hacer lo que acabáis de hacer.

El escribano, que debía de ser un sentimental, se dio por contento y salió de aquella casa creyendo que en pocos meses rendiría aquella fortaleza.

Antonia, sin embargo, se abatió más y más. Se preguntaba: «¿Por qué todos los hombres quieren hacerme suya, menos el que yo quiero?».

Pasaron dos, tres semanas, y Quiteria siguió sin aparecer. Nadie daba noticias de ella.

En el pueblo, propalada por el mismo Cebadón, empezó a correr la noticia de que el mozo se casaría en breve con su joven ama, y de ello se hacían lenguas en todos los hogares. Los pobres envidiaban su suerte, decían: «Nació en un chozo y será el dueño de la casa de los Quijano, de los pegujares, de los campos de labor. El escribano podrá robar a la sobrina, pero con Cebadón no se atreverá, porque es capaz de matarlo. Lo que priva una estampa como la suya. A la quijota se le ha venido a aparecer la Virgen».

No había nada más lejos de la realidad. La primera vez que Cebadón había querido volver a acercarse a Antonia con su viejo propósito, ésta le había amenazado: «Juan, ándate con ojo, si me tocas, te mato», y le mostró una lezna de la que no se separaba desde el día en que sucedió lo que aún creía Antonia que no había sucedido. El mozo, que tenía fama de bravo, se lo tomó en serio, pero no depuso su actitud retadora, y le decía en cuanto se encontraba a solas con ella, en el corral, en la cocina, en las caballerizas, en la majada, entre dientes, sin perder la sonrisa: «Antes te mato yo, si vas a ser de otro.» Quizá sospechara lo del señor De Mal. Parecía pensar: «No me canso, y la naturaleza, con un poco de suerte, obrará a mi favor».

Pero pasaron los días, hasta dos meses, y las cosas no se resolvieron. Y bien la huida de Quiteria, bien el percance con Cebadón, algo cambió de manera determinante en Antonia. Por primera vez en su vida se encontraba irremediablemente sola. Rezaba para que Quiteria apareciese. No tenía a nadie Antonia de quien fiarse. Hizo repaso en su interior una y cien veces y no halló en todo el pueblo una sola persona a la que pudiera abrirle su corazón. ¿No era bien triste? ¿Los amigos de su tío? Todos ellos eran viejos, hombres tan locos en cierto modo como el propio hidalgo. ¿No había que estar mal de la cabeza para seguirle la corriente como se la siguieron, disfrazados como cómicos de la legua? ¡El cura, de doncella, y el barbero, todo un académico, de sacasillas!

Mucho había lamentado Antonia haber sido huérfana, pero nunca tanto como entonces. Ya no pensaba que fuese su padre el que viniera a librarla de aquel terrible trago, porque las desgracias verdaderas no quieren sino un poco de realidad, y suspiraba por ver aparecer de nuevo al ama. «¿Qué voy a hacer con el hijo que espero?», se decía, sin creer que aquel día hubiera ocurrido lo que ocurrió. Comprendió cuánto necesitaba al ama en esa hora, cuánto la quería, ahora precisamente que ya era tarde.

Mientras tanto, admiraba en el pueblo al cura, al barbero, y a todos los vecinos, que una muchacha que no pasaba de los diecinueve años y que no había tenido padre ni hermanos en los que aprender y cuyo único maestro había sido el loco don Quijote, hubiese sacado aquellas dotes de administración y mando y buen sentido, y no se dejase arrebatar la hacienda tan como así. No sabían desde luego que todo era una tregua del escribano. Leía y escribía de corrido como un secretario, administraba drogas a los animales con la sagacidad de un herborista, tejía el copo como una dueña, cuajaba los quesos mejor que sus pastores y no había cosa que le interesase saber en la que no fuese maestra después de dos o tres lecciones. Todos auguraban que en poco tiempo el solar de los Quijano volvería a conocer el antiguo esplendor que las locuras del hidalgo había empañado, y a saldar las cuentas con los acreedores. Trataba a jornaleros, asentadores, pelaires, vendimiadores, mozos y pastores con tal desabrimiento y rigor que todos empezaron a temerla y respetarla. Y sin que nadie se pusiera de acuerdo, empezaron a llamarla, tanto en memoria del caballero su padre como de aquel porte que tenía, doña Antonia de Arce, como se hizo llamar su madre.

El propio Cebadón se burlaba de aquella moda.

—Mucho doña, Antoñita, pero yo sé bien del pie que tú cojeas.

Cada nuevo día era un calvario para la muchacha. Se pasó las noches en vilo, mordiendo la almohada y resolviendo en su interior salidas que se le antojaban locuras mayores que las que cometió su tío. Algunas noches, en su desesperación, el pozo o la soga le parecían una salida, pero al punto los descartaba.

—No dirán que fui más loca que mi tío. No consentiré que se diga nada malo del linaje de los Quijano.

Pero nada de lo que se le ocurría le parecía sensato; y todos los días cruzándose con Cebadón, y éste recordándole: «Por las buenas o por las bravas, doña Antonia, serás mía».

Tampoco el tiempo favorecía. Después de haberse prolongado aquel verano de abrasadoras y pertinaces sequías, los días, cortos y fríos, se encapotaron lo indecible y prácticamente todos llovía. Antoñita decía: «Como no salga el sol, me moriré de pena. ¿Es que nunca va a dejar de llover?».

Aquellas tardes de otoño la melancolizaban especialmente. Le trajeron a la memoria algunas antiguas de las pasadas en ese mismo caserón, junto a su tío, en la niñez. ¿Cómo hubiera sido su vida de no haber desaparecido su padre? Habría transcurrido en Madrid, en Nápoles, en algún palacio, entre los servidores de un noble. Ah, la Corte. ¿Cómo sería la Corte? En su imaginación se pintaban los corrales de comedias, los vestidos y tocados de las damas, los coches elegantes de los caballeros, el bullicio de las calles, el boato de las iglesias, los cantos de figones y tabernas. «Tu madre tenía coche», había oído contar en cierta ocasión a Quiteria, contra el criterio de don Quijote, que prohibió que nadie le devanase con fantasías a su sobrina, él, que llenaría su cabeza hasta rebosar de todos los disparates imaginables. Pero no quería que su sobrina pudiera sentir, como la sintió él un día de su lejana juventud, la nostalgia del ancho mundo. Y sin imaginar que era un terco resentimiento, Antonia no perdonaba a su madre el haberse muerto tan joven, y a su padre el haber desaparecido sin la cortesía de dejar dicho a dónde se había ido, aunque hubiese sido al fondo del mar (una de las hipótesis), dejándole en manos de su señor tío. Sí, había querido a don Quijote, porque como loco no lo fue tanto como bueno, pero no estaba ella hecha para pudrirse en un lugar ovejero como aquél, rodeada por gañanes y pobres gentes como el cura, el barbero y todos aquellos que se decían amigos de su tío y ahora de ella. Sólo Sansón Carrasco se libraba de ese escrutinio. Pero qué mal se llevaban en ese instante pensar al mismo tiempo en aquel bachiller y en el hijo que llevaba en su entraña. No podía ser; si pensar en cada una de esas dos realidades por separado le producía congoja, hacerlo al mismo tiempo le clavaba una docena de puñales, y se creía morir. El bachiller... Y ella, tan severa juzgando a todo el mundo y hallando un enjambre de tachas en su prójimo, encontraba limpio de ellas a su bachiller. Él había salido del pueblo, él conocía Salamanca, había estado en Madrid, había pisado las calles de Barcelona y conocido sus playas... El mar... ¿Daría miedo mirar el mar? ¿Daría miedo cruzarlo? ¿Lo cruzaría si se lo pidiera el bachiller? No, nunca. Ni aunque lo pidiera el bachiller, lo cruzaría ella. Había oído ya incontables historias del corso, de los piratas. No quería caer en manos de los berberiscos, como su vecino Albino, que se estuvo cinco años en unos baños de Argel. Esclava de un arnaúte, mujer de un bajá... La sola idea le erizaba el espinazo con terrores oscuros. Haría cualquier cosa que le pidiera Sansón Carrasco, menos esa de cruzar el mar. ¿Por qué no la miraría nunca, por qué jamás había sorprendido una mirada suya posada sobre sus ojos? ¿No la encontraba hermosa, no la hallaba lo bastante rica?

Y en una de esas largas y penosas tardes de otoño, fugada Quiteria y mantenido Cebadón a raya, Antonia sintió la verdadera soledad, y le quemaba el alma el remordimiento por no haber sabido darle a Quiteria ni siquiera una parte de lo que Quiteria la había entregado a ella en todos aquellos años. Y Antonia, que no había llorado en el entierro de don Quijote, y que no conocía las lágrimas, lloró amargamente.

Era, creía recordar, la primera vez que lloraba en su vida de ese modo. Le entraron lágrimas en la boca. Le supieron saladas. ¿Sabría así el agua marina? Y en medio de su dolor, pensó que no era tan mala como a veces la había dicho Quiteria, porque podía llorar como lloró el ama el día que murió su tío. Quiteria la había enseñado a comer, a vestirse, a lavarse, le había descubierto los secretos de la rueca, la sirga de la aguja, la industria de los guisados y la cisoria. La había traído hacia sí con desvelos, y cuando pudo, la puso a salvo de aquellas manías de don Quijote, que hubiera querido convertirla en una culterana. Cómo le agradecía que la hubiera salvado de esos delirios de su tío.

Y tal recuerdo llevó a Antonia a otro, cuando don Quijote la había enseñado a leer en los mismos libros en los que él acabó perdiendo el juicio. De entonces databa el asco que tomó la muchacha a todas las letras, así fueran minúsculas o capitales; y tanto si los libros eran de caballeros andantes, como si eran pastoriles, los envió uno detrás de otro con parejo entusiasmo a la hoguera, cuando tocó hacer con ellos auto de fe. Y lo mismo habría hecho con los piadosos si por ella hubiera sido, tal aborrecimiento cobró a todo lo que se pareciese, aun de lejos, a un libro.

No, nunca se había llevado demasiado bien con su tío.

Cuando era niña dio en pensar que él había tenido la culpa de que su padre se alejara de España y de su vida para siempre. Sólo cuando Quiteria le explicó que fue al revés, que únicamente cuando su madre murió y su padre no apareció, su tío se hizo cargo de ella, Antonia empezó a tenerle ya que no un gran amor, que reservaba en su imaginación para su padre, sí respeto y obediencia, incluso en las decisiones disparatadas, como cuando en aquella primera de pollinos ordenaba que se le dieran al maldito Sancho Panza tres de los cinco que había en la casa.

Alguna vez Quiteria, cansada e impacientada por los caprichos de la niña, que llegó al pueblo cuando ni siquiera había cumplido un año, le decía, «de acuerdo, váyase vuesa merced, doña Antonia, con la familia de vuestro padre, que os recojan vuestros tíos paternos», o aquel otro día que don Quijote, jugando con la niña (y no debía de tener ella más de siete años), delante de Quiteria, le dijo: «Antonia, ¿y por qué has de llamarme siempre tío? Me holgaré mucho de que me llames padre, porque lo soy y me huelgo en serlo». La niña se le quedó mirando, y sin ninguna malicia, le respondió: «Pero vuesa merced no es mi padre. Mi padre es don Felipe Melgar y vendrá un día y me llevará con él». Don Quijote no dijo nada, pero se fue apenujado, y Quiteria, que lo conocía bien, tomó por banda a la mocosa y le soltó aquello de «si tu padre te quería tan bien, ¿dónde están aquí todos esos parientes de tu padre que se hayan hecho cargo de ti?».

Y a pesar de su corta edad, Antonia entendió lo que Quiteria le decía, pero ni llamó padre a quien era tío ni hizo nada para que el tío la llamara hija, sino sobrina, hasta el mismo día en que murió. Pero desde su muerte mudaron algunas cosas. ¡Su tío! Sintió por él en ese instante, y en ausencia de Quiteria, un tierno afecto, como jamás hasta entonces lo había sentido. Antes rameaba demasiado, como para poder quedarse sosegadamente pensando en lo que se sentía o no. Y en ese momento, era ya demasiado tarde para hacérselo saber. Pero al fin descubría el fondo de bondad de aquel hombre, su delicadeza en tratar a todos, en especial a los más débiles, a los niños, a las mujeres, a los criados, a los pastores, a los viejos, y todo el amor que le tenía. ¿Cómo le soportó él sus malos humores, sus repasos, sus réspices? «Basta que desparezca alguien —se dijo—, para que advirtamos lo que perdemos.» Era la primera lección que le dejaba aquella muerte. Sintió el peso real de su orfandad. ¿Por qué razón habría tenido su padre que morir? ¿Dónde, por qué razón había desaparecido su padre? ¿Por qué aquellas cartas tan frías y distantes de sus tías, hermanas de su padre, cuando le habían escrito? Sí, su tío había hecho lo que nadie por ella. ¿Por qué no le había podido querer como él sin duda la había querido?

La regaló como a hija y la educó como a hijo. ¿Tan difícil era reconocerlo? Cierto que no había sacado la afición suya para los libros y las historias, y sin embargo si alguien alguna vez fue comprensivo con ella, ése había sido don Quijote. Ni siquiera le conmovían a la niña las novelas de princesas y caballeros, pero no le importó. Le dijo: «Este mundo es cosa de caballeros; a ti te ha tocado ser la dama de alguno; labra por merecerlo», y se olvidó de catequizarla. No estaba dotada de una imaginación ardiente, en verdad. Al contrario, se ufanaba de tener un gran sentido de la realidad. Ella era, sí, realista, como su tío era fantasista. Si su tío encontraba motivos para arreglar el universo, ella los tenía para arreglar los de su casa. Cuando don Quijote hizo su tercera salida, la sobrina no pudo contenerse, y le espetó con bien amargo tono: «Mejor se estaría, señor tío, quedándose en este castillo nuestro y arreglando todos los tuertos que vuestra salida va a ocasionarnos y a ocasionaros, y no arreglando los ajenos. Quítesele de la cabeza lo de amparar viudas, que aquí quedamos dos mujeres más viudas que la luna. Y no quiera convencerme a mí de que va a socorrer huérfanos, precisamente a mí, que lo soy de antes que me destetaran».

Don Quijote no siempre encontraba fuerzas para estos litigios de carácter con su sobrina, y solía responderle paciente y amorosamente, pero otras veces le daba la callada por respuesta, y se iba, lo cual aún encolerizaba mucho más a la joven, que cuando le veía retirarse sin pelea, le reprochaba de lejos: «Eso, hágase vuestra merced el loco, y déme disgustos, que duraré menos en esta vida que mis señores padres».

Así que a don Quijote se le fueron quitando las ganas de intervenir en los negocios caseros, y los dejó en manos de la sobrina, quien a su vez ignoraba las maniobras del escribano para endeudarlos, quedando todo lo demás, que no era poco, en manos de Quiteria, quien a su vez ignoraba todo lo que no fuesen las cosas prácticas y cotidianas.

Si don Quijote vendía un majuelo para pagarle a Tomás Álvarez Mediavilla, librero de Madrid, los libros que durante un año le había estado enviando, Antonia Quijano se las apañaba para que las cuatro yeguas que había en la casa se quedaran preñadas de un gran burro, y vendiendo los muletos se restañaban las heridas que continuamente sangraban su hacienda los belianises y demás figurones. Don Quijote ordenaba al señor De Mal que vendiese antes de tiempo la aceituna o sus majuelos, porque tenía falta de dinero, y Antonia Quijano convencía, por detrás, al mismo señor De Mal para que le dijese a su tío que no había podido venderla, mientras esperaban ocasión más propicia para hacerlo, al tiempo que el señor De Mal obraba a espaldas de la sobrina, y le engañaba en los pesos y en los precios. Y aunque ponía la mejor voluntad y toda su perspicacia, Antonia se ocupó de que el molinero no les sisara trigo (pero lo sisaban los aparceros), de que sus aparceros rindieran cuentas puntuales (pero se conchababan con el escribano), de que el pastor de sus ovejas no encubriera los partos y escamoteara los corderos (pero la engañaba hablándole del lobo, e iba a medias con el señor De Mal, que veía aumentar de ese modo sus propios rebaños), todo lo cual le permitió a Antonia acuñar una frase que don Quijote había tenido que oír hasta la saciedad, con indecible tristeza. «Ay, tío, qué sola me deja vuestra merced. Ya me gustaría a mí estar tan loca como vos y que me importara todo un ardite y que la hacienda se la llevaran los demonios y quedar nosotros en la calle, como desamparados. No loco vos, sino loca es lo que yo querría ser».

Si don Quijote le respondía, como de hecho así le respondió no pocas veces, un «yo no estoy loco, sino triste», le replicaba ella, «más triste estoy yo de teneros en casa todo el día leyendo novelas, y no me quejo. Bien está que vuesa merced consuma su vida, pero ya le tengo dicho que no quiera consumir su hacienda y consumirnos a los de esta casa».

¡Su tío! Por primera vez le vio como un pobre ser desvalido, y de lo más hondo de sí misma le afloró sentimiento de delicado afecto. Pensando en estas cosas, se quedó adormilada en su escaño Antonia. Tres meses habían transcurrido ya desde la muerte de su tío, dos desde la desaparición de Quiteria, y los mismos desde la partida de Sansón. ¿Se acostumbraría a la una, se acostumbraría a las otras?

Y en ese punto, adormilada en su escaño, oyó violento estruendo y golpes alarmantes en la puerta de la calle.

—¡Quiteria! —exclamó sobresaltada Antonia, que corrió escaleras abajo a abrirla.

No era Quiteria. De haberle dado crédito a un corazón que ya sólo hablaba la lengua de los presentimientos, Quiteria y nadie más hubiera tenido que ser. Se encontró en cambio, alumbrado por una linterna, al bachiller Sansón Carrasco que venía preguntando por el ama, y para saber cómo se encontraba la sobrina.

CAPÍTULO DÉCIMO OCTAVO

De todos los amigos y conocidos de don Quijote, el bachiller fue el último en ponerse al corriente. Al fin se había decidido a visitar a su tío el obispo de Sigüenza, como exigía su padre, y de allí acababa de volver, con cartas para su hermana, todavía lacradas, donde les anunciaba la mudanza del mozo en relación a sus órdenes. Y sólo a su regreso supo que el ama había desaparecido, de lo que ya estaba enterado todo el pueblo. Sin demorarlo más, se personó en casa de Antonia. Aún vestía la sotanilla con su cuello sin almidonar, por lo que nadie podía adivinar el propósito que traía de Sigüenza de ahorcar la sotana.

En pocas palabras le puso al corriente Antonia de lo que había ocurrido, cómo Quiteria, contra su costumbre, le había anunciado que se marchaba a Hontoria a pasar el día con su familia y cómo, alarmando a todos, no regresó esa noche, y cómo a los tres días envió a Cebadón a buscarla, y ya había desaparecido.

—¿Qué dicen el cura, el barbero, el escribano?

—Unos creen que se corrió hacia Sevilla, para embarcarse; otros, que se habrá quedado en una venta, sirviendo; otros la suponen ya en un convento y hay quien sostiene, incluso, que se habrá subido a un monte y en una cueva estará haciendo vida de ermitaña, como es el gusto ahora. Pero, ay, yo a veces doy en imaginar que se habrá tirado a un pozo, y habrá muerto.

—¿Por qué dices eso, Antonia?

—No sé. Son cosas que me vuelan por dentro, como los murciélagos.

La noticia sorprendió al bachiller, el hecho le admiraba, la suposición le impresionó y el desenlace le dejaba suspenso. Se quedó pensativo, y nada dijo tampoco. Luego se levantó, se despidió y se dispuso a marcharse.

—¿Qué prisa tiene vuesa merced en irse, apenas ha llegado después de dos meses? Aquí me encuentra sola, esperando lo excusado, porque creo que Quiteria no va a venir nunca más, ¿y no tenéis tiempo más que para coger la puerta y marcharos? ¿Os doy miedo?

—¿Y yo qué podría hacer?

—¿No me preguntáis cómo va la hacienda, si salgo de rica y entro de pobre o salgo de pobre y me hago rica? ¿Puedo confiaros un secreto?

Y acaso por darle celos, y cuando el bachiller le prometió guardárselo, le confió Antonia la proposición del señor De Mal.

—Apenas dejo el pueblo y todos se desmandan. ¡Viejo asqueroso, liendre, sanguijuela!

Antonia reputó aquellos denuestos de su bachiller como el primer augurio favorable en tres meses. «Le importo», pensó ilusionada, y eso le animó a proponerle lo que en la soledad de aquellos días había pensado tanto:

—Sansón, ya dos veces salisteis a buscar por esos mundos lo que a esta casa se le había ido.

Era difícil adivinar si aquello estaba dicho por la muchacha como una orden, como una súplica o sencillamente como lo que era, apenas una manera delicada de que siguiera apareciendo por aquella casa, aunque don Quijote hubiese muerto.

—¿Quieres que salga una tercera a buscar lo que se va de esta casa, Antonia?

Se dispuso entonces el bachiller a volver a sentarse en el poyo, pero la muchacha, mirando que la noche era fresca como para estarse fuera, le invitó a que subiese con ella a la sala.

—¿Y estará bien hacerlo, estando como estás sola en casa? —preguntó un Sansón todavía cortado por los patrones eclesiásticos—. Mira que la murmuración tiene mil ojos y espías en todas las esquinas, y tú eres, hoy por hoy, una doncella sin familia.

Se ruborizó Antonia al oír la palabra doncella, y así lo advirtió el bachiller, que recibió contento de ello, aunque no hubiera podido explicar por qué.

Permanecieron los dos un momento sin saber qué decirse, azorados, hasta que al fin Antonia se aventuró a decir:

—¿Y qué nos importa a nosotros lo que puedan decir? Súbase conmigo, que he de contarle algunas cosas que le admirarán.

Así lo hicieron. Subieron la oscura y pina escalera alumbrándose con el lampión.

Era una estancia amplia, con su estrado y su alcatifa. En una pared había colgada una vieja sarga pintada, como las que se usan en las aldeas; en la otra, solo, un viejo contador, sobre su mesa negra. Ése era todo el ornamento que allí había. Apagó el farol Antonia y encendió una lámpara que dejó sobre la mesa. Su luz, temblorosa y dorada, parecía mantenerles unidos, como apresados en una misma red. Era una luz silente, balsámica y oleosa, la verdadera luz de las confidencias.

—¡Qué injusta he sido con Quiteria! Ahora lo veo, porque si yo estoy sola en este mundo, sé de sobra que más sola ha de estar ella. En esta casa encontró lo que en la suya no había o no pudieron o no quisieron darle nunca. Pero aún encontró más...

Y en breves palabras le contó al bachiller cómo después de cierta conversación que mantuvo con el ama, ella, Antonia, la había maltratado de palabra y con tal desdén y tal ingratitud que la tenía apenumbrada desde entonces.

—¡Qué egoísmo el mío y más cuando mi corazón estaba aún más maltrecho que el suyo!

Y se asustó Antonia de haberse referido a su corazón delante del bachiller.

—¿Y qué quieres decir, Antonia, con eso del corazón maltrecho, que no te entiendo? —preguntó Sansón Carrasco.

Le miró con tristeza Antonia, pero no se atrevió a ir más lejos. Y le estuvo sosteniendo la mirada y llevando a sus ojos un «lee en ellos, bobo, y no creas que estaba maltrecho mi corazón por la muerte de mi tío. Bueno, también; pero de otro modo. Lee la letra pequeña». ¡Qué complicados le parecieron entonces a Antonia sus sentimientos! Pero se alegró de que fuese aquélla la primera vez que Sansón Carrasco, el bachiller que estudiaba para clérigo, le sostuviera la mirada. Aunque al bachiller le habían enseñado a leer Salustios y Horacios, no en los ojos de las jóvenes.

—En fin, algún día lo sabrá vuesa merced —dijo muy enigmática Antonia—, y no digo más. Ahora urge traer de nuevo a esta casa a Quiteria, si sigue aún con vida y si está a la vista, porque si estuviera penando, no podría perdonármelo en todos los días de mi vida.

—De acuerdo, dame unos días —dijo el bachiller— y de la misma manera que me traje a casa al tío, así traeré al ama, si ha echado el ancla en estos reinos, y si no, noticia al menos de donde se halle, tanto si se ha partido al nuevo mundo o al otro.

Y para quitar gravedad a ese propósito, vistió el bachiller esa última frase de cierto tono jocoso.

—¿Es que van a pasarse vuesas mercedes haciendo burlas toda la vida hasta con la vida del prójimo? ¿No hay jerarquía que les imponga respeto? Y aunque haya sido yo quien le diese la idea, no os quiero oír decir nunca más que Quiteria ha muerto, porque creeré que fui yo la causante. Así que, mozo, un poco más de formalidad.

—Así te lo prometo yo, y levanta ahora esa murria, Antonia. Fuera presentimientos; aire, penas y tristezas, y sacude a escobazos ese moho melancólico que se te está poniendo. Y ahora, y ya que estamos metidos en harina, querría yo saber algunas cuestiones sobre vuestro tío, para ciertos papeles que tengo pensado escribir.

—Ay, uno se nos volvió loco leyendo, y ahora tendremos otro que se volverá loco escribiendo —y no dijo esto Antonia precisamente en tono festivo, sino en otro muy distinto de inquietud.

—No tengas cuidado, que hasta que llegue ese momento hay muchas cosas que tengo pensamiento hacer. Hoy quiero que me cuentes algunas cosas de aquel hombre que se nos ha ido.

—¿Y qué quiere saber de él quien acaso sea quien mejor lo conoció estos últimos tiempos? ¿O es que acaso quien vence a alguien no necesita conocerlo bien para vencerlo, como vos le vencisteis?

—Te equivocas en eso, Antonia —respondió Sansón—, porque quien dispone las cosas de este mundo es el azar, unas veces, y otras, el destino, triunfos que baraja un ciego, y a ese ciego lo llamamos tiempo. ¿No me entiendes? Apenas pude tratar a tu tío más que un año, y siempre a salto de mata, según lo consentía su humor voltario. Estaba yo en Salamanca, estudiando. Tenía de él un recuerdo claro, de su figura, de su gravedad, de su terneza para tratar a los muchachos que lo seguíamos admirados. Quién sabe si los recuerdos los ha hermoseado ya ese ciego que te digo, llamado tiempo. La verdad es que si hubiera vivido más en el pueblo, habría sido amigo suyo. Sólo cuando el año pasado volví, y vio él lo mucho que había leído y mi afición a las novelas, se franqueó conmigo y me honró con sus sueños y su ciencia, que era aguda, aunque estuviera loco. Si bien cada día que pasa empiezo yo a poner más y más en duda esto. Ya sabes lo que se dice, todos somos locos, los unos por los otros, y el loco por la pena es cuerdo. No he conocido a nadie más consternado y triste que aquel hombre. Y he de confesarte algo que ni mis padres saben. Les escribí desde Salamanca. Les conté que había estado enfermo y que me convenía volver al pueblo a mejorarme. La vida de estudiante es pésima y lo de mi mal no fue del todo cierto, aunque estuve allí enfermo de una fiebre nerviosa. La verdad fue otra, sin embargo. Por aquellos días me había encontrado un libro, el más hermoso de cuantos yo haya leído, el más gracioso y el más triste, el más levantado a las alturas y el que mejor corre sobre la tierra, el que más juiciosas palabras contiene y el que inventa las más disparatadas historias, el único hasta entonces que me sació la sed, despertándola, de modo que cuanto más leía, más quería leer, y si llegaba al final, me desesperaba y quería volver al principio, por que aquello no tuviera fin nunca, que en eso es un libro como la vida misma; quiero decir, que no habrás visto tú a nadie que llegando a viejo, y por mal que haya pasado la vida, no quiera volver a vivirla, incluso por los mismos angostos barrancos. Y vi que igual que yo me embebecía con su historia, los niños la manoseaban, los mozos la leían, los hombres la entendían y los viejos la celebraban, y que todos encontraban en ella la medida de sus deseos, el molde de sus sueños, la vereda de sus ahíncos, la cumbre de sus desvelos. Y que como vestido mágico a todos les sentaba bien. Al melancólico le alegraba, al alegre le espumaba el ánimo y se lo reposaba, al despierto le apaciguaba y al torpe le daba luces. Todos hallaban en él el modo para mirar las cosas no con tanto despego, y esta gran enseñanza: que es difícil equivocarse poniéndose del lado del menesteroso, del débil, del pequeño, del pobre, del enfermo, del loco, del huérfano, del galeote, de la doncella, haciéndolo con dignidad y sin menoscabo de su honra, porque el poderoso ya tiene de suyo leyes y cortesanos que lo guardan y defienden. Aquél fue un gran día para mí, fue mi Damasco en el que caí de mi caballo, si no estuviera mal traída esta imagen aplicada a un medio clérigo que entonces comprendió que ya nunca lo sería entero. Recuerdo que venía yo del estudio del gran López Corbacho, y entré, como tantas veces, en casa del librero Hernán Rato, en la Calle de los Libreros de Salamanca. Había recibido Rato esa misma semana algunos libros nuevos, entre ellos ese de Cuesta en el que se cuentan las dos salidas que tu tío había hecho la primera vez. En cuanto puse los ojos en ese Quesada o Quijada, como se le llamaba, me dije, éste no puede ser otro que mi paisano y tu tío, Alonso Quijano. Y así lo confirmé cuando empezaron a desfilar por sus páginas todos los vecinos que yo conocía, Pedro Pérez, el cura, el barbero, Sancho, que tanto ha trabajado para mi padre y a quien yo conozco desde muchacho, Teresa y Sanchica, Juan Haldudo y su rabadán Andrés, con todas las otras cosas que en el libro se cuentan. Y qué envidia sentí de don Pedro el cura y del barbero, cuando se salieron a buscarle a Sierra Morena. ¡Con qué gusto les habría acompañado yo a esa aventura, y cómo no estaría yo ahora de ancho y gustoso viendo mi nombre impreso para toda la eternidad! Pues no has de dudar, Antonia, que ese libro llegará más lejos de donde ninguno de nuestros linajes pueda llegar, perdidos por el camino o devorados por la tierra como el Guadiana. No puedes figurarte la alegría y la ilusión, cuando se está lejos de casa, de ver en letras negras registrar personas, casas y hatos de tu mismo lugar. Me bebí el libro en dos noches completas y en el día que ellas emparedaban, que no le valieron fiebres nerviosas y penurias, y a la mañana siguiente, tras la segunda noche, escribí a mi padre pidiéndole licencia para venirme aquí con el secreto propósito de conocer a quien ya había probado las mieles de la celebridad. ¡Y lo que debe de ser morirse y dejar tras sí una cola de luz, como el cometa! Sabía que más pronto que tarde volvería don Quijote a las andadas y yo me quedaría sin haberle arrimado toda mi admiración y mi respeto, así como mi entusiasmo por la historia de sus aventuras, aunque entonces no había concebido el deseo de arrancarle de aquella vida que tantas mofas le proporcionaban. Eso vendría luego. Me pregunté cómo sería de discreto quien de loco decía tales cosas, y cuando ya lo vi por mis propios ojos y a sabiendas de que arrancándole de aquella vida de aventuras acortaba su majestuoso viaje por los Campos Elíseos de la fama, salí a buscarle después de no pocos combates habidos en mi ánimo, porque lo mismo un día pensaba que había que dejarlo suelto, y al otro, que había que traerlo entre barrotes, como lo enjaularon el cura y el barbero. Porque toda la pena que me daba saber las locuras que había cometido arremetiendo contra los comerciantes toledanos, o los rebaños de borregos o los molinos de viento, lo borraba el contento de oírles a Sancho Panza y a él concertar razones tan peregrinas o ingeniosas, según pintaran las cosas. Fue un arrebato el querer volverme aquí, un repente superior a todo. Contaba también con convencer a mi padre de que lo mío no eran las cosas de Iglesia. Venía resuelto a que me diese su bendición para acabar mis estudios y acabados buscar empleo con algún señor de la guerra, porque yo, al igual que don Quijote, sentía entonces, enardecido por la lectura de tantos hombres ilustres, la llamada de las armas, el fuego de las aventuras y las ansias de ver mundo tanto como las letras, porque a quien se le ha ventilado la cabeza con otros aires, este de aquí le parece poco y áspero.

No supo Antonia dónde atender en ese discurso, en el que el bachiller le había dicho de corrido tantas más cosas y referido tantas más intimidades que en todos los años que llevaban de vecinos. Así que empezó por aclarar aquella que más le convenía.

—¿Y le ha dicho ya al señor Tomé Carrasco, vuestro padre, que queréis ahorcar la sotana y todos los planes que acabáis de relatar? —preguntó la sobrina, para quien las historias de su tío eran ya agua pasada y muy pasada.

—Ésa es la cuestión. No sé cómo hacerlo. Después de enterrar a don Quijote les pedí que me mandaran a Sigüenza, donde es obispo un hermano de mi madre. Mis padres creen que he ido allí movido del negocio de ultimar mis órdenes y allanar el camino que me lleve a la capellanía que mi tío prometió a su hermana que me daría. Pero en realidad para lo que allí he ido es para pedirle al señor obispo cartas en las que le explique de buena manera a mi madre que yo no he sido llamado por ese camino, y que mejor seré cristiano a pie que clérigo en una mula, y que como dice san Pablo mejor dejarlo que abrasarse. Conmigo están las cartas. Sólo miro el momento oportuno de entregarlas a mi padre, de quien puede esperarse cualquier tremolina cuando se entere, cosa que no me conviene nunca, pero menos que nunca, ahora, que llevo la cabeza puesta en otro negocio.

Vio Antonia abiertos los cielos para llevar la conversación por donde quería, y le preguntó a boca de jarro:

—¿La cabeza en otro negocio? En otra dama querréis decir, a quien habréis dejado en Salamanca, y que habrá sido causa de esa mudanza.

—Ay, qué ocurrencia —respondió holgándose de muy buena gana el bachiller—. No hay ninguna que me quisiera a mí.

Y Antonia ya no pensaba en don Quijote ni en Quiteria y le observaba con ojos de novilla.

—No me digáis eso, porque más de una estaría esperando oírle requebrar, eh, tú, morena, para hacerse esclava vuestra sin condiciones...

Si Sansón Carrasco hubiera sabido de la vida tanto como de libros, habría adivinado lo que significaban aquellos puntos suspensivos que pareció dejar colgando Antonia en el aire como un gallardete. Pero el bachiller, que conocía bien la gramática, lo ignoraba todo del corazón de las mujeres, y para desesperación de Antonia, viró el coloquio, y a ella se le puso sobre el corazón una gran pesadumbre, porque no sabía cómo iban a resolverse sus penas. Y cuando ya el bachiller le estaba contando algo de un viaje que pensaba realizar, y viendo que se alejaba de su vida su bien, inopinadamente se puso de pie, y alisándose la saya, rogó al bachiller que se fuera, pues aún le quedaban algunas cosas por hacer. Y lo mismo, Antonia tampoco hubiera comprendido por qué obraba ella tan en contra de sus propios deseos, pues nada ansiaba ella menos que se partiera su amigo el bachiller.

Pensó el joven que la noticia de que se iba a marchar del pueblo la había contrariado. Quizá le recordara a ella la triste vida que le esperaba, y así lo dijo, poniéndose en pie y mirando la puerta.

—No me quiero meter donde no me llaman. Pero se comenta en el pueblo que toda tu hacienda está en manos de los prestamistas y usureros. ¿No tenías otros parientes de tu padre, Antonia? Mándales cartas, marcha con ellos. Vete tú también de aquí, sal de este pueblo o busca aquí marido que te convenga.

¡Cómo se le clavaron en el corazón a Antonia aquellas palabras! ¡Marido que te convenga! Se le encendieron las mejillas y le miró asustada, porque sus pocos años eran suficientes como para saber que lo que le estaba diciendo de otro modo era: lejos de aquí y no conmigo.

—Qué fácil lo veis, bachiller. Bien se nota en ello que sois hombre. ¿A dónde irá una doncella desamparada sin que le siga la sombra de una sospecha? Y será cosa de familia este no saber decidirse. Más de una vez le dije a mi tío que se estaba volviendo loco por no salir y orearse. «Olvídese de aventuras, váyase vuesa merced de aquí, ande romero a Roma, y venga nuevo», le dije, aunque otras veces le hubiera pedido que no se fuera.

—De esto venía a hablaros, Antonia, para ciertos papeles que estoy escribiendo, pero veo que tienes prisa.

—Ya no —se precipitó a enmendarse la sobrina y a sentarse de nuevo—, y el diablo se lleve ya esta tarde, echada a perros, y que se queden sin hacer mis labores. Pregunte vuesa merced, que lo que sepa le diré.

Despabiló la torcida de la lámpara y pidió a Sansón que, oh gran dispendio, echara dos ceporros en el fuego en vez de uno.

—¿Nunca admitió don Quijote su locura? ¿Nunca se acercó a ti y te dijo: sobrina, me parece que no rijo?

— ¿Habéis visto vos a nadie que diga «estoy loco»? Todos los delitos pueden cantarse en el potro, pero si amenazas a un loco arrancarle un brazo si no confiesa su locura, te ofrecerá el otro incluso para probar que no lo es. «Admitamos que estoy loco», me dijo cierto día mi tío, pero «¿quién es el tonto que quiere volverse loco?», y a continuación me refirió lo que acabo de referiros del potro y el brazo. Y le causaba mohína que todos le creyeran loco y que no viéramos cosas que para él eran tan claras, y conjugaciones de encantadores tan manifiestas. Él estaba por encima de todas estas razones materiales que le decíamos yo y el ama, y a las dos nos aseguraba que iba a ser difícil que se le entendiese ni en este tiempo moderno ni por quienes únicamente miran por su provecho, y que nunca había habido en el mundo más hospitalario tiempo que el pasado, ni caballeros más enamorados ni damas más virtuosas a quien servir. Pero yo le rebatía y le decía, mire señor tío que le he oído decir cien veces que a vuesa merced sólo le interesa ponerse en ocasiones y peligros para cobrar eterna fama y nombre, y no arreglar los asuntos desmangados de la vida ni socorrer viudas y huérfanos y necesitados, y que en lo suyo hay mucho más de vanidad que de caridad, más el propio relumbre, que sacar de las sombras a los ajenos. Esto le enfurecía especialmente y me llamaba necia y me decía que si yo no sabía que todas las cosas señaladas empiezan por poco y que el hombre no hace nada noble que no tenga en el arranque su impulso de egoísmo, y que así era cierto que buscaba eterno renombre, pero que la suerte de los caballeros iba emparejada al infortunio de los más necesitados, y que le importaba un bledo que le comprendiéramos o no, porque su corazón lo movía el noble impulso de hacer el bien para lograr tal fama y el de lograr tal fama haciendo el bien, y que lo mismo le daba cómo y en qué orden se hicieran las cosas si las cosas quedaban hechas, los tuertos enderezados, las viudas desagraviadas, los huérfanos socorridos y las injusticias del mundo reparadas y su fama cumplida. Y que una de las cosas, me dijo, que más contento debía de dar a un hombre virtuoso y eminente era verse, en vida, andar con buen nombre por las lenguas de las gentes, impreso y en estampa.

Sacó el bachiller su librillo de memoria que siempre traía consigo en la faltriquera y un tintero talaverano, tapado con un corcho. Mojó la péñola y garrapateó todas esas razones que desmenuzaba la sobrina.

—¿Y a qué viene ahora, señor Sansón, toda esta colada quijotesca? Yo diría de mi tío lo que del Cid se dijo, que hasta muerto viene a ganar batallas, porque no se hace otra cosa, o a mí me lo parece, que hablar de él a todas horas.

—¿Dónde se va a hablar de don Quijote, sino en su casa, y en su pueblo? ¿Eso te molesta?

—Molestarme no, pero aquí hemos quedado otras criaturas a las que no nos ayudará mucho perder el tiempo hablando de quien ya podrá socorrernos poco. Y mejor hubiera hecho no muriéndose tan presto cuerdo, teniendo en cuenta que esperó mucho estando loco, porque nos hubiera ayudado a enderezar el entuerto en el que dejó su hacienda. Y ésta sí que hubiera sido gloria perdurable, si en vez de ir a buscar aventuras por ese mundo, las hubiera sabido encontrar aquí procurando nuestra ventura.

—¿No te das cuentas, Antonia, de que tu tío se volvió loco precisamente por no saber ver lo que tenía delante? Él era hombre de inacabable visión y de amplios mundos. No era hombre de rincón, sino de orbe, no era hidalgo de patio, sino patricio de logia pública, y le sentaba mejor un mal camino, pero largo, que los cortos corredores de un palacio, y mucho más feliz estaba en campo abierto y pobre, que en estancia cerrada y bien repostada; y con más provecho comía las ensaladas de las veredas y bebía el agua de las fuentes, que las ollas sazonadas o los redomados vinos. Y a todo esto, dime, si te acuerdas, ¿cuándo conocisteis que tu tío empezaba a marchar mal de la cabeza?

—Déjelo estar, señor bachiller. Lo que a vos parece haceros gracia a mí me hace daño. ¿Os holgaría de la misma manera si en vez de mi tío fuese el señor Tomé Carrasco el que empezara a desvariar? Para mí no es don Quijote, entendedlo, para mí es sólo un pedazo de mi vida, y mi carne y mi sangre, la única que me unía a este mundo, porque pensar en la parentela de mi padre, son gollerías. Y así os respondo a lo que decíais antes. ¿Es vuesa merced, por casualidad, como una de esas dueñas que no pueden hilar su copo sin sacar a plaza las desdichas ajenas? Además, no creo que nadie pudiera responderle a eso. ¿Cuándo empezó a ser loco? Las cosas no empiezan a suceder en un punto, sino que vienen de atrás con su cortejo, y rodadas. Hasta los mismos súbitos relámpagos parecen siempre dejarse ver en el cielo unos segundos antes de que el ojo los vea, y aún quedan entre las nubes uno o dos segundos después de haber sucedido, y lo mismo ocurre con la nieve, que siempre que se pone a nevar, parece que ya estaba nevando antes, con ese silencio de la nieve, sin antes ni después.

—No quería ofenderte. Acabo de confesarte cómo y qué hondamente me concierne todo lo de tu tío. Si no tuviera en la cabeza pergeñado mi propio libro, no probaría a remover tanta desdicha. Pero, dime, ¿no hubo un día, un solo día, en que el ama o tú dijerais, «el amo, mi tío, se está volviendo loco»?

—Ahora que vuesa merced lo dice, sí. Hubo un día en que mi tío se lo pasó en el desván, y por más que le llamamos para que bajase a almorzar, no lo hizo, sino a la tarde, cuando se estaba poniendo el sol, y no bajó solo, sino cargado con un montón de armas. Antes había hecho cosas que juzgamos extravagancias. Miradas a la luz de su locura, ya no nos parecieron sino de loco. A partir de ese día dejó incluso lo que de más sagrado había en su jornada, que era leer sus libros, y se dedicó a recomponer, cinchar, amolar y reparar sus armas. Las untaba con aceite y fabricó con unos cartones una media celada, a falta de una de encaje, y se paseaba por el patio vestido con una armadura para ejercitarse y acostumbrarse a ella, haciendo aspavientos y levantando los codos, por ver si le asentaba. Y si hasta entonces su cabeza regía normalmente, en días, en muy pocos días, se le fue del todo. De eso nos dimos cuenta ya cuando se salió por la primera vez, o sea, cuando ya nadie podía remediarle. Y lo gracioso es que aunque nos había amenazado cien veces con escaparse, el día que se fue, lo hizo con tal sigilo que no lo conocimos sino hasta pasadas ya unas horas. Y ni siquiera aquella primera vez pensamos que fuese tan grave la cosa, puesto que algunas veces, al irse de caza, se quedaba en el monte durmiendo, si el tiempo acompañaba. Pero a la mañana siguiente le teníamos en casa almorzando. Recuerdo que Quiteria dijo, «esta chiquillada la ocasionan estos calores insufribles de julio; hasta yo misma estoy a punto de enloquecer». Porque la verdad es que aquellos días en los que don Quijote se salió al campo, hasta las bestias estaban inquietas e irritables. Las mulas coceaban el suelo de las caballerizas, los perros gruñían a quien se les acercaba, y la gente se enganchaba por cualquier bagatela. Y así fue como, sin decir nada a nadie, como hacía cuando llevaba sus galgos a cazar, se salió de casa en el mayor secreto. Ensilló a Rocinante y desestimó el macho, mucho mejor. Debió parecerle poco apropiado ir montado un caballero como él en mulo, asiento de villano, de comerciante o de clérigo. Quizá pensó que si se lo llevaba, causaría un grave perjuicio a la casa. Ató los perros al rejo de un arado que había en el patio, para que no le siguieran, cerró con llave el aposento de los libros, tomó la lanza y todas las otras armas que había estado preparando, y caballero de su quimera nos dejó varados a los demás en la nuestra.

El bachiller iba anotándolo todo, y procuraba no perder una sola palabra, mientras decía entre dientes: «Estos pequeños detalles no los recogió la historia de Cide Hamete, por ser poco significativos, pero son justamente los que a mí me interesan. Encuentro en ellos tanta o más enjundia que en los otros».

—Le esperamos Quiteria y yo —continuó diciendo la sobrina— todo el día. Quiteria que le conocía de lejos, decía, «en cuanto le apriete el hambre y la sed, volverá. Y no se ha llevado dineros, porque no los había. Ayer mismo le pedí dos cuartos para comprar un trozo de carnero, y no los tuvo». Y ya al día siguiente esto no era lo mismo, le faltaba como su espíritu a la casa, el jugo como quien dice. Solía levantarse mi tío de siempre, desde que yo recuerde, no muy temprano, cuando Juan Cebadón, o el mozo que entonces sirviera en casa, ya había asistido el ganado, y mucho después de que el ama Quiteria, la primera en ponerse en danza, hubiera encandelado el fuego, rezado sus oraciones, dispuesto las cosas del desayuno, metido el pan en el horno, si había amasado, o hecho la colada, si tocaba ese día, o fregado los suelos. Se levantaba don Quijote ni tarde ni pronto, porque ni era madrugador ni era remolón, cuando no decidía salir al campo a cazar, que entonces salía antes que el sol y que ninguno, o si se había quedado toda la noche leyendo, en cuyo caso se levantaba cerca del mediodía. En su aposento se lavaba la cara y las orejas en un aguamanil, porque era muy pulido para su persona, se vestía allí mismo ropas más viejas que nuevas, y todavía a puerta cerrada daba cuenta de sus devociones, para llegar a continuación a la cocina, donde, de pie, como si tuviese prisa, comía con desparejados dientes un regojo de pan, sobrante de la cena, mojado en leche, con su nata. La mañana se le iba en no se sabe qué. Se daba una vuelta por las caballerizas, hablaba con el mozo, barzoneaba por el pueblo, a veces se metía en el mechinal del barbero, más para alargar la mañana que por pelarse, intentaba enseñarle una o dos palabras al cuervo de maese Nicolás, coloquiaba con unos, con otros, se interesaba por los negocios del común y de los particulares, trataba de rentas, se ajustaba con pastores, se enteraba del precio de las cosas con talabarteros, con guarnicioneros, con boteros, con herreros, discutía con alguno sobre el mal paso de los tiempos y la marcha de la monarquía del mundo, cosas de las que los hombres reciben tanto gusto en tratar, y a eso del mediodía volvía a casa para hacer un almuerzo frugal, del que daba cuenta solo y deprisa en la sala, mirando a la pared. No era laminero ni gargantón, quiero decir, que no hacía melindres con la comida, todo le daba lo mismo, guiso nuevo o ropa vieja, ni era tampoco tragaldabas que comiera mucho, sino más bien tirando a poco, y siempre lo mismo, olla de vaca o de carnero, menos los duelos y quebrantos de los sábados y las lentejas viudas de los viernes, alguna tajada de abadejo o el broche de una truchuela, o su caldo de hierbas, o sus granzas calientes en invierno, su escudilla de almendrada y el huevito mejido. Se reposaba luego una hora así lloviese o hiciese sol, en verano o en invierno, encerrado en su aposento y más que durmiendo, soñando en el sonsueño, porque nunca se dormía del todo. Se echaba sobre la cama, y tapado hasta la nariz con una frazada, allí digo yo que se dedicaría a fantasear la realidad con la imaginación en carne viva. Pensaría, supongo, en lo que era su vida y en lo que su vida debería haber sido, en lo que pensó para ella, cuando era joven, y en lo que se había convertido. Y a veces salía de aquellas siestas con el ánimo desmazalado y sombrío y nos repetía lo que tantas otras veces nos decía al paso, «cualquier día ya no me veis el pelo, porque sería una cosa bien triste que yo me terminara sin haberme ventilado un poco, loco de tanta tristeza como se respira en esta casa; qué tristes sois las dos. Quiteria —decía al ama—, cuánto has trabajado, cómo te has estropeado». Y a mí me decía, «Antonia, ¿y a ti con quién te casaremos? ¿Quién te va a querer con ese carácter que tienes de ortiga, de cardo, de zarza?». Y le preocupaba lo que de él quedaría en esta vida. Esto último sacaba de sí a Quiteria, la única que podía levantarle la voz sin que se lo tomara a mal. Le decía a veces Quiteria, «señor tonto, ¿cómo que qué va a quedar de vuestra merced en este mundo? Lo que de todos, un montón de huesos, y trabaje para que queden por lo menos limpios». Tenía muy mal genio y no le gustaba que sobre ese particular nadie le llevara la contraria ni que tampoco le discutiera nada, y le decía a Quiteria, «¿Serás acémila? ¿Y qué sabes tú de estas ansias de no morir del todo?». Y entonces Quiteria le decía que condenaría el alma por esa soberbia, y que si tanto quería pasar a las lenguas de la gente, que lo industriara a través de los altares, haciéndose santo y dando mejor vida a quienes tanto le querían. Pero en el fondo mi tío era un hombre tranquilo y resolvía tantos sinsabores encogiéndose de hombros, y riendo. Nos tomaba el pelo y decía, cuando estaba de humor: «¡Mira que sois corderas! ¡Todo os lo habéis creído!». Y era entonces cuando pensábamos que una locura se le iba y otra se le venía. Pero luego, cuando se volvió loco del todo, ya no chanceaba y le costaba reírse, y ay del que se tomaba a chirigota esas ínfulas suyas de remediar el mundo y socorrer a los menesterosos. Se violentaba y arrollaba a quien se le pusiera delante. Pero se le iban esos accesos, y resultaba el hombre más bueno que un bernardo. Había gastado como quien dice toda la vida en pensar esas cosas, sin haber llegado a ninguna conclusión, pero no se desesperaba. «Ah —solía decir—, no es fácil saber lo que tenemos que hacer, lo que se pide de nosotros. Y con todo, yo haré lo que de mí esperan los siglos venideros.»

—Todo eso que me cuentas —le interrumpió el bachiller Sansón Carrasco—, podría certificarlo yo palabra por palabra. A veces hablaba de eso mismo con nosotros, sus amigos, con el barbero, con el cura, conmigo, y nos exponía sus tribulaciones, sus sueños, la venenosa melancolía que iba infiltrándosele en el corazón. A menudo nos dijo el último invierno, «aquí me ahogo, he de salir a conquistar el renombre de mi nombre, he de realizar grandes proezas, voy a descabezar a todos los gigantes de esta tierra y a hacerla más habitable, y con la fuerza de mi brazo tornará a ella la armonía entre las partes, y ya muerto, viviré todavía en el recuerdo piadoso y agradecido de las gentes, que cuando vuelvan los hombres a desajustar sus leyes, aún, como nosotros de Licurgo o de Solón, se acordarán de mí. Mis huesos, donde estén enterrados, sentirán ese calor de la fama, y en ellos fraguará eterna primavera». Y nosotros, a sus espaldas, decíamos, «pobre hombre, ¿adónde creerá que podrá irse? Nació aquí, aquí vivirá y aquí se quedará hasta que se muera, y aquí lo enterraremos, y Dios quiera que sea mejor pronto que tarde, si tardando va a dejarle sembrar por el mundo los disparates de su estropeada cabeza». Y aquí está enterrado ya. Pena nos daba. Y lo cierto es que si al principio nadie le creyó capaz de lo que hizo, tampoco yo lo creí. Y cómo me arrepiento ahora de haberle prestado el libro donde se publicaron sus historias. Yo creo que fue eso lo que aún le espoleó más para quererse salir esa tercera vez, verse tratado en él como un loco. Y de eso le entraron ganas de salir de nuevo al mundo y demostrarnos a todos que los locos éramos nosotros, por no creer en las universales y resplandecientes leyes de la caballería. De no haberle prestado yo la historia del *Ingenioso hidalgo don Quijote de la Mancha*, quizá le hubiera dado tiempo a sosegarse durante todo el invierno, pero verse en letras de molde y en estampa y querer pulirse como caballero y acometer gestas aún más asombrosas, fue todo uno. Pero bueno, todo esto es muy largo.

—¿Y qué modo tan desaforado es éste de copiarlo todo, bachiller? ¿Qué libro decís que queréis hacer ahora? ¡Vaya un cuento! ¡Otro libro sobre mi tío!

—Ahí está el busilis. Si, como yo creo, sale a la luz el nuevo libro con las aventuras de tu tío, como ya apareció el primero, no tendré mucho donde escoger. Y acaso me anime yo a contar la historia de lo que sucedió, muerto él, a todos nosotros, antes de que cubran nuestros despojos las leyes del olvido.

—Ay, Sansón, que por ahí empezó mi señor tío a desvariar.

¿Y qué tienen de malo las leyes del olvido? ¿O qué interés tienen las cosas que nos suceden a nosotros, después de muerto el tío, cuando tampoco las que le sucedieron a él tienen para mí el menor busilis, como vuesa merced dice, ni otra importancia que la que tienen esas hojas que ahora están en el árbol y dentro de un rato en el suelo? Mire vuesa merced que nosotros somos decentes.

—Unos más, otros menos, no parece que nadie se resigne a acabarse. Los hombres conciben sus hijos y los sueltan por el mundo, y ellos dan testimonio de su estirpe. Otros, como tu tío, a falta de hijos, dio sus obras, porque sólo existe lo que obra, y existir es obrar. Y mientras nosotros vivamos sin memoria, tendremos vida a medias. Moriremos, ¿y qué recordarán de lo que fuimos? Ahora empiezo a entender a tu tío cabalmente. Así, mientras no pasemos a estampa, tendremos sólo media vida. Y te digo más. Imagina por un momento que ni tú ni yo somos reales, que somos como uno de esos fantasmas que perseguía tu tío en los libros. Imagina que él o que nosotros no fuéramos de carne y hueso. De no haber salido tu tío en crónica, con haber sido real, lo sería mucho menos que todos aquellos merlines y palmerines que le volvieron loco, y pasados los siglos tan realidad tienen ya para nosotros Homero, Eneas o los dioses paganos. Lo que fue y ya no es, no es más que lo que no es pero será algún día, y no seremos ese día si las leyes del olvido nos ponen bajo su jurisdicción.

—Ay, Sansón, no me asustes, que soy demasiado joven para comprender nada de todo lo que dices ni tampoco si quieres decir algo con todo ello.

Se rió de buena gana el bachiller de los temores de Antonia, y quitándole importancia a todo aquello, le dijo:

—En cualquier caso es verdad que no va a ser una empresa fácil, porque se ha dicho que nadie es buen juez de su propia causa, ni se ha visto que un rey sea su propio cronista, quitando a nuestro sabio rey Alfonso. Y también es posible que se quede todo en nada, Antonia, porque así como en las armas, el que estoquea estoquea, el que mata mata y el que vence vence, en esto de las letras nunca son suficientes los buenos propósitos, y no se sabe si un libro fue o no discreto y digno de elogio, o lo contrario, hasta pasados muchos, muchos años. Para entonces uno ya ha muerto, y no puede disfrutar de esos laureles. Y no te digo censuras y vituperios, porque nadie, puestos a soñar, sueña catástrofes ni cosecha chiflas. Al contrario, le gusta imaginar los futuros aplausos que no oirá y mil coronas de laurel que habrán de coronar su calavera. Así es el hombre de ilusorio. Si fuese por los elogios y vituperios del día ni un solo hombre se molestaría, no siendo un necio, en mojar la pluma.

CAPÍTULO DÉCIMO NOVENO

HASTA muy tarde estuvieron hablando aquella noche Sansón y Antonia, sin otra cosa que reseñar, sino que a la hora de la cena, vino Cebadón y allí, delante del bachiller, pidió a Antonia que saliese a servírsela.

Miró Cebadón muy impertinente al bachiller, y sólo porque éste pensaba en otras cosas no lo tomó en cuenta.

Comprendió Antonia que su mozo sólo quería medir la fuerza de su poder y forzar su voluntad, y le dijo:

—Entra tú, Cebadón, y sírvete de lo que haya.

Mascullo algo entre dientes el gañán, y viendo que el bachiller se enfrascaba en sus papeles, aún tuvo arrestos de mover en un susurro sus labios, sin apartar su mirada de la muchacha:

—Antes muerta que de otro.

Esa noche, ya a solas, pensó Antonia que no podía seguir de aquella manera y que necesitaba más que nunca a su Quiteria, o de no hallarla, saber a qué se atendría, y al día siguiente, ordenó a Cebadón que fuera a avisar al bachiller.

También hizo Antonia aquello de una manera calculada, pero el mozo lo entendió, y dándose la vuelta, dijo a su dueña:

—A ése, si quieres, le avisas tú.

Esperó Antonia que viniese uno de los zagales, y con ése mandó el aviso. No se atrevía a contar nada de lo que sucedía en aquella casa como no fuese a Quiteria.

Vino al rato Sansón, y le subió a la sala principal Antonia pasándolo por el patio, para que lo viera Cebadón, que lañaba en ese momento una tinaja, y no tanto para encelarle sino dándole a entender que tenía ya a alguien que velaba por ella.

—Fuisteis amigo de mi tío —empezó diciendo Antonia—, y acaso podías cumplirme esta merced tan grande. Ayer quedó dicho a medias, y querría saber si podíais salir a buscarme a Quiteria y traerla con vos si la encontráis. Decidme sin tapujos si podréis o no hacerlo, o fue sólo lo de ayer un hablar por hablar, porque soy capaz de salir yo misma y no parar hasta encontrarla y traerla conmigo, pues no puedo un día más vivir aquí sola, sin aconsejarme de ella, de lo que tengo mucha necesidad, y de presentarle mi arrepentimiento y de enmendar mi trato. ¿Cómo no lo vi antes? No os preocupéis del dinero del camino, que yo os proveeré de lo necesario, y mirad que tanto me va en ello como la vida.

—Extraña casa esta —respondió alegremente el bachiller, que parecía siempre bien dispuesto a cualquier aventura—. Se diría que he de pasarme la vida entera devolviéndole todos los que de ella quieren alejarse. Pero este negocio me place.

—Cuanto antes salgáis —siguió suplicando Antonia, sin hacer caso de las burlas del joven—, más posibilidades tendréis de encontrarla, o en caso de que se haya partido, de recoger noticias de su partida, sin esperar a que se evaporen en el aire como la memoria de un vagamundo. Y si disteis con mi tío, quizá con un poco de suerte, topéis con Quiteria.

—¿Y si cuando la encuentre no quiere volver? Porque a un loco es fácil engañarle, pero con un cuerdo, si no quiere torcer su voluntad, no servirán todas las razones del mundo.

—Quiteria volverá —arguyó con firmeza la joven—, si

alguien le dice que soy yo quien se lo pide, y que no hay orden en mis palabras, sino un ruego nacido del deseo de volver a tenerla conmigo, porque ella es toda mi familia y yo soy toda su familia para ella, como se ha visto. Y contadle que ya se esfumaron de mi cabeza los humos de mi grandeza pasada, y que he dicho adiós a coches, verdugados y saboyanas, a perlas y perendengues, ella lo entenderá; y que ya sólo espero el día que vuelva conmigo a aconsejarme, y de estarme reposada en mi casa, y que de esperarla tanto vivo en un continuo sobresalto, oyendo a cada paso el ruido de la puerta que se abre con ella.

Prometió Sansón Carrasco a Antonia que se saldría en busca del ama en cuanto entregara a sus padres las cartas que traía de su tío el obispo de Sigüenza, y eso era algo que tenía que hacer cuanto antes, pese a quien pesare.

Pero Antonia sólo podía pensar con su deseo: «¡Ay, si se fijara en mí! —decía—, a mi lado, ¿para qué iba él a necesitar a su tío el obispo y a su padre, el energúmeno?».

Buscaba el bachiller ocasión propicia desde hacía dos días para darles aquella noticia a sus padres, pero todas le parecían malas y a todas les ponía un reparo. Se decía una y otra vez, «a diario pasan por este mismo trago otros muchos, y el mundo no se acaba por clérigo de menos. ¿Qué temo yo?».

Así que después de hablar con Antonia, se llegó a casa y sacando de su maleta la carta del señor obispo, esperó a que se terminara de almorzar. Y cuando le pareció, anunció la misiva, al tiempo que la deslizaba sobre los manteles. Pidió el padre sus anteojos, se los trajeron y principió su lectura recorriendo pausadamente la sala donde se comía. El silencio era grande, subrayado por los pasos del anciano, que retumbaban en el tillado de madera como graves sentencias.

La madre, a quien el hijo había confiado ya su decisión, miraba inquieta a uno y a otro, hijo y marido, esperando de éste el trueno. Y no por esperado asustó menos a la madre, que se estremeció toda ella al oír el primer grito.

—¡Cómo! ¿Y tú te dices hijo mío, ladrón? ¿Ahora sales con que Dios no te ha llamado por ese camino? ¿No podías haberlo sabido antes de que me gastara en ti cinco años de estudiantina, que has comido, vestido y librado en Salamanca la herencia tuya y de tres hermanos más?

Oyó el bachiller aquella descarga con los ojos clavados en el suelo, no porque sintiera lo más mínimo el fuego graneado, sino por parecer respetuoso con la ira paterna.

Contó el padre a su esposa, resumiendo la carta de su hermano, lo que en ella venía, a saber, que el hijo no sólo había tomado la determinación de abandonar los estudios eclesiásticos, que tan buen oficio le aseguraban a la sombra de su tío, sino que había viajado a Sigüenza con el único propósito de arrancar a su pariente aquella carta en la que rogaba a su cuñado y a su hermana le pagaran a su hijo los estudios que aún le quedaban por hacer para salir licenciado y poder emplearse como abogado o en cualquier otro oficio en los que eran menester los estudios de leyes, ya que el muchacho apuntaba maneras. Y viendo que la madre no decía nada, aún profirió atronadoras acusaciones.

—Y vuestra merced, señora, estaba al corriente de esta mudanza, y lo estaba mi señor cuñado. De modo que aquí yo soy el último en saberlo, como marido cornudo.

Pidió tímidamente la madre que no se le faltase al respeto, pero ciego de cólera, el buen viejo profirió toda clase de dicterios, mientras los criados corrían a ponerse a resguardo lejos de la sala, no fuese a alcanzarles a ellos alguna de aquellas temibles andanadas.

Duró la tormenta aún tres horas más, pero finalmente el padre acabó aviniéndose de mala gana al nuevo estado de cosas, y por las súplicas de la madre, que esgrimía la autoridad de su hermano el obispo, se concertó que el bachiller Carrasco saliera del pueblo y volviera a Salamanca, donde esperaba acabar sus estudios en dos años.

Así lo acordaron, pero antes pidió el bachiller licencia a su padre para cumplir la palabra dada y salir a buscar a Quiteria, tal y como había prometido a Antonia, lo cual era un deber de cristiano. El padre, derrotado por la camarilla que entre su mujer y su hijo parecían haber hecho, se inhibió de todo y encerrado en su estudio dijo que en aquella casa hiciera cada cual lo que quisiera, que no le hablaran de deberes cristianos si no querían verle de nuevo colérico, y que dejaran de molestarle.

El bachiller, que únicamente quería poner tierra y tiempo de por medio, dispuso de Rocinante, ya que su propio caballo se encontraba entonces saliendo de un cólico esparaván que lo había tenido una semana coceando en la caballeriza, y al día siguiente de que se lo pidiera Antonia, a quien comunicó los extremos de la conversación habida con su padre, se salió del pueblo a la búsqueda de Quiteria, con dineros y repostería que le proveyó la sobrina y otros que le dio su madre.

Quedó Antonia en su casa muy triste y muy alegre. Alegre, sabiendo que Sansón ahorcaba la sotana, y triste, pensando que se iría a Salamanca, donde sin duda encontraría a quien desposar, alguna doncella de buena familia, acostumbrada a la vida de la ciudad, con hermosos trajes, carruajes y sirvientas como los tuvo su madre. Sansón, sin embargo, se fue con el ánimo ligero que cabe suponer, porque nada le ponía de mejor humor que dejar su casa y aquel pueblo.

Como no sabía por dónde empezar a buscar, hizo el bachiller en su salida lo mismo que don Quijote en la suya, que fue dejarle las riendas sueltas al rocín, para que éste decidiera por qué punto cardinal empezaría, y como entonces, Rocinante, tan humano, volvió a encaminar sus pasos según costumbre a la misma querencia, y siguiendo ese camino, arribó el bachiller a la venta a la que llegaron don Quijote y Sancho después de la aventura con el vizcaíno, que tan malamente trató al caballero.

Y como lector de la primera parte de la historia escrita por Cide Hamete y Cervantes, reconoció al punto Sansón Carrasco aquella venta, aunque no hubiera hecho falta tampoco haber leído ese libro, porque en el mismo portalón el ventero, un hombre de grandes recursos y muy vivo para sus negocios, había hecho colgar un papelón en el que todos podían leer en letras bien grandes y coloradas: «Aquí posó el verdadero don Quijote de la Mancha».

Se quedó más que admirado el bachiller, y se propuso enterarse de qué quería decir con todo aquello y qué propósito seguía el ventero anunciándolo de ese modo.

Mandó Sansón Carrasco que desensillaran y asistieran a su caballo y envió a llamar al ventero, a quien preguntó por el sentido de aquel extraño aviso puesto en la puerta.

—¿Es vuestro ese rocín? ¿Es vuesa merced de la secta? —preguntó el ventero examinando a Rocinante—. ¿No he visto yo antes ese caballo?

—No sé de qué me habláis —respondió el bachiller.

—Desde hace meses, habréis de saber que esto empieza a convertirse en un jubileo de quienes se dicen seguidores de don Quijote. Vienen de todas partes en peregrinación buscando el lugar de donde salió el hidalgo, y como los historiadores no lo declaran, dan más y más vueltas, sin saber a dónde dirigir los pasos... Y mientras lo averiguan, aquí suelen quedarse, y buen gasto me hacen. Eso explica lo del cartón de la entrada. Y porque me aseguráis que no sabéis nada de esa cofradía, de lo contrario os aseguraría que el rocín que traéis, y no lo toméis a mal, es de todos los Rocinantes que han pasado por aquí, el que más se le parece.

Y seguía el ventero estudiando a Rocinante y haciendo muecas de desconfianza.

—¿Seguro que vos no venís buscando a don Quijote?

Antes de responder, se le pasaron por la cabeza a Sansón Carrasco los perjuicios que podrían sobrevenirle si le contestaba la verdad a aquel hombre, a saber, que no sólo era de la secta, sino que había sido muy amigo del caballero, y quien lo había vencido en las playas de Barcelona. Y eso, sabido por el ventero, le daría pie a preguntarle el nombre del lugar del que eran, y tendría que declarárselo, con lo cual vería lleno su pueblo de impertinentes y otros más locos que don Quijote, que lo tomarían como a los Santos Lugares, en busca de reliquias.

—De veras, no sé de qué secta me habláis —respondió el bachiller— ni quién es ese tal don Quijote ni lo he oído nombrar en todos los días de mi vida, aunque también soy manchego. Yo vengo buscando por estos caminos a cierta persona que me importa, y no sé nada de don quijotes ni demás sectas y herejes.

—Pues es una lástima —replicó el ventero—. Yo lo conocí y puedo aseguraros que era uno de los hombres más locos que he visto nunca y más graciosos, aunque en esa materia nada como abrir una venta al lado de un camino para que os lleguen cada día no uno, sino diez quijotes, a cada cual más extravagantes y disparatados, y si yo me pusiera a ello, compondría cien novelas que dejarían en ripio a esas que dicen que circulan ya con sus historias y en las que al parecer salgo yo también.

—¿No la habéis leído ni habéis tenido curiosidad en hacerlo?

—Ah no, señor. No sé leer, y aunque supiera no creo que lo hiciera, que según tengo entendido, ese hombre se volvió loco justamente leyendo novelas como la suya.

—¿Y dónde se ha visto, señor ventero, que un loco sea una novedad para armar tanto revuelo? Tontos y locos hay en cada pueblo de España, por pequeño que sea, media docena, y no hay más que darle un cuartín a un muchacho para que éste os los vaya mostrando uno a uno, y si le dais medio real, os los podrá descalabrar allí mismo de una buena pedrada, mientras le dice, ¡cantazo al tonto!, ¡cantazo al loco!

—De esa misma opinión soy yo. Y si por locos fuera, en estas tierras hay tantos, que no se podrían juntar en un solo día. Aunque creo que no me habéis entendido, porque yo —dijo el ventero— hablaba de loco, pero no de tonto, porque, según en qué, razonaba don Quijote mejor que yo y acaso mejor que vuestra merced, dicho sea sin ánimo de ofenderle.

Pero como el bachiller Sansón Carrasco no tenía ganas de hablar más de ese asunto, preguntó si querría darle un aposento para pasar esa noche.

—Sí querría, pero no lo tengo. A cuento de don Quijote andan sueltos por los caminos gentes sonámbulas, en su busca, unos, creo yo, para burlarse a su costa, y otros, para sumarse a su hermandad y establecer en la Mancha nueva orden de caballeros, y me han ocupado la casa. Podréis ver esta noche, si os quedáis, lo menos veinte personas cenando...

—Luego quiere decir que al menos podréis darme de cenar —dijo el bachiller.

—Tampoco —le aclaró el hostalero—, pero si traéis algo de comida, por muy poco coste la señora ventera, mi mujer, os lo aviará de mil amores, y podéis luego de cenar quedaros en el pajar, a donde llevaré un camastro en el que podéis dormir lo mismo que en un palacio. Tendréis que compartir esos confortes con una cuadrilla de vendimiadores que van de paso hacia su tierra, después de haber estado trabajando estos meses de atrás por estos contornos, pero a todos los conozco, y son buenas gentes.

—Lo último me conviene, y en ese pajar dormiré, porque ya no son horas de salir por el camino buscando donde pasar la noche, pero lo primero va a tener peor remedio, pues al mediodía di cuenta de la merienda que traía conmigo.

—No habrá nada que no pueda arreglarse en esta venta, señor, y por muy poco dinero os venderán aquí al lado, a media legua, en la tienda de un consuegro mío, con qué cenaros. Dadme dinero, y yo enviaré por lo que más gustéis.

Se concertaron el bachiller Carrasco y el ventero para la cena, y después de eso, el ventero se marchó y quedó el bachiller sentado en un rincón de la cocina que servía al tiempo de hostería y sala.

La venta era un ágora. Había en esa sala lo menos siete caballeros, unos con sus criados y otros solos, y todos ellos discutían acaloradamente a propósito de don Quijote, de cuya vida parecían conocer pelos y señales, más y mejor que el propio don Quijote, Cide Hamete y Cervantes juntos.

CAPÍTULO VIGÉSIMO

—Yo he visto, señores, a don Quijote el otro día, hace tres, en una venta del Campo de Cariñena, no muy lejos de una villa principal que allí llaman La Almunia de doña Godina, y con él me senté a una mesa, como estoy ahora con vuesas mercedes, y hablamos más de cuatro horas, mientras cenábamos unos huevos fritos con torreznos, y puedo aseguraros que no se hallará en todos los reinos de España un caballero tan pulido como él. Iba don Quijote a la referida Almunia llamado por su alcalde. Cuando se enteró este alcalde de que don Quijote se hallaba en la comarca, mandó llamarlo para que juzgase un caso enredadísimo y ya muy célebre que allí se tienen las dos familias principales. Acudió don Quijote, se alojó en la venta donde yo estaba, supe que era él, y al rato ya estábamos conversando. Le bastó saber que yo había leído la primera parte de su historia y que, como él, era un gran partidario de la instauración de la nueva república de los caballeros andantes, para que me tratara con extrema cortesía y me acogiera igual que a un viejo y querido amigo a quien pueden hacerse extremas y bizarras confidencias.

El bachiller Sansón Carrasco, que se había sentado con los demás y escuchaba admirado lo que en la sala se decía, se hizo propósito de no intervenir y dejar hablar a quien ni siquiera sabía que don Quijote llevaba más de tres meses muerto.

Y quien hablaba era un caballero de hasta treinta años, alto, vestido muy ricamente, con jubón acuchillado de ante, camisa y randas a la moda de Holanda y unas botas de camino nuevas, de la misma piel amarilla que el ancho tahalí del que colgaba una espada cuyo trabajo de filigrana hablaba de la importancia de su dueño.

—Porque yo, señores, soy don Santiago de Mansilla y volvía de Zaragoza de ultimar dos grandes negocios, como lo es haber vendido a una señora muy importante de esa villa seis gatos persas enteramente amaestrados por mí, los primeros que nadie haya visto que respondan a la voz de su amo, que se sentaban cuando se les ordenaba y acudían cuando su domador lo exigía, y que eran capaces de hacer otras mil monerías como armar naumaquias, sin temerle al agua, y andar erguidos, como gozques. Y el otro, fue venderle a un vidriero de aquella ciudad el secreto, que yo compré a un turco, de un vidrio que se deja trabajar, como el oro, a martillo, sin quebrarse, templándolo con un zumo secreto, hasta doblarlo. Regresaba, digo, a mi tierra bastante contento y ganancioso. Me paré en la venta, y al ver las trazas de don Quijote, tan bien descritas en el libro de sus historias, y comprobar que le acompañaba un escudero que respondía por el nombre de Sancho Panza, me acerqué y le pregunté si en verdad eran uno y otro quienes yo suponía que eran. Me preguntó quiénes creía yo que eran, y cuando lo supo, me respondió: «Gentilhombre, antes debéis decir con qué don Quijote queréis hablar, porque habéis de saber que hay ahora andando por el mundo, que yo sepa, otro don Quijote, y no descarto que pudiera haber un ciento, porque la fama de mis hazañas está incitando a mis envidiosos enemigos, los cuales se encargan de sembrarlos por todos lados, allá donde voy, suplantadores que dicen ser yo, no siéndolo, y éstos cometen tales desaguisados y tantas aventuras pueriles que malo será que no me tengan todos no ya por loco, como a veces he oído motejarme, si no por rematadamente tonto. De modo que si el don Quijote que decís conocer, lo conocisteis en el libro de Miguel de Cervantes, que lo tradujo del verdadero historiador de nuestras aventuras, el moro Cide Hamete, entonces aquí lo tenéis en vuestra presencia. En el caso de que lo hayáis conocido en uno de un tal Avellaneda, que Dios confunda, o en cualquier otro, que no dudo se habrá impreso, a tal cota llega ya mi fama, os diré que de mí no sabéis absolutamente nada, o peor aún, que lo que conocéis es tan contrario a mi naturaleza y mi temperamento, que incluso es posible que esas patrañas os estorben tanto, que os será difícil desterrarlas de la cabeza, que por eso se ha dicho aquello de que calumnia, que algo queda». Y así lo confirmó el escudero que llevaba con él, y que no podía ser otro que Sancho Panza, quien en un minuto llovió tales gracias, como no las hubiera soñado ni muerto el tragón, tagarote y borrachín que sale en el del autor tordesillesco. Les confesé yo entonces que no conocía su historia sino por la de Miguel de Cervantes y que no sabía de qué otras me hablaba, aunque en eso le mentí, por no enfadarle, pues también he leído la de ese Avellaneda, y entonces pasó a referirme con harto dolor todo lo que los magos encantadores hacían por desbaratar sus hazañas y confundir a quienes pudieran honrarle por ellas. Me preguntó a continuación quién era yo, se lo declaré, así como el negocio que me había llevado a Zaragoza, y se dolió mucho de no ver a mis seis gatos, porque, dijo, eso iba a ser cosa notable. Luego tornó a preguntarme qué derrota iba a tomar, y como le dijera que íbamos mi criado y yo de vuelta a nuestro lugar y que éste no se hallaba lejos del Toboso, pareció encandilarse todo él. Después de algunos requilorios me preguntó si yo querría llevarle una larga epístola a su dama, la famosa princesa Dulcinea, encantada ahora al parecer en forma de grosera campesina. Le dije que yo haría eso con sumo gusto. Pidió al ventero si por casualidad había en la casa recado de escribir y un poco de papel, de todo lo cual le proveyó un alguacil que también posaba esa noche en la venta, y se apartó de nuestra compañía. Dos horas se encerró en su aposento y cuando a punto estábamos de retirarnos a descansar, volvimos a verle. Traía don Quijote una larga epístola. La agitaba en el aire como un ventalle, por secar la tinta, todavía fresca, y pudimos ver todos que había enjaretado en ella unas octavas de las llamadas reales, que allí mismo nos leyó a todos, maravillándonos de que un hombre tan esforzado con las armas fuese al mismo tiempo tan consumado y cumplido con las musas.

Estaban oyendo hablar a don Santiago, además del bachiller, dos caballeros y un comerciante en campeche y cacao de Soconusco, así como los criados de todos ellos que, sentados en un rincón, se distraían a veces de esa conversación de la que nada entendían, hablando de sus asuntos.

De los caballeros, uno era un hombre de hasta doce pies de alto, de porte grave, vestido con muy elegantes ropas, un coleto de ante sobre un jubón bordado con hilos negros y perlas, y un bohemio de pelo rojo que no se había quitado, porque el día andaba frío, y tampoco le había quitado el ojo en todo el tiempo que habló don Santiago. Cuando vio que éste había terminado de hablar, dijo:

—Mi nombre es don Álvaro Tarfe y os he escuchado, don Santiago, con sumo interés, en cuanto oí el nombre de don Quijote. Vengo de Granada, mi patria y la de mi linaje, que es la de los moros Tarfes de Granada, y voy a Madrid dos veces al año, porque en la Corte se siguen mis negocios y es cosa que me conviene. No hace todavía un año, pasando por Argamasilla de Alba yo y otros cuatro caballeros principales, camino de unas justas de Zaragoza, conocimos a quien se hacía llamar Alonso Quijada o Quijano, conocido también como don Quijote de la Mancha. Era este don Quijote uno de los hombres más descomunales que conocí y su escudero uno de los más glotones y dignos de lástima entre los de su género. Vimos enseguida que el tal don Quijote era alguien que había perdido el seso, creyendo ser un caballero andante, y su escudero no le andaba a la zaga. Por no relatar ahora todo el rosario de las aventuras que protagonizaron aquellos dos sandios, abreviaré diciendo que nos acompañaron a Zaragoza, que luego les perdí de vista y que al cabo de un tiempo volví a encontrármelos a ambos en Madrid, a donde tenía que ir, como he dicho, con harta frecuencia. El paso del tiempo no había mejorado mucho el estado de aquel hombre, que se hacía llamar el Caballero Desamorado, porque ya nunca pensaba enamorarse de nadie, habida cuenta de la mala fortuna de sus amores. Y así fue como, antes de partir a Córdoba, a donde yo iba, lo dejamos encerrado en la casa del Nuncio de Toledo, con otros locos, donde se mejorara y procurase su cura, y se le pasase esa porfía de creerse don Quijote de la Mancha, del que, sin duda, también había sabido leyendo el libro de Cervantes, del que yo entonces, por cierto, no tenía noticia, como tampoco del verdadero don Quijote. Pasó un tiempo y quien supo y pudo contar aquellas nuevas aventuras de don Quijote, se las contó a un amigo suyo, un hombre del que nada puedo decir por el momento, gran enemigo de Cide Hamete, de toda la nación morisca y de Cervantes, recopilador éste de la primera parte de las aventuras de don Quijote. Y le contó el caso de aquel hombre que se había vuelto loco y dio en creer que era un caballero andante que se llamaba don Quijote, que a su vez era un loco que se creía cuerdo. ¡Rara querencia! Este enemigo, que dio en llamarse Alonso Fernández Avellaneda, envidioso de la fama y dineros que con la primera parte había logrado Cervantes, hizo cuento con una segunda historia, y presentó como verdadero lo que era falso, y allá salimos todos los que nos emparejamos con el caballero y su escudero camino de Zaragoza, en libro que ha visto la luz hace algo menos de un año en Tarragona. El libro nos dejó a todos suspensos y apostábamos unos y otros si le habrían o no de responderle a Avellaneda Cide Hamete o Cervantes con nuevas y más insólitas y nunca oídas aventuras, y ahí habría acabado mi cuento de no haber sido porque no hace ni cuatro meses, volviendo a mi tierra granadina, me encontré en cierto mesón a un caballero y a su edecán. El caballero era un hombre alto, delgado, triste...

Se interrumpió aquí don Álvaro Tarfe para beber un poco de vino y seguir con un relato que a todos, incluidos los criados allí presentes, tenía encandilados.

—El espolique —prosiguió don Álvaro— era un hombre rudo y atezado, de zancas largas y mirada triste. El amo, ya he dicho, más que hombre, efigie depurada de sí mismo. Oyó este caballero mi nombre y quiso saber si yo se lo confirmaba, porque, me confesó, era cosa que le importaba saber. Me preguntó luego si yo había conocido a don Quijote de la Mancha, y así se lo confirmé, diciéndole que era gran amigo mío y que yo lo llevé a ciertas justas que habían tenido lugar en Zaragoza, y que no hacía todavía ni un año que lo había dejado en la casa del Nuncio, en Toledo. Me escuchaba con atención el caballero, estudiando mis palabras, mis ropas, mis ademanes. Y después de sopesar estos detalles, quiso saber si ese tal don Quijote y él tenían en común algún parecido. Yo le dije que no, por cierto, y que en nada se parecían. Preguntó también si ese don Quijote traía consigo un escudero llamado Sancho Panza. Y sí traía, le dije, y le confirmé que aunque tenía fama ese escudero de gracioso, nunca, la verdad, le había yo oído ninguna gracia. El criado que acompañaba a este caballero, y que nos había oído departir sin abrir la boca, se metió en ese preciso momento en nuestro coloquio y confirmó que seguramente así era, porque no todos pueden ni saben decir las gracias, y que aquel hombre debía de ser un grandísimo bellaco, y un frión y un ladrón juntamente, porque el verdadero, único, irrepetible y contrastado Sancho Panza era él, de la misma manera que el verdadero, famoso, valiente, discreto, enamorado, desfacedor de agravios, tutor de huérfanos y pupilos, amparo de las viudas y rompecorazones de doncellas, el que tenía por única señora a la sin par Dulcinea del Toboso, era el allí presente don Quijote, y que no había en el mundo ningún otro sino aquél, ni ningún Sancho más que él mismo. Lo confirmó el caballero, y lo rubricó con una gran cabezada: «Así es, don Álvaro, no hay otro yo en el mundo». Mi sorpresa fue tan grande como mi contento, pues me di cuenta allí mismo, sobre la marcha, que aquellos eran los genuinos, los destilados de la verdadera cepa, los inconfundibles don Quijote y Sancho, porque en aquellas cuatro razones había más gracias que en todas las que le había escuchado a los otros dos en tantos días. Y dejé hablar a mi corazón, y le pedí excusas, porque los mismos encantadores que perseguían a don Quijote el bueno habían querido perseguirme a mí con don Quijote el malo, y le encarecí diciendo que sólo deseaba que a éste no le soltaran en todos los días de su vida de la Casa del Nuncio de Toledo donde le dejé con los loqueros, y di gracias al cielo de haberme permitido conocer a don Quijote el auténtico, a don Quijote el bueno. Me dijo entonces: «Yo no sé si soy bueno, pero sé decir que no soy malo; para prueba de lo cual quiero que sepa vuesa merced, mi señor don Álvaro Tarfe, que no he estado en Zaragoza en todos los días de mi vida; es más, al enterarme de que ese don Quijote fantástico se había hallado en las justas de esa ciudad, no quise yo entrar en ella, por sacar a las barbas del mundo su mentira; y así, me pasé directamente a Barcelona, archivo de la cortesía, albergue de los extranjeros, hospital de los pobres, patria de los valientes, venganza de los ofendidos y correspondencia grata de amistades firmes, y única en sitio y en belleza. Y, aunque los sucesos que en ella me han sucedido no son de mucho gusto, sino de extrema pesadumbre, los llevo sin ella, sólo por haberla visto. Finalmente, señor, yo soy don Quijote de la Mancha, el mismo que dice la fama, y no ese desventurado que ha querido usurpar mi nombre, honrarse con mis pensamientos y decorarse con mis hazañas. A vuestra merced suplico, por lo que debe a ser caballero, si no le importa hacer una declaración ante el alcalde de este lugar, de que vuestra merced no me había visto en todos los días de su vida hasta ahora, y de que yo no soy el don Quijote impreso en esa segunda parte tarraconense, ni este Sancho Panza mi escudero es aquel que vuestra merced conoció». Y eso hicimos. Después de comer se llegó el alcalde de aquel pueblo al mesón, y delante de él certifiqué que aquel caballero no era de ningún modo el don Quijote de la Mancha que andaba en la *Segunda parte de don Quijote de la Mancha*, compuesta por ese tal Avellaneda, y así lo proveyó el alcalde jurídicamente. Esa misma tarde partí hacia mi tierra. Apenas habíamos estado juntos unas horas, pero bastaron para sacarme de un error tan señalado. Y aún recorrimos juntos esa jornada un buen trecho del camino, y en ese poco espacio me contó don Quijote del encantamiento de Dulcinea y del remedio para desencantarla, que fue que hubo de darse Sancho Panza tres mil trescientos azotes, y de la desgracia de su vencimiento en Barcelona, a manos de un caballero que le había impuesto la penitencia de no volver a armarse ni a salir de su lugar en un año, a donde iba a recogerse. Y aquí es a donde quería llegar con esta larga historia, don Santiago. Y es que no creo que el don Quijote que vos habéis asegurado encontrar en La Almunia de doña Godina sea el verdadero don Quijote, pues creer que este caballero torcería un juramento dado, sería pensar lo imposible. Más bien creed que a quien visteis será el que yo conocí en muy mala hora para mi infortunio, que lo hayan soltado de la Casa del Nuncio, teniéndolo por cuerdo, o que, como sospecho, se haya escapado, y ganas me dan de correrme hasta La Almunia, darle caza y volverlo a recluir, aunque sólo sea por que no vaya por esos mundos emporcando el nombre de alguien a quien no llega a desatarle la loriga. Y como creo que no debo de andar muy lejos de donde creo tiene su pueblo el verdadero don Quijote de la Mancha, porque muy cerca de aquí nos despedimos la primera y única vez que nos vimos, tentado estoy de salir al encuentro del verdadero y advertirle de lo que pasa, para que transcurrido el plazo de su penitencia, vaya en busca del falso que le suplanta, lo rete, lo venza, y sin piedad le traspase la lanza entre los ojos, como solían hacer Héctor, Aquiles y cuantos pelearon al pie de las murallas de Ilión con sus enemigos.

Quedaron los presentes muy asombrados con aquellas aclaraciones de don Álvaro Tarfe, que recibieron con murmullos de aprobación, y permanecieron pendientes de lo que dijera don Santiago Mansilla. Pero el joven de la espada de filigrana no acertaba sino a un mirar torvo y a un mascullar razones inaudibles.

Aunque nadie se asombró tanto como el bachiller Sansón Carrasco. Oyéndose nombrar como el caballero del vencimiento de don Quijote, dio por bueno y fiel todo el relato de don Álvaro. Conocía también la existencia de aquel segundo libro con el falso Quijote por el propio y verdadero don Quijote que así se lo había confesado a su vuelta, con todas las demás historias a las que se acababa de referir don Álvaro Tarfe, y a éste pensó enterarlo discretamente luego, en un rincón, de quién era él y cuál había sido el fin de don Quijote. Pero no quiso privarse de hacer algunas preguntas al joven don Santiago, para tratar de adivinar a quién había visto él en La Almunia y qué propósitos le movían a ése con tal de usurpar un nombre que no era el suyo.

—Ah, caballeros, cuánto gusto recibo en oíros hablar como lo hacéis...

Todos miraron a aquel joven que aún vestía de estudiante y a quien habían visto entrar hacía un rato. Sansón Carrasco se vio en la obligación de declarar quién era, no diciendo lo que de don Quijote sabía él, y no temió dar su verdadero nombre ya que en la primera historia circulante no aparecía y nadie podría, por consiguiente, reconocerle.

—Me llamo Sansón Carrasco y vengo buscando a cierta persona que se partió de mi lugar hace algunos días, para darle un mensaje en que ha puesto la vida una amiga suya. También yo he leído, amigos, el libro del primero y verdadero don Quijote y lo que sé del segundo, lo sé de oídas. El primero lo encontré sumamente entretenido e impar, como no se ha escrito otro igual en nuestra lengua, y del segundo nada puedo decir, porque como acabo de aclarar, no lo conozco. Pero si lo que don Álvaro ha dicho es verdad, y no lo pongo en duda, y lo dicho por vos, don Santiago, también lo es, sólo puede querer decir que hay ahora sueltos por el mundo dos don Quijote, uno bueno y otro malo, y siendo así que el bueno está recluido en su lugar cumpliendo la penitencia, es el malo quien anda por ahí usurpando su nombre y poniéndole a su nombre andanzas que no merecerían ser tales, sino verdaderas malandanzas. Ahora bien. Pensemos seriamente esta cuestión. Si don Quijote el bueno es quien yo creo que es, no puede haberle vencido nadie ni él se dejaría. De modo que ese que dice haberse retirado descabalgado a su lugar no debía de ser sino el malo, y el que sigue cabalgando no ha de ser sino el bueno. Por eso querría saber, don Santiago, ¿dónde exactamente aseguráis que visteis a don Quijote? Porque si no me desvía mucho de mi camino, allí iré yo por verlo y entrar en el número de quienes se rozaron con su persona. Yo, pues, me declaro del partido de don Quijote visto por última vez en La Almunia de doña Godina.

Don Santiago, aturdido por las palabras de don Álvaro pero enardecido por las del bachiller, cobró el aliento y animó al bachiller a que emprendiese ese camino en busca de don Quijote, y dijo:

—Es todo muy extraño, don Álvaro. Y ahora os diré por qué. Y vos, señor Carrasco, hacedlo, id en su busca, de lo que recibirá don Quijote mucho contento, y sabed que a quien vais a encontrar es al bueno y no al malo. Y decidle también que os cruzasteis con don Santiago de Mansilla la víspera de la entrega de su carta, ya que según tengo entendido ese pueblo llamado del Toboso está muy cerca de aquí.

—Y contadnos, ¿cómo le habéis encontrado de salud y de ánimo? —volvió a preguntar malicioso el bachiller.

—De lo primero, algo achacoso, por los duros trabajos que dice llevar adelante, pero de lo segundo nadie podría hallar un caballero más espumoso en medio de sus melancolías que él, ni a nadie más hablador ni tan entretenido, y tampoco menos presumido y ufano, pues aunque en todas aquellas comarcas había quienes conocían sus historias, jamás se le veía sacar provecho de ninguna, al contrario que los soldados fanfarrones, ni aumentaba hablando de ellas la calidad o cantidad de sus enemigos por sobresalir de ellos en sus victorias, antes al contrario, gustaba referirse sobre todo a aquellas otras ocasiones en las que las circunstancias y los encantadores le habían jugado la mala pasada de confundir sus enemigos con molinos de viento o con rebaños de ovejas, sin que él pudiera adivinar el modo de contrarrestar tales ilusiones malignas, y atended, don Álvaro, porque aquí viene lo que al principio tanto me ha desconcertado de toda vuestra historia. Porque entre las cosas de las que le encontré quejoso a don Quijote fue, en efecto, de ese sosias que le ha salido, y al que habéis aludido, y que va emparejado por el mundo con otro Sancho haciendo sandeces y ensartando aventuras tales y tan desustanciadas que ni están sustanciadas en razón ni en el ingenio, ni en el valor ni en la audacia, ni en el ideal ni en la fe, sino en la pura y llana tontería. Y me dijo, en efecto, que ese don Quijote mendaz que iba por el mundo usurpando su nombre era el mismo que había historiado el tal autor tarragonino. Pero que él era el único y verdadero don Quijote de la Mancha de quien habló Cide Hamete Benengeli y que dio a conocer el señor Cervantes en volumen ya famoso, como habría de serlo la segunda y verdadera historia de sus hazañas, cuando se publicara.

No pensaron ni el bachiller Carrasco ni don Álvaro que las cosas fuesen a ponerse de ese modo, ni que fuera don Santiago un consumado embustero, de modo que sólo preguntando pensó nuestro bachiller que llegaría a menos movedizas verdades, y así quiso saber igualmente si en las pláticas que había mantenido don Santiago con don Quijote, le había mencionado éste el lugar de donde era, y la gente que en él había dejado, entre otras, sobrina y ama, y una hacienda que había de ser abultada para permitirle llevar esa vida ociosa, y si se había acordado de preguntarle la razón por la cual el autor de su historia no quiso acordarse del lugar de donde había salido para alcanzar eterna fama.

—Nada me dijo de ese nombre ni a mí se me alcanzó a preguntárselo, pero sí mencionó todo el tiempo perdido en tal lugar, lamentándose de no haberlo abandonado mucho antes, cuando aún era mozo, dejando para la vejez trabajos que quizá debería haber acometido de joven, y así yo diría que se le veía con una sed infinita de aventuras, temiendo que su tiempo era breve, y que sabido eso, no le quedaba mucho que perder. Y ahora que aludís a ello, de nadie de los de su pueblo habló, ni tampoco de su familia. Nunca mencionó quiénes son o fueron sus padres ni el ama ni la sobrina, que aparecen en la relación de sus hechos. Se diría que sólo le preocupaba su vida andantesca, como si hubiese empezado a ser persona únicamente en el momento en que salió de allí, y no antes. Un hombre con dos vidas. Una, antes de hacerse caballero, de la que poco o nada recordaba o de la que nada tenía que decir; y otra, aquella que llevaba a la sazón, la buena, la breve, la penosa, la difícil vida de los caballeros andantes.

Ya las palabras de don Santiago habían encendido una controversia, y la reunión se tajó en dos, partidarios de un don Quijote y de otro, como de una cuestión teológica, con argumentos que hacían buenas las dos verdades, cosa imposible, porque sólo una de las dos podía serlo, si acaso no eran las dos mentira.

Se refirió a continuación el encantador de gatos a la relación que entre don Quijote y Sancho tenían.

—Yo creía —prosiguió don Santiago, cuando se hubo apaciguado el concilio—, por lo leído, que el caballero don Quijote no siempre era considerado con su escudero, y que se pasaba el día reprendiéndole y amonestándole, y mandándole callar y corrigiendo sus palabras y sus modales, y que el escudero unas veces de grado y otras con disgusto, acataba tales trepes con la sumisión de un buen criado. Pero se diría que ahora llevan su suerte a la par, más como compadres de la misma milicia que como señor y vasallo, y parece que hablan los dos de las mismas cosas y comparten los mismos puntos de vista, como si don Quijote hubiera contagiado su locura a su escudero, y éste todo su buen sentir y decir al caballero, de modo que si ya en la primera parte que conocemos confortaba y entretenía asistir a sus coloquios, ahora embelesan de tal modo que yo les pondría a decir lo que quisieran y a hablar de lo primero que se les viniere a las mientes, porque todo parecen ellos resolverlo a las mil maravillas.

Aquellos embustes de don Santiago (porque no podían ser sino embustes, ya que él, Sansón Carrasco, había enterrado al verdadero y único don Quijote, y la broma de que hubiesen enterrado a un don Quijote falso ni siquiera la imaginaba el bachiller, por no tener que admitir que en ese caso él mismo sería igualmente un Sansón Carrasco apócrifo), todas aquellas mixtificaciones admiraron y divirtieron al bachiller. Y puesto que siendo tan discreto y gentil el caballero al que se refería don Santiago, no podría tratarse del necio don Quijote avellanado, ni de don Quijote el bueno, por haber muerto, supuso el bachiller que algunos imitadores guasones habían salido por broma y diversión a correr la tierra vestidos en tales disfraces, y con ánimo de tal perfección que se podrían comparar en eso a los comediantes capaces de imitar a la perfección voces y semblantes de gentes conocidas, pareciéndose a los verdaderos más que los verdaderos mismos. Y sin embargo hubo algo que le dejó pensativo al bachiller, y fue que todo lo que acababa de declarar don Santiago de cómo se comportaban don Quijote y su escudero, de cómo al caballero el vencimiento le había vuelto más cuerdo y cómo la retirada le había vuelto más loco al escudero, animando a su dueño en la quimera de llevar vida pastoril, todo aquello él podía darlo por bueno, pues los días que mediaron entre su regreso y la muerte de don Quijote así habían pasado.

Por ver a dónde llevaba todo aquello y qué patrañas se inventaba, siguió el bachiller Carrasco preguntando al alcarreño:

—Y, mi señor don Santiago, puesto que habéis tenido la suerte de tratar a don Quijote en La Almunia de doña Godina no hace ni siquiera una semana, y aunque sólo fuera durante una noche, ¿podéis decirme si os ha contado las nuevas aventuras que han sucedido y que sin la menor duda veremos pronto en libro, como salieron las otras y el propio don Quijote da por hecho?

—Algunas os referiré, y con mucho gusto, que nada me lo da tanto como tratar de esas cuestiones —respondió el hombre—. Pero ya os dije que no se hallará caballero más discreto ni menos vanidoso que él, y si se le pregunta por sus aventuras, se limita a guardar silencio, por no dar a pensar que se envanece o alardea de sus conquistas, y es entonces Sancho Panza quien las refiere, y son en verdad increíbles de no saberles a los dos incapaces de mentir. Y así nos contó el escudero no sólo las aventuras de su primera salida, sino muchas recientes, como que acababa él de dejar, en un lugar llamado Barataria, la gobernación de una ínsula que le proporcionó un duque, admirador de su señor don Quijote, que a los dos, a amo y escudero, los había tenido a mesa y mantel por más de tres semanas alojados en su castillo como a verdaderos príncipes.

Fue oír eso, y el bachiller Sansón Carrasco, que conocía como todos en el pueblo esas nuevas, saltó de la silla y se puso en pie, pues si aquel hombre era un farsante declarando que acababa de encontrarse con don Quijote en La Almunia de doña Godina, cuando era bien patente y notorio que había muerto hacía tres meses y los mismos llevaba enterrado, no lo era en absoluto declarando que Sancho había sido gobernador, cosa que sólo podía saber de primera mano o por quien conociera tales hechos. Y el mismo efecto hizo tal revelación en don Álvaro Tarfe, que había oído referir aquella aventura insulera de labios del propio Sancho. ¿Se habría publicado acaso la segunda parte del verdadero don Quijote y andaba ya por ahí, y ellos no lo sabían? ¿Habría llegado a manos del apócrifo y marfuz Quijote tordesillesco un ejemplar de las nuevas aventuras y se había apropiado de las segundas, como sin escrúpulos se apropió de las primeras, y se habría salido al campo, escapándose de la Casa del Nuncio?

De cuajo se le arrancaron las ganas de diversión al bachiller Carrasco, y si alguna de sus burlas y enredos había imaginado para desengañar y correr a don Santiago, se lo pensó mejor. Se dijo: «Aquí hay industria, y no acierto a ver de qué clase; o engaño, y no sé con qué objeto, porque a nadie beneficia; o ha querido el cielo, y tampoco se me alcanza a descubrir la razón, propalar la enfermedad de don Quijote y contagiar con ella a todos los desdichados de la tierra», y así se atrevió a preguntar Sansón Carrasco, con mucha menos pompa y más grave continente:

—¿Y decís, señor don Santiago, que al fin Sancho ha logrado su ínsula y que ya obtenida ha renunciado a ella? ¿Cómo puede ser una cosa así, después de lo que penó por alcanzarla?

—Yo no sé sino lo que él me dijo, que el gobierno no era para él y que más había nacido para ser libre que para sujetarse y quitarles la libertad a los demás, como quería quitársela de comer a su gusto un tal doctor Tirteafuera, que lo mantuvo en tan estrechas hambres mientras duró su gobierno que a punto estuvieron de llevárselo consumido al otro mundo, y que no sabía si se llamaba Tirteafuera de suyo, por ser del lugar de ese nombre, o porque se pasaba todo el día estorbándole, cada vez que le presentaban un manjar, con un tirte afuera, o sea, un quita allá.

Se quedó pensativo Sansón Carrasco dándole vueltas en la cabeza a todas aquellas cosas que acababan de relatarse, sin ganas ni siquiera de seguir lo que había empezado como un vaniloquio y era ya cuestión de metafísica, y por temor acaso de estar en un coloquio con el mismo Satanás, conocedor de tantas cosas ocultas e imposibles, guardó silencio.

Entró en ese momento el ventero con un cofín lleno de higos, y le anunció al bachiller, y a todos los presentes, que sus cenas estaban en camino, y ni siquiera había terminado de decirlo, cuando vieron aparecer a la criada que traía una gran fuente, lo que fue recibido por todos los presentes con patente alborozo, menos por Sansón Carrasco, que se quedó mudo por la sorpresa de reconocer en aquella sirvienta al ama Quiteria.

Al ver al bachiller, a punto estuvo ella de que se viniera al suelo la fuente en la que humeaban media docena de manos de vaca. Se llevó disimuladamente el bachiller su dedo índice a los labios, dando a entender al ama que no descubriese quién era, y por gestos la hizo saber que de allí a un rato, cuando pudieran encontrar mayor sosiego, hablarían a solas.

Y puestas las cosas en aquel término, dudó el bachiller Sansón Carrasco durante la cena si declararle a don Álvaro Tarfe con la mayor discreción quién era o no, así como la muerte de don Quijote. Porque las verdades que creyó oírle referir quedaban en entredicho con las mentiras oídas a don Santiago, y amigo de burlas como era, empezó a sospechar que quizá fuera todo una combinación para reírse a su costa. Había oído allí tantas verdades y mentiras por junto y al revoltillo, que si unas cosas le admiraban, otras le ponían en guardia.

Vio el joven Carrasco al caballero granadino trasegar en silencio su cena, sin hablar con nadie, pensando acaso en todo lo que se había hablado, y si por un lado le resolvía a desvelar quién era el hecho de que no tuviese a don Quijote por alguien que había quebrantado un juramento, no haciendo con ello honor a su nombre, por otro, el buen juicio le aconsejaba quedar tapado en aquella reunión y que no le tuviesen a él mismo por otro de aquellos orates que al parecer empezaban a multiplicarse por la Mancha con los propósitos más pintorescos, como era bien notorio por las muestras que en aquella venta se habían dado a conocer. Meditaba: «Si le digo que don Quijote ha muerto, el honor de mi amigo habrá quedado a salvo, y no irá contando don Santiago por ahí que conoció una vez al verdadero don Quijote, y que éste resultó más falso que el primero; pero me tendría a mí por loco, y no está claro que me creyese, puesto que parece cierto que él en La Almunia ha estado con un don Quijote que él tiene por verdadero, con lo cual seguirá asegurando que el don Quijote bueno, el mío, el nuestro, el que se nos ha muerto, era tan malo como el malo; y si no digo nada, mi reputación no habrá sufrido nada, pero habré consentido que la fama de don Quijote empiece a resquebrajarse y acabará viniéndose abajo como una pared apandada».

Se encomendó el bachiller a que don Álvaro acabara leyendo la segunda verdadera historia, cuando fuese publicada. «Cuando se publique —pensó el bachiller—, estará en ella recogido lo sucedido esta noche en esta venta, y la verdad saldrá sin menoscabarse ni menoscabar a nadie, dejando a cada uno de nosotros donde cada cual ha querido ponerse o donde le puso la Providencia», y de ese modo decidió no decir nada a nadie sobre sí mismo y de cómo él, sí, había sido no sólo amigo verdadero de don Quijote, sino quien le había vencido en Barcelona.

Terminaron de cenar los caballeros, se dieron las buenas noches, los que tenían aposento se recogieron en él y el bachiller esperó a que la casa se quedara sosegada para hablar con el ama.

El fuego languideció, y de blandones, velones y candiles sólo permanecía encendida una pequeña candileja, en un vaso de barro, sobre un generoso lecho de aceite.

Apareció Quiteria secándose las manos en el mandil.

—¿Qué hace vuesa merced tan lejos de nuestro lugar y por qué no me ha permitido que le hablara sino a hurto? ¿Huye acaso?

—No huyo, tú eres la huida y vengo en tu busca —declaró el bachiller—. Mañana te vuelves conmigo al pueblo. Y no quería que me descubrieras, porque ya has visto el revuelo que ha organizado nuestro buen don Quijote, que se diría que por allí donde ha pasado o a donde llega su historia escrita, levanta los cascos de la gente y les hace disparatar tanto como disparató él.

—No lo sabe vuesa merced bien, que ni Guadalupe tiene tantos peregrinos como locos llegan a esta venta tras el husmo de mi señor.

A continuación pasó a relatarle todas las razones, sin olvidar palabra, que le había encomendado Antonia que le dijera, los agravios de toda una vida y el desabrimiento que se traía con ella la muchacha desde que había desaparecido.

Quiteria se desbordó llorando con tanto ahínco que se hubiera dicho que llevaba todo aquel tiempo de su fuga esperando un momento favorable para poder hacerlo. Sansón Carrasco dejó que se desahogara, mientras se enjugaba las lágrimas con la punta de la saya. Cuando al fin recobró el aliento, dijo:

—No puede ser. Aquí me quedaré, yo ya no puedo volver, y si lo hiciera, me moriría. Mi intención era llegar hasta Sevilla y buscar el modo de llegar a La Asunción de Perú, pero al pasar por esta venta, me enteré que con todo este trajín de mi buen señor Quijano, necesitaban quien les ayudara a asistir tanto bureo. Sabido esto, hablé con el ventero, el ventero con su mujer. Me preguntaron si estaba limpia, les dije que sí. Volvieron a preguntarme cómo era que andaba sola por los caminos, sin maleta ni alforja, y les dije la verdad, que me había pasado la vida sirviendo en la casa de un hidalgo que acababa de morir. Dios mío, y si mi amo supiera de qué hidalgo se trata, me pondría en un cadalso para que me vieran bien de lejos, como atracción de feria. Le dije que no venía huyendo, sino buscando ganarme el sustento, y que era cierto que no traía maleta por pobre, a lo que me dijeron que no sabían ellos que los pobres trajeran una borrica tan buena, y quisieron saber si la había robado, y les dije que no, y que en la primera ocasión que se me presentara, mandaría por alguien que la tornase. Y quisieron saber si era a mi familia a quien había que tornarla, y dije que no, porque no tenía familia.

—¿Y en eso dijiste la verdad, Quiteria? —le interrumpió el bachiller—. ¿No tienes familia en Hontoria, no fuiste precisamente el día de tu fuga a verla? ¿No te ha dicho cien veces Antonia que tu casa es la suya, y que allí debías de quedarte?

—Si lo piensa, y no lo piensa, ya me lo habría hecho saber en todos estos años —admitió pesarosa el ama, entre sollozos—. Y vos no podéis hablar, porque no la conocéis. Antonia es mala, caprichosa, cruel, antojadiza, y si con el amo era ya ingobernable, sin él será una tirana. Es avara y nada compasiva. Ninguno de nosotros tiene la culpa de que su madre se muriese, de que su padre huyera y de que la niña no se haya criado en un palacio. Mientras vivió su tío, me obedecía o fingía respetarme. Pero muerto él, ¿qué me espera a su lado? Me han tratado en esta venta con más respeto el tiempo que llevo en ella, que en la casa, donde he pasado veintisiete años, desde que murió mi amo.

—Ahora te ciega el rencor, Quiteria. No hay nadie que sea tan malo como lo pintas, y las personas cambian. Antonia es muy tierna, y está asustada. ¿Y no tienes madre y hermanos en Hontoria? De acuerdo que no quieras volver con Antonia, si tan mal te va con ella; pero vuelve con tu familia. ¿Cómo vas a terminar tú de moza de mesón?

—Allí son tan pobres que ni siquiera podría ganarme el sustento, aun queriendo. Las penas que se le reservan a una mujer sola e infortunada, más vieja que joven, más fea que hermosa, más callada que graciosa, más áspera que dulce, nadie las sabrá nunca del todo. Fui a ver a mis hermanos, es cierto, y a mi madre, y no llevaba pensamiento ninguno, ni de estarme en mi casa ni de ir por los caminos. Sólo quería ventilarme la cabeza. Allí me recibieron los míos con los brazos abiertos, y mi hermano me dijo, ésta es tu casa y si a ella quieres volver, te recibiremos con los brazos abiertos, pero corren malos tiempos y tarde o temprano habrás de buscarte donde ganarlo, porque aquí nos juntamos demasiadas bocas. Y así es la verdad, porque aquélla es casa donde se comen los piojos. Cómo me apenó oírles decir aquello. «He venido con lo puesto —les dije—, y con lo puesto me iré esta tarde. Necesitaba un poco de sosiego. Allá se ha quedado todo lo mío, que me basta y me sobra, porque mi amo don Quijote tampoco se ha olvidado de mí en su testamento.» Y fue cosa triste que los mismos que hasta ese momento no tenían sitio donde tenerme, en cuanto oyeron la palabra testamento, quisieron saber por lo menudo lo que me había dejado, porque no se habrá visto a nadie que lleve mejor cuenta de los caudales ajenos que los pobres. Les dije que quiso mi amo satisfacer el salario que se me debía por el trabajo realizado en todos estos años, y que añadía veinte ducados para que me hiciera un vestido.

—Ah, ya entiendo —exclamó el bachiller—. Ahora se me alcanza la razón de la disputa. Habéis reñido tú y Antonia a cuenta de esa herencia, que no te habrá podido satisfacer, porque no le queda ya en el arca ni un maravedí.

—No queráis saber más de lo que pasó. Jamás disputé con Antonia por un ochavo, ni lo haría. ¿En qué se mejora una desgracia por vestido de más o de menos? El caso es que me dolió saber que en la casa donde no tenían ni cama ni mesa ni plato un minuto antes, se me abrían de pronto todos los aposentos cuando supieron que acaso viniera con dineros. Les dije que me había llegado a Hontoria no para quedarme, sino por ver a mi madre, que me habían dicho que había estado enferma, y cuando salí de mi pueblo, y sin saber por qué, me puse en camino. Ya sólo tenía deseos de alejarme de allí, y por primera vez comprendí muy bien a mi señor Quijano y lo que debió de sentir, porque a medida que iba dejando atrás lo que yo ya conocía, fue algodonándoseme el alma, pues nadie puede ser más feliz que aquel que con libertad hila sus pasos.

—¿Tan mal te trataron en tu casa, Quiteria?

—No me haga decir más de la cuenta ni quiera saber más de lo debido, porque cada hombre ha de llevarse a la tumba secretos que ni harían bien a nadie si los supiese, ni mejorarían en nada, sacándolos de su corazón, a quien los guarda en él. Decid a Antonia que agradezco sus intenciones, pero que aquí me quedo, y vuesa merced no olvide lo que le digo: no es buena esa muchacha y si su tío hizo locuras, las que hará ella dejarán pequeñas las de él, porque las cosas vienen de lejos cuando son graves.

CAPÍTULO VIGÉSIMO PRIMERO

Durmió esa noche el bachiller en el pajar, como tenía concertado, y poco antes de amanecer se levantó con la determinación de llevar consigo de vuelta a Quiteria, con su consentimiento o sin él, por la fuerza o de buen grado, y para ello lo fió todo de su ingenio y de las trazas que se daba para desencadenar en un momento los sucesos.

Encontró sin embargo ya levantada a Quiteria. Le esperaba, lavada su cara y con la borriquilla lista, en el mismo patio de la venta, sentada en un poyo, aguardando que el bachiller la tornara a su lugar. Se había despedido del ventero y de su mujer, que lamentaban perder tan buena borrica y tan bien mandada criada, intrigados tanto por la causa de aquella marcha precipitada, que no quiso referirles, como de su misteriosa y nunca aclarada venida.

—Lo he pensado mejor, señor Sansón —le dijo el ama—. No es ésta vida para una mujer como yo, acostumbrada a gobernarse sola. Si en aquella casa hubo un loco, lo hubo genuino. Por aquí se pasan cada día lo menos diez, y todos falsos. Y esto no ha hecho más que empezar. Si yo contara lo que he visto estos meses. Me quejaba de mi pobre señor Quijano. Éstos hacen de él un Salomón. Lléveme, y disponga el cielo que todos esos encarecimientos de Antonia sean ciertos. Yo la quiero como de mi propia sangre, y no podría ser de otro modo sabiéndola además de la de mi amo. Cuando me ordene, yo estoy lista.

Al rato fueron despertándose los huéspedes y la venta se alborotó con las voces de los que se aprestaban a irse.

Mandó el bachiller a Quiteria que le esperase y buscó a don Álvaro Tarfe, y lo halló vestido de camino y esperando que sus criados le enjaezaran su caballo. Durante la noche, y después de meditarlo, había determinado hablar con él. Quizá esto es lo que a don Quijote le hubiera gustado que se hiciese, se dijo. Se lo llevó a un rincón del patio, y a solas, le habló con reserva:

—Amigo don Álvaro, la vida ha querido ponerle a vuesa merced en dos historias, una buena y otra mala. En una figuráis con un don Quijote falso, pero la suerte quiso que el verdadero os desengañara. No todos conocen la fortuna de tener a mano los dos extremos donde elegir ni dos caminos para desestimar uno. Y la vida es posible que quiera haceros aún parte principal de otra historia más, de la que aún queda por ir a las prensas, mezcla de la buena y la mala, porque todos hemos visto que ni el mal es puro ni lo es el bien, y no hay bien que no tenga un poco de mal, y un mal, otro poco de bien, ni libro tan malo que no contenga algo bueno. No sé quién será el don Quijote que don Santiago dijo encontrar en La Almunia de doña Godina. Podrá ser el que vos conocisteis primero, falso y ordinario, o tal vez otro. No me fío de ese hombre, no me gustó su catadura, esa bizquera y el chirlo sobre la ceja. Las malas imitaciones, y aun las buenas, son mucho más fáciles de obtener que los originales, y un monigote es harto más sencillo de fabricar que un retrato verdadero, de ahí que don Quijote sólo haya habido uno, y a partir de ahora nos vamos a tener que ir acostumbrando a ver una legión de ellos. Y si las de don Quijote el bueno fueron locuras, suyas fueron. Cierto que también la locura suele ser una verdad a medias, y que más fácil es vivir de medias verdades que de una sola entera. Pero la locura de nuestro don Quijote era tan genuinamente suya, tan propia, tan fundamentada, tan razonable y comprensible, tan decantada, que no podemos tomarla como una media verdad, sino como la entera verdad que le llevó a querer armonizar el mundo, amparando a los débiles y sometiendo los desmanes de los poderosos gigantes, follones y malandrines. Y si es una locura arremeter contra unos molinos de viento, no lo es la razón que le movió a ello. Quiero decir, que la parte de locura de su hazaña es como todas las locuras, pero no la parte de razón, que es solo suya, genuina y respetable. Otra cosa es toda aquella injusticia que su afán de justicia iba sembrando por donde iba, aquel defender a quien se azotaba injustamente y a quien, como consecuencia de su defensa, se le redoblaba el castigo, redoblando con ello la injusticia que ya reinaba en el mundo antes que don Quijote interviniera. Y eso fue lo que me llevó a mí a intervenir en su vida, como os voy a contar. Así pues, yo le diría al falso Quijote que vos redujisteis en la Casa del Nuncio en Toledo, o al que por la plana de La Almunia propala la confusión, que no bastan locuras para ser don Quijote, como no bastan refranes y gracias para ser Sancho. A don Quijote le movía su buen corazón y su tristeza, sus ansias de no morir y de llevar esta vida allá donde partiera después de la muerte, así como traer algo de eternidad y de alegría a este mundo nuestro, tan triste, tan pequeño, tan breve. Fue un loco, pero si alguna vez se le recuerda en los tiempos venideros no será por haber embestido a unos carneros o haberse aspado en unos molinos, sino por haberlo hecho creyendo que no lo eran, y sí muy principales enemigos del hombre y de la razón, y sabiendo que no podría vencerlos. En cuanto a Sancho cabe decir que hasta el rabo todo es toro, por usar uno de sus refranes, y aún está él para contarnos lo que crea oportuno, porque no creo que sea hoy Sancho el mismo que era cuando empezó sirviendo a su amo. En fin, don Álvaro, no quiero deciros más. Si don Quijote luchó contra toda evidencia, haced lo propio ahora y no creáis que rompiera su promesa de no salir al campo, como así llevaba propósito de hacerlo, si no fuese que la muerte le tomó por la mano. No sólo no la rompió, sino que se rompió él por la mitad la vida, muriéndose. Don Quijote ha muerto, y muerto sigue, enterrado en su lugar, que es el mío. Recordad mi nombre y buscad la segunda parte de esa historia, que no dudo habrá visto ya la luz, puesto que el falso don Quijote de La Almunia va propagando aventuras de las cuales sólo ha podido tener conocimiento por ella, y para mí tengo que este de La Almunia debe de ser otro que el que vos encerrasteis en la Casa del Nuncio, porque aquél era desamorado y éste, por lo que se ve, es partidario de las cartas misivas y las estrofas líricas. Y no olvidéis mi nombre, Sansón Carrasco, que iba para clérigo y no sabe todavía a ciencia cierta en qué se empleará su lego talento. Si, como me imagino, esa segunda parte está llevada a término con la misma escrupulosidad que la primera, en sus páginas me veréis, pues sabed que fui yo quien venció a don Quijote en las playas de Barcelona, y si Dios nos la da larga, acaso alcancéis a la tercera parte, que yo mismo he de escribir, haciendo la crónica de todos estos sucesos algún día, porque nadie tiene la última palabra de nada ni pueden dos hombres mirar las mismas cosas de la misma manera.

Don Álvaro Tarfe estuvo muy atento a todo lo que el bachiller le contaba, y si al principio pensó que no era más que otro de los muchos locos que habían empezado a llenar los caminos reales de la Mancha, buscándole los pasos como Jasón el vellocino, quiso hacer prueba de ello, y conociendo de labios de don Quijote el nombre del enemigo que le venció en Barcelona, le preguntó ese detalle, y el bachiller le respondió:

—Allí lo vencí llamándome el Caballero de la Blanca Luna. Pero no dejéis de leer esa segunda parte, que ya, como sospecho, ha de andar corriendo por el mundo, porque en ella ha de venir también sin duda el relato de la vez que intenté, con el nombre del Caballero de los Espejos, vencerlo y traerlo derrotado a nuestro lugar. Pero entonces don Quijote venció al Caballero de los Espejos en una lid si no del todo justa, sí honrosa y limpia. Me encontró, me embistió en un mal trance, su lanza me topó con desorbitada furia, volé sobre las ancas de mi caballo y di tan descomunal costalada que me creí muerto. Me levantó la celada y halló el rostro de su amigo Sansón Carrasco, que era yo, de lo que se maravilló lo indecible. Por embromarle le había dicho la noche anterior que ya había vencido en otra ocasión a don Quijote de la Mancha, lo que él, con muy buen juicio y mejor memoria, negó en toda regla, advirtiéndome que a quien acaso yo creí haber vencido era a alguien que teniendo su efigie, fuera, encantado, alguno de sus enemigos, que con el único propósito de malbaratar su fama se dejaba vencer por el primero que pasaba. Y ya estaba dispuesto a traspasarme con la punta de la lanza la garganta cuando mi escudero, vecino del lugar también y compadre del suyo, acudió corriendo para desengañarlo del crimen que iba a cometer, dando en creer que yo sería uno de esos enemigos y encantadores, que pasándose por mí, había querido vencerle. Me perdonó la vida, me hizo jurar que marcharía a presencia de Dulcinea para declarar mi vencimiento a manos de su amador, y me dejó libre con dos costillas rotas y la vergüenza de ser vencido.

Ya habían venido los criados de don Álvaro a decirle que su caballo estaba listo y pagado el ventero, y que sólo le aguardaban a él para partir, pero no quiso hacerlo el caballero granadino sin despedirse encarecidamente de Sansón Carrasco.

—No se me olvidará vuestro nombre y buscaré donde pueda, a la primera ocasión, ese libro. Y ya sólo quiero saber cuatro cosas, brevemente, si gustáis decirlas. ¿De qué, cómo y cuándo murió don Quijote? ¿Y cuál es el nombre de la aldea, por si algún día quiero presentarme en ella para dar los pésames a su sobrina y al ama, y conocer de paso a tantos y buenos amigos como tuvo?

—Murió de melancolía, porque los médicos no le hallaron ningún mal que le acabara; sabed el cómo también, que fue recobrando su cordura, muriendo cristianamente y confortando a su familia y sus amigos, animando a unos y consolando a todos, y el cuándo fue hace tres meses, y allí quedó enterrado en nuestro pueblo. Y para declararos el lugar, os pediré que, mirando el número de locos que allí irían en jubileo antes de que nos diéramos cuenta, debéis jurarme no revelar su nombre a nadie en todos los días de vuestra vida.

Sacudió don Álvaro Tarfe su cabeza, dándole a entender que lo diese por jurado, y allí le dijo el nombre Sansón Carrasco.

—Si alguna vez queréis pasar a hacernos una visita, tendré harto gusto en acompañaros y presentaros a quienes compartieron vida y muerte con el gran caballero. Pero no olvidéis que el nombre de nuestro lugar es hoy mayor secreto que el del Santo Grial, porque depende de ello nuestro sosiego y el no acabar como acabara don Quijote. Y quiero deciros también, para que os asombréis un poco de cómo la vida se encarga de escribir nuestra historia sin esfuerzo, mejor que en la más pintiparada novela, que esa mujer que ahí me espera sentada en el poyo, y que ayer os sirvió la cena, es Quiteria Romero, que fue ama de don Quijote y la persona que tal vez mejor le conociera. Algún día, si pasáis por el pueblo, os contaré su historia, si es que no la leéis antes en cualquiera de los muchos libros que ya estarán ahora imprimiéndose en el mundo con la de don Quijote, en la que por fuerza saldrá entera o a pedazos, como parte principal de ella o como fleco.

No tenía don Álvaro tiempo para quedarse allí sabiendo lo que quizá se supiera a su tiempo, abrazó al bachiller dándole las gracias por tales confidencias, montó en su caballo y celebró que, como había dicho su nuevo amigo, la vida le hubiese compensado poniéndole un día a don Quijote el bueno en su camino.

Se salieron de la venta juntos, los del Tarfe tiraron para Granada, y Sansón y Quiteria hacia su pueblo. Y así, sin más detalles dignos de mención, llegaron a él cuando el cielo tenía ya más de noche que de día, y en el horizonte no quedaban sino brasas nimbadas de un amarillo claro. La visión de los tejados del lugar, entrando en él, arrancó del ama, de fácil y placentero llanto, nuevas y silenciosas lágrimas, que llevaron al bachiller a consolarla.

—No seas una chiquilla, Quiteria. Has hecho el viaje llorando. Deja de llorar, porque éste es un día feliz. Piensa en lo que sería de ti por esos mundos. Aquí tienes todo lo que Dios ha querido darte, poco o mucho. Techo, comida, bebida, amigos, ropa limpia y labor en la que ocuparte, y cerca de aquí la que es, para bien o para mal, tu familia. No tienes otra ni ibas a encontrar otra. Deja que los quijotes del mundo lo busquen donde no está, y tú, quédate donde sabes de cierto que estuvo, y donde te van a querer. ¿Qué ibas a encontrar fuera que no tuvieras ya aquí, centuplicado y mejorado? Tú ya has encontrado lo que ahora tantos buscan por ahí peregrinos y descaminados.

Quiteria no decía nada y le dejaba hablar, gustosa de oír lo que quería oír. Pero su corazón le hacía otras preguntas, que ella enterraba como en ceniza, tanto le quemaban las entrañas. ¿Cómo iba a recibirle la niña Antonia? ¿La trataría en adelante como la trataba antes, o peor, a causa de aquella huida? ¿Desabrida, áspera, cardosa? Todos iban a querer saber por qué había huido. ¿Les diría la causa verdadera? ¿Iba a poder confesarles que una vez muerto su don Quijote no la retenía nada en aquella casa? ¿Y que saber que ya nunca vería en ella al que había sido su sol, la había enloquecido de dolor? «Ay —pensaba Quiteria—, si llegase a saberse que la desgarbada, la altaricona, la poco hermosa Quiteria llevaba enamorada de mi señor Quijano media vida.» La de chacotas que sufriría, las cencerradas que se armarían debajo de su ventana, las risas que movería, las chuflas que los muchachos artillarían a su paso. No iba a poder salir de casa: «Ahí va —dirían— la loca Quiteria, más loca que el loco de su señor». ¿En qué pensaba cuando dejó entrarse esos amores? ¿Y cómo iba una mujer recatada y honesta a descubrirles su dolorido sentir?

Encontraron la casa del hidalgo reposada y el portalón cerrado. Llamó Sansón Carrasco y esperaba Quiteria muy agitada la aparición de su ama. Tardó Cebadón un rato en abrir y no supo qué decir al ama ni cómo conducirse con ella, pero aún tuvo tiempo de mirar mal al bachiller, al tiempo que llevó a Rocinante y a la borrica a la cuadra. Al momento apareció Antonia en el patio, y corrió a abrazar a Quiteria, pero antes de que las dos mujeres llegaran a tocarse, ya lloraban, y llorando siguieron abrazadas un buen rato.

Y aquel llanto inaudito de Antonia lo tuvo Quiteria por un buen augurio, mientras miraba a Sansón, arrepentida sin duda de los pésimos conceptos en que tenía la víspera a Antonia, y como si le estuviera pidiendo: «Todo lo que le dije ayer a vuesa merced de esta niña, olvidadlo; fue un repente».

—Bien, señoras —dijo un Sansón Carrasco bien humorado, que trató de apaciguar las emociones—, sosiéguense, y miren de preparar algo de cena, aunque sea fiambre, que vengo hambriento, y en mi casa ya no habrá nadie levantado.

A ello se aprestó Antonia, que no consintió que Quiteria se levantara y la ayudara, porque tenía ella ese gusto en servirla. Se admiró tanto el ama con aquel cambio, que ni siquiera se atrevió a protestar. ¡Ser servida ella por Antonia! ¿Cuándo se había visto? Sólo después de un rato de ver trajinar a la muchacha en la cocina, se levantó Quiteria, y llorando y riendo al mismo tiempo, que no se sabía si quería llorar o si quería reír, obligó a Antonia a sentarse con el bachiller, mientras ella experimentaba el placer de volver a encontrar en su sitio cada uno de los platos, vasos, cubiertos y cazuelas que tan familiares le habían sido durante los últimos veintisiete años.

Cenaron los viajeros unas tajadas de abadejo frías y dos rajas de queso, después de lo cual dejó a las dos mujeres solas con una noche por delante que se presentaba larga en confidencias, y se fue a lo suyo.

Volvió la casa a reposarse, dormían las bestias y el ganado en establos y caballerizas, fermentaba el mosto en las tinajas, se secaban el orégano y muchas otras alcamonias montunas en unos ramitos que alguien había suspendido bocabajo de una viga, y los gallos y los perros respetaban el sueño de las cosas muertas.

—Déjeme vuesa merced que le cuente —empezó diciendo Quiteria.

Estaba frente a ella Antonia y tomaba sus manos como cuando era niña, aquellas manos descomunales entre las cuales desaparecían las suyas.

Habían acercado dos sillitas de costillas junto al fuego de la chimenea. Ardían dos tueros de encina con llama difícil y menuda. No había alrededor ceniza. Todo en aquel hogar estaba limpio, barrido, fregoteado. Decía mucho aquel fuego de las economías estrictas de la casa. Fue Antonia a buscar una capellina de lana y se la echó sobre los hombros al ama. Mientras lo hacía, la mano de Quiteria, áspera, maltratada por tantos años de lejías, trébedes y penalidades, buscó la de su querida niña.

—Todavía me acuerdo cuando tu tío y yo fuimos a buscarte a Madrid. No eras más grande que un gazapo. Y has crecido tan deprisa que me cuesta creer que ya seas una mujer. Tú y yo nunca hemos hablado de nuestras cosas. Me heriste con tu despego. ¿Por qué nunca me has querido, Antonia? ¿Qué culpa tengo de no ser tu madre? ¿Qué culpa tuvo el señor Quijano de no haber sido tu padre don Felipe?

Hizo un gesto de protesta Antonia y quiso hablar, pero no la dejó continuar el ama.

—Yo era en realidad la que estaba herida de muerte, la que sufría, la que me moría cada día. Mientras tu tío vivió, incluso en estos dos últimos años de su locura andante, me decía, «Quiteria, ¿qué más me da que no sea tuyo, si como tuyo lo tienes, y lo ves cuanto quieres y hablas con él como no hablaría nadie?». Porque has de saber que desde el primer momento en que lo vi, cuando tenía yo catorce años, se me prendó el corazón con un amor que no ha hecho sino subir de punto desde entonces, hasta que al fin bajó él al sepulcro, y no morirá ese amor sino conmigo, cuando al sepulcro baje yo. Todo lo hallaba yo bueno en él, la apostura, ese reposo al andar, el pensar en aquello que decía, y toda su ciencia. Que fuera, al principio tan callado, tan soñador, siempre en su estudio, sentado delante de la mesa, apoyada la mejilla en la mano, soñando con los ojos abiertos. Y como era una niña, le veía como un príncipe, y yo me creía una princesa, hija de señor muy principal, del rey incluso, que me había llevado a casa de unos labradores para mantener el secreto de mi nacimiento. ¡Las cosas que piensan las chiquillas! Me decía, cualquier día veremos aparecer en el pueblo una carroza, y será mi señor padre y les dirá a todos, esta Quiteria es hija mía. Y así el señor

Alonso podrá casarse conmigo. Pero bajaba de mi nube avergonzada, y me decía que era eso soñar lo imposible. En todos los años en que he estado en esta casa ni un solo acto ni una sola palabra se salió de los límites del decoro y de la honestidad, ni por su parte ni por la mía. Yo, porque he sido siempre muy vergonzosa, y él, por estarse embebecido en sus libros a todas horas, y porque quién se iba a enamorar de la pobre Quiteria, y porque al final le dio por decir al muy tonto que se había enamorado de una princesa del Toboso. Eso sí que fue una gran majadería, pues hasta donde yo sé él debió de enamorarse de ésa de oídas. Los míos por él eran, sin embargo, amores muy de veras y muy reales, que me mataban, y al mismo tiempo me daban la vida. Dicen que después de que van enfriándosenos los huesos en el cuerpo, va desapareciendo el amor, pero yo debo de ser la excepción a esa regla, porque cuanto más tiempo pasaba, más parecía quererle yo. No aspiraba a cautivarle, porque si cuando era joven no logré nunca que pusiera en mí los ojos ni me viera como otra cosa que el ama que le llevaba la casa, de talluda no iba a conseguirlo. Me acostumbré a esa vida. Para mí él era la razón de todo lo que yo hacía, le regalaba cuanto estaba en mi mano, lo llevaba limpio como una patena, cuidaba de su ropa como de un tesoro y aunque no fuese de mucho plato, siempre guisé como sé que le gustaba. Hasta los libros se los limpiaba al principio para que no se los comiera el polvo. Pero la locura se le metió un día en la cabeza. Yo imagino que la locura tiene que ser como un potro en la mollera, y allí le coceó los sesos a su antojo, hasta dejárselos picaditos como gazpachos. ¿Y qué me importaba a mí? Cuando murió, creí que me volvía loca de dolor, porque se me iba en un punto mi amo y dueño. Y si al menos hubiera tenido a alguien a quien contarle todo eso. Ni siquiera la confesión. Imagínate qué vergüenza decírselo a don Pedro, que venía todos los días por casa. Si no lo cuento, reventaré, decía. Pero ¿a quién? ¿A ti? Nunca me has visto con buenos ojos, por más que yo he tratado de ser tu amiga. Jamás consentiste que fuera tu madre. Cómo me hubiera gustado que me hubieras visto como una madre. Y al fin murió mi buen Alonso. Descansó él, pero me metió en el cuerpo yo no sé qué desasosiego, que me trae enferma. Pensé que acabaría resignándome a esa muerte y sobreponiéndome, pero los días se me hacían más y más largos. ¡Qué suplicio! Y entonces fui a Hontoria. Allí todos me parecieron extraños y sin porqué di en imaginar que si me alejaba de aquí, acabaría por olvidarme de la causa de mi tormento. Pero cuanto más huía, más cerca parecía estar con el pensamiento en esta casa, y más a tu lado y al de todos los recuerdos que aquí se quedaban. He ahí todo mi secreto. Tú, y tengo que decírtelo, si vamos a vivir juntas, no has sido buena conmigo ni lo has sido contigo. Quiero pensar que tampoco fue culpa tuya, sino que en estas cosas de los quereres el corazón anda suelto como un perro, al sol que más calienta. Pero también te digo que la razón de mi huida no fuiste tú, sino él, y que él había muerto, y no lleves mal que una tan pobre mujer soñara con alcanzar una prenda tan imposible como su hidalguía, pero ya me has oído que el amor es como un pobre perro que va buscando un amo, sin pensar si le conviene o no.

Se quedó Antonia suspendida, y tanto como la naturaleza de aquella revelación le admiraba que hubiera podido mantenerla el ama en secreto tantos años, sin que nadie advirtiera nada. Y aunque ella sabía todo lo que quería Quiteria a su tío, y de ello habían hablado una vez después de muerto él, pensaba que era de otro modo muy distinto aquel amor.

—Me dejas, Quiteria, de una pieza, como se dice. Válgame Dios, si yo ni nadie en este pueblo hubiera podido adivinar nada de lo que estás contando. Y quiero decirte una cosa: ojalá mi tío hubiera sabido corresponder a tus sentimientos, porque de haber sido así, lo tendríamos ahora vivo entre nosotros, lirondo y cuidando de sus hijos, porque eres buena y a cualquier hombre le convendrías. Sé muy bien de qué hablas cuando dices que el corazón de una mujer es un perro que va buscando amo, y que a menudo, después de hallarlo, cuando es tarde, cae en la cuenta de que no le conviene. Espera a oírme y compara mi pena con la tuya, y a lo mejor me compadeces luego, pues por lo que veo, voy yo a recorrer, uno por uno, tus mismos pasos, sólo que a ti te cupo el consuelo de poner los ojos en quien te superaba mucho y yo en quien siendo mi igual podría corresponderme si quisiera, y no lo hace, y si a mi tío tú te hubieras atrevido a abrirle tu corazón y mi tío te hubiera rechazado, no habrías visto en ello desdén o un alma empedernida, sino los buenos usos que rigen nuestra república, que dice que si quieres bien casar, casa con tu igual, y ni hidalga con villano, ni villana con hidalgo.

Iba a decirle Quiteria que andaba muy confundida en eso de los casamientos, ya que ejemplos de bodas desiguales los había por todas partes, y felicísimos, y seguiría habiéndolos le pesare lo que le pesare a la república y al refranero, y que en lo otro, en lo de haberse declarado a su tío, iba errada también porque se había declarado a él cierto día, no hacía ni dos años, y don Quijote la rechazó muy caritativamente. Pero consideró Quiteria que quizá en otra ocasión acabaría de revelarle a Antonia toda la verdad de su triste caso, porque ni los secretos están hechos para revelarse todos de una sentada ni los caminos de la reconciliación han de hacerse de una galopada, sino al paso, y dejó que la muchacha continuara con lo que estaba diciendo:

—Ay, qué desdichada soy, Quiteria, y cómo agradeceré que hayas vuelto y pueda enseñarte mi corazón, que si no le da el aire, se me va a pudrir en su retrete. Tú tuviste la mala fortuna de ir a enamorarte de quien te excedía en linaje, y yo la de hacerlo de quien siendo mi igual me rechazaría también, si por casualidad un día llegara a sus oídos lo que siento por él.

—No es justo que te compares conmigo, Antoñita. Eres joven, eres tan hermosa que por aquí pasan en procesión todos los mozos del pueblo para verte. Podrás elegir donde quieras. Eres hija de quien eres y sobrina de quien acaso esté llamado a ser el más famoso hijo de este pueblo por las cosas que he visto estos dos meses, estás sana y tienes ahora, para ti sola, sin que nadie mande en ella, una buena hacienda.

—Ay, no, Quiteria, no digas que buena, porque no sabes tú cómo anda eso.

Y en pocas palabras le contó cómo estaba ya todo en manos del señor De Mal, quien esperaba un sí en la iglesia para sacarlas de pobres.

—¿Y has pensado qué hará? —preguntó Quiteria.

—Son cosas esas que no hay que pensar. Pero me temo que o cedo yo o no va a ceder él, y se quedará con todo.

—No me asustes, Antonia.

—De menos nos hizo Dios y menos aún traje yo a esta casa, y aquí me ves, que no me he muerto. Y sigue con lo que estabas contando, Quiteria, que te he cortado el hilo.

Pero inopinadamente para quien no tenía costumbre de malgastar sus lágrimas, Antonia rompió en un profundísimo llanto, incontenible y angustioso.

—A ti te ha pasado algo —dijo alarmadísima el ama.

Incapaz de articular una sola palabra, sollozó Antonia, negando y afirmando al mismo tiempo con la cabeza, sin que se supiera qué le hacía llorar, el sí o el no, lo que sucedió con Cebadón, sin haber sucedido nunca, o lo que no sucediendo con Sansón Carrasco, tendría que haber sucedido.

—Espera, ama, que todo irá saliendo poco a poco —pudo decir al fin la muchacha.

Le costaba recobrar el resuello a Antonia, y en vista de ello siguió hablando el ama.

—Te decía que en el pueblo hay mozos que te convienen, escoge, tú que puedes. Ahí sin más tienes al bachiller, que me ha dicho que ahorca su sotana. Es bueno y discreto. Lo he visto en este viaje. Él te conviene.

—Ay, Quiteria —y sofocó un grito, alarmada, Antonia—. ¿Eres adivina? ¿Te ha dicho algo él, te ha pedido, te ha sonsacado, te confesó secretos? Por Dios que me lo digas, que me va la vida en ello.

—¿Es el bachiller Sansón entonces?

—Cada vez que oigo su nombre me siento morir. ¿Qué tiene que no tengan otros? Quiteria, ¿en qué es Sansón distinto a un Pedro, a un Tirso, a un Julián, a un Roque? ¿Que tienen las letras que forman el nombre de Sansón en ese orden, que no tengan los otros? ¿Por qué me suenan a flautas y chirumbelas? ¿Qué tiene que si lo oigo en sueños me despierto sobresaltada y cuando estoy despierta me llama al sueño y al sonsueño? Ese nombre es la dulce playa para un náufrago, la aurora del enfermo que ha penado de noche, la luz lejana del caminante que va descaminado, el alivio del triste, la fuente del sediento, el rosal del ermitaño, la sonrisa del niño para la soledad del viejo y el bálsamo para el herido, y todas esas cosas juntas. No entiendo cómo la gente lo trae a los labios, y no desfallece como me pasa a mí. Para mí ese nombre es la puerta del Paraíso, es un jardín cerrado, es todo un coro de ángeles, arcángeles, potestades y dominaciones. ¿Cómo es posible que al oírlo las nieblas no se disipen, y se amansen las fieras de los montes, y amanezca escampado y rían los torrentes entre los lirios? Es esa S la voluta del pebetero donde se quema la mirra de los deseos, y en la A me figuro la escala que yo le arrojaría desde mi aposento, como hizo la infeliz Melibea. Por él me mataría, por él, si me lo diera, bebería todos los venenos de la tierra. No habría secreto en mi corazón que no se abriese con la ganzúa de su N ni cepos y grilletes que yo llevara con más gusto si él me los pusiere con aquella S segunda que lleva. Y en su O me miro yo como si hablase a un pozo, por ver si me responde el eco cuando allá a lo hondo lanzo mis voces preguntando si me amará algún día. Y cuando al fin llego a esa N última, me desespero toda porque leo en ella, como en víscera de un ánade, el funesto presagio de los Noes que responden a gritos. Sansón, Sansón, Sansón, ay triste son de dulce son, qué dulce sonecito, y no me cansaría nunca de decir tal nombre a falta de otra medicina, y así lo tomo, como sello de boticario. Lo haría publicar en pliegos, porque el mundo viese lo hermoso de su fábrica, y lo sembraría a todo viento como el sutil vilano para que llevase la noticia desde el trópico al húmedo y sombrío Septentrión. Quiteria, qué desdichada soy. Quiteria, quiero morirme.

—¡Ay, Dios mío, Antonia! Que me ha parecido estar oyendo a tu tío, que en paz descanse. Que se levantaba lo mismo que tú cuando hablaba de esas cosas. ¿Y cómo habláis de la misma manera, que parece que le estoy oyendo a él! ¿Quién te ha enseñado a decir estos dechados, cuando nunca quisiste tomar sus lecciones? No entiendo de letras y no sé leer, pero qué primores tan boniticos, Antonia, pero qué miedo me da que en ti también se empiquen los pájaros de la locura, y no dejen en tu cabeza un solo grano de entendimiento, como hacen los gorriones en las eras.

—¡Y qué pinta aquí mi tío, déjalo! ¡Él era él, y yo soy yo!

—No, Antonia. ¡Qué falta nos haría el señor Quijano! ¡Y cómo concertaría él esa boda en un abrir y cerrar de ojos! ¡Cómo no iba el bachillerillo a querer ser tu esposo! ¿No te has dado cuenta del fuego que le sale de los ojos cuando te mira?

—Cuida bien lo que dices, Quiteria —le dijo Antonia—,

no seas lisonjera, no me des un jarabe sólo porque es dulce, si me trae la muerte, no quieras traerme esperanzas por quitarme una pena, que aún podía ser peor el remedio que el mal. ¿Le has visto tú mirarme como dices o son sólo figuraciones tuyas? Porque yo no he visto nada, sino su inopia. En mala hora me enamoré de él. Si tú dices que mi tío se enamoró de oídas, yo debí de enamorarme a ciegas, porque casi ni lo he visto en estos años, siempre en Salamanca él y yo aquí esperando su regreso. Y ahí no para la cosa, porque todo este tiempo que le hemos visto y tratado, por más que me he insinuado y le he dado a entender de mil maneras que le quería, al derecho y al revés, rayando a veces en la indiscreción, el hombre sólo parece pensar en sus libros y sus correrías, que se diría que donde mejor está siempre es por ahí, o buscando a los que se marchan o marchándose donde no le busquen, y bien sabe el cielo que ahora no lo digo por ti.

—Ojalá, Antonia, todas las tribulaciones fuesen como esa tuya. Porque bastaría que sus padres conocieran tus intenciones, para que quisieran juntar vuestras dos fortunas, y más ahora que ya les ha anunciado que dejará la sotana. Si el señor Tomé Carrasco es como sabemos, querrá casarlo cuanto antes para sujetarlo aquí, y, con las hijas fuera, habrá creído que gana una nuera que vele de su vejez.

—No vuelvas a recordar lo de mi hacienda, que ya sabes como está. Pero ni siquiera en el caso de que me hiciera con ella, podría conservarla. Quiteria, soy, como suele decirse, pobre por los cuatro costados. ¿Recuerdas lo que mi tío dejó dicho en su testamento? ¿No? ¿No te acuerdas cómo le recalcó la manda al señor De Mal? Decía que si alguna vez quisiera casarme, se averiguase que el pretendiente no tenía la menor noción de lo que eran los libros de caballería, y si lo sabía y pese a todo yo persistía en la boda, perdería toda mi hacienda, que se quedaría en manos de los albaceas para hacer con ella obras pías. Bien. ¿Y de quién va esta tonta a enamorarse sino del único mozo que no le convenía, no ya bachiller Sansón Carrasco, sino licenciado y doctor en esos libros de todos los demonios? O muerta de pena con el escribano, o muerta de pobre con el bachiller, pero aun así ya me gustaría verme pobre con éste, que rica con el otro. ¿De qué me sirve ser joven y tener salud y tantos dones como dices que me puso la vida al alcance de la mano? Mejor me estaría ser como tú, que has tenido delante al hombre que amaste y lo veías todos los días, y para ti lo tenías, y aunque de poco te sirvió, te sirve de consuelo saber que a la que amaba con toda el alma, según aseguraba, no le dio más de lo que te dio a ti, y lo mismo hubiera sido que hubieses sido la princesa de Hungría que el ama Quiteria, porque tuviste a don Quijote como nunca lo tuvo otra.

Y Quiteria, que había logrado distraerse de sus melancolías, se quedó pensativa y acaso pensó que la sobrina llevaba razón, y dijo al fin, como esa madre que aún antes de saber lo que hará, con tal de tranquilizar a un hijo, le dice:

—No te apures. Déjame a mí, que ya se me ocurrirá algo.

«No, no se te ocurrirá nada, porque aún no te he contado lo peor», pensó con tristeza Antonia, y la muchacha dudó si desvelar lo único que en realidad la abrumaba de veras. Pero esa noche, abundante en abrazos, besos y lágrimas, quedó sin desatar el nudo de su verdadero drama: estaba esperando un hijo de Cebadón.

CAPÍTULO VIGÉSIMO SEGUNDO

Y A Cebadón la vuelta de Quiteria, lejos de inquietarle, le enardeció. Esperó que transcurriera esa noche y a la mañana, escrutando el rostro del ama, adivinó. «Antonia no le ha contado nada de lo nuestro», se dijo, y se las arregló para verse con la muchacha. Le dijo triunfal:

—¿Qué? ¿No te has atrevido a decírselo al ama? Será cosa de ir anunciándolo. Cuando tú me digas, voy a hablar con don Pedro. Recuérdalo, sólo habrás de ser mía.

—Antes me muero, Cebadón. Y con Quiteria en casa, no pienses en desmandarte porque será peor.

—¿Quiteria? ¿Quién es Quiteria? —respondió el mozo, muy jaranero.

Al día siguiente ya estaba todo el mundo al corriente del regreso de Quiteria, y fueron pasando por la casa las comadres y vecinas del ama y los antiguos amigos de don Quijote. Nadie, por discreción, se atrevió a preguntar las razones por las cuales había desaparecido tan misteriosamente, pero muchos lo hubieran querido saber, y se marchaban de la casa un tanto decepcionados, porque Quiteria no soltaba prenda.

—Mira que eres curioso, mira que eres curiosa —fue la frase que repitió a lo largo del día más de cien veces entre risotadas sinceras; de tan buen humor le había puesto saberse de nuevo en su casa—. ¿Pues dónde iba a estar, señora mía? Por ahí, corriendo mundo. No sólo el señor Quijano tenía derecho a orearse. Quién sabe si esas ganas de salirse por ahí no las darán las miasmas que se respiran en esta casa.

Si le preguntaban a Antonia dónde había estado el ama, ella, contagiada de la alegría de Quiteria, respondía.

—A mí tampoco ha querido decírmelo. Pregúntenselo a ella, que si quiere declararlo lo dirá.

Sólo a la tarde, cuando ya estaban reposadas las dos mujeres de todo aquel trasiego, y haciendo el repaso de los que se habían acercado o no a verla, preguntó Quiteria por Sancho Panza.

—Una cosa es no haberse llevado bien con ese poltrón de Sancho, y otra muy diferente que no haya querido acercarse a preguntar si me había muerto por ahí o no.

—No le culpes de nada, ama, que lo mismo me ha sucedido a mí con él y le ha sucedido a todos sus antiguos amigos. No se le ve el pelo. Ha dejado de vernos a todos. Tengo entendido que no sale de su casa desde hace tres meses, desde el mismo día del entierro. Enterró a su amo, y no quiere ver a nadie, y los que le han visto últimamente cuentan que está tan enflaquecido y consumido que no se le conoce, y que apenas habla, ¡con lo que ese hombre hablaba, Nuestra Señora de Hontoria, como tú dices! Tanto que muchos piensan que habrá de morirse pronto, como mi tío, aunque él asegura a todos que nunca ha estado mejor de lo que está ahora.

Y todo ello era verdad. No quería ver a nadie, porque, decía, estaba pensando en sus cosas, y afirmaba que nunca se había encontrado mejor de salud, aunque había perdido tantas carnes que parecía otro hombre, y la ropa le sobraba por todas partes.

Pudo, además, con lo que heredó del hidalgo, que lo mencionó especialmente en su testamento, tomarse un respiro en sus trabajos y poner coto a la impaciencia de su mujer, Teresa Panza, desacostumbrada a tener en casa todo el día sin hacer nada a su marido.

—No quiero que pienses de mí —le dijo ella el mismo día del entierro— que soy una mujer interesada y que no he llorado la muerte de tu amo, pero, Sancho, nosotros somos pobres, no estamos solos y tenemos una hija que casar y un hijo al que dar oficio o a quien buscar una buena colocación, y ambas cosas se hacen mejor con dineros que sin ellos. Dime, calor de mis entretelas, ¿cuánto nos ha dejado nuestro señor don Quijote? ¿Y cuánto nos queda de tus negocios con él? ¿O vas a decirme que sólo te movió el salir con él la golosina de una ínsula?

—No entiendo cómo el mismo día del entierro tienes cuerpo para hablar de estos negocios, como no sea que es más claro que la luz del día lo que siempre se ha dicho: el muerto al hoyo y el vivo al bollo. Todo el oro del mundo que nos hubiera dejado lo daría yo por devolverle la vida y lanzarlo otra vez a los caminos. Y te puedo asegurar que ahora, conociéndolo como llegué a conocerlo, le serviría no ya sin salario, sino sin la promesa de las ínsulas, porque ésa es cosa de la que ya gocé, y sabes muy bien que no me gustó. Tú no conociste a don Quijote como lo conocí yo, y no puedes juzgarle, y quien no vivió con él día por día, que no hable, porque errará mucho.

—No lo dudo, y es cosa que alabo, porque dice harto y bien de tu buen corazón, pero don Quijote ha muerto, lo hemos enterrado y nosotros hemos de velar para salir adelante. ¿Cuánto crees que tenemos entre unas cosas y otras, prenda mía? —insistió zalamera Teresa.

—Ay, mujer, ¿y no puedes pensar más que en el unto? Habrás llorado, como dices, la muerte de mi amo, pero las tuyas deben de ser lágrimas de heredero, como se dice, de las que no llegan al suelo ni mojan pañuelo. ¿Quieres cuentas? Las tendrás. No soy muy diestro en letras, como sabes muy bien, pero no habrá quien en números me gane. ¿Qué quieres saber? ¿Lo que gané en la primera salida o sólo en esta última? Y acabemos pronto. Nada me disgusta tanto ahora como este recuento. He comprendido al fin lo que por pobre siempre creí fantasía de rico: que no vale el oro lo que la libertad, y que el oro luce y la virtud reluce, y así mi amo fue pobre, pero sus virtudes resplandecerán, y el dinero sólo es dinero, y hace malo lo bueno, que es el oro la ganzúa del diablo para las puertas del infierno, como decían los antiguos, que siempre solían atinar.

—No te conozco, Sancho. Nunca fuiste de esa manera. Relumbraba un maravedí en un alcor, y allá lo columbrabas tú con vista de lince, y trepabas por él sin importarte nada. Y si por casualidad había enterrado un doblón, lo sentías en las rodillas, que te temblaban como a zahorí, y hasta descubrirlo no dejabas de cavar. ¿Qué se hizo de aquel decir tú que te daba lo mismo la locura de tu amo si tú cobrabas tu jornal? No te conozco, ni quiero conocerte. Vamos a las cuentas. De lo pasado, pasado, que ya en los nidos de antaño no hay pájaros hogaño, y entre una saya que mandé hacer para nuestra Sanchica, otra que me hice yo y lo que se llevó el talabartero por componerle la albarda al rucio, y en vivir desde el invierno último, los cien ducados que encontraste en la maleta de Sierra Morena se volatilizaron —admitió Teresa—. Así que vete a las cuentas de ahora.

Mientras anduvo al servicio de don Quijote esa segunda vez, Sancho había ganado mucho. Y no sólo por el traje verde de montero, que se puso para el entierro, y del que pensaba Teresa hacer una saya para Sanchica, ni a las tres borricas que le había dado don Quijote hacía unos meses, una de las cuales vino ya preñada y las otras dos se preñaron después; no, se hablaba de lo contante y lo sonante.

—Nunca hubiera soñado —dijo Sancho— que iba a salir tan ganancioso de ningún negocio. Y no hablo de bienes espirituales y hechos que en principio me benefician a mí sólo, aunque por accidente también redundarán, digo yo, en quienes tengo más cerca, o sea, vosotros tres. Tampoco me refiero a las gentes que he conocido y tratado, y a las que conocí y traté únicamente por servir a quien servía, ni a los lugares donde he vivido, las casas que se me han abierto, las ciudades y villas que he visitado y el mundo que ahora traigo conmigo. Probablemente en este pueblo sea yo uno de los que, llegando a Barcelona, más lejos ha llegado, excepción hecha del bachiller Sansón Carrasco, que fue a buscarnos, y de Bartolomé de Castro, que sirvió en los tercios, y del cautivo Albino. Tampoco creo que ninguno de mis vecinos haya llegado a gobernador, como yo llegué. Pero no hablaba yo de tales venturas, sino de las que tú llamas verdades contantes y sonantes, mejor en oro que en plata, y mejor en plata que en cobre. Y te agradezco que hayas querido, Teresa, saber en qué estado quedaban las cosas, por lo que a continuación voy a decirte, que es una resolución que he tomado y de la que nadie me va a quitar, y que tiene que ver en cierto modo con esos dineros ganados o heredados con don Quijote. Así que atiende bien a ellas...

Desde que se había muerto don Quijote, Sancho había tomado la costumbre de pausar el habla, como hacía su amo, cosa que impacientaba más y más a Teresa, acostumbrada a que las palabras de su marido le salieran siempre como una perdigonada.

—Acaba, Sancho —le dijo Teresa—, que es para hoy.

—No sé qué prisas tienes, mujer. Yo no tengo ninguna, ni la voy a tener en unos cuantos meses. Vámonos a las cuentas. Sabes, como yo, que quien quiera tenerme a su servicio le bastan dos ducados al mes más la comida, y me tendrá más aficionado y leal que el perro de un chacinero. Desde el comienzo me apalabré con don Quijote en treinta reales al mes. Con treinta reales tengo yo, tienes tú y tienen mis hijos de sobra para ser honrados, no deber nada a nadie y esperar la luna debajo de un peral. Aunque en el trato no entraba la comida, el jornal no se menoscabó ni un maravedí, porque la vida caballeresca suele traer aparejados los banquetes y convites en los que uno no tiene más que extender la mano y traerse a la boca un carnero entero con las entrañas enternecidas por más de doce pichones y un zaque del mejor vino del mundo, y cuando no es así, se sustenta de borrajas, pamplinas y todas las otras tagarninas y piruétanos que va cogiendo en los ribazos, y del variado surtido de las fuentes. De modo que en ese trato con don Quijote salí un tercio mejorado que con Tomé Carrasco, que fue el último con quien trabajé a jornal, que me daba dos ducados al mes. Echa tú las cuentas y verás que en estos tres meses he ganado noventa reales, a los que habrás de sumar aquellos doscientos escudos que me dio el duque, cuando dejamos sus tierras, y los que se llevó el negocio discreto y personal que tuve yo con don Quijote y...

—¿Qué negocio es ése, Sancho, del que nada me habías contado?—preguntó su mujer.

—¿Y no recuerdas ya lo que te dije por carta, y que era mejor no darle tres cuartos al pregonero?

Teresa, aturdida por la visión de la sarta de corales con los extremos de oro que le envió la duquesa cuando Sancho era su huésped, había olvidado de la carta todo lo demás, no siendo lo de corresponder a su benefactora con un fardel de bellotas, a las que se mostró aficionada la señora. Del resto, lo había olvidado todo, de modo que Sancho hubo de pormenorizar lo referente al encantamiento y desencantamiento de Dulcinea.

—¿Y de cuándo acá has creído tú en encantamientos? Mira de estar lejos de brujas y cabrones, no te vayan a reconciliar el día menos pensado.

—Nunca dije que yo creyera en tales fábulas —se defendió Sancho—, pero don Quijote sí, y así ese señor Merlín que vino a casa de los duques le dijo que si quería ver desencantada a Dulcinea y devolverla a su porte principesco, borrando la apariencia de grosera labradora a la que la habían reducido, tenía que darme yo tres mil trescientos azotes.

—¿Pero no me dijiste el otro día que en ese punto de Dulcinea le habías tenido engañado a tu amo siempre? ¿No me contaste que la primera vez que te mandó a llevarle no sé qué cartas, no fuiste, y luego le contaste que sí la habías visto y añadiste además todo lo que un enamorado quiere oír siempre de su dama, diciéndole que Dulcinea era así y asá de hermosa, de gentil y de radiante?

—Todo eso es cierto, y no es cosa que me guste recordar, porque parece hacerme un pícaro. Pero ¿qué podía hacer? Si le decía que no había ido, contaba con su ira, y diciéndole que la había visto, qué daño podía causarle a quien ya la tenía presente a todas horas.

—No me meto en tus tratos, pero ¿qué tiene que ver todo eso con el encantamiento de Dulcinea?

—Tiene que esta última salida don Quijote hizo que fuésemos al Toboso. Yo iba bien corrido, pensando que cuando me preguntara que le llevara a la casa de Dulcinea, en la que él daba por supuesto que yo había estado llevándole las cartas, no iba a saber qué decirle. Así que la primera moza que nos topamos se me ocurrió señalársela como Dulcinea. Y él podía estar loco, pero no era tonto, y me dijo que cómo era posible que Dulcinea fuese una moza tan ordinaria, con aquella voz de mulero que tenía. Y ya sabes tú lo que dicen, más vale sostenella y no enmendalla; yo me hice fuerte en lo mío, y él dudó; le mentí, y lo creyó, y le pregunté cómo es que no veía a la mujer más hermosa de la tierra, y no supo qué responder. Él me decía: «Pues no la veo». Y yo le decía, «si está delante». Hasta que él mismo encontró la solución del enigma, que fue dar en pensar que, así como yo la veía tal como era, en su porte princesino, él tenía que conformarse viéndola bajo la apariencia de una campesina vulgar, merced a los encantamientos que con ella habían obrado sus malos enemigos. ¿Lo entiendes ahora? A partir de ese momento su terco desvivir fue el de desencantar a Dulcinea y volverla a su ser genuino, porque te diré que tanto como no poder gozar de su visión, le sumía en la desesperación más completa el que la reina de sus pensamientos tuviera que soportar sobre su delicada piel las burdas sayas de una pueblerina. Y ahí es donde entró en danza el señor Merlín con lo de mi zurra.

—¿Pero me vas a decir que tú crees en esas cosas?

—Mira, Teresa, en lo del encantamiento de Dulcinea no puedo creer, porque tampoco creí nunca en Dulcinea. Pero nada me hace pensar que Merlín no fuese Merlín, y anduviese o no tan errado como don Quijote del encantamiento, el caso es que yo debía azotarme. No quería yo, y no quería otra cosa mi amo. Llegamos él y yo incluso a las manos. Hasta que acordamos que me pagaría un cuartillo por azote.

—Espera, Sancho y no vayas tan deprisa. ¿Llegaste a darte todos esos azotes?

—¿Yo? ¿Me has visto alguna vez chuparme el dedo? Pero fue a mi amo a quien se le ocurrió pagármelos, porque el tal Merlín no dijo nada de pagarlos o dejarlos gratis. Y creo que no puede acusarme nadie de engañar a mi amo don Quijote. Acaso se podría reprocharme que no le desengañara diciéndole que aquellos azotes no servirían de nada, pues ni existía Dulcinea encantada ni existiría desencantada, pero ni le desengañé yo ni hubiera podido desengañarle nadie, ya que con mi amo tratándose de Dulcinea habría sido dar coces contra el aguijón. Lo demás, el que quisiera cobrarlos, estando él dispuesto a pagarlos, el amor que les tengo a mis hijos y a mi mujer hizo que me mostrara interesado.

—Bien hecho, marido mío, ahora sí te conozco. ¿Y a qué se llegó?

—Si los ricos pueden pagarse sus locuras y los locos gastarse su hacienda en los que somos pobres, ¿qué nos han de importar a nosotros los pobres las locuras de los ricos? Le pregunté cuánto me daría por cada azote que me diese, y me respondió que si él me hubiera de pagar conforme lo que merecía la grandeza y calidad de ese remedio, el tesoro de Venecia y las minas del Potosí serían poquísimos para pagarme, y me ordenó que tentara la bolsa con el dinero suyo que llevaba yo, y que tasara el precio a cada azote. Y eso hice, vi lo que había, y sin querer abusar de su largueza, porque la avaricia rompe el saco, le dije que un justiprecio sería el de pagarlos a cuartillo cada uno. Le pareció bien, y teniendo en cuenta que eran tres mil trescientos azotes, hablamos de tres mil trescientos cuartillos, que son los tres mil, mil quinientos medios reales, que hacen setecientos cincuenta reales; y los trescientos, ciento cincuenta medios reales, que vienen a hacer setenta y cinco reales, que, juntándose a los setecientos cincuenta, son en total ochocientos veinticinco reales, diez veces lo que gané en jornales, y con ellos mírate rica, Teresa mía, y a mí bien triste, porque me comen ahora los escrúpulos y no me parece del todo bien lo hecho, aunque por todo lo dicho, no se hubiera podido hacer de otra manera.

—¡Cómo no! ¿No lo dio tu amo por bueno en su testamento? ¿No dijo él «estamos en paz», dando a entender que lo que había hecho loco lo sancionaba cuerdo? Albricias y bienvenidos sean todos esos dineros, y qué gran numerista ha perdido el mundo!

—Quizá sea como tú dices —admitió Sancho con escaso convencimiento.

—No le des más vueltas. Pero ¿acabaste dándote esos azotes? Porque aunque fuese una locura suya, no querría yo disfrutar ni un solo cuartillo que no lo sepa salido de un trabajo honrado...

—Eso, la verdad, es cosa que ni conviene a tu indiscreción ni le interesa a mi honra. Sí y no, te diría. Aunque repito, ¿en qué hubieran cambiado las cosas de haber sido de una o de otra manera, si Aldonza Lorenzo iba a seguir siendo Aldonza Lorenzo en cualquier caso? Pero como no quiero dejarte en ascuas, atente únicamente a lo que don Quijote dejó zanjado en su testamento, como acabas de decirme. Con o sin azotes, Aldonza nunca será Dulcinea, ni Dulcinea Aldonza, y piensa que por mucho pan nunca es mal año, y todos somos locos, los unos por los otros.

—Y dime una cosa más, Sancho, ¿tienes a mano todos esos dineros?

—Ahora lo verás —respondió el ahorrativo escudero.

Salió de la cocina y en un instante subió y bajó Sancho del desván de la casa donde guardaba, debajo de una baldosa, un esquero de cuero rojo con todos aquellos caudales que eran suma de los que quedaron del viático de don Quijote, de los dados por el duque, triste precio de las burlas que hubo de sufrir, los cuartillos azotados, y otros reales más que don Antonio Moreno, que los alojó en Barcelona, quiso darles; y aún debieran contarse aquellos que la munificencia de Roque Guinard no quiso robarles cuando cayeron en poder de su partida de bandoleros.

—Aquí comparecen, mujer —le dijo Sancho, poniéndolos en la mesa—, pero has de saber que la mayor parte de este dinero irá a parar a mi amigo Sansón Carrasco, y que no pienso trabajar en todo un año, el tiempo que he calculado puedan tomarme ciertos estudios y meditaciones acerca de la mudanza o no de mi estado.

La mueca de Teresa Panza al oír hablar de estudios al porro de su marido fue para no contarla, y a punto estuvo, del espasmo que la sacudió, de esparcir aquellos caudales por el suelo.

—Ay, Sancho; no te conozco. ¿Qué estás diciendo?

—No te apenes y no sufras, porque de aquí a un tiempo podremos doblar este dinero con lo que hay escondido no muy lejos de nuestra casa, y de lo que ahora no puedo decirte más sino que será mucho, y si lo hallamos será nuestro. Mientras, hazte cuenta de que esto ni es tuyo ni mío.

—¿De quién si no?

—De la gramática.

—¿Y ese tesoro?

—De quien lo encuentre.

—No te entiendo, Sancho. ¿Y tú de quién eres?

—¿Ahora?

—Ahora —le apremió Teresa.

—Ahora yo ya no soy de nadie. Y podría decirte lo que Marcela: «Yo nací libre, y para vivir libre escogí la libertad de los campos».

—Ay, Dios, Sancho. No me asustes. ¿Y quién es esa Marcela? ¿Tu Dulcinea?

—No. Marcela es, como si dijéramos, una manera de hablar.

CAPÍTULO VIGÉSIMO TERCERO

Después de aquella conversación se fue Sancho a buscar al bachiller Sansón Carrasco, y quedó Teresa Panza inerte en su silla, donde se la encontró una hora más tarde, llorando, Sanchica, su hija, que venía de pastorear media docena de pavos que había llevado a comer la hierba de un hontanar no lejano del pueblo.

—Ay, madre, ¿qué ha sucedido aquí? ¿Dónde está padre? —preguntó alarmadísima la muchacha, sabiendo cómo estaban las cosas en su casa y las últimas manías de su padre, a quien no había vuelto a ver hacer nada desde que se muriera don Quijote.

—A tu padre se le ha contagiado la locura de su amo, que Dios confunda en los infiernos, y acaba de decirme que piensa regalarse y darse al solaz y a la conversación, como un hidalgo, metido en no sé qué estudios, y él, que nunca ha sabido distinguir un buenas de un amén en toda su vida, quiere dar en gramático.

Sanchica no sabía lo que significaba la palabra gramática, pero le sonó a peste, y alarmada por el lloro de su madre, rompió a llorar amargamente.

—¿Por qué todas las desgracias llueven sobre los pobres?

¿Qué pecado hemos cometido para que mi padre quiera ser gramata? Ya sabía que nada bueno podía sucederle, desde que después del entierro, donde la pescó buena, dio en no querer beber vino. ¿Y de qué viviremos, madre, todo este tiempo? ¿Dónde se quedó todo aquello de que iba a hacerme gobernadora y a casarme con un conde o un marqués? ¿Acaso mi padre cree que la vaca y el carnero los dan gratis en la tienda, y que el sastre da sus puntadas sin hilo? Tendré que trabajar de la mañana a la noche lavando lino o tejiéndolo, si no queremos morirnos de hambre. ¿Y no decía padre que había vuelto muy ganancioso de haber servido a don Quijote? ¿Dónde están esos dineros que dijo que traía? ¿Qué es ese dislate de ser ahora licenciado? Por su mal le nacieron alas a la hormiga. Y antes que lo piense, se habrá perdido, y doctores tiene la Santa Madre Iglesia. Pero calma, madre, que Dios proveerá. ¿No decía nuestro padre que venía esta vez muy cosido de dineros?

El recuerdo de los dineros que había traído Sancho serenó a Teresa Panza en sus hipidos.

—¿Dineros? —repitió abstraída—. ¿Quién sabe qué se harán?

Pero en su interior tomó la determinación Teresa de no dejarlos escapar, como no se abre solo el cepo que apresó al raposo.

Entretanto, había llegado Sancho a casa del bachiller.

—¿Y cómo en todo este tiempo ninguno hemos podido verte, Sancho? ¿Qué ha sido de tu vida? ¿Te cuesta encontrar un amo tan bueno como don Quijote?

—Como él no habrá ninguno. Y si he tardado tanto en salir de mi casa y en dejarme ver ha sido, quiero que lo sepáis, porque la decisión que había de tomar requería reposo y silencio. Sepa vuesa merced que el tiempo que serví a don Quijote me reportó algunos sueldos, con los que pienso pagar las lecciones que habéis de darme y yo recibir.

—No hables de dinero, Sancho, antes de que me digas qué lecciones son esas que he de dispensar con tanta acucia.

En breves palabras le expuso Sancho que venía pensando desde la muerte de su amo que la única manera de recordarlo, sería, para cuando le flojeara la memoria, leer en el libro donde se recogían sus comunes andanzas, y también en el que, según le confirmó el propio Carrasco, debería estar ya impreso en ese momento, con las nuevas, y que éste había pedido por carta a su librero en Salamanca.

Se asombró mucho el bachiller de esa pretensión del escudero, pero en su interior aceptó tomarlo como escolar, de modo que pudiera demostrar a su señor padre cómo sin ser clérigo alguien podía ganarse la vida abriendo un estudio en aquel pueblo, tan necesitado de él.

—¿Y tú estás seguro, Sancho, de que no te avergonzarás al verte tratado como un párvulo, ni te correrás al no comprender a tu edad las cosas que tan fácilmente aprende un niño con sólo mirarlas?

Negó Sancho moviendo la cabeza, sin despegar los labios, con verdadera aplicación de neófito, pero luego añadió:

—No está tan duro el alcacel para zampoñas; quiero decir, que hágame un agujero, sople y pitaré.

Su resolución era firme: quería aprender a leer. ¿Y cuándo concibió una idea que todos consideraron descabellada y algo presuntuosa?

Sin la menor duda, después de morir don Quijote. Nunca hasta entónces había mostrado interés ninguno por las cuestiones literarias. Al contrario, se hubiera dicho que se sentía orgulloso de que únicamente con su buen sentido y su memoria para acordarse de las cosas que se le referían o los refranes que se le venían a la boca por docenas, pudiera tratar con todo el mundo, de duques a pastores.

No, y tampoco le importó que algunos en el pueblo se

descosieran murmurando, tildándole de pedante y culterano, porque la noticia se extendió rápidamente por todas partes, causando a todos asombro y a los más, risa. Ni que Teresa Panza estuviera sin hablarle mientras duraron aquellas lecciones, aviniéndose de mala gana a ponerle la comida en la mesa, o que sus hijos evitaran en lo posible hallarse a solas ante él o que cuando esto ocurría se pusieran a llorar como ceporros.

Algo había cambiado de manera profunda en Sancho. Y como a nadie podía confesarle los efectos de aquel cambio, a sí propio se los manifestaba: «Sancho —se decía—, tú ya no eres el mismo, tú eres otro. Pero no sé quién soy. ¿A quién ha de dar cuenta un hombre sino a su conciencia?».

—Mira, no te confundas, Teresa. No quiero ser más de lo que soy, pero tampoco menos de lo que podría ser —se atrevió a decirle un día, antes de coger su cartilla para ir donde el bachiller.

Pero Teresa, como sus hijos, cada vez que le oía hablar de aquella manera extraña, se echaba a llorar.

—Antes, cuando hablabas, yo te entendía, pero que me lleven todos los diablos si ahora comprendo una sola palabra de lo que dices. Ni sabes tras de lo que te andas ni sabes lo que quieres. ¿Y por eso renunciaste a ser gobernador? Habrá sido el primer caso en la historia que alguien tira el cetro y sale corriendo, el primero que respirando los aires de la abundancia, entierra la cabeza en el polvo de la miseria, el primero que llega a una cumbre, y se despeña por fantasía, el primero que halla una mina de oro, y esparce por el suelo las pepitas, como granos de cebada, para que se las coman los pájaros, el primer pobre que pudiendo ser rico dice sigo de pobre. No te conozco, Sancho.

—No sabes de lo que hablas. Yo no soy todavía el que soy, pero muy pronto voy a serlo, y no quiero ser más de lo que puesto, pero tampoco menos.

—Sí —le replicó con sorna su mujer—, ya te entiendo. Tú

quieres ahora ser caballero y regalón, de los que miran el sol y dicen todo me sobra, si es que el día menos pensado no nos enteramos de que te has fugado con esa tal Marcela.

—Más o menos —respondió sardónico el escudero—. Sabes que soy paciente y de natural pacífico. Puedes quedarte ahí mil años metiéndome un aguijón, y sabré sufrirlo. Y te conviene saber que después de cierta pendencia que tuvimos don Quijote y yo en una venta con un barbero, de quien en justa batalla cobramos don Quijote una bacía y yo una albarda, como despojos, y viéndome pelear tan rudamente, don Quijote se propuso armarme caballero en la primera ocasión que se le ofreciese, por parecerle que sería bien empleada en mí la orden de la caballería. Dime tú qué madera no descubriría en mí aquel hombre tan fino ni qué antiguos linajes caballeriles, que seguramente si sacudieran el árbol de los míos, iban a caer pomas de oro y la misma canilla de la pata del Cid. Hombre de pro, me llamó. Sucedió esto hace un año. ¿Tú crees que no pasaron después entre nosotros ocasiones en que se hubiera podido llevar a efecto aquel deseo, a poco que yo se lo hubiera recordado, a poco que yo me hubiera mostrado ansioso de tal gloria, necesitado de ese honor? Has de saber que vulgo nací y vulgo moriré, porque ésta es mi condición, y de nada me avergüenzo, porque en mí toda intención es recta y todo pensamiento honesto y limpio. Que hablen, que digan. Murmura tú, desespera, llora y rabia, pero aquí el único que fue gobernador fui yo, y de la misma manera en que llegué a serlo, dejé de serlo por mi voluntad, y lo volvería a ser una y mil veces, si quisiera, porque hay una ínsula para cada deseo, pero yo ya no deseo, y nunca volveré a ser gobernador así se me pusieran como musas todas las ínsulas en fila, y nadie me desviará de mi camino. Lo anuncié el día aciago en que desengañado y vencido abandoné mi ciudadela a quien mejor quisiera gobernarla. Les dije, «señores míos, dejadme volver a mi antigua libertad; dejadme que vaya a buscar la vida pasada, para que me resucite de esta muerte presente. Yo no nací para ser gobernador, ni para defender ínsulas ni ciudades de los enemigos que quisieren acometerlas. Mejor se me entiende a mí de arar y cavar, podar y ensarmentar las viñas, que de dar leyes ni de defender provincias ni reinos. Bien se está San Pedro en Roma: quiero decir, que bien se está cada uno usando el oficio para el que fue nacido. Mejor me está a mí una hoz en la mano que un cetro de gobernador; más quiero hartarme de gazpachos que estar sujeto a la miseria de un médico impertinente que me mata de hambre; y más quiero recostarme a la sombra de una encina en el verano y arroparme con un zamarro de dos pelos en el invierno, en mi libertad, que acostarme, sin ella, entre sábanas de Holanda; más aprecio yo estos calzones rotos y mi caperuza, que un jubón de antílope y un sombrero de altos vuelos. Vuestras mercedes, les dije en aquella ocasión, se queden con Dios, y digan al duque mi señor que desnudo nací y desnudo me hallo: ni pierdo ni gano; quiero decir, les dije, que sin blanca había entrado en aquel gobierno y sin blanca salía, bien al revés de como suelen salir los gobernadores de otras ínsulas. Y créeme, Teresa, que así como lo dije, lo siento todavía. Y muchas cosas han pasado desde entonces. Ahora empiezo a ver lo que don Quijote fue para mí y para todos nosotros, lo veáis o no. Y quiero consagrar este tiempo no a solaz, como sé que andas diciendo por ahí, poniendo al mundo en mi contra. Yo ya no conozco el solaz, para mí se acabaron los largos sueños, yo vigilo, pienso y me quemo las cejas, y donde no lo espero, se andan mil pensamientos toda la noche arriba y abajo como un rebaño con sed. Nos morimos de un día para otro, la vida se va en un soplo, y no brillan las estrellas con tanto ruido como nosotros sin luz ninguna nos movemos por este mundo. Otros se marchan de morabitos a una ermita, y en la aspereza de una espelunca, rezan y meditan, o abrazan la regla de un convento; otros, para no acometer ni lo uno ni lo otro, se hacen bandidos, como el caballero Roque Guinard y el trozo de gente que le defendía, que conocimos en las sierras catalanas; y otros, en fin, se salen de su patria por correr aventuras en pos de venturas dudosas y muy hinchadas ambiciones que nunca verán cumplidas. Don Quijote fue loco y yo soy cuerdo, y de eso va lo que de la noche al día. Pero el secreto de nuestro buen avenimiento estuvo en que yo llevé paciente su locura y él llevó con no menos paciencia mi cordura, en lo que probamos los dos ser juiciosos. ¿Tú crees que no encontraba yo impertinentes su creerse caballero y todas aquellas trasmutaciones que le llevaban a ver castillos donde no había más que ventas y princesas donde no acechaban más que labradoras, y grandes enemigos en todos los vizcaínos que nos topamos? ¿Y acaso tú piensas que no le mortificaba verme comer con tan buen apetito como de ordinario me veía, o soltar refranes a todas horas, o hablar por cualquier cosa, que ya sabes tú que soy curioso y todo me desata la lengua? Así que él, por mí, y yo, por él, hubiéramos podido llegar a China y volver al cabo de veinte años, sin que entre los dos hubiera habido la menor cuestión. Me lo has oído decir muchas veces, todos somos locos, los unos por los otros. Y ahora empiezo a comprender que el buen gobierno de una nación no lo hace un loco, pero tampoco un hombre en exceso juicioso, que a fuerza de buen juicio acabe en demasiado riguroso y soberbio, y así de éste redimiría su juicio un poco de locura, como le redime a don Quijote un poco, y aun un mucho, de su cordura. Lo que yo pido ahora es bien poco. Paz, silencio, estudio. ¿Es un delito que un hombre como yo quiera saber qué hizo para saber qué hará?

Más que aquellas sublimaciones escolásticas, alarmó a Teresa Panza que su marido apenas comiera, cuando tan buen apetito solía tener, y que, conociendo el gusto y la buena disposición a descoser la lengua con unos y otros, la hubiera reposado, como difunta, hallándole todo el mundo casi siempre sepultado en silencio y con la frente fruncida en un pliegue sombrío y melancólico, que ya nada parecía poder contentarle. «He visto mucho, tengo mucho corrido», decía al que venía a verle. Se estaba todo el día solo, sentado en el corral, con una navaja en la mano sacándole punta a un palo, que podría decirse que se estaba como encantado. Nadie sabía qué pasaba por aquella cabeza, ni si sus pensamientos eran de ida y vuelta, o se perdían a lo lejos como la difusa línea del horizonte o no parecían cuajar, llegados, como la nieve demasiado precoz.

Empezó a acudir regularmente a la casa del bachiller, que le hacía subir a su torre, y allí, a vistas de aquel inabarcable campo manchego, imagen de una mente que se abría a nuevas luces, tenían lugar las lecciones.

—He de confesaros que ya don Quijote me dijo que el no saber leer y escribir parecía mal en quien iba a ser gobernador.

—¿Es eso, Sancho? ¿Y es que acaso piensas que va a volver la Fortuna a distinguirte con algún otro gobierno? —quiso saber su maestro.

—No, ni yo lo quiero, sino que vi por mis propios ojos cómo no sabiendo leer, todos pueden engañarte, como aquel desdichado doctor Tirteafuera, que quiso matarme de hambre citando no sé qué libros antiguos, siendo cosa imposible que un libro, y más siendo antiguo, quiera alargar la vida de nadie quitándole de comer y de beber, como hizo conmigo aquel galeno.

—No sé tampoco de qué médico me hablas, Sancho.

—Si se publica esa segunda parte de don Quijote, como vos asegurasteis, allí se dará cumplida cuenta, no me cabe la menor duda, de ese jifero empeñado en cerrar con buena llave mi andorga. Es natural que el letrado sepa de letras, el soldado de armas, el caballero de caballerías, y el rapador y cavador como yo, de rapar ovejas y de podar viñas, y no queramos que el letrado rape, el cavador entienda de leyes o el soldado escuche los pecados de los penitentes. Pero he de aprender a leer, y si, como he oído decir, a mi amo le sorbió el seso el mucho leer, a otros se lo dio, y digo que en eso serán los libros como los venenos, que administrados de poco a poco curan, y de mucho, acaban con la vida, y que al que uno gusta, a otros disgusta, y que el que aprovecha a uno, a otro le merma. Sucede como con los refranes. Es verdad que no hay refrán que no sea verdadero, pero no todos suenan a verdad, ni en todas las ocasiones, sino que hay que saber traerlos a colación. En boca de uno aburren, empalagan o fastidian. En cambio, los mismos en boca de otro, deleitan, divierten y enseñan. Así que enséñeme a leer. Y de escribir no hablo, porque eso es algo de lo que yo no voy a usar, de modo que podremos ahorrarlo, como no sea que me enseñe a hacer mi firma. Yo me he de conformar con leer de corrido, sin sufragio de nadie, y con saber poner en un papel, una tras otra, las letras de mi nombre Sancho Panza, por si alguna vez precisan de él alguaciles, jueces o regidores, que Dios no lo quiera, pues ni tengo testamentos que hacer ni bienes que dejar, y con la Justicia no he tenido ni quiero tener otro trato que el buenos días e id con Dios.

Le divirtió mucho al bachiller Sansón Carrasco que Sancho quisiese aprender a leer pero no a escribir, como si ambas cosas no vinieran juntas o fuesen contrarias.

—¿Acaso no quieres aprender a escribir, Sancho, porque piensas que te van a salir más baratas las lecciones? Pues has de saber que por lo uno sabrás lo otro, sin tener en consideración que ni por lo uno ni por lo otro voy a cobrarte yo nada.

—Mucho os agradezco la cortesía, y ya habrá lugar y tiempo para corresponderos, que siempre se ha dicho que es de bien nacido el ser agradecido, y así lo dirán los quesos, huevos y aceitunas aliñadas que harán la procesión de mi casa a la vuestra mientras me desasnáis. Pero no era ésa la cuestión que quiero aclarar con vos. Si nos fijamos bien, y no siendo escribiente, corregidor, memorialista, fraile, historiador, trujimán, secretario o mercader, a ningún hombre le hace falta escribir; con saber leer le basta. Y así tengo entendido que hasta el rey usa de esa costumbre, cuando manda a su secretario que le presente todo ya escrito, para poner al pie su «Yo el rey», y así, no precisaré yo más que el Rey, para poner, si me lo solicitan, un «Yo, Sancho Panza», declarando de ese modo que todo lo que antecede podría haberlo escrito yo mismo. Y aún le diré más a vuesa merced, y es que cuando fui gobernador comprendí bien a las claras que no debería estarle permitido a nadie salir de la puericia sin saber leer, pues no se basta un hombre para saberlo todo, sino que todo lo sabemos entre todos, y sí en cambio debería estarles a muchos prohibido el escribir. Unos, porque teniendo granjeada y alcanzada gran fama merecidísimamente por sus escritos, al darlos a la estampa la pierden del todo, o la menoscaban en algo, y otros, porque con malos libros echan a perder buenas y notables cabezas como la de mi amo, sin considerar el pernicio que los malos libros hacen sobre los buenos, envolviéndoles en su pésima fama y teniendo que pagar justos por pecadores, como creo que sucedió con cierto escrutinio que el padre cura y el barbero hicieron en los libros de mi amo, días antes de que los dos saliéramos por primera vez. Y así me sucedió que cuando yo me encontraba en aquella ínsula, me llegaron cartas de los duques y de don Quijote, y no pude leer ninguna a solas, en mi aposento, como hubiera deseado, sino que hube de pedir que me las leyesen allí en público, en la sala, sin saber si lo que ellas traían podía o no airearse, cegando así la estrella polar que ha de gobernar la derrota de un gobernante, a saber, la discreción. Y recuerdo que en aquella ocasión me avergonzó que mis súbditos descubrieran que el que les gobernaba tenía que admitir tal ignominia, tal infamia, que no supe si era más infamia por ignominiosa o más ignominia por infamante. Aunque también pienso ahora que quizá me convenga aprender a escribir, si decís que viene todo en el mismo lote, y que con parejo esfuerzo se aprenden ambas cosas. Imagino que tiene que ser eso como enseñar a andar a un niño, que sería absurdo hacerlo sólo sobre una de sus piernas, cuando puede hacerse sobre las dos, o enseñarle a nadar hacia adelante y no hacia los lados o hacia atrás. Y lo digo porque el otro día, mismamente, cuando le pedí a don Pedro, mientras velábamos el cuerpo de don Quijote, que escribiera por mí a los duques, que vi que lo hizo con breve amén y no como correspondería a señores tan señeros, sentí que de haber sabido yo hacerlo, lo habría hecho tan largo como las Diez Partidas, de lo que sin duda hubieran quedado mi señora la duquesa y mi señor el duque muy contentos, aunque fuese en ocasión tan triste como la de anunciarles una muerte. Nunca más volverá a ocurrirme una cosa así ni podrá nadie sacarme los colores a cuenta de mi ignorancia. Abra mi mente y moladla como cibera, para que podamos hacer con ella buen pan, quiero decir, buen entendimiento, bien metido en harina y mejor cocido. Y luego hagamos sopas o comámoslo en vino. Tiene vuesa merced delante, con mis bien barbados cuarenta años, al más tierno de los escolares. Asiente en él mano dura, cuando lo haya menester, o las ternezas, que yo he oído decir que la letra con sangre entra, y que hay que sacudir a la encina para desbellotarla, pero también que sin tiernos cuidados no crecen los árboles. Sancho aquí ha de entrar uno y ha de salir muy otro. Recuerdo que a menudo mi amo don Quijote solía decir, «yo sé quién soy», cuando todos dudaban de que lo fuera y de lo que fuese. Yo no llego a decir tanto, pero sí que sé quién quiero ser, y quiero, a partir de ahora, saber las cosas por mí mismo, y no voy a esperar que otros me las cuenten, y en cuanto pueda, voy a leer, en primer lugar, ese famoso libro que anda por ahí con nuestras andanzas.

—Me parece bien —le dijo el bachiller— que quieras leer esa historia que las recoge, y de ello ya te hablaré más adelante, pero quiero que sepas que no es ésa una puerta que se abre y se cierra a voluntad, sino que una vez abierta ya nadie podrá cerrarla, y después de ese libro, vendrán otros, y querrás leer uno y otro, y con ellos todos los que se han escrito, porque el leer es como la torre de Babel, que tiene fecha de inicio, pero cuanto más se eleva más confusión mete en las cabezas de las gentes y más nieblas las atacan, y allá en lo alto dicen los pocos sabios que han llegado a ella, que todo son truenos y relámpagos, pero también yo he oído decir que pasado ese estado reina en la cumbre inmensa paz y desde allí se contempla formidable infinito que ensancha el espíritu y lo sosiega, y que el hombre, como los dioses de la antigüedad, puede sentarse allí sin que le ataque la sed ni le pruebe el hambre ni el sueño, sino así, tranquilamente en su trono, ve pasar la vida, y que eso, sin pesar, es a donde más alto puede llegar un mortal en estas cuestiones. La prueba la tenemos en don Quijote. Sólo que don Quijote murió precisamente el día en que coronó su particular monte. Mucho penó. Gigantes, malandrines y follones fueron para él truenos y rayos. Pero dio un paso y allá, en la cumbre de su cordura, pudo sentarse apaciblemente. Recuerda, Sancho, con qué paz nos confortaba a todos. Aquella paz, sin la guerra que le condujo a ella, no habría sido la misma. ¿Vas a querer tú seguir ese camino? ¿Vas a leer esos libros de los que él te hablaba? Mira que por su mal le nacieron alas a la hormiga.

—¿Qué tienen las hormigas que a todo el mundo le da por recordármelas últimamente? No creo que vaya a leer esos libros, aunque ya no soy de los que digo de esta agua no he de beber. No me hace falta saber leer, de todos modos, ni haberlos leído, para comprender que todo lo que en ellos se contaba eran grandísimos disparates, pues no hay hombre ninguno que pueda esta mañana vencer unos gigantes en la China y estarse rondando esa misma noche a su dama en un castillo a más de tres mil leguas, ni aun en Quintanar por la mañana y en Argamasilla por la tarde, ni cortar de un solo tajo las cabezas de doscientos enemigos, ni tampoco he visto yo, con todo lo que he andado, gigantes por ninguna parte, y sí molinos, carneros y pellejos de vino, que a todos nos parió una mujer y todos salimos de la misma estrecha hura. Pierda vuesa merced cuidado, que yo no acabaré loco así venga ahora en su vera efigie el mismo Belianís de la mano de Alifanfarón. Nadie se vuelve loco por un solo libro. La locura se enciende con muchos libros, por lo mismo que no verá arder vuesa merced un libro solo, sino en compañía de muchos.

Sansón Carrasco, hombre curioso donde los hubo, emprendió la alfabetización de su amigo con entusiasmo, por ver si la ciencia despertaba aún más el talento y la gracia de Sancho o si, por el contrario, la arrasaba para siempre, pues suele el saber de los libros ser como un manto de sal para los cultivados campos del ingenio espontáneo.

Las lecciones empezaron a buen ritmo. Dedicaban el bachiller y Sancho la mañana a ellas. El escudero aprendió en una semana a distinguir todas las letras con su nombre, y recibió indecible contento que cosas como arado o jubón, pudieran ser leídas bajo el hábito de las letras, y fue gracioso verle como muchacho con chichonera irse dando en todas las esquinas del abecedario. Y en otra semana más, se soltó a leer de corrido, lo cual fue para muchos, pasando el tiempo, el primer milagro que hizo don Quijote y el primero que pusieron en la relación aquellos que acordaron subirlo a los altares, que, dicho sea de paso, los hubo, sobre todo los miembros de cierta academia alcarreña que acordó decirle una misa todos los años y mover sus hilos en Roma para que el Santo Padre lo canonizase. El milagro de Sancho, como se le conoció, lo corroboraba. Nadie podía entender que en tan poco tiempo alguien tan porro como el escudero y tan empedernido, mostrara tan tiernas y moldeables sus entendederas. Se imaginaban la mente del escudero como sumisa pella de barro en las habilidosas manos de un alcaller. Pero no llegó a escribir tan bien como leía, porque no se avino la rudeza de su mano con las mórbidas plumas de ganso, que acababan en el papel despuntadas y astilladas, y cuando lograba, entre borrones, trazar limpiamente algo, resultaba tan ininteligible, tenue y tembloroso como el pulso de un agonizante.

—Hasta aquí he llegado y no preciso más —dijo Sancho cierta mañana.

Aquello le pareció, en efecto, juego de niños. Y añadió:

—Y no entiendo que se haga llorar a los niños en las escuelas, sino que debe de ser que no todos tienen un maestro como lo he tenido yo. Y ahora quiero deciros lo siguiente, señor bachiller. Mientras don Quijote vivía, él era, por así decirlo, mis ojos, mi lazarillo. Él me guiaba por donde le parecía, y yo le seguía. Él me contaba los libros que había leído, que no todos eran de alocadas caballerías, y a su boca venían las enseñanzas de tanto trasiego libresco. Mi vida era una, y no llegaba más lejos de donde iba mi rucio, y yo con él. Hasta hace un año y parte de otro, poco me importaban a mí los libros que hubiera leído no sólo don Quijote, sino todos los que se juntaron en la biblioteca de Alejandría, que tanto le oí ponderar a él, porque entre ellos ninguno me hubiera sacado de pobre ni me habría traído la comida a la mesa. Entré al servicio de don Quijote y empezó él a pintarme con maravillosas palabras no sólo lo que tenía delante, sino lo que ya había pasado, y lo primero parecía que cobraba una vida que no tenía, y lo pasado volvía al presente a tener nueva y rebrotada vida. Qué modo de hablar y cuánto me equivoqué yo pensando que nada de lo que traían los libros podrían sacarnos de nuestro lamentable estado. Desde que murió don Quijote mi vida se ha visto menoscabada, y no hago sino pensar en lo que he vivido y en lo que ya nadie hará que viva. No volveré a tener un amo tan bueno como él ni a aprender más de lo que con él aprendí, sin que quisiera él enseñarme, porque no tenía ese ánimo. Me corregía cuando me equivocaba, haciendo conmigo obra de misericordia, aunque he de decir que tenía demasiadamente pronta la ira para romperme en la cabeza su lanzón o lo que tuviera a mano, y darme de palos, que en esto probó que tenía madera de maestro de escuela. Pero vos lo sabéis, y lo sabe el señor cura y maese Nicolás y todos los que alguna vez le oyeron, que sus locuras venían envueltas entre tales y tan sazonadas verdades que daba aún más lástima oírlas, porque le recordaban a uno de continuo que aquella buena cabeza la regía un loco, aunque, como ya os dije, aquellas locuras suyas quedaran en la redención de su buen juicio. Y yo diría aún más: don Quijote era loco cuando obraba, y no siempre; pero nunca de pensamiento, que pocos habrán pensado lo que él y como él. No hay día que pase que no me acuerde de todo lo vivido con él, y ando por los rincones llorando sin consuelo. Y haga lo que haga, me acuerdo de lo que haría o no mi señor don Quijote, que hasta en sueños se me presenta todas las noches, y de noche andamos nuevas jornadas y aventuras, como si siguiéramos en el camino. Ahora comprendo que pudiera perder conmigo la paciencia, que me apaleara y que me motejara de necio y sandio, de desagradecido y de villano, porque como tal me conduje a veces.

Pero también sé decir que todo ello cambió cuando, dejado el gobierno de la ínsula, seguimos nuestras aventuras. Me dijo entonces, «Sancho, ha llegado la hora de hacerte caballero. Hinca la rodilla en tierra y yo te unciré a esta espada que tantas victorias ha cobrado. A partir de este día serás y te conocerán los orbes como el Caballero del...». Y no se le venía ningún nombre a la cabeza, como tampoco, según me confesó, se le vino la primera vez que lo buscó para sí, que estuvo varios días hasta dar con el bien sonoro e incumbente de don Quijote de la Mancha. Y así, paseó su vista al retortero y no halló cosa de más relieve que unas zarzas en las que habían dejado prendidas sus vedijas un rebaño de ovejas. Pareció inspirarse de pronto y me dijo, «mira ahí esas lanas. Señal es de muy buenos augurios, y no pudiéndote decir Caballero del Vellocino, será bien que te llames a partir de este minuto Caballero del Copo, dando a entender con ello que tras el Copo vendrá un día el Vellocino, enseña que a ambos nos conviene. Y con esto, Sancho, arrodíllate para levantarte como don Sancho del Copo». Yo, mohíno como me hallaba en aquel entonces con el fracaso de mi gobierno, le dije que no estaba para burlas y que no quisiera hacer de mí un hombre desdichado, y que había salido de mi casa sirviéndole y que algún día me gustaría entrarme en ella como criado suyo, y que le agradecía la fineza, pero que tampoco encontraba yo muy ajustado aquel don Sancho en quien no sabía ni poner su firma en un documento ni leer mi nombre si me lo presentaban. Y fue esto último lo que le decidió desistir, y me dijo «tienes razón, Sancho bueno, Sancho humilde, Sancho hermano; pero a la primera ocasión que puedas, aprenderás a leer y en menos que canta un gallo serás tú el Caballero del Copo en memoria de esta jornada y de todas las que harán inmortales nuestras hazañas». Y el recuerdo de aquel día, mi querido bachiller, ha sido en parte lo que me decidió a tomar lecciones. Yo no fui armado caballero, pero don Quijote no olvidó que algún día me haría profesar en esa orden, recordándome a cada paso que de la misma manera que puso a mis pies una ínsula, coronaría mi cabeza con los fulgores de la caballería. Y empezamos desde ese día a ser uno para el otro y el otro para uno, como dos hermanos, y ya no había tuyo ni mío, ni tú o yo, sino que todo lo partíamos por igual, él en lo mucho y yo en lo poco, él sobre un caballo, y yo sobre mi rucio. No había cosa que no juzgase él con tino, fuera de su locura, ni negocio humano del que no entendiera, y como no fuese en lo tocante a su manía, nadie partió mejor el campo de lo que él lo hizo, y cuando no podía él creer algo, como que subimos por los aires a lomos de aquel caballo de madera llamado Clavileño, lo creía sólo por darme crédito, como yo acabé dándoselo a todo lo que sucedió en la cueva de Montesinos, sólo por apreciarlo. Así que se comprende que después de haberlo conocido a él, todo me parezca a mí desustanciado y nabo crudo. Muchas veces le oí decir que en los libros se celaba el consuelo de todo solitario, y nadie puede figurarse la soledad en la que estoy, que yo, que era alegre, me muero de tristeza; era decidor, y cada palabra he de arrancármela de las entrañas; reía o estaba dispuesto a hacerlo por cualquier cosa, y lloro por los rincones; me gustaba comer, y ayuno en una hura sin hambre ni apetito, y el vino sólo me produce, cuando lo bebo, mayor tristeza; y si antes caía ya dormido en cualquier lecho, ahora doy vueltas en el mío, inquieto y atribulado sin encontrar una sola razón de tanto desasosiego. Si no pongo yo un remedio pronto, me moriré de contrariedades y melancolías como él, y lo sentiría, porque de todas, las únicas ganas que no he perdido son las de vivir y volver a mi primitivo estado, a ser amigo de mis amigos, a decir mis donaires, si se tercian, y a celebrar los de otros, a beber y comer como solía, a entretener a mi Teresa, a desbastar a mi Sanchico, que es un diamante en bruto, y a pulir ya al que es el más donoso del mundo, que es mi Sanchica. Déme, pues, ya ese libro. Me lo he ganado. Puedo leerlo, yo lo entenderé, él me consolará, juntos haremos nuestra jornada, y amanecerá Dios y medraremos.

—Que así sea. Tendrás el libro, como quieres. Déjame buscarlo, y será tuyo.

CAPÍTULO VIGÉSIMO CUARTO

Se fue Sancho a su casa alfabetizado, y esperó el bachiller Sansón Carrasco un buen rato en la suya, haciendo tiempo, en tanto se ponía a buscar el libro. No quería ir a hablar con el cura don Pedro, porque le avergonzaba confesarle que había dejado sus estudios de clérigo, y por lo mismo tampoco se había visto en todos aquellos días, después de venir de Sigüenza, con el barbero, pues con todo lo bromista y sazonado que era el bachiller para las fiestas ajenas, lo era apocado con sus asuntos, que no gustaba que salieran a plaza pública ni contarlos él a nadie.

Pero las circunstancias le llevaban a pedir consejo a sus dos amigos. En cierto modo le obligaba a ello el nombre de don Quijote.

La decisión de Sancho de leer aquel libro, manifestada por el escudero desde el primer día en que se puso a tomar lecciones, entrañaba no pocos riesgos. ¿Qué pensaría aquel pobre, ingenuo, inexperto, desavisado gañán leyendo ese libro y viéndose motejado en él de sandio, tragaldabas, gumia, porro, interesado, taimado, simple, bobo, sucio o cerril? ¿Qué diría cuando se topase con aquellos que sólo perseguían reírse y solazarse a costa de su simpleza y de su codicia o de su solercia para embaularse media docena de capones? ¿Cómo aceptaría que lo tratasen de glotón, perezoso y dormilón? ¿Qué desengaños no iban a amargarle el resto de su vida cuando viera que sus amigos del pueblo, a sus espaldas, lo tenían a veces por el hombre más simple del mundo? ¿Cómo explicarle que las cosas que se dicen a las espaldas de los amigos no siempre están dichas con ánimo de ofender y que no puede haber afrenta en lo que se ha dicho con reserva? Porque una cosa era la opinión que Cide Hamete podía tener del escudero, otra la que pudiera tener Cervantes y otra bien diferente la que Cide Hamete o Cervantes desvelaban de las que tenía el cura, el barbero y otros muchos del caballero y el escudero. ¿Cuántas decepciones, cuántas desilusiones y cuán tristes le esperaban a Sancho en el desvelamiento de tantos pensamientos ocultos, solapados o maliciosos?

Al principio, cuando Sancho le manifestó su deseo de aprender a leer para poder hacerlo algún día en el libro de sus aventuras, el bachiller dejó correr el tiempo, porque jamás pensó, sinceramente, que aquel hombre por muy agudo que fuese y con la buena memoria que tenía, sería capaz de domar la cartilla. Lo que no pensó él ni pudo creerse nadie es que el rústico Sancho leyese de corrido en menos de dos semanas.

—¡No es posible! —exclamó el barbero, a quien Sansón Carrasco encontró en casa del cura mientras ordeñaba sus colmenas.

—¡Es un milagro! —dijo don Pedro.

—¿Y cómo es que han andado vuesas mercedes con tanto secreto? —preguntó el cura sin apartar, goloso, la vista de aquel interminable hilo de miel que se iba destilando del panal a un jarro.

En breves palabras les puso al corriente el bachiller, y la angustia que le producía seguir adelante con aquella idea descabellada de entregarle a Sancho el libro, y les relató toda la conversación habida con el escudero.

—Señores, esto hay —concluyó el bachiller con el fuelle agitado.

—Sabrá, en efecto —intervino el licenciado don Pedro—, que no fuimos ajenos a algunas de las burlas, pero advertirá que no había en nuestro corazón deseos de mofarnos de él o menosprecio. Advertirá que aquellos meneos que le dimos sazonaban el propósito de restituir a su casa a su amo, con los suyos, y quitarle a don Quijote de su locura, y a él de querer servir a un loco, más que estorbarle su jornal.

—No podemos hacer nada—admitió un desolado maese Nicolás, a quien como buen académico preocupaba la armonía del mundo y entenderse con todos—. ¿Se amostazará, dejará de hablarnos? Sancho tiene buenas hechuras, y en cuanto pase el tiempo se le olvidará. Aunque no estaría de más que vuesa merced, señor bachiller, fuese preparándole el terreno y advirtiéndole y enseñándole que una cosa es lo que se pone en los libros y otra muy diferente la realidad y la vida, y que en los libros se toman los historiadores licencias que no se corresponden punto por punto con las cosas que hemos vivido, y que eso las personas que tienen el hábito de leer lo saben y no les importa encontrárselas descomunadas y descomunales, porque ellos las tornan con su buen juicio a las proporciones humanas; y aunque leamos en autores divinos como Homero que Diomedes partía de un solo tajo el cuerpo de sus enemigos, o que Aquiles se ventilaba en un santiamén veinticinco troyanos a los que ensartaba con su lanza como si fuesen magras, sabemos que ésas son licencias para darnos a entender su extremo valor y la inconmensurable fuerza de su brazo. Y así habrá de sopesar Sancho, cuando leyere su historia, en su justo término lo que fueron los hechos y lo que puso el autor, para salpimentarlos, con las especias que le dan sabor, pero que no añaden un átomo de sustancia ni alimento a las presas, a saber, la hipérbole, el retruécano, la metáfora y todas las que podríamos considerar las alcamonias de la gramática, porque a menudo, sin ese arte coquinario, la realidad no se puede tragar.

CAPÍTULO VIGÉSIMO QUINTO

ESTÁ por ver si el cambio que experimentó el carácter de Sancho tuvo relación con su nuevo estado, o si tal estado fraguó justamente porque ya había cambiado tras pasar de iletrado a persona que empezaba a cultivarse; si la mudanza fue anterior a todo lo sucedido, o causante de lo que vendría a suceder y de aquellas novedades que tan alarmadas traían a Teresa Panza y a sus hijos, que no al propio Sancho.

Éste parecía, sin embargo, más y más tranquilo, en «su solaz», al que se refería sarcásticamente Teresa Panza.

Sólo esperaba que el bachiller le diera el libro. Para él aprender a leer no había sido nada mientras no leyera el libro para el que aprendió a leer.

Se pasó al día siguiente, como habían acordado, a recogerlo.

—Sancho —se justificó el bachiller—, he puesto la casa patas arriba, he revuelto Roma con Santiago, y el libro no ha aparecido. Perderlo, no puede haberse perdido. Voy a empezar a creer que se lo llevaron volando los encantadores. Don Pedro, a quien he preguntado y a quien en su día se lo presté, me aseguró que se lo había pasado a maese Nicolás. He preguntado al barbero, y así como éste ha reconocido que lo recibió de manos del cura, asegura que me lo devolvió. Has entrado en esta cofradía de los que leen libros, Sancho, y no olvides esto: nunca los prestes, porque no te lo devolverán, ni devolverás los que te presten, porque se parecen los libros a los perros de los gitanos: se están muy a gusto con el primero que no les echa de su lado, y si se les deja, se van también con el primero que pasa y les dice tus tus. Así que si algún día quieres preciarte de biblioteca, ni prestes libros ni devuelvas los que te presten.

—Dígame vuestra merced lo que vale, que yo lo mercaré gustoso. Ya sabéis lo ganancioso que quedé con don Quijote, y lo mínimo será gastarme unos reales en quien me dio tanto.

—No es ése el escollo, sino que es muy probable que ya se haya agotado, así, según tengo entendido, ha sido la fortuna que ha tenido, que no hay antecámara donde no se vea un ejemplar en mano de un paje o de un caballero. Pero déjame a mí, que puede que aún demos con él.

Advirtió Sancho que el bachiller Sansón Carrasco le hablaba de un modo diferente antes y después de su escolarización.

—De haber sabido yo —le dijo el antiguo escudero—, de haber imaginado que lo de aprender a leer era cosa tan parva, lo hubiera emprendido mucho antes y no me habría puesto en evidencia cuando tuve que gobernar la ínsula. Ítem más digo, de haber sabido yo leer y escribir como ahora sé, nadie se me habría desmandado en aquella plaza baratera, me habría aprovechado a mí, habría contentado con ello a mi mujer que habría sido gobernadora, por lo que se desvivía ella, y habría traído a todo el mundo más derecho que un huso, en primer lugar a aquel doctor Tentetieso o Tenteadentro que quiso matarme de hambre. Le habría dicho, venid acá, señor Borrajas y mostradme en qué libro halláis que no se dé de comer a las personas, y yo mismo, a poco que me hubiera puesto, le habría rebatido con otros mil escritos de doctores mucho más sabios, si acaso no los hubiera escrito yo con todo lo que ya tengo visto, vivido y oído por estos mundos. Y ahora me arrepiento también de no haber sabido escribir, contra lo que pensaba, porque hubiese podido pasar a pliego todo lo que mi señor don Quijote me ordenó que le dijera de su parte a su señora Dulcinea, que aunque sé que eso formaba parte de su locura, no está bien dar la palabra a nadie, y no cumplirla, aunque se trate de un loco. Porque si el loco está en su derecho de ser loco, tenemos los demás el deber de tratarle con consideración y respeto, y no por loco engañarle en cosas de su cordura, haciéndole creer que son de loco. Y don Quijote podía estar loco con sus caballerías, pero que sentía amor por Dulcinea era cosa probada, y al ser probada y no forzosa, no la compartió con nadie. Y no haberla visto nunca, no empecía para estar enamorado de ella y para que su amor fuese tan legítimo como el del más pintado Calixto, porque de lo que él estaba enamorado era del amor, y eso no era de locos, sino de hombre en su sano juicio, si no es que todos los hombres damos en loco en cuanto nos enamoramos, y de ahí que se diga, «mira, ahí va Mendoza loco de amor», o «Constanza, te amo con locura». Todo lo hubiese podido yo remediar, sí señor, sabiendo leer y escribir. Y ahora que ya sé, ¿me habéis apartado ese libro? Venga, que me estoy muriendo de ganas por leerlo.

—Vamos con tiento, Sancho. ¿Estás seguro de que vas a querer leerlo? Mira que no te he dicho antes nada, pero podrás tropezar en esa historia con cosas que no sólo no te gusten, sino que te den gran pesar y tártagos. Acaso las encuentres inexactas o mentirosas, y tal vez reputes que menoscaban tu honra. Advierte que ese que verás, serás tú, y al mismo tiempo no lo serás, y acaso no querrás serlo.

—Podría ser —admitió Sancho—, pero déjeme decirle dos cosas. Primera: no creo, por las informaciones que me adelantó mi señor don Quijote, que el moro Cide Hamete haya hecho otra cosa que dar cuenta puntualísimamente de los acontecimientos de nuestras correrías andantes. Tampoco el señor Cervantes habrá querido contar lo que no era, ya que como soldado que ha sido, no podría no ser un hombre que pusiera la honra suya y ajena por delante de la honra de los demás, pues deshonrando a unos se deshonraría a sí propio. Habrá, no lo dudo, momentos en que podrá uno no quedar en un paso como le gustaría, pero ¿a quién no le sucede eso? ¿Quién no pisa una peladura en la calle y viene a caer rodando al suelo, y a quién no causamos risa cuando nos confundimos o equivocamos en cosas de poca monta? Nos miramos en un espejo, y con ser espejo, la mayor parte de las veces no quedamos a gusto de lo que vemos, y no por ello lo rompemos. Si lo hiciéramos, obraríamos como grandes botarates. Así pues, écheme acá ese libro pronto, que me perezco por leerlo, y luego de leído, le pediré incluso ese otro en el se habla de un don Quijote que no fue el nuestro, y de un Sancho Panza que no soy.

—Ahí voy, Sancho, te repito que lo he buscado por todas partes y no lo he hallado.

—Después de lo oído, todo eso me suena a excusa. Creedme, hace ya mucho que no me chupo el dedo.

—No te miento; no lo encuentro. Y tiene que ser que se lo prestara a don Quijote, como recuerdo que hice, y no me lo devolviera. No obstante vamos a pesquisar de nuevo en este armario, porque ya que vas a ingresar en la cofradía de los bibliómanos, tienes que saber que muchas veces los libros no aparecen, estando delante de los ojos, como si estuvieran encantados. Y aunque si fuesen un perro te morderían, de tan cerca que los tienes, no los ves, y por eso hay que buscar una y mil veces en el mismo sitio.

Dicho eso, abrió una alacena donde guardaba lo menos cien libros, mientras Sancho, sentado frente a la mesa, se admiraba en silencio de ver todos aquellos volúmenes, algunos de tamaño infolio. Y como no era hombre que pudiera estarse callado mucho tiempo, picado como estaba por la curiosidad, acabó preguntando.

—¿Y habréis leído seguramente todos esos libros, señor Carrasco?

—Ésa es una de las preguntas más famosas que se les hace a los libros cuando se juntan más de ocho —corroboró alegre el bachiller—, pero unos se leen de la primera hoja hasta la última, y otros, como esos diccionarios, se consultan. Y algunos se compran y no se leen nunca, sino que se espían, y con eso basta, y a otros basta verlos de lejos para saber que no queremos acercarnos más de lo que ya lo hemos hecho, y a otros en cambio nos acercamos y nos hablan de modo que no entendemos. De los no leídos, o no leídos con gusto, lo mejor es llevarlos a los alfarrabistas, zarracatines y aljabibes o darles aceite y usarlos para tapar ventanas. Porque si los libros no han de leerse, ¿para qué querría uno tenerlos al lado? ¿Mantendrías tú en tu casa y alimentarías seis perros si no tuvieras ganado que guardar? Los libros son poco más o menos que un perro. Un libro, si es bueno, te defiende, mantiene lejos al indiscreto y al intruso; y, sobre todo, un libro te da la mejor compañía en los momentos de soledad, melancolía y tedio por los que todos atravesamos, y a diferencia de los amigos un libro, como un perro, se quedará a tu lado todo el tiempo que tú lo precises. Por eso, si un libro no te hace falta y ya no vas a disfrutar de él, lo mejor es darlo a otro o dejar que se vaya, porque lo que se dice del agua, puede decirse también de los libros, a saber, libro que no has de leer, déjalo correr.

—Yo en cambio —le interrumpió Sancho— siento ahora

una sed infinita de esas aguas, y como si hubiera dejado correr a mi lado todas sin probarlas, todas me las bebería.

—Ten cuidado, Sancho, y no te vayan a hacer daño, porque así como a Felipe el Hermoso le mató un vaso de agua, algo parecido podría ocurrirte si te lanzaras sobre el primer libro que saliera a tu paso, sólo porque tienes una sed desaforada. Y tampoco pases fatiga por lo contrario, extremo que conocerás igualmente, a saber, que veas un libro y nada te diga, y que lo dejes correr; ello será señal o de que viste que ese agua no te convenía o que no tenías sed, y en cualquier caso, ¿para qué beberla?

—Y así ha debido de ser, que he vivido indiferente hasta ahora a la gramática y a los libros, sin que llevara pena por ello. Y es o porque no me convenía o porque no tenía yo esa ansia. Apenas había cumplido cinco años cuando ya mi padre me puso a guardar tres cabras que tenía, y no había cumplido los diez, y ya llevaba yo una yunta de mulas, y habría arado si no hubiera sido que no tenía fuerza para mantener clavado el rejo del arado, de modo que por unas cosas o por otras no pude ir a la escuela, ni siquiera a las lecciones que en mi tiempo impartía don Pedro a los zagales y mozos por la noche, en invierno, cuando se acababan las tareas, se echaba la noche encima y las tardes se hacían tan largas. Pero, decidme, ¿no encuentra vuesa merced el libro que busca?

Y así era. Había sacado de su armario todos aquellos libros y los había mirado uno por uno, pero ninguno resultó ser el que buscaba lo que al principio creía con malicia, se confirmó. Hasta que el bachiller Carrasco, súbitamente, se golpeó la frente con la mano abierta, como si tratara de fijar de ese modo un recuerdo al que tanto tiempo había costado emerger de las simas profundas donde llevaba enterrado casi un año.

—¡Ahora caigo! ¡Ya sé quién va a tenerlo! En cuanto terminé de leerlo y me repuse de aquellas fiebres nerviosas, no del todo fingidas, me planté en este pueblo con qué ganas de hallaros a todos los que figurabais en él. Luego viniste tú a darme la bienvenida, y te conté lo del libro, que había leído. Y tú corriste a contárselo a don Quijote, y él me mandó llamar. Quiso mi buena fortuna que en muy poco tiempo me hiciera muy amigo suyo, y me cobró pronto una grandísima afición, por tener en mí alguien con quien hablar de cosas de caballería, de lo que, sabes, sé yo tanto como el más docto en esos asuntos. Hasta me ofrecí a ser su escudero, y lo hubiese sido si tú al final no te hubieras decidido a ello. Reconozco que al principio me tomé a don Quijote un poco a chufla, y me hinqué de rodillas y quise hacerle ese cuento que había leído en el libro que todo el mundo hacía con él, pero él, aunque no se tomaba totalmente en serio aquellas burlas, las pasó por alto, y en cierto modo, como era un hombre bueno y nada vanidoso, las encontraba naturales venias y rendimientos no a su persona, sino a lo que ella representaba, quiero decir, el orden de la caballería. Le dije entonces que su historia andaba ya en los papeles. Yo pensaba que ya estaría él al cabo de la calle de que se había publicado y que quería abundar en la lisonja, como a veces les ocurre a los espumosos y pagados de sí mismos, que se hacen de nuevas de algo, con tal de que les vuelvan a relatar algo que se saben ya de memoria; pero no. Era su condición tan humilde y poco entretenida en esas rizadas pleitesías, que importándole mucho lo que dijeran de él los siglos venideros, le daba un ardite lo que en cambio decía el siglo presente, aunque me confesó que una de las cosas que más contento debe de dar a un hombre virtuoso y eminente es verse, viviendo, andar con buen nombre por las lenguas de las gentes, impreso y en estampa, y eso debía de decírselo a todo el mundo, porque hace unos días me lo recordaba Antonia. Lo cual no le llenaba de telarañas la cabeza, porque cuando ya llegamos a ser amigos, también solía decirme, «señor bachiller, sepa vuesa merced que la opinión de los contemporáneos hay que ponerla en cuarentena, porque las más de las veces la mueve el interés, y cuando no, el temor, y cuando no es uno o otro, suele ser la adulación, que siempre es taimada y logrera y la alcahueta de los otros dos. Y así encontrar un hombre que te diga la verdad, y más en un libro, es punto menos que imposible, pues la gente o bien no se atreve, y ahí aparece el temor, o bien lo hace pensando en sí propio, y eso es fruto de la vanidad». Y si no te has olvidado, recordarás que preguntó entonces don Quijote cuáles aventuras salían en el libro y cuáles eran reputadas como más célebres. Y yo le dije que unos se atenían a la aventura de los molinos de viento que a él le habían parecido Briareos desaforados, y otros a la de los batanes; unos, a la de los dos ejércitos, que resultaron ser dos manadas de carneros, y otros a la del fraile muerto que llevaban a enterrar a Segovia, o la de la liberación de los galeotes o la de los monjes benitos, con la pendencia del valeroso vizcaíno.

—Ay —suspiró profundamente Sancho, a punto de echarse a llorar, porque la muerte de don Quijote le había dejado muy flojo—. Y cómo me acuerdo de todo eso que decís como de las verduras de las eras y de los tiempos felices que ya no han de volver. Y cómo lo estoy viendo a él y a vuesa merced ese mismo día que hablamos todas esas cosas, y con ser de hace un año, parece que ocurrieran hace mil, y otras veces no parece sino que acabaran de suceder ayer mismo, y que dentro de un rato veremos aparecer a don Quijote vivo, en su verdadera planta, andando con aquel continente solemne que él tenía, con el pecho saliente, la barbilla hundida, la boca majestuosa y los ojos melancólicos mirando a tierra. Y cómo volvimos a reírnos los tres recordando la aventura de los yangüeses, cuando a nuestro buen Rocinante se le antojó pedir cotufas en el golfo, que todavía mi amo se reía algunas veces, y de las cabriolas que hice yo en el aire, sí, y aún más de las que yo quisiera, y volviera a reírme ahora después de todo lo que me pesó cuando ocurría.

—Pero aquello que te causó risas, quizá pueda enojarte ahora, porque has de saber, Sancho —le interrumpió el bachiller adoptando un aire de inusitada gravedad—, que el historiador que contó vuestra historia la cuenta por lo menudo, tanto los palos que recibió tu señor como las veces que a ti te escarnecieron. Y yo no digo si dijisteis tales y tantas tonterías, pero allí se os apuntan a vuestra cuenta como dichas.

—Desde luego —admitió Sancho— que tenía razón don Quijote, cuando ese mismo día que lo visteis os dijo que los palos no estaría de más callarlos por equidad, porque las acciones que ni cambian ni alteran la verdad de una historia, ¿para qué escribirlas, si van a deslucir a sus protagonistas?

—No sé yo. Es posible que Eneas no fuese tan piadoso como Virgilio le pinta, ni tan prudente Ulises como le describe Homero. Pero una cosa es escribir una fábula, que no ha ocurrido nunca sino en la cabeza de quien la escribe, y otra bien distinta hacerlo como historiador. El fabulista puede contar o cantar las cosas, no como fueron, sino como debían de ser. El historiador, no; el historiador las ha de escribir no como debían ser, sino como fueron, sin añadir ni quitar ni una coma a la verdad. Que los hechos, sabes tú muy bien, sólo son unos, se miren del lado que se miren, y todo lo demás son florituras y adornos. Así pues no sería de extraño que te encuentres tú con más adornos que hechos.

—No lo sé. Lo sabré leyendo el libro, y como vos, así pienso yo también —corroboró Sancho—. Y ya entonces os dije que si eso era así, que si el historiador se atenía a los hechos, tendría que ocuparse de mí, aunque en uno y en otro, en mi amo y en mí, pusiera acentos bien distintos, porque no suena, tañido con el mismo badajo, una campana que un cencerro, y yo soy más bien cencerro.

—No presumas, Sancho, ni te abajes, que no es preciso. Aunque te recuerdo que si leyendo, te amohínas por verte zarandeado un tanto de más, no debes de olvidar que no hay libro tan malo que no tenga algo bueno.

—Yo no voy a juzgar un libro —le dijo Sancho—, porque no soy quién, sino a mirar una vida, y si esa vida, con sus más y sus menos, está bien metida, aunque me escueza, la daré por buena, porque todos sabemos que al pesar vidas humanas ha de ir todo junto, bueno y malo, y juzgarlas después de sumas y restas. Y en mi caso, si conozco mis restas, sé a dónde llegan mis sumas, sin empingorotarme y pecar de indiscreto e inflado.

—Si eso haces, Sancho —le replicó Sansón—, serás el primero de los hombres que no deciden venganza cuando se ven maltratados en un escrito. Porque las obras impresas se miran despacio y las gentes las rumian una y mil veces, antes de pasarlas, y pasadas, van poco a poco infeccionándoles la sangre con su veneno si lo llevara, y basta con que en una línea se le roce a alguien un callo, para que se olvide del resto, y aunque estuviera cincelado en oro puro por el divino Cellini, querrá en venganza acuchillar al autor en un callejón oscuro, o sólo piensa en que se lo lleve por delante un cólico.

—Y ya ve vuesa merced qué gran coladura. Yo he sido gobernador y atendí a las críticas de mi gobierno, y nunca me ha parecido mal que el que sabe nos enseñe, y el que pueda nos corrija. Por lo que yo he observado en esta vida, las varas de medir son distintas dependiendo del paño. Y así, no ha movido alguien un dedo ni salido de casa, y si tiene turiferarios cerca, le atribuirán las más heroicas empresas que no ha realizado, para contento del lindo que no se molestará en desmigar ese yerro; en tanto viene otro asendereado y molido de larga y heroica peregrinación, donde tuvo que vender cara su vida en mil peligros, y nadie le cree. ¿Cómo ocurre eso? No se sabe. Le hacen a uno tercer alguacil del alcalde de una aldea, y lo cacarea de tal modo que no parece sino que le hayan nombrado Archimandrita de los Pámpanos Orientales; y ha alcanzado otro por sus propios méritos el reino de Nueva España, y todos quieren tasárselo y mirárselo pelo por pelo, y aun así la mitad de los que lo tengan entre las manos y puedan probar su valor, dirá que es falso. Me hicieron gobernador, y eso está ya escrito con letras de fuego en la bóveda celestial y con letras comunes en las crónicas de aquellas tierras, y no goberné más porque ni quise ni me daba el ánimo para más, que allí me ahogaba, no por las críticas o comunidades de mis súbditos.

—Si por lo menos hubieras sabido entonces la gramática, habrías salido a flote —le recordó el bachiller.

—Posiblemente, aunque con sólo mi buen acuerdo hubiera podido sortear tanto escollo, que más vale onza de prudencia que arroba de ciencia. Pero dígame ahora, ¿encuentra vuesa merced o no ese libro que está buscando y que he de llevarme?

—Me pasa contigo, Sancho, que empiezo a hablar una cosa, y nunca llego a término. Te decía, o te quería decir, que don Quijote, después de que tanto le hablara yo de la historia que se había publicado de vuestras hazañas, y viendo que se echaba encima un largo invierno, el primero de toda su vida que no iba a poder distraer con la lectura, ya que los encantadores se le habían llevado sus libros y le habían tapiado el aposento, se arrimó una tarde a mi casa y, como un niño que cometiera una acción reprobable, me preguntó si acaso tenía yo un ejemplar del tal libro sabiendo que lo tenía, y teniéndolo, si podía dejárselo, jurándome que una vez leído, me lo devolvería, porque sabía él por experiencia que los libros que se prestan una vez, son como pájaros que ya no vuelven a encontrar su antiguo nido. Fui a buscarle, se lo di... y hasta hoy, porque con eso y con lo buen caballero que fue, no era diferente don Quijote del resto de la cofradía. No sé si lo leyó o no, si le gustó o si, por el contrario, le disgustó. Luego, como sabes, en cuanto se metió el buen tiempo, preparó su tercera y última salida y yo ya no volví a acordarme del libro, por creer que me lo había devuelto. Pero no te apures, yo iré a su casa, y allí buscaremos, que si Antonia o el ama no lo han quemado, en la casa estará, y no será difícil dar con él.

CAPÍTULO VIGÉSIMO SEXTO

Se fue Sancho a su casa y prometió Sansón Carrasco llevarle el ejemplar del *Ingenioso hidalgo don Quijote de la Mancha* en cuanto lo rescatara de la casa del hidalgo.

Y a casa del hidalgo marchó el bachiller Sansón Carrasco. Tres meses hacía, día más día menos, que don Quijote había muerto, y dos semanas fue el tiempo que duraron las lecciones de Sancho y que Antonia Quijano llevaba sin ver a Sansón Carrasco.

Se cruzó Sansón Carrasco en el zaguán con el escribano señor De Mal, que salía de la casa con tan pésimo humor que ni siquiera se entretuvo en saludarlo con algo más que un buenos días y un adiós.

Imaginó Sansón que el señor escribano habría estado tratando de la hacienda y de las deudas que la tenían en sitio.

Sintió Antonia la voz de su bachiller preguntando a Matías Barrientos, el nuevo gañán, quién era él y dónde estaba ella y el ama Quiteria. Le explicó el muchacho, de unos doce años, canijo y algo tartamudo, con la cabeza pelona y la rara costumbre de querer taparse las narices con los morros al ponerse a hablar, que él era el nuevo criado de casa, y que el ama vareaba un colchón en el patio y que Antonia suponía que se encontraba en la casa, porque no la había visto salir, pero que no sabía a ciencia cierta dónde se encontraría, cuando vio el bachiller que bajaba a la carrera la muchacha colocándose las tocas y sofocando el incendio que se le había prendido en las mejillas.

—Ay, señor bachiller, y qué caro se vende vuesa merced en esta casa. Y tú —ordenó al nuevo gañán— no te me quedes ahí parado como un pasmarote, y vete a hacer lo que tengas que hacer. ¿Y a qué se debe esta visita y a esta hora?

—¿Y Cebadón?

—No convenía, y se le ha dado licencia.

—No me apena, que cada día que pasaba, parecía que se insolentaba más y más. Y el señor De Mal, ¿mirando por vuestra hacienda?

La venida del mozo había puesto de tan excelente humor a la sobrina, que en apenas segundos había ya olvidado ésta los propósitos que habían traído al escribano esa mañana, como otras, a casa de don Quijote. Le había dicho: «Mira, Antoñita, que no soy uno de esos viejos a los que las promesas de una doncella avisada como tú pueden traer eternamente de la Ceca a la Meca. Si antes de un mes no me das una respuesta terminante y ésta es la que yo deseo, que es hacerte mi esposa, procederé con los alguaciles, vendré, ocuparé la casa y os dejaré en la calle a ti y al ama. Así que nada de tretas; que todos conocemos las argucias de Penélope».

Apesarada con aquellas advertencias, oyó al bachiller hablar con el nuevo gañán, y todos sus pesares se desvanecieron, hasta el punto de hacer uso de la retranca.

—¿Que si el señor De Mal mira por mi hacienda? ¡Si yo le contara! Pero dejemos de hablar de ese pájaro de mal agüero, y dígame qué de bueno trae vuesa merced a casa, y a esta hora.

—¿Lo dices, Antoñita, porque vais a comer?

—No, por tanto. Y ordenaré a Quiteria que ponga un plato más en la mesa y que os fría unos huevos recién puestos esta mañana por mis gallinas, antes de que se las lleven los usureros, leguleyos y rábulas y aún, si me decís que sí, corro a decirle a Matías que mate dos buenos conejos y hasta el buey, para corresponder a tan gran honor.

—Para estar perdiéndolo todo te veo de muy buen humor.

—¿Querría que llorara? Llévese esta hacienda el demonio, que de mucho menos nos hizo Dios a todos.

No se le pasó por alto a Sansón Carrasco la excitación y contento que llevaban a Antonia de un lado para otro de la cocina, ni la locuacidad que su presencia le había arrancado.

—No hay para tanto, y te prometo —le dijo el bachiller— que sabremos entre todos sacarles los picos de la tajada a esos buitres, y yo vendré a comer con vosotras cuando me digáis, que veo que aquí empieza a usarse el modo palaciego, y no sólo despedís al criado, sino que lo cambiáis por otro mejor.

Entró Quiteria a saludar al bachiller, y vio Sansón que todo lo secas y abruptas que habían sido las relaciones de las dos mujeres hasta entonces, se habían vuelto suaves y tiernas, como si al fin aquellos dos seres desvalidos hubiesen comprendido que no tenían en esta vida otra familia que la que ellas dos pudieran darse, de modo que cada una vivía en un desvelo perpetuo por la otra, y todo eran regalos, melindres y confites. Y si este hecho de la intimidad de la sobrina y el ama hubiese sido del conocimiento de quienes andando el tiempo quisieron llevar a los altares a don Quijote, lo habrían considerado el segundo milagro del hidalgo, y ni el propio Sansón Carrasco pudo creerlo, ni ninguno de los que conocían al ama y a la sobrina, cansados de verlas en la perpetua discordia. Aunque aquel tan extraño avenimiento tenía su explicación.

Pero ¿cómo podría contarle precisamente ella a Sansón

Carrasco lo que pasó aquel día, el siguiente de que llegara Quiteria de vuelta de su fuga, que la oyó ésta sollozando tras la puerta, y entrando, la halló desnuda, subida a un altísimo trono, fabricado con dos sillones, desde donde iba a lanzarse sobre un haz de ortigas que había esparcido al pie? Bastó ver lo aparatoso de aquella fábrica, para que Quiteria comprendiera al punto lo que estaba sucediendo, y que no era otra cosa que la de desprenderse del vientre aquella semilla que ya había arraigado en él. Se arrojó la niña a los brazos del ama y le contó todo lo que había sucedido con Cebadón el día en que ella se había partido para Hontoria.

Consoló como pudo Quiteria a una desconsolada Antonia, culpándose el ama por haber dejado a aquella cordera sola con el lobo metido en la majada. Le decía a Antonia, «ya había notado algo que no me gustaba en este mozo tan jactancioso», y de paso se culpaba Quiteria de no haberse quedado aquel día en casa, porque de ese modo según ella la virtud de la doncella no se habría echado a perder; y sin declararlo, también Antonia se culpaba por no haber sabido defenderla con mayor determinación, vencida que fue de su propio miedo, si acaso no de su curiosidad o de su candor.

—¿Estás segura? —le preguntó Quiteria, cuando se hubieron serenado y después de cubrir sus carnes amoratadas por el frío.

Se refería el ama a si estaba Antonia segura de haber quedado preñada de Cebadón, y Antonia asintió con la cabeza. Tan seca tenía la boca que las palabras no le salían.

—No temas. Respóndeme una cosa más: ¿Te forzó, como me has dicho?

Movió Antonia la cabeza de una manera que siendo más sí que no, lo mismo podía ser no que sí.

Quiteria, que había determinado no espantarse de nada, siguió su preguntorio.

—¿Tú le quieres?

Antonia volvió a negar con la cabeza, esta vez vivamente, y aquel gesto no daba pie a ninguna suposición. Parecía muda.

—¿Y te ha dicho que te quiere?

La muchacha, con gran pesadumbre, y sacudiendo la cabeza admitió que así era.

—Bien, en ese caso, todo está arreglado. Te casarás con él.

—¡No!

Y esa palabra sonó como un tajo que le partía en dos el pecho.

—Aunque quisiera, ama —continuó diciendo Antonia—, sería para mí la peor de las condenas. Y sé bien que muchas querrían tenerlo por marido, pero la sola idea de ser suya me produce bascas. Y ni siquiera estoy segura de que él quisiera hacerme su esposa, de saber que nada llevaré yo como dote, que todo se lo quedará el escribano.

—No te preocupes por eso, niña. Engaño por engaño. Y hablando de otra cosa. ¿Le has dicho algo de todo esto a alguien? ¿Lo sabe el bachiller?

Volvió a negar vivamente Antonia.

—Si lo supiera me moriría.

—¿Y Cebadón?

—Ése sería el último en saberlo.

—Bien, algo habrá que hacer —admitió al cabo de unos instantes Quiteria, aunque su voz titubeante delataba que era ella la última persona que sabía qué es lo que debería hacerse en aquel suceso—. Mañana mismo despediremos a Cebadón, y ya se proveerá.

Y eso se hizo, con pesar del mozo, que aun tuvo la majeza de buscar a Antonia y soltarle:

—Antes muerta que de otro. Antoñita, y no dirás que no te lo he advertido. No te vas a librar de mí así como así.

Quiteria, que lo oyó, se fue al mozo como una leona.

—Mira, Juan, Antonia se casará, pero no contigo, y como te vayas de la lengua diré que saliste de esta casa por ladrón, y no volverá nadie a quererte de criado. Así que tú verás.

—Antonia será mía o no será de nadie. Y antes la mato que dejar que se case con otro —amenazó el mozo con el más torvo de los semblantes—. Y de paso te me llevo a ti por delante, vieja alcahueta.

—Bien —acordó el ama—. Sea así. Haz lo que te parezca, pero no vuelvas a acercarte a esta casa.

—Me la llevaré por delante.

—Me parece bien —dijo Quiteria sin arredrarse—, pero si te veo aparecer por aquí, te clavaré la horca.

Se fue Cebadón, vino Matías, y por más que Quiteria repasó en su magín el nombre de todos y cada uno de los mozos, viudos, viejos solterones y demás albarranes de aquel pueblo, no encontraba ninguno que pudiera convenirle a Antonia. En unos casos porque eran menos que ella, y en otros más.

En ese punto de indeterminación estaban las cosas la mañana que Sansón Carrasco se acercó a la que había sido casa de don Quijote, a reclamar su libro.

—Tengo entendido, Antonia, y así se publicó en el libro de Cervantes, que hace un año largo, antes de que tu tío y señor se desquiciara por completo, tuvo lugar en el corral de esta casa cierto auto de fe en el que se quemaron dos cerros de libros.

—Así fue. Y lástima me dio no quemarlos todos —admitió la sobrina—, y lo habría hecho de no haberse mostrado a última hora tan misericordiosos don Pedro y maese Nicolás, pues aquellos libros fueron, como quedó más que probado, los verdaderos causantes de los desvaríos del señor Quijano, que lo sacaron a plaza para reír ajeno y descrédito propio.

—Dejemos a un lado tales consideraciones, porque el mal no estaba en los libros, sino en la cabeza de aquel hombre bonísimo que conoció la gracia de volver a su cordura. No son nocivas las cosas, sino lo que con ellas pueda hacerse, y a nadie en su sano juicio se le ocurre enterrar el fuego porque con él pueda prenderse una ciudad como Roma, ni fundir los cuchillos porque en ellos duerme la muerte, ni en secar todo el agua del orbe porque en ella se ahogan los náufragos. Y así los libros, aun siendo nocivos, serán inocuos a los ojos de quien los lea, si éste es alguien discreto y de buenas luces. Y fue lástima que yo no me encontrara entonces en el pueblo, porque habría venido corriendo y me los habría llevado todos, antes que dejarlos quemar. Entre los libros que uno encuentra deleznables, puede otro hallar tesoros escondidos, y en las bellezas que se le muestran a uno, no hallar otro más que escoria. Así, mientras computaba las bajas de aquel famoso y sanguinario escrutinio leyendo el libro, me quedé con las ganas de recoger a los penitenciados y reformarlos en mi retiro. Y no hay libro, por malo que sea, que pasados unos años no se muestre mejor de lo que era, y si se muestra peor lo hace sin su penoso rostro, como veneno que ha perdido sus poderes. Yo me habría llevado gustoso, desde luego, palmerines, don duartes, amadises y belisardos, genuinos y apócrifos, nobles y fules, y ya sabría yo separarlos a mi diestra o a mi siniestra en el juicio final. Sé por experiencia que el libro que hoy te pareció bueno, entretenido y provechoso, leído al cabo del tiempo lo encuentra uno tedioso y desustanciado, y el que, por el contrario, reputó uno como hijo de un ingenio harto fatigado, lo halla, al cabo de los años, lleno de inauditas novedades. Y muy raro es aquel alimento que aprovechándote de joven, te deleite de viejo, que a todo acaba perdiéndosele el gusto, como no sean los manjares de los dioses, el maná del cielo y la ambrosía. Y ejemplos de libros inmortales hay bien pocos, y más cuando van cumpliendo su vida por siglos. De modo que en esto de los libros vi yo que obrasteis todos con mano demasiado ligera, porque quemados ya no pueden juntarse sus cenizas sino hasta el Juicio Final de los libros, en que suenen las trompetas y se recompongan todos los libros que en el mundo se han escrito y escribirán hasta el fin de los tiempos.

Le miraban las dos mujeres como si hubiese resucitado el mismo don Quijote, el ama con alarma y la sobrina con secreta congoja e inquietud, ya que aquella afición de Sansón a los libros de caballerías la alejaba más de él y estorbaba tanto su más íntimo deseo.

Pasó luego a contarles Sansón al ama y la sobrina lo del libro que le había prestado a don Quijote y su deseo de recuperarlo, con más razón ahora, a saber, porque había sido el libro que le descubrió a don Quijote, el que le hizo tomar la determinación de regresar al pueblo y el que el mismísimo don Quijote le había pedido.

—¿Sabes de qué libro hablo?

Por supuesto que Antonia sabía de qué libro hablaba, porque el último invierno, antes de que su tío saliese en su tercera y definitiva salida, se había comentado mucho en aquella casa de él y de las cosas que en él venían. Incluso el propio don Quijote les había dicho al ama y a la sobrina: «Señoras mías, llamadme loco, pero ahí anda mi historia en letras de molde, como no anda ninguna de las vuestras, y bien me río yo de todo lo demás, que será ese el modo de no acabarme del todo».

—¿Y para qué queréis ese libro ahora? —preguntó Antonia algo molesta de que la tuviera por una desinformada—. Después de que le quemamos los libros y le tapiamos el aposento donde los guardaba, puedo aseguraros que jamás volvió a entrar por esa puerta libro ninguno, o si entró, debió de hacerlo con mucho más sigilo que se volaron los otros, porque jamás he vuelto a ver, por fortuna, ni un libro más en esta casa, y me muera ahora si esto no es lo cierto.

—Calla, Antonia, que el señor bachiller lleva razón. Uno entró, y debe de ser ese que él dice —dijo el ama Quiteria, pero en este punto guardó silencio, como si pensara no declarar más.

—¿Y ese silencio quiere decir que lo usaste para encender la lumbre?

—Ese silencio quiere decir que no sé si haría bien en devolvéroslo, porque si hubiera mostrado a su tiempo severidad con mi amo, ahora quizá seguiría él entre nosotros, y nadie me quitará de la cabeza que él estropeó la suya en esos libros primero, y luego por esos caminos.

—Mira, Quiteria, los caminos están ya trazados y poco podemos tú y yo hacer para desviarlos o detenerlos. Hombre soy, tengo mi hacienda, compro mis libros y puedo leerlos. Si tú no quieres devolverme lo que tú sabes que es mío, eso te deshonra más a ti que a mí, que siempre podré comprar otro ejemplar a la primera ocasión que se me presente.

—No me llame ladrona, señor bachiller, no me ofenda, que los pobres sólo tenemos la honra, como para que venga el más menguado a faltarnos al respeto. Aguarde aquí, que yo lo buscaré donde lo puse, o mejor aún, ya que tanto interés tiene, súbase al desván, y allí junto a las que fueron armas del señor Quijano lo hallará. Allí lo puse yo el mismo día que murió. Cuando ya lo enterramos y devolvimos a su aposento el trasportín, mi mano dio con una dureza sospechosa. Pensé que sólo podía ser un tesoro, pues así lo celaba. Abrí el colchón, y allí, entre guedejas de carnero churro, hallé aquel libro. En mucho debía de estimarlo para esconderlo así. Y porque no sé leer, pero de haber sabido cuál era, créame que lo hubiera quemado, antes que ninguno, por borrar de esta tierra la triste historia de un hombre que tuvo la desdicha de ser loco, siendo el más bueno, y la más triste desdicha de tropezarse con unos historiadores más sandios que él, a quienes no ha importado alcanzar renombre a costa del nombre de mi amo. Pero bastó que acabáramos de enterrar a mi amo y que él lo estimara tanto como para esconderlo en el colchón, para que yo lo indultara y me lo llevara arriba, con las otras pruebas de su locura. Súbase allí, que allí lo encontrará, pues le aseguro que esta vez no se lo han llevado los encantadores.

—No te fíes, Quiteria —le dijo con guasa el bachiller al ama—, que los encantadores, una vez que han aprendido el camino, lo mismo vienen a llevarse otra cosa.

—No sé lo que me dice vuesa merced. Así que ande, suba y búsquelo.

Y el ama, que a veces se gastaba muy malas pulgas, salió entre un revuelo estrepitoso de sayas.

Quedaron solos Antonia y el bachiller, como la muchacha y el diablo querían, ya que el diablo debió de ser quien inspiró estas palabras al mozo:

—Llévame a ese desván, Antoñita, que en esta casa tan grande acabaré perdiéndome.

Sabía perfectamente el bachiller Sansón Carrasco dónde y cómo llegar a aquel desván, porque el mismo día en que murió el caballero, buscándole él por la casa, acabó subiendo y hallando entre las armas aquella rodela en la que escribiría la misteriosa enseña que le dictara el propio don Quijote, aquel «Quien puede, quiera; quien quiere, pueda». Sólo que entonces no pudo verlo porque lo puso allí el ama horas después de enterrar a don Quijote, como acababa de contarles.

CAPÍTULO VIGÉSIMO SÉPTIMO

Era aquel desván el sobrado de la casa con sus diez crujías, y ocupaba toda la planta. Jácenas y vigas travesañas, tirantes y palos voladizos hacían de aquel lugar algo fantasmal, como costillar de buque. Era preciso caminar con pasos atentados y la cabeza escondida entre los hombros para no descalabrarla en alguna de aquellas poderosas, firmes y descomunales maderas que sujetaban el tejado. No había guardadas en el desván demasiadas cosas, porque la casa era más bien austera. Sólo las armas famosas del caballero, orinecidas, abolladas y sin coyuntas yacían, como informe pelele, en un rincón, y, suspendidas de una viga, para que no se las comieran los ratones, había algunas piezas de chacina, longanizas y otras salazones de carnes ya tumefactas y secos encurtidos. Y en un rincón el pan de aquel año, una buena montaña de próspero trigo, y en otro, otra aún más abultada de bálago y trigaza. En el lecho de esta paja se acunaban unas frutas serondas, manzanas, peros pintones y cidros, que lo llenaban todo de un perfume exquisito y delicado. Lo demás, en tan vasto espacio, permanecía vacío y ese vacío parecía aún más grande en el silencio que ensanchaba ilimitadamente el zureo de una docena de palomos y dos de palomas buchonas, gordas como pavos, que en uno de los lados tenían sus nidales. De un ventanuco, practicado en el muro para dar luz a aquella lonja, entraba purísimo, recién fundido, un agudo y oblicuo rayo de luz que la atravesaba de parte a parte, sin lograr apenas convertir las compactas sombras que allí reinaban en una angosta penumbra.

—Déjeme abrir el camino, que yo conozco, y déme vuesa merced la mano, no vaya a rodar por el suelo —le dijo Antonia, mientras subían por la empinada escala que conducía a aquel palomar, y bajando tanto la voz se hubiera creído que fuesen a cometer un delito o temieran despertar a alguien, tanto imponía la soledad y quietud de aquel lugar de la casa.

Y aunque ya no era preciso guiar por aquel sitio al bachiller, Antonia no le soltó la mano, antes al contrario, la apretó con tal vehemencia que transmitió al mozo un fuego que a él, por respeto a sus hábitos, le había estado vedado hasta entonces.

Se respiraba entre las recias vigas de pino un aire saturado de las especias de los adobos de la chacina y del guano palomar que allí se amontonaba desde los tiempos en que se cubrieron las aguas a la casa, hacía ya un siglo, y sobre todo uno especial, buenísimo, que procedía de aquel trigo, allí juntado, y de la paja y de las frutas que reposaban, melificándolos, todos sus azúcares.

También Sansón Carrasco se percató de que su mano llevaba más tiempo de lo razonable en la de la muchacha, y que sus pies y los de Antonia se movían con tal lentitud que parecía que no quisieran llegar nunca hasta donde Quiteria les había dicho que hallarían el libro.

Antonia hubiera podido asegurar incluso que el agitado atropello de su corazón espantaría a las palomas. Pero no. Miraban éstas las figuras de los dos intrusos con indiferencia, sin torcer siquiera la cabeza. Únicamente suspendieron durante dos o tres segundos su ahuecado, grave y mullido borboteo, para reemprenderlo en cuanto advirtieron que aquellas dos criaturas inofensivas estaban pendientes de otro negocio mucho más importante.

Se quedaron mirándose uno al lado de otro. Vestía Antonia un corpiño que dibujaba con infinita suavidad dos pechos del tamaño de aquellas manzanas. Toda la gracia de sus diecinueve años se le salía por el escote como un ramo de rosas, y el fulgor de sus ojos la hacía resplandecer de tal modo que no era fácil mantenerse a su lado sin deslumbrarse.

De haber sido Sansón Carrasco tan malicioso y sagaz para las cosas de la vida como lo era para las escritas y librescas, no tendría por qué barruntar que lo que allí estaba ocurriendo era una de aquellas escenas galantes que tantas veces había sorprendido al hilo de sus lecturas.

Y Quiteria, que les echó en falta a los cinco minutos, viendo que la casa se había quedado tan sosegada sin sus cháchara, imaginó al punto lo que podría estar pasando, y lejos de subir a llamarlos, puso su pensamiento en su Virgen de Hontoria, a quien rogó encarecidamente que dejara aquel negocio urdido como convenía y como ella tanto deseaba por el bien de la muchacha.

Por aquella mano que Sansón Carrasco tenía presa, se le vino al bachiller un fuego que le corrió las venas, y no supo cómo, pero mucho antes de que llegaran a donde estaban las armas, mismamente debajo de los trozos de chacina que pendían de la viga, se enternecieron tanto el uno con el otro que sin mediar palabra, sobre la paja cana, entregó Antonia al mancebo lo que hacía ya dos meses se había llevado Cebadón.

—Ay, desdichada de mí —rompió a llorar la muchacha, cuando ya los dos se habían sosegado.

—No se hable más, mi querida Antonia, prenda de mi corazón. Y si muchos hombres obtienen con promesa de matrimonio lo que acaso no se les daría de otro modo, y sólo con tal de conseguirlo, mira la rectitud de mi propósito, porque aquí, solemnemente, juro tomarte por esposa, con el fin de remediar lo que acabo de avasallar por la fuerza.

—Ah, no, Sansón, eso nunca. No te querría conmigo obligado, sino libre.

—¡Cómo! ¿Es que te parece mayor agravio la reparación que la afrenta? —preguntó asombrado Sansón.

—Ay, no me confunda, señor bachiller, y, hablando, vuesa merced me dará mil vueltas. Y nada querría más que verme convertida en vuestra esposa, porque...

Y allí, en pocas y sentidas palabras, le contó Antonia toda la verdad de su caso, o media, y cómo llevaba enamorada de él desde que tenía uso de razón, y que por amor se casaría ella, pero nunca por nada que le obligara a él.

Al bachiller le admiró mucho y le sorprendió el eterno argumento del amor y no podía dar crédito a lo que le sucedía, y recibió tanto contento de ello, que allí mismo creyó sentir que se le caían escamas de los ojos y que al fin veía lo que también en él le pareció soterrado durante muchos años.

—Albricias, Antonia, que me parece que venía sucediéndome a mí lo mismo que a ti, tú viéndolo y yo ciego. Esta mano que te ofrezco en matrimonio es amor, y nadie ni nada se nos opondrá. Juntaremos lo tuyo y lo mío, yo hablaré con mis padres y tú con nadie, porque a nadie tienes a quien debas obediencia; ellos te recibirán como hija, y tú los tendrás como padres.

Calló Antonia todas las cláusulas testamentarias, y no las recordó el bachiller, y por olvidar hasta olvidaban recoger el libro que habían subido a buscar, cuando salían.

Lo encontraron sobre el acervo informe de las armas, tal como había dicho el ama. Lo recogió el bachiller y sin desnudar su abrazo se bajaron donde esperaba Quiteria.

Le bastó a ésta una mirada para descubrir lo que allí arriba acababa de ocurrir, y subiendo los ojos al cielo, dio gracias en su corazón a la patrona de su pueblo por lo que creía había sucedido, gracias a su especial intercesión.

Muy alborotado, con palabras que se le amontonaban entre los dientes, farfulló unas cuantas disculpas el bachiller, y con su libro debajo del brazo, se despidió, prometiendo volver a hacerle una visita a Antonia esa misma tarde.

Solas ya las dos mujeres, dijo Antonia:

—Ay, ama, ¿por qué han de venir las cosas siempre mezcladas, buenas y malas? ¿Por qué soy tan desdichada? Ahora necesitaría yo a mi buen tío, que viniera no a imponer la fuerza de su brazo, sino a impartir la sabiduría de su consejo, porque todo lo veo yo más que negro.

Y contó al ama, hasta donde le permitió su recato, lo sucedido allá arriba y el coloquio que entre los jóvenes habían tenido, así como el amor que de improviso juraba el bachiller Sansón Carrasco sentir por ella.

—Te lo decía, Antonia, todo en esta vida tiene arreglo. ¿Y tú dices que vienen mezcladas las cosas? Éste es un día feliz. Amas al hombre que te ama. ¿Qué más puedes desear? No te lleves el sofocón, muchacha, porque no habrá sucedido hoy nada que no haya sucedido antes un millón de veces y que no vaya a suceder otro millón de veces más. Él es joven, fuerte, sano y puede, como hombre rico que es, escoger el camino que quiera seguir. Las letras que tiene le echarán, si él quiere, una toga sobre los hombros y con sus luces llegará a donde sueñe, y si no quiere seguir esa senda, le bastará quedarse aquí llevando las tierras y ganados de su mucha hacienda, que juntada con la tuya, os llevará a una vida de reyes. Porque no creo que don Pedro, hablando, quiera llevar adelante aquella manda.

—No mientes la hacienda, Quiteria, ni la manda, que ésa será nuestro Calvario.

—¿Es que acaso querrías ser pobre como yo y que nadie te quisiera por no tener dote? La suerte te ha puesto delante un hombre en inmejorable disposición, tómale, y sed felices, que la vida es muy corta.

—¿Y las mandas?

—Todos te queremos bien, Antonia, y te dejarán gozar tu hacienda. No será don Pedro quien te estorbe ese propósito.

—Dios te oiga, ama, pero algo me dice en lo más profundo que aún está por llegar lo peor.

—¿Lo peor? A tus años nada es irremediable.

—¿Te olvidas del escribano? ¿Te olvidas que el hijo que llevo en mis entrañas no es del bachiller?

—¿Y eso te preocupa? Si saliesen a luz pública las paternidades de todos, ni los reyes podrían reinar, ni heredar los herederos, ni presumir de linajes tantos presuntuosos. Acuérdate de nuestro vecino Pantaleón, a quien echaban en cara, cuando quiso medrar, ser de bajos padres; les dijo: por eso soy digno de más honra, porque de mí comienza mi linaje. Déjalo estar, hijo de Cebadón, hijo de Carrasco, allá se va a andar siendo hijo tuyo, que como tuyo, sabrás criarlo cristianamente y nadie podrá discutirle que viene de la pata del Cid, si se pone a demostrarlo.

—¿Pero el engaño? Nada que empieza con mal pie puede llegar lejos, y el matrimonio, que es sacramento indisoluble, debe llevar a dos hasta la misma sepultura, y todos queremos que ese camino sea largo, pues es el de la vida.

—Y lo andarás con él, si te lo propones, y en ese camino muchas veces cuenta el llegar, más que el cómo, si no haces mal a nadie. ¿Y qué daño harás tú al bachiller callando? ¿Qué daño te hace a ti él, guardando para sí sus galanteos en Salamanca o por el mucho mundo que ha corrido, si los hubiera tenido? Trabaja para que, casados, ya no tenga que mirar a otra, y sólo te mire a ti, y encandila su vida, y seréis felices.

CAPÍTULO VIGÉSIMO OCTAVO

TRAS lo ocurrido en aquel desván, se fue Sansón Carrasco a su casa muy confuso, con el libro debajo del brazo.

No pensaba en el libro, no podía pensar en él. La literatura toda, ante la vigorosa vida, se había evaporado. Las descomunales y formidables caballerías andantes se habían empequeñecido por obra y gracia de un hecho común. Porque aquello que había sucedido entre él y Antonia, era común, ¿o no? ¿No era corriente que dos mozos, a los que la sangre se les atropellaba en las venas, siguieran la llamada de los instintos? Aquello que acababa de suceder, sucedía todos los días, había sucedido hacía dos mil años, y seguiría sucediendo. En los libros recibía su título: el triunfo del amor. ¿Y a lo que sentía no se le podía dar ese nombre tan famoso en tantos escritos leídos por él? ¿No era eso el celebrado amor, que abrasa y acendra, que levanta y abaja torres, que da esperanzas y las quita, que enaltece y precipita a los hombres a lo más hondo?

«¿Qué es lo que ha sucedido, en realidad?», iba preguntándose Sansón Carrasco camino de su casa.

En ella le esperaban sus padres sentados ya a la mesa para comer. En cuanto llegó, dejó su libro sobre un aparatoso contador con columnitas de marfil, hizo que le trajeran un aguamanil, se lavó las manos y, taciturno, esperó que la criada llenara el plato.

Hablaban los padres de los sucesos del día. Sansón Carrasco oía sus palabras, pero le resultaban tan lejanas, adventicias e inaudibles, que habría asegurado estar oyéndolas debajo de una campana de cristal.

Su pecho, agitado por lo que acababa de ocurrir, fue alcanzando poco a poco el reposo. Le parecía, a medida que transcurrían los minutos, un sueño, un extraño sueño.

«¿Qué ha ocurrido, qué ha ocurrido en realidad? Tendré que contárselo a mis padres. ¿Cómo reaccionarán? Con disgusto, sin duda. No les gustó nunca don Quijote. No les gusta Antonia. He oído muchas veces en esta casa que pronosticaban a la sobrina la locura del tío.»

Ésas eran cosas de familia que se habían oído en aquella misma mesa. Ya había sido una loca la madre de la muchacha, hermana de don Quijote, dejándose robar por aquel caballero. El cielo había castigado su pecado, llevándoselos jóvenes. Y la hija saldría igual al padre, se fugaría con el primero que quisiera llevársela. Las criadas de su casa, contagiadas por el ambiente, decían también de Antonia: «Valiente alhaja, menudo genio, ¿quién se habrá creído? Lo mismo podríamos llamarla Quijana que Inclusera». Estas frases resonaron en algún rincón de la memoria de Sansón Carrasco. Las había oído a menudo en el pueblo. Se habla mucho en los pueblos pequeños. Aquél acaso no fuera tan pequeño, pero todos lo son por las murmuraciones. Cuanto más se extienden éstas, más pequeño hacen el recinto donde se propalan. En los pueblos pequeños no hay muchas cosas de las que hablar. Nada queda en ellos por escudriñar. Le parecía estar oyendo a su padre: «¡Qué lástima de patrimonio el del don Quijote, malbaratado por su locura y su manía de leer novelas!». No han de leerse novelas.

Mucho desconfiaba Tomé Carrasco de los libros que su hijo había metido en casa. Solía preguntarle: «Y tantos libros, hijo, ¿es menester?». Y él tenía que tranquilizarle, asegurando que eran libros de teología, de gramática, de leyes. Si el padre hubiera tenido curiosidad habría visto que la mayor parte de ellos eran, sin embargo, novelas. Las mismas que había en el aposento de los libros de don Quijote.

Le gustaban las novelas, las aventuras, los lances de armas, de amor. Y cuando no novelas, crónicas de aquellos que llevaban vida de caballeros andantes, en las Indias, en las que últimamente encontraba aún más gusto que en las novelas, por parecerle reales. Él no estaba llamado para la vida de santo. Lo sabía. Se abrasaba de deseos cuando veía una mujer. Por eso no podía mantener la mirada a ninguna, por eso bajaba los ojos cada vez que Antonia le miraba, por si le descubría los pensamientos. Algunas veces había visitado, en Salamanca, las casas de lenocinio. ¿Le contaría alguna vez aquello a Antonia? Se avergonzaba ahora de aquellos lances mercenarios. Sintió miedo, pensó que no podía engañar a su mujer en parte tan principal de su vida. ¿Cómo empezar con engaños un matrimonio que habría de durarles siempre? Se lo confesaría, determinó en un arranque de fogosa sinceridad. Pero al mismo tiempo escuchó una voz dentro de sí, alarmante, que le advertía: «Admite algo así, y la "perderás". Pero ya es mi esposa». Y el recuerdo de lo ocurrido hacía apenas una hora, le tranquilizó.

—Hijo, ¿te encuentras bien?

Era su madre la que le hablaba. Se deshicieron dentro de su cabeza todos esos pensamientos como sutiles pompas.

Respondió de una manera vaga, adujo para su ensimismamiento la disculpa del sueño y al levantarse los manteles, se retiró. Llevaba consigo el libro recién rescatado, y rogó que no le molestasen en toda la tarde.

Dormía Sansón Carrasco en el más apartado aposento del viejo caserón. Era éste una casa antigua, de piedra y mampuesto, con tejado a dos aguas. Su fachada principal, que abría cuatro balcones y otras tantas ventanas a la calle, defendidos por rejas voladas, daba a la plaza mayor del pueblo. Paredaño al Palacio del Conde, y tan importante como él, hacía que muchos tomaran el palacio por la casa de los Carrascos, y la casa de los Carrascos, por la del Conde. Los días de mercado la batahola, el vocerío, los trasiegos llenaban la casa de ruido. Sansón Carrasco gustaba entonces mudarse a la sala y avistar desde el piso superior aquellos afanes, las mercadurías, los tratos, la animación de las placeras. Se sentaba en una mesita al lado de la ventana y hacía que estudiaba. Pero en realidad se le iban los ojos tras aquella abigarrada colmena.

Entraban y salían de continuo en casa tan principal, como por la piquera, hombres que venían con sus negocios, aparceros, mieleros, queseros, merchanes, bodegueros, comerciantes, buhoneros, aperadores, albéitares, alarifes, jiferos, pelaires, pelliteros, gañanes, pastores, mendigos, visitadores, cada cual con su venta o su compra, cada uno con su molienda, y cualquier excusa era suficiente para que el bachiller interrumpiera su estudio y hablara con unos y otros. Era en eso, sabiéndolo o no, muy parecido a don Quijote. Quizá por eso lo había comprendido tan bien.

Cuando no había mercado, la plaza volvía a su silencio, y parecía muerta, y al bachiller su visión le producía una enorme tristeza. El día que nadie llamaba a la casa, la casa se le venía encima.

Unos días amanecía Sansón con deseos ardientes de emprender vida de soldado, siguiendo el ejemplo de los conquistadores que admiraba tanto, o partir a América a conquistar nuevos reinos. Otros, especialmente envenenados por aquella melancolía manchega, imaginaba que se recluiría de por vida e inmolaría su juventud al estudio y la especulación. Tenía ya veinticuatro años y a menudo se repetía: «Soy un viejo, ¿qué he hecho de mi vida? La he desperdiciado», y tomaba en su fuero interno decisiones que a la mañana siguiente se le mostraban irrealizables. Cuando leyó el libro de su paisano don Quijote, se dijo: «Estará loco, pero ha hecho lo que yo no he sido capaz de hacer; dejó el pueblo y siguió la voz de su naturaleza. Es un hombre libre a la sombra del azar. ¿Y yo? Mi vida la rige la necesidad y el destino, y soy desdichado. La suya es hoy la de un hombre infortunado pero feliz. ¿Y quién no me asegura a mí que la libertad sólo la alcanza la locura?».

A dilucidar tan graves cuestiones había dedicado la mayor parte de aquel año. Para ello precisaba sosiego. Buscó de la casa el aposento más tranquilo y silencioso, subido a un torreón y alejado del trajín de las criadas y los bruscos andares de los criados, lo acondicionó y mudó allí sus libros y cartapacios. El padre, que hallaba más espaciosos y cómodos otros aposentos de aquella gran casa, lo tomó por una extravagancia de juventud.

Dominaba desde él toda la llanura de la Mancha, hasta más allá de treinta leguas. Allí habían tenido lugar las lecciones que dio a Sancho. Era amplio y cuadrado, y tenía cuatro ventanas, cada cual orientada a su punto cardinal. No llegaban hasta allí arriba ni uno solo de los ruidos de los estrepitosos afanes humanos, y sí, únicamente, el de las palomas. Aquel zureo soñoliento de las palomas le impidió esa tarde conciliar el sueño, le recordaba lo que había sucedido en el desván de Antonia Quijano.

Si levantaba los ojos, enfrente, por la ventana, veía la casa de los Quijano: ¡Ay, la casa de los Quijano! ¡Qué diferente le parecía ahora de ayer! Veinticuatro años delante, y no le decía nada, y en una hora, todo cambiaba.

¡Qué modo tan extraño de sobrevenir las cosas!

¿Cómo era en realidad Antonia? La había visto a menudo

el último año, cuando visitaba en la casa a su tío. Hubiera asegurado que no le era simpático a la muchacha, a juzgar por las caras que le ponía cada vez que le veía asomar por la puerta. «¿Otra vez viene, señor bachiller, a calentarle los cascos a mi tío? ¿No ve lo tranquilo que lleva estos meses? Déjenosle como está, no le hable de devaneos, no le galope la imaginación, que en él esas virutas le harán arder la cabeza cuando menos lo pensemos, y vamos a salir todos volando por el aire como las pavesas de sus libros».

«Antonia, Antonia, Antonia», se repetía una y otra vez Sansón, convencido de que en alguna de las veces que pronunciaba tal nombre, el nombre mismo le abriría los secretos que escondía en su seno la persona que lo llevaba. ¿Cinco años había dicho ella que llevaba enamorada de él? ¡Cinco años, toda una vida!

Estaba Sansón todavía bajo el hechizo de aquellos apasionados y arrebatados minutos. No se habían disipado aún los voluptuosos instantes vividos con ella. Antonia se dejó tomar en sus brazos. ¿Sería casquivana, sería una mujer que se daba al primero que quería tomarla? ¿Sería él el primero que gozaba de ella? ¿No debería haber sangrado? Lamentó no haber prestado mayor atención a tan valioso detalle. «Antonia es una mujer honesta, recogida, guardada», atajó. Esta idea tranquilizó al bachiller.

Y con esta idea, se durmió. El libro rescatado del altillo allí seguía. Ni siquiera lo había abierto. Mandaría decir a Sancho Panza por alguno de los criados de su padre que el libro con la historia de don Quijote ya obraba en su poder y que podía pasarse a recogerlo cuando quisiera. Se asomaría más tarde por casa de Antonia, si acaso no se quedaba dormido demasiado tiempo en la siesta.

CAPÍTULO VIGÉSIMO NOVENO

En el breve y confuso espacio de tiempo en que se quedó traspuesto sobre el lecho, tuvo Sansón Carrasco una parva de sueños a cada cual más revuelto e inextricable que le devolvieron a este mundo con un ánimo extraño. Se despertó de la siesta con un raro sentimiento. Durante unos instantes llegó a creer que la realidad era parte de lo soñado, y sólo después de un esfuerzo sostenido, comprendió que lo ocurrido con Antonia esa mañana había sido real. Se preguntó: «¿Haremos bien casándonos? ¿Habré hecho bien dándole mi palabra de matrimonio? ¿Seré yo el primero que ha estado con ella? ¿Cómo, cuándo, de qué modos se lo comunicaré a mis padres? ¿Qué dirá mi padre? Me desheredará, me echará de casa, no querrá volver a verme».

Antes de mandar llamar a Sancho, tomó de la mesa el libro del Ingenioso Hidalgo Don Quijote.

No estaba encuadernado de una manera apropiada ni guarnecido lujosamente, como algunos de los que él tenía encuadernados con vitela. El librero había adaptado un pergamino viejo de un librote latino, y las letras del antiguo título, goticenses y almenadas, raspadas en su día como un palimpsesto, asomaban aún entre las nuevas, veladas como ánimas que no acabaran de resignarse a abandonar este mundo.

La visitación de un libro que ya hemos leído, pensó Sansón Carrasco, nos produce placeres que la primera vez se nos vedaron, como volver a una ciudad ya conocida o regresar, tras un largo viaje, a la casa nativa. La primera vez va uno atento a no perderse, y la atención, demasiado aguda, nos estorba el deleite de callejear, extraviarse, detenerse, entrar o salir sin ningún concierto. El regreso nos reserva, de ese modo, los más sutiles goces. Esconde la vejez, que es vuelta, jardines que la ida ignora, y Sansón Carrasco se sintió un poco viejo con aquel libro en las manos. ¡Cuántas cosas habían cambiado! La principal de todas: don Quijote había muerto. Y alguna no menos importante: él se había comprometido a casarse con la sobrina. ¡Qué diferente todo para el mismo libro!

Lo abrió, y lo que vio le hizo incorporarse en el lecho y acercarse a la ventana por comprobar que no era la poca luz lo que le jugaba una mala pasada. Aquellas páginas estaban profusamente anotadas a mano con menudísima y ordenada letra, y no recordaba que él lo hubiera hecho. Detestaba a los que escribían en los libros. Los libros eran para él un predio demasiado sagrado como para que nadie tratase de hollarlo con ocurrencias ni escolios.

Era la letra de don Quijote menudita, como una procesión de hormigas. Era una letra gótica, apretada, adornada con infinitas torres. De modo que don Quijote no sólo hablaba a la antigua, sino que escribía según los usos desusados de los primitivos caballeros medievales. Y no sólo había leído aquel libro, sino que había ido, al paso de su lectura, dejando aquí y allá, en márgenes y riberas, la viva expresión de sus impresiones, interjecciones, desacuerdos o parabienes al autor, traductor y recopilador de su historia. Abundaban los «¡Voto a bríos, que el historiador ha estado en este pasaje muy puntual y verdadero!», los «¡Albricias, y cuánto donaire!», los «¡Qué gran verdad es ésta y cómo Febo Apolo lanza sus rayos lo mismo sobre el palacio de un rey que en la zahúrda de su porquero!», pero también los «¡Cuán engañado estáis, señor cronista, en este paso!», los «Muy ligero andáis, me parece a mí, moro marfuz», los «¡Felones y fementidos!» o los «¡Majadero!», «¡Algarrobo!», «¡Belitres, follones, malandrines!», referidos no se sabía muy bien a quiénes, si a los autores de la crónica o a los personajes que en ella aparecían, y así unas veces se podía adivinar qué le había arrancado su aprobación o su condena, y otras no.

La sorpresa de aquel hallazgo fue extraordinaria, y la alegría que de ello recibió Sansón Carrasco, inmensa.

Fue el bachiller pasando una por una las hojas, y raro era la que no había recibido el pequeño tributo, recuerdo del caballero insigne a su paso por ella. Y al comprobar que todas o casi todas se habían enriquecido con aquellos comentos, serenó su pulso y fue refrenando sus ansias y leyendo aquí y allá, al azar, lo que allí había escrito. En algún caso, siéndole insuficiente el papel, había añadido don Quijote, pegándolo con engrudo, algunos trozos, igualmente sembrados, en apretados y ordenadísimos surcos, con su encajada labor de taracea.

Aquel descubrimiento hizo que el bachiller dejase de pensar en Antonia por unas horas. Mandó a su criado a decirle que no acudiría esa tarde, como había prometido. No le preocupó pensar lo que no pasaría Antonia con aquel mensaje, si se desesperaría o no, si querría morirse, si se echaría a llorar o qué. Sólo pensaba en don Quijote y en aquel novedoso hallazgo. Ordenó que le dijera: mañana iré a primera hora. Y gracias a que Sansón dijo que sería «a primera hora», pudo Antonia sosegarse un punto, aunque sin dejar de atribular al ama con innumerables presagios y dudas que el ama se encargaba de disipar, como si se tratara de los terrores nocturnos de un niño.

Ninguna de las dos mujeres hubiera podido sospechar, sin embargo, la causa de aquel aplazamiento. Sansón Carrasco estaba viviendo uno de los momentos más extraordinariamente intensos de su existencia. Encendió un velón de tres luces. Se estaba yendo el día. Apenas se veía. La mesa de su estudio expresaba el orden del muchacho. Era una mesa grande, sólida, de tabla nogaleña bien alisada, y recios y bien rubricados fiadores. A un lado, el tintero y dos plumas finamente cortadas, una vieja y otra no estrenada aún. Al otro, un candil. Separó los codos sobre la tabla, apoyó los brazos, la mano izquierda le ayudó a mantener abierto el libro, que tendía a cerrarse por haber sido cinchado con excesiva apretura, y se servía de la derecha para pasar las hojas.

En la pared más grande de su estudio Dido prometía amor eterno a Eneas, según la fina estampa que el bachiller había comprado a un papelista de Salamanca. En otra, sobre su cama, había colgado un crucifijo. A tal se reducía el ornato de su aposento. Y en ese momento, aquel libro, allí, abierto como un códice sagrado. Era como tener a la vista dos historias verdaderas de un mismo hombre, el precioso tesoro en el que quedaban completadas sus aventuras, vistas por el verdadero historiador y por el mismo protagonista.

Mucho le hizo reír a Sansón Carrasco ver cómo don Quijote corregía a menudo al autor del libro, y le hacía notar algo a propósito del rucio de Sancho Panza, que entraba y salía de la historia, como el río Guadiana, o, en aquel pasaje en que, impacientado por la historia que en el libro se cuenta del curioso impertinente, escribe don Quijote: «Certifico que todo lo que en estos capítulos se cuenta es la pura verdad, y que así ocurrió, en lo que hace al caso de cómo sacó el ventero la maleta llena de papeles y cómo se nos contó la historia de *El curioso impertinente*, pero que no todo lo que sucede en la vida ha de tener cabida en los libros, y que si está bien una historia para contarla, puede estarlo mal contada a deshora o fuera de sitio o calzada en el libro ajeno, todo lo cual declaro no por el menoscabo que pueda ocasionar en la memoria de mis aventuras, sino por no recabar toda la atención que mereciera de aquellos a quienes al entrar en este libro buscando una cosa, se les diera otra, y asimismo digo que no fue tan peregrina ni mal compuesta ni peor traída a la crónica general de esta historia como al parecer corre ya en algunas lenguas envidiosas».

Hasta bien entrada la noche estuvo leyendo Sansón Carrasco, y buena parte del día siguiente. No sabía qué pensar. Comprendió Sansón que a don Quijote muchos de aquellos pasajes debieron de producirle dolor, como sin duda se lo ocasionarían a Sancho, si éste persistía en la idea de leer el libro.

Pensó Sansón que lo que encontramos gracioso en otros, referido a nosotros mismos es fuente de sombrías consideraciones, el pasaje que a otros divierte, protagonizado por uno, le enfurece y le hace concebir contra el autor infinitos deseos de venganza. ¿Ocurrió así en el caso de don Quijote? En otro hubiera sido razonable y previsible. ¿Cuántas veces se le tilda a don Quijote de loco, mentecato, orate, iluso, disparatado, majareta, desvariante, insano, frenético o lunático a lo largo del libro? Pero don Quijote no era un hombre común, y su entendimiento podía salir indemne por cualquier inesperada gatera. Así lo sintió el bachiller. ¿Llegó a comprender don Quijote el alcance de las bromas que le hicieron sus mejores amigos, aquellos a los que él más consideraba y amaba? Y qué gran alivio sintió al pensar que cuando se publicase la segunda parte de la historia, en la que él, Sansón Carrasco, sin duda aparecería, don Quijote no tendría ocasión de más desengaños. ¿Advirtió don Quijote en esa primera parte que había sido objeto de mil engaños que se le enjaretaron con el único propósito de divertirse a su costa? ¿Qué pensaría viendo al cura don Pedro, su respetado amigo, vestido de doncella y luego enmascarándose las barbas con el rabo de un buey, y a maese Nicolás, con quien tanto había confidenciado, en traje de representante? Creía, sin duda, que una vez más eran los encantadores que tomaban la apariencia de sus amigos para buscarlo. ¿Y qué sentiría al descubrir las trapazas de Sancho Panza, todo aquello de que fue a llevar al Toboso la carta que le diera su amo para Dulcinea, cuando era lo cierto que ni la pasó a pliego ni se había movido de la venta donde halló al cura y al barbero? Que lo mismo que sus perseguidores no dejaron al cura y al barbero hasta confundirlos, tampoco respetaron a Sancho.

De todas las dudas que le asaltaron, no acabó de resolver el bachiller Sansón Carrasco una: cómo don Quijote, que leyendo aquella historia tuvo que conocer por fuerza el engaño manifiesto que con sus libros habían hecho el ama y la sobrina, tapiándole el aposento donde estaban, cómo se resignó a seguir sin ellos, y no trató de apoderarse de los que se salvaron, en medio de aquel último invierno que debió de resultarle tan largo, aburrido y penoso. ¿No se molestó con aquellas malas artes que todo el mundo empleó para reírse de él? Y nunca se sabrá si don Quijote prefirió seguir pasando por loco, y no hacer nada, por tener la fiesta buena y vivir en paz y haz, o si realmente buscó un subterfugio, que él encontraba pintiparado como nadie, para explicarse todas aquellas añagazas y embustes de los suyos. ¿O es que no le importó penetrar en los pensamientos y opiniones reservadas que sobre su persona tenía todo el mundo, empezando por Sancho Panza, el ama o su sobrina?

No, no debió importarle mucho porque, por ejemplo, a Sancho se lo llevó en la tercera salida, y siguió considerando amigos suyos al cura y al barbero y los frecuentó y siguió mostrándoles el más tierno de los afectos y la más alta consideración. Y debió de ser ello porque don Quijote leyó en sus corazones mucho antes que en sus palabras o en sus propósitos o en sus actos, y no pudo reprender a quien le tenía por loco, cuando los verdaderos locos y mentecatos y necios eran precisamente los demás, tocando esos asuntos de la caballería, si acaso no pensó que los encantadores que le traían a él a maltraer no habían engañado a los mismos Hamete y Cervantes, haciéndoles creer cosas que sus amigos no dijeron ni pensaron ni por pienso.

«No —concluyó Carrasco también—, don Quijote no leyó su libro como lo lee cualquiera de nosotros. De haber descubierto el escarnio y aquella desplegada mofa, lo habría destrozado, antes de darlo a las llamas él mismo. Y debió de ser, sí, —siguió conjeturando el joven— que como don Quijote era una bonísima persona, achacaría todas aquellas chirigotas a la inquina de los encantadores y magos para confundir a sus buenos amigos, a los que ponían de ese modo telarañas en los ojos para que no vieran resplandecer la gloria eterna de las novelas de caballería y el ideal caballeresco que él seguía. Y si es cierto que se rieron con gana de lo que ellos consideraban locuras y disparates, no se reían de él, ni mucho menos, sino de aquellas gloriosas aventuras que los tales enemigos suyos hacían que pareciesen descabelladas y ridículas, no siéndolo».

Y aún se diría que el papel mostraba en algunas partes huellas inequívocas de haber llorado don Quijote mientras leía, como poeta que era, conmovido seguramente no por sus propias palabras sino porque las musas lo hubiesen elegido a él para pronunciarlas, como cuando recoge la historia su arenga a los cabreros, aquella que empezaba diciendo: «Dichosa edad y siglos dichosos aquellos a quien los antiguos pusieron nombre de dorados... porque entonces los que en ella vivían ignoraban estas dos palabras de tuyo y mío».

Pero don Quijote ha muerto, se dijo el bachiller, y ya no podremos preguntarle lo que le pareció o no este libro estando loco, pero sí lo que le pareciera a Sancho, que no lo está. Esto será harina de otro costal.

Y cuando terminó su pesquisa, mandó llamar a Sancho Panza, con el recado de que aquella historia que tanto interés había despertado en el escudero ya había aparecido.

CAPÍTULO TRIGÉSIMO

Para desesperación de su mujer, Sancho había decidido meditar reposadamente, y se pasaba todo el día en casa, solazado, como ella decía, y allí se lo encontró el criado de Sansón Carrasco, sentado en el patio, trenzando, para entretener sus ocios, un cesto de mimbre.

No era precisamente una mujer paciente Teresa Panza, y tampoco se ahorraba los comentarios acuciantes e intempestivos, si pasaba a su lado.

—No es bueno, te lo tengo dicho mil veces, marido mío, que te pases el día mirando las sapas verdes, o maquinando en la mollera, porque no hay cosa peor que la de pensar a secas, sin otra salsa. Para qué queremos más cestos. Llevas hechos más de treinta. ¿Serás cestero ahora? ¿Dónde los venderás, quién va a querer comprártelos, te sumarás a una tribu de gitanos y los mercarás por esos pueblos de Dios? Y no me digas cómo, pero he oído decir que en las casas que recogen a los agitados suele haber dos clases de orates, los que se pasan el día gritando como desaforados, y los que, como tú, clavan la vista en el suelo, y no la levantan en todo el día, y por más que les pregunten, no responden nada, como tú, que no parece sino que los locos son todos los demás y no ellos. Ay, que terminarás tú como don Quijote, que mala sombra se lo haya llevado.

—Calla, perra, y no muerdas la mano que te ha dado tu regojo. Y yo todavía sé hablar, incluso a ti. No consiento que nadie hable mal en mi presencia de quien fue la florinata de la caballería andante y por quien comes el pan que ahora comes. Y si es cierto que yo, que fui quien mejor lo conoció, certifico los puntos de su locura, también puedo asegurar que nadie como él supo dar consejos al que los necesitaba, y tantas y tan buenas cosas salieron de sus labios, como inmejorables ideas de su magín. Y así te digo que vendrán tiempos que lo conozcan en los altares, y me parece que antes de que cunda la especie, hay que atajar la que lo presenta como alguien rematadamente loco. Pudo estarlo, no digo que no, en un principio. Pero yo he sido testigo de cómo cada día que pasaba decía más y más cosas juiciosas, y no recobró la cordura de repente, como ahora creen todos, sino que eso ya se había empezado a producir de antes, porque nada de lo que sucede, se improvisa, todo viene de lejos, y eso lo sabíamos mejor quienes más lo tratamos: que si no se le tocaban los asuntos de la caballería, nadie hubiera podido negar que tenía enfrente a uno de los más cabales hombres de este siglo. Y en lo de su locura no fue diferente de todos los hombres, incluido el papa y el rey, que si se buscara en las entretelas de sus cabezas no sería difícil encontrarle a cada cual su propia locura, tan subida, si no más, que la de don Quijote. Y le bastaba su conciencia para obrar, y a ella sola se atenía, y socorriendo al necesitado, a la viuda, al viejo o al niño, no se equivocaba nunca, porque nadie se equivoca ayudando al débil, al pobre, al menesteroso. No hay más santidad que la de la voluntad, y él quiso, e hizo el bien. Pudo querer y quiso poder.

—Jesús, Sancho —dijo bajando la voz Teresa, alarmadísima por lo que acababa de oír—. Que no sólo te llevarán por loco, sino que puede que te reconcilien o, peor, que te quemen por hereje y blasfemo, y seguramente llevas razón diciendo que don Quijote se fue quitando de loco poco a poco, de la misma manera que te vas tú quitando de cuerdo.

—No hay sino que saber de lo que se habla —replicó Sancho—, y tú, no siendo mala, eres una mujer ignorante, y a estas alturas he vivido y visto tanto como para saber que sazonados en su punto, hay muy pocos. ¿Empezamos? Cierto que yo, queriendo ser gobernador, fui el más loco de todos. Pero ¿y tú? ¿No llegaste a verte vestida con ricas saboyanas, no te imaginaste con coche propio, no soñaste con llamar a duques y reyes, eh, primos, venid acá a dar cuenta de estas gallinejas? ¿No habías encontrado ya para Teresa un marido entre los príncipes de la tierra, no corrían por los ríos de tu imaginación el oro y la plata, no se espumaban tales torrentes con mil sartas de perlas y de corales? ¿Y no fueron locos Sanchico y Teresica, creyendo las tonterías de su padre y dejándose remejer por las fantasías de su madre? ¿Quieres que siga, fuera de esta casa?

Se echó a llorar la mujer y éste fue el momento justo en que el criado de Sansón Carrasco llamó a la puerta, buscando al escudero. Se secó Teresa Panza las lágrimas de forma apresurada con el vuelo de un refajo, le abrió la puerta y salió con disimulo al huertecillo que tenían detrás de la casa.

No le hizo esperar Sancho, y se fue con el mancebo a donde el bachiller. Se lo encontró vestido con su ropa de recibir, una pluma en la mano y los ojos en las negras vigas del techo, de donde parecía cosechar, una a una, las palabras que estaba escribiendo, como racimos de una parra.

A diferencia de la mesa de don Quijote, que muchas veces había visto Sancho, le admiraba a éste la de Sansón, tan ordenada.

El bachiller escribía. Tenía el libro rescatado del sobrado al lado. Hizo que el mismo criado que lo había acompañado hasta allí, le trajera una silla, e hizo sentar al antiguo escudero.

—Has de saber, Sancho —empezó diciéndole Sansón—, que acabo de concebir la idea de una gran obra. Voy a ir poniendo en este papel una historia que será el pasmo de todos, y que trata de las aventuras que pasa un caballero emboscado, y su escudero, celebrando ninfas, persiguiendo náyades, sobornando musas por montes, campos y ríos, en tanto el caballero cumple cierto juramento de sujetarse en la vida rústica hasta no volver a la caballeresca.

—¿Ése no era el oficio que me tenía reservado don Quijote, durante un año, que fue lo que le prometió al caballero de la Blanca Luna?

Así como Sancho había llegado a descubrir que el Caballero de los Espejos era el mismo Sansón Carrasco, hasta la fecha no podía ni sospechar que el de la Blanca Luna, que había derrotado a su señor en las playas de Barcelona, fuera también su donoso amigo, que movido a compasión por la locura y sandez de don Quijote y creyendo que su salud estaba en su reposo, había ido a encontrarle tan lejos de su casa.

—Tú viste al caballero de la Blanca Luna, Sancho, y tú sabrás mejor que nadie si ese caballero de la Blanca Luna rindió a don Quijote y las capitulaciones que le impuso en la derrota.

—Tan lo vi como le estoy viendo a vuesa merced, si no fuese porque era dos veces más alto, y mucho más fuerte y su rostro resplandecía como me decía don Quijote que les pasaba a los héroes de Troya.

—Le viste entonces el rostro...

—No, porque llevaba la celada echada, y no suele ser uso que el caballero que luchó cubierto quiera, si salió vencedor, descubrirse, pero era tal el resplandor que de debajo de su celada salía, que parecía que se custodiara allí una antorcha de llama viva. Y después de vencerle habló como un verdadero caballero andante...

—Luego tú crees en caballeros andantes, Sancho.

—A medias. Dos he visto luchar con don Quijote. Dos y medio. A uno le venció él, y él quedó vencido por otro. Y el medio, fue aquel vizcaíno que debía de ser caballero, pero no andante. El primero, demasiado sabe vuesa merced quién fue, y no hay más que preguntar a mi compadre Tomé Cecial, que os sirvió de escudero. Del segundo nada digo, porque se presentó sin palafrén ni ayuda.

—¿Y te pareció loco también ese de la Blanca Luna como lo estaba nuestro don Quijote?

—Si lo estaba se mostró en la victoria enteramente cuerdo, y compasivo y nada jactancioso, habiendo podido extremar su rigor con las armas y ensañarse con la palabra. Sólo le pidió a mi amo que durante un año se recogiese, prohibiéndole que pusiera las manos sobre las armas. Y fue entonces cuando se le ocurrió a don Quijote que parar acortar ese tiempo, que tanto le apenumbraba y le llenaba de ansiedad, podíamos dedicarnos a la vida pastoril, como él y yo os contamos en cuanto llegamos al pueblo.

—Así es, y así es como se me ha ocurrido la idea. Escribiré nuestras aventuras en esos campos, en las riberas amenas de los ríos, en los sotos umbríos, en pos de zagalas de hermosura impar de las que nos enamoraremos y a las que yo haré cantar como los ángeles, mientras pongo en boca de todos nosotros versos que habrán de hermanarse a los del divino Garcilaso. Y de ese modo ya que la muerte nos hurtó a don Quijote, privándonos al mismo tiempo de verle cuerdo, le haremos gozar de aventuras que entretendrán sus melancolías allá donde se encuentre.

—¿Y no es eso un disparate, señor bachiller? ¿No creéis que allá donde esté don Quijote las que menos le irán a preocupar serán las cosas que aquí hagamos, tanto si goza de la gloria del cielo, por gozarla mejor, como si espera en el purgatorio el día de dejarlo? ¿No le vendrían más al pelo misas y responsos que versicos, por buenos que le salgan?

—No lo creas. Míralo como una licencia poética. Como cuando, comiéndonos una empanada, nos acordamos de un difunto y decimos: y qué bien se comería ahora Fulano esta empanada, si la catara. Yo creo que cuando al fin salgan a la luz todas esas aventuras bucólicas, no te quepa la menor duda de que harán suspirar a don Quijote por esta vida, que si la otra es buena, alcanzada, la nuestra, si se sabe vivir, es como la misma gloria, y yo te diría incluso que no quiero más eternidad que una hecha de estas mismas cosas, con todas nuestras cuitas y afanes, sólo que sin dolor ni muerte. Y pudiendo gozar de amigos y hermanos y padres en esta vida, ¡cómo no será el gozarlos eternamente en la otra, a mesa y manteles puestos! Y si aquí nos alivia una tarde calurosa de verano la tépida brisa, ¡cómo no será esa brisa allá en el cielo!

—¿Y para eso me habéis mandado llamar? ¿Para decirme que en el cielo nos han de convidar a todas horas a comer empanada o para concertarse conmigo en el jornal? Eso lo vería yo muy bien. Y muy buena cosa sería el irme con vuesa merced de pastor como me fui de escudero con don Quijote. Ya conozco la vida de escudero de caballero andante, y de ella no se sacan más que palos, burlas, hambres, calores y sobresaltos. De pastores no sería más que estarse todo el santo día en junta de rabadanes, tañendo el rabel, requebrando a nuestras ninfas y náyades y oveja va oveja viene del redil a la cazuela, y de la cazuela al baúl de nuestras personas.

—No hablo de eso, Sancho, sino de una entelequia. No me entiendes. Todo sucederá en un libro, sin que tengamos que sufrir las lluvias y los rigores del sol, sin padecer hambres, sin sentir dolor, y sin salir de nuestras casas. No habrá ollas de carnero ni de vaca. Bastará la imaginación para transportarnos allí donde quisiera el autor, o tú incluso. ¿Que no te gusta la ninfa que te asigno? No tendrás más que decirme: «Mire vuesa merced de cambiármela», y yo la pondré a tu gusto, alta, baja, jaquetona o escuálida, con los cabellos como el sol o las ojeras agarenas de la noche. Y si otros han podido ser los historiadores de vuestras hazañas reales por las tierras manchegas, yo voy a serlo de estas aventuras pastoriles imaginadas, honestas y sin peligro para la hacienda ni la cabeza de nadie.

—Llevo, amigo Sansón, un mes en esto de las letras, soy como quien dice novicio en ellas y no entiendo muy bien lo que vuesa merced quiere hacer, pero será como vuesa merced dice, atinado y bien traído. ¿Me pagaréis por ello?

—Sí, desde luego, y puedes ponerte tú el salario que quieras, que lo tendrás cumplidamente desde el primer día.

—Corro a decírselo a mi Teresa. ¡Y cómo se me enternecerá del gusto en cuanto lo sepa! No hace una hora me graneaba diciéndome que terminaremos en la miseria si yo no lo remediaba. Y que ningún provecho iba a tener de leer libros. No he leído todavía ninguno, y vos no los habéis escrito, y ya tengo el salario que quiera ponerme. Le dije a mi Teresa que tuviera paciencia, y ya veis cómo la fortuna no deja de sonreírme. Corro a decírselo, mi buen bachiller, amo longánimo y gloria pastoril de los pastores, y sabrá que en menos que canta un gallo la habré hecho más rica que todos los ricos de estos contornos, con más ovejas que las encinas del conde y con tantos criados, que no habrá nadie que la tosa al pasar.

—Vuelves a no entenderme, Sancho. He dicho que te pagaré, pero será en letras de molde, y de la misma manera que nada de lo que en ese libro ocurra tendrá más realidad que la del papel, los escudos y ducados que por allí circulen habrán de tener la misma pasta, o sea, la del papel y la de la imaginación.

Se quedó un poco corrido Sancho y divertido Carrasco de ver que el pobre escudero seguía siendo tan candoroso.

—Pero hasta donde yo llego a entender —replicó Sancho Panza—, puedo comprender que alguien haga la historia de lo que ya ha ocurrido; incluso entendería que haga la que se está haciendo en ese mismo momento, como aseguró vuesa merced que ocurriría un día con todo lo que ha estado sucediendo desde que murió mi amo don Quijote. Llegaría a entender, aunque no le veo el propósito, que vuesa merced esté ahora escribiendo, como dijo que haría, nuestra misma historia, que sin don Quijote no tiene, al menos para mí, ningún interés. Lo que no alcanzo a entender es cómo vuesa merced puede hacer la historia de algo que sabe que no ha ocurrido ni podrá ocurrir nunca, porque ya una de las partes ha muerto, y bien muerta está y enterrada donde no podrá hacer otra vida pastoril que con los gusanos que se lo estén comiendo, cosa poco cristiana y nada piadosa. ¿No sería mejor para todos irnos de zampoñeo, y contar luego lo que ocurriera? ¿No hacen eso los pintores, que ponen a uno con traje de Judas y a otro de Arcángel, y les sirven de modelos? ¿No es una locura poner la albarda antes que el rucio?

—Por partes —concedió el bachiller—. La relojería del arte está para que las cosas sucedan como si fuesen reales sin serlo, lo cual no quita para que se falte a la verdad. Que muchas veces habrás visto tú cosas reales que parecen falsas, y otras, sueños que parecen vivos.

—Así es —admitió Sancho—. Que yo a menudo sueño que me sigue por el campo un toro que quiere atropellarme y cornearme, y me despierto bañado en sudores fríos, y otras, ante cosas que nos suceden en la vida, tengo que frotarme los ojos para asegurarme de que lo que veo no es un sueño. Y estos últimos días, con mi pobre don Quijote, que se me aparece y me sigue hablando como si no hubiese muerto, me tengo que despertar para asegurarme que todo es un sueño, porque yo lo siento como si fuese todavía parte de nuestras vidas.

—Pues de eso ha aprendido el arte, que no es más que un embeleco con el que hacer que corra el tiempo a nuestra conveniencia y gusto, y que las sombras parezcan vivas, y los vivos sombras, y que el pasado vuelva y que el presente no huya. Y así podemos hacer los poetas que tú estés en un segundo en los antípodas, y te encuentres de vuelta apenas un párrafo después. ¿Lo entiendes? Si yo digo, en este papel, la marquesa ha salido a las cinco, no tengas la menor duda de que la marquesa salió a las cinco.

—¿Qué marquesa? ¿Y de dónde salió?

—Es un modo de hablar, un ejemplo. Puedo escribir que estuviste ayer en Argel y que te encuentras hoy en Sonocusco, moliendo chocolate en un ingenio, y para todos los que lo lean, eso habrá sido, aunque tú no te hayas movido de aquí.

—Pero yo podría probar lo contrario.

—¿Con un pleito? No te lo aconsejaría nunca. Acuérdate de aquello, tengas pleitos y los ganes, y basta llevar una causa a un juez, por injusta que sea, para que recabe en ese punto unos partidarios, y aparecer en los papeles impresos y publicados, para que muchos ya lo den por bueno, real y verdadero. Así que me pondré a esa historia, y nos verás y leerás, ahora que puedes hacerlo, vestidos de pastorcicos y cortejando riscos y apacentando valles, y a don Quijote, vivo.

—¿Será más o menos como lo que nos ocurrió en la cueva de Montesinos?

—Algo he oído hablar de esa maravillosa cueva.

—Aún está por aparecer la crónica verdadera de la última salida que hicimos con don Quijote, señor bachiller —replicó Sancho—, pero saliendo a la luz, no me cabe la menor duda de que a ese episodio le dedicarán allí los historiadores más de un capítulo, por lo jugoso que fue, que bajamos con una cuerda a don Quijote, y allí se estuvo él no llegó a una hora, y salió de allí creyendo que había pasado tres días con sus tres noches, empleadas en hablar y tratar con toda la corte principal de los más famosos capitanes, a quienes aseguró había tenido tan a la mano como le tengo yo ahora a vuesa merced. Hubo incluso quien le pidió dineros, porque aquel es un reino donde gobierna no sólo la sombra, sino la pobretería. Cuando salga a luz el libro, ya se verá. Yo, sin embargo, me refería a si en esa crónica que asegura va a escribir vuestra merced salimos don Quijote y yo con nuestra misma naturaleza, yo vivo, y don Quijote muerto, o nos saca a los dos muertos, o vivos a los dos, pues digo yo que si vuesa merced es capaz de hacer que viva don Quijote en un libro, estando muerto, no le será tampoco difícil hacer que ande también por él como un muerto viviente, o a los dos como vivos muertos.

—No me voy a meter en otros jardines, Sancho, sino que os sacaré tal cual estabais el último día que os vi juntos y sanos, él como pastor Quijotiz, y tú como pastor Pancino, iguales entre vosotros, ya ni amo ni señor, sin tuyo ni mío, como él quería, sino uno con otro, dedos de la misma mano, y han de acompañaros los dos perros que compré a Marcelo Ladrón, el ganadero de Quintanar, y a quienes ya había puesto los nombres apropiados de Barcino y Butrón. Igualmente saldré yo, con el nombre que don Quijote me dijo haber encontrado para mí, unas veces como Carrascón y otras como Sansonino, y vendrán a hacernos compañía el pastor Miculoso, que no será otro que maese Nicolás, y hasta el cura, al que llamaremos Curiambro, acabará bendiciendo las uniones que hagamos con las pastoras de nuestras entretelas. Y andará todo tan ajustado, que aunque no hubiera sucedido nada de lo que allí se cuente, todos lo hallarán muy verdadero. Porque la verdad, como la virtud, no sólo tiene que serlo, sino parecerlo, y los libros se escriben con palabras, pero han de ir primera y directamente al corazón, que ha de darlas por buenas, hermosas y verdaderas. Yo te sacaré, Sancho, más discreto que un catedrático, y no habré inventado nada con ello, y así podrás verlo tú mismo.

—¿Y todo eso sin tener que dejar este pueblo, sin haber estudiado, sin mejorarme? Mirad que yo preferiría las cosas a la antigua usanza, a saber, que fuese todo ello cierto, que cosiéramos nuestras pellizas, que calzáramos nuestros greguescos y capotillos, que afináramos chirimías y rabeles y nos marcháramos al monte, como aquel Cardenio que encontramos mi amo y yo en la serranía, y cuánto mejor sería que las corderas, pariendo, nos dieran buenos corderos, y los corderos buenos dineros o buenas ollas. Y hacer tiernos quesos, y matar una oveja al día, y preparar con ella abundantes pitanzas. Ni me atrevo a contarle todo esto a mi Teresa, cosas que pasan no pasando, o salarios que me dan, no cobrándolos, porque si ya me creía loco hace un rato, ¡qué no pensaría ahora!

—No tienes por qué decirle nada. Todo esto anda revuelto ahora en mi magín —y el bachiller se golpeó la frente con los nudillos, como si llamara a una puerta—, pero pronto saldrá ordenadamente a ocupar primero ese rimero de pliegos, y más tarde, si el parto fue afortunado, a hacer su jornada por el mundo entre las gentes notables y los espíritus más agudos, porque yo te digo que más reales son los personajes de un libro, a poco bien que estén traídos, que los autores que los destilaron del alambique de su cabeza, y más reales son ya para nosotros Calixto, Melibea y la vieja Celestina que el autor que los imaginó, industrió y pulió, y más nos importa hoy saber qué o qué no sintieron, dijeron, hicieron y pensaron ellos, que no su autor, del que apenas sabemos gran cosa, y del que lo mismo da que las supiéramos, para apreciar lo que aquellos señores de su imaginación sintieron, dijeron, hicieron y pensaron.

La verdad es que Sancho, a partir de un punto de estos coloquios, decidió guardar silencio, pues empezó a creer que quien se había vuelto rematadamente loco ahora era el bachiller Sansón Carrasco, y pidió, al cabo de un rato, licencia para irse, con el ya en sus manos.

Se la dio el bachiller, no sin antes hacerle una grave advertencia.

—Te llevas, Sancho, no un libro, no una historia, sino una reliquia, el crisol de todas las maravillas, el lucero de donde nace, como huracán, la aurora de estos tiempos modernos. De no ser tú quien eres, puedes creerme que jamás me desprendería de este libro, contraviniendo mi propia norma y mi deseo de que no han de prestarse libros, como no ha de prestarse ni la mujer ni el caballo ni la pluma. En este libro, que leyó nuestro buen don Quijote hallarás, anotadas por su mano, mil consideraciones atinadísimas y mil majaderías, mil sentencias ponderadas y mil sandeces. Ya nada puedo ocultarte, puesto que sabes leer. Sigue tu olfato, deja libre tu juicio, obedece a tu conciencia. Cada uno, leyendo, es juez de lo que lee, y la rectitud de su corazón, toda la ley. Hoy muchos de esos locos que pululan por la Mancha venderían su hacienda por tenerlo, y lo pondrían como oro en paño. También te digo, y he de encarecértelo mucho, que te hallarás retratado muchas veces como no te guste, pero has dicho que nada te importará y que estás preparado a ello.

—Todo me ha de gustar, si se ajusta a la verdad, y si no, ¿qué me importa a mí? Los que me conocen, saben quién soy, y no les importa que se les diga de mí cuentos y mentiras; y aquellos que las creen, y no los conozco yo, ¿qué me importan a mí? ¿Y quién más afortunado que yo? Dígame una sola persona en el mundo, en estos tiempos o en los antiguos, que haya empezado la andadura de las letras leyendo la historia de su vida en un libro... Así, que todo ha de parecerme de perlas.

—No hables de lo que no sabes, Sancho. Sólo te digo que te tropezarás con gentes que a menudo te motejarán de bobo y simple, y que, si no se es un simple, a nadie le gusta beberse esa medicina.

—No es ésa ninguna novedad, pero también sé deciros que a un hombre sólo ha de importarle que no le falten al respeto las personas a las que él respeta. La fama es cosa de príncipes y reyes, aunque una gran cosa es tenerla buena. Yo lucharé para que nadie me afrente ni ponga al baratillo la mía, y si en los papeles saliere otra cosa, averígüelo Vargas, y siempre se ha dicho que a palabras necias, oídos sordos.

CAPÍTULO TRIGÉSIMO PRIMERO

IDO Sancho, volvió Sansón Carrasco a la querencia, y está de más contar aquí la alegría que recibió Antonia de verlo aparecer por casa. Todo aquel día había andado ella esclava de sus congojas y temores, pues muchas veces había oído decir que las promesas que un hombre hace a una mujer en el lecho de los goces se mudan y desaparecen con la misma facilidad que los pliegues de una capa que huye.

Luminosa la vio Sansón Carrasco y a él mismo se le encendieron por dentro los deseos de estar a su lado, y no dejarla ni a sol ni a sombra.

Y así ocurrió desde aquel día, todos los otros, que no salía de la que fue casa de don Quijote sino para dormir.

De vez en cuando el bachiller y la sobrina, con sigilo y recato, acababan buscando la tranquilidad de aquel sobrado en el que se iniciaron sus amores, y allí, en aquellos montones de paja y grano supieron encontrar para sus abrazos un lecho más suntuoso y hospitalario que el de la reina Cleopatra.

—Antonia, con o sin el consentimiento de mis padres, anunciaremos nuestro casamiento. Le diremos a don Pedro que lea las amonestaciones, y con tu hacienda y la que me corresponda, viviremos. La tuya ha quedado diezmada y la mía es un diezmo de la de mi padre, pero he de echar cartas al conde y pedirle el empleo de secretario, que se le quedó vacante, y con eso y con tu buen juicio para administrar las cosas, en poco tiempo medraremos.

—¿Quién iba a decirme que un día sería tan dichosa? Será menestar que se lo digas a tus padres y contar con su bendición. No podemos ser sólo nosotros los felices. Han de serlo todos los que nos quieren, todos a los que queremos. ¿Verán esta nuestra unión con buenos ojos?

—La verán —respondió Sansón.

Pero sabía o temía que no iba a ser así, y lo cierto es que si anunciar a sus padres que dejaba la carrera eclesiástica le llevó más de un año, podía dejar pasar un lustro en anunciarles que quería casarse con aquella muchacha a la que en su casa tenían por loca como su tío, suelta como su madre, y, además, pobre y arruinada como un hidalgo.

Sansón Carrasco, sin embargo, no quería que nada ensombreciera aquellos primeros días de mieles, y no salía de aquella casa más que para dormir, quedándose en ella muchos días a comer y a cenar.

No le hizo falta ni siquiera llevarse libros que leer, porque convenció a Antonia de que echaran abajo el tabique que selló en su día el aposento que don Quijote buscó con ahínco y desconcierto la mañana que se lo tapiaron con los suyos dentro.

Era un cuarto más que mediano en el que al menos habían quedado dos mil libros, fabuloso tesoro y esponjas de la hacienda del hidalgo que se había dejado en ellos la hijuela.

Días enteros pasó allí Sansón mirando, clasificando y ordenando aquel botín en el que estaba lo mejor y lo peor que habían dado las prensas españolas. Se le pasó incluso por la cabeza pedir dinero prestado a sus padres para comprar el valioso legado, y aliviar, de paso, las maltrechas economías, todavía convalecientes, de Antonia. Le sugirió esa idea el bachiller, y la sobrina, con mejor acuerdo, le dijo:

—¿Y para qué quieres, Sansón, comprar lo que mañana va a ser tuyo, lo que sin esperar a mañana ya lo es, como yo misma?

La idea que Sansón Carrasco hubiera podido tener de la felicidad se aproximaba tanto a aquello, que el día que recibió cartas del conde encontró el mundo tan bien hecho que por un momento desconfió de su buena fortuna.

Cruzó la plaza en dos patadas y corrió a casa de la sobrina con la carta en la mano. Llegó a ella acalorado sin poder contener el gozo.

El conde le nombraba secretario y adjuntaba poderes que le ponían al frente de la hacienda, tierras, ganados, olivares, rebaños y toda la gañanía y la copia de hombres que para él trabajaban sus campos, y le asignaba por ello una renta de trescientos ducados, y aceite, trigo y vino para el año. Anunciaba en la carta que de allí a dos días llegarían al pueblo, él, la condesa, sus hijos y la servidumbre, y pedía al recién nombrado secretario que dispusiera las cosas de la casa para recibirlo.

Llevaba Antonia mucho tiempo dándole vueltas en la cabeza al modo en que le anunciaría cómo esperaba un hijo. Antonia estaba ya apremiada, porque no tardando mucho empezaría a notarse su abultamiento y a asomársele al rostro la redondeada hermosura de las mujeres encintas.

Quiteria, que favoreció y alentaba aquellas subidas al nido de amor de los amantes, de las que por otra parte estaba al cabo de la calle, era partidaria del método expeditivo. A saber: aparecer de improviso en el desván, sorprender a los dos jóvenes en alguna de sus apasionadas batallas amorosas, escandalizarse, pedir la justicia divina, llevar la noticia al cura y que éste, en el ejercicio de su ministerio, pusiera coto a aquella vida pecaminosa de la única manera decente, que era la boda. Él se encargaría de hablar con el temible y colérico Tomé Carrasco, y éste no iba a tener otro remedio que el de guardar su honra y la de su familia, consintiendo el casamiento.

Antonia, sin embargo, se mostraba cada día más y más indecisa.

—Quiteria —le decía—, no se te ocurra hacer eso. Tengo la sensación de que llevamos al bachiller al degüello, como un pobre cordero. Y yo le quiero demasiado como para engañarlo. Le diremos la verdad. Ahora te digo, que lo conozco, que lo entenderá.

—Hazlo —le advertía el ama—, y te quedarás sin marido, sin fama y con un hijo al que llamarán con los pingos más feos.

Ver a su hijo motejado y vilipendiado por el pueblo frenó a Antonia en sus ansias de claridad y ventilación sentimentales. Al mismo tiempo, las semanas corrían y le urgía dar prontísimo remate a aquel negocio que no la dejaba dormir.

La noticia de que el conde había tomado a su Sansón como secretario y administrador de su hacienda en el pueblo, tranquilizó a su padre, llenó de alegría a Antonia, e infundió ánimos en el propio bachiller, que se dijo: ahora o nunca.

—Se diría, Sansón —le dijo Antonia—, que las buenas noticias suelen venir envueltas en las malas, y si la que yo he de darte no lo es del todo, porque confío en la palabra de matrimonio que me llevas dada desde hace más de un mes, podría serlo, y mucho, para mi honra y la del hijo que espero.

La primera reacción del bachiller al oír tal anuncio, fue el de mirar a uno y otro lado, acaso buscando algún testigo que le confirmase que lo oído no había sido una alucinación. ¿Y había transcurrido tanto tiempo como para que Antonia tuviese esa certidumbre? La sombra de la desconfianza apagó momentáneamente el brillo de sus ojos. A continuación los puso en Antonia y pidió que le volviese a repetir lo dicho, por si hubiera habido alguna palabra que no hubiese oído o que hubiera tomado por otra, y aunque la intención primera de la muchacha fue la de declarar que aquel hijo no era del bachiller, algo le retuvo la lengua:

—Ay —dijo alarmada Antonia—, que no parece sino que esa nueva te ha espantado. Soy tuya y a tus brazos me he entregado cuantas veces lo has querido, porque a tu lado no tengo ninguna voluntad, y ahora pones esa cara de extrañeza. ¿Ya no te acuerdas de aquel juramento que me hiciste ni todas las promesas de matrimonio que renuevas cada vez que nos levantamos de nuestro dulce nido? ¿Ya no soy tu Antonia? ¿Por mi culpa se ha apagado tu mirada? ¿Qué se hicieron de todas tus promesas de amor eterno?

—Y a ellas me atengo —acertó a decir un empalidecido bachiller—. Los temores viven en nosotros como los murciélagos, y se despiertan sin por qué. ¡Un hijo! ¡Ahí es nada! Pero no temo más que a mi padre, que ha de ver en esta boda una unión muy desigual, y más ahora que me sabe ya secretario del conde y con una renta tan providencial. Vienen los hijos, en efecto, con un pan bajo el brazo. Yo le hablaré, yo le diré, yo le contaré y le haré ver que ya no puedo echarme atrás. De hoy no pasa, y no tengas otro cuidado, Antonia, que el de velar por ese hijo nuestro. Y el dolor de que estés sola en esta vida y no tener a nadie más que a mí y a Quiteria, va a facilitarnos las cosas. Tienes tu hacienda, tengo yo la mía y desde hoy el mejor oficio del mundo, como secretario; casa propia, que es la tuya, y por delante la vida. ¿A qué hemos de temerle? De hoy no pasa: el señor Tomé Carrasco va a tener exacta cuenta de nuestro negocio.

Y hablando de aquella manera Sansón Carrasco y oyéndole Antonia, se diría que ninguno de los dos quería volver a mencionar al señor De Mal ni sus amenazas ni la famosa manda del testamento de don Quijote. Como si no pensar en aquellos cánceres acabara librándoles de ellos.

Se marchó a su casa Sansón, pero en todo aquel día no halló ni el momento ni el modo de anunciarles que había de casarse con la sobrina de don Quijote. Imaginar lo que su padre diría al oír aquel nombre, tantas veces denostado por él, lo mismo que el de aquella casa y todo lo que la regía, le causaba pavor.

Volvió Sansón por la tarde a casa de la sobrina desolado:

—Antonia, no puedo. Le he cobrado tanto miedo a mi padre, que no sé cómo decírselo. Puesto que va a ser el tuyo, lo conocerás y le temerás como yo.

—Nos casaremos en secreto, y ante los hechos consumados no tendrá más que avenirse.

Y hablando de lo que harían o no, y de cómo, y del modo en que arreglarían su vida, se les fue pasando a los amantes aquella tarde, al lado de la lumbre de la chimenea.

Al día siguiente, en secreto, quedaron citados frente a la casa de Antonia. Caminaron hasta el convento de Las Claras y contaron como testigos con Quiteria y el barbero, a quien hicieron jurar que les guardaría el secreto, el mismo al que se comprometió el frailecillo descalzo que ceremonió la unión. Y allí, en la iglesia del convento, a las seis de la mañana quedaban casados el bachiller y Antonia, que aplazaron participar la nueva a todo el mundo hasta que encontraran favorable coyuntura. El bachiller seguiría viviendo en la casa de su padre y Antonia en la suya, como siempre.

Cuando las dos mujeres se vieron solas, Quiteria respiró tranquila:

—Habéis hecho lo propio, porque ese niño, cuando nazca, va a rozar los límites del crédito, así como va a salirnos sietemesino, y aún eso sería a estas alturas una bendición.

Antonia, sin ánimo para la chirigota, miraba angustiada al ama, como diciéndola: ¿cómo puedes chancear con algo con veras tan serias?

Se había echado encima el invierno, y entoldados los cielos parecían hundir las vastas llanuras de la Mancha con pesadumbres irrefragables. Todo lo calurosos y secos que habían sido el verano y el otoño últimos, estaban siendo fríos y lluviosos aquellos meses, y poco más podían hacer los vecinos del pueblo que estarse en casa junto al fuego o en tareas que admitieran ser hechas bajo techado, como había determinado Sancho con su fábrica de cestos, canastillas, argadillos y azafates.

Aunque no muchos más pudo hacer durante las dos semanas siguientes Sancho, porque enteras las consagró a leer su libro.

Lo hizo de una manera concienzuda, sin saltarse líneas, a menudo volviendo sobre lo leído una y otra vez, cuando no comprendía lo que en él se decía y otras, suspendiendo la lectura, abrumado por los recuerdos que aquellas palabras despertaban en él o la memoria de otras gestas que el historiador moro no había considerado dignas de figurar allí y que para él habían sido si no más, sí, al menos, tan significativas como esas otras que allí figuraban. Cuando lo acabó, buscó al bachiller, y en casa de éste lo encaminaron a la de Antonia.

Le invitaron los dos jóvenes a pasar y a que se sentara con ellos junto al fuego.

—¿Y querrá la señora sobrina del que fue mi amo tenerme a su lado? ¿Ya no pierde la paciencia cuando me oye hablar? ¿Ha olvidado que me decía que era yo quien le sacaba a su tío de su casa y yo el que le espoleaba la locura?

—Eso era cuando mi tío vivía. Muerto él, ¿a quién puedes tú hacer daño, que eres como un mendrugo de pan y mejor dispuesto que ninguno de los hombres de este pueblo? Siéntate aquí con nosotros, ahora que formas parte ya de los culteranos. Dime, ¿qué traes en la faltriquera que abulta como un queso?

—Mejor me ha sabido, Antonia, y no hubiera querido que se me hubiese acabado nunca. Jamás habría pensado que el terminar algo, no siendo la vida, causara tanta pena, y ha debido de ser que ese libro era como el maná, y cuando se me iba acabando, notaba yo que se me apagaba la vida misma, y estos días lo he leído tan despacio y tantas veces por no llegar al final, que ya no sabía cómo hacer. Y no saben vuesas mercedes cómo espero ahora su continuación, porque con un llamativo como éste no podría ser mala la olla. Y ya veis, señor bachiller, que andabais errado en decir que no han de prestarse los libros, porque éste lo devuelvo como me lo entregasteis, si acaso no viene algo mejorado, que en eso digo yo que los libros serán como las personas, que cuanto más trato tienen con sus lectores, mejores se tornan.

Y diciendo eso, sacó Sancho el libro de su faltriquera y se lo entregó al bachiller, que lo miraba con disimulo para calibrar el estado en que se lo devolvería.

—Debe de ser que como eres neófito todavía en esta cofradía de los letraheridos, tornas los libros. Pero dime, ¿qué te ha parecido, en qué te encontraste igual y en qué distinto o mejor, y en qué peor?

—La primera cosa que he sacado yo de su lectura es que es malo nacer siendo Sancho, pero que no es mejor nacer siendo don Quijote. Y que quizá el propio nacer es lo que es malo, porque no son sino trabajos e ilusionismos los que nos esperan. La segunda es que no hay nadie que no sea al mismo tiempo lo suyo y lo contrario, loco y cuerdo, pobre y rico. En lo que creo que anduvo equivocado el señor Benengeli fue en decir que no sabía si darme el título de hombre de bien, porque ninguno pobre suele serlo. Y eso lo dijo por pertenecer a la herejía mahometana, ya que no debió oír en la catequesis las bienaventuranzas, porque allí bien claro se dice que de los pobres será el reino de los cielos, y que es más difícil que pase un camello por el ojo de una aguja que ver enhebrar la puerta del cielo a un rico, y no creo que el cielo quisieran llenarlo de malhechores. Por lo demás, lo que cuenta el señor Benengeli está tan atenido a la verdad y a los hechos reales que habría pensado que fue cosa de brujería cómo llegó a conocerlos, de no saber que el señor Cervantes es muy cristiano y no querría mezclarse con nada que oliera a nigromancia. Cierto que, por lo que a mí se refiere, y en esto de los libros y las historias ha de decirse que cada palo aguanta su vela, cierto, digo, que muchas veces se me tilda de necio, simple, interesado, egoísta, gumia, descuidado, poltrón, un si es o no poco pulido y limpio con mi persona, y muchos disparates más, como el de presentarme como un hombre de escaso y ralo juicio, cosas todas ellas que no me han molestado, porque no se hallará luego nada, ni en mis palabras ni en mis actos, que no esté sustentado por el recto juicio y los sanos propósitos, y así he de decir que salgo favorecido demasiadamente bien en ese retrato, y en aquellos en que quedé mermado o perdidoso, lo achaco a que el señor Benengeli lo dijo por no conocerme. Pondré un ejemplo. Vuesa merced me conoce bien. Sabe que me gusta hablando acarrear dichos, gracias, donaires, burlas y toda clase de cohetería incumbente, y enfilar refranes como quien ensarta corales. Son para mí los refranes la filosofía del pobre, y a ellos me atengo. Y sin embargo hasta el capítulo XIX, según el libro, no se me cae ninguno de la boca, lo cual es poco probable que haya ocurrido, porque me despierto con uno en los labios, y me acuesto con otro, y sigo en sueños sacándolos de molde. ¿Qué quiere decir ello? Que aunque yo los dijera, el señor Benengeli no los oía, y si los oía no los encajaba. Y esto mismo vale para lo contrario, haciéndome decir cosas que no pudo oír, porque no las dije. Que en esto de las historias he visto que hay que tender a la verdad general del asunto, y poner de acuerdo a las partes en los detalles es cosa menos que imposible.

—¿Y no sientes sofoco de ver que hayan salido a la luz pública hechos y palabras que fueron sucedidos o dichos entre vosotros, para vosotros solos? —preguntó el bachiller.

—¿Se refiere vuesa merced a todas las veces que estando mi amo y yo a solas, me reprende él, me golpea y castiga, perdida su paciencia conmigo, o hace que me avergüence por mi mucha ignorancia, mis comentarios inoportunos o mis desaires? Al contrario. En el libro se me verá que siempre le he sido leal y que nunca hipocreteé con él, ni fue doblada mi conducta para granjearme su favor o su paga. Lo que pensaba lo pensé rectamente, y tanto derecho tenía yo en llamarle loco como tuvo él en decirme sandio o necio, y son ésas cosas que dos hombres pueden llamárselas, no faltándose al respeto.

Siguieron hablando de todo ello mucho rato, y se sorprendió el bachiller de la buena disposición que había mostrado Sancho para encajar las cosas que de él se dicen en ese libro, así como de aquellos sucesos cuyo recuerdo le habían hecho reír.

—Y más y con mejor gana hubiese reído yo de no saber que mi amo don Quijote estaba muerto. Y comprendo que el libro también le gustase a él, por el gran amor con el que se trata su manía.

Y estaban en estas pacíficas pláticas invernales cuando oyeron un gran griterío por las calles del pueblo, como de turbas que lo hubiesen asaltado por sus cuatro costados.

—Los condes —exclamó el bachiller—, que vienen.

Se oía piafar de caballos, briosos ruidos de cascos, metálicos choques de armas y el chirriante canto de pesadísimos carros y, lo más alarmante de todo, un agudo gañido nunca oído que causaba espanto y que nadie podía imaginar de dónde provenía. Salieron a la puerta de su casa Sansón, Antonia, Quiteria y el nuevo mozo Matías por ver qué sucedía, y vieron que todos los vecinos, agitadísimos y fuera de sí, habían ya hecho otro tanto, y aguardaban medrosos en los portales de sus casas a ver en qué paraban todos aquellos desconciertos inauditos.

No llevaban esperando ni un minuto, cuando vieron asomar por la calle Ancha, abocando a la plaza, dos pajes vestidos a la moda morisca y en medio un elefante tan descomunal que la gente al verlo corría espantada a ponerse a salvo, temiendo que aquella fiera, enfurecida y nerviosa, se desmandase y atacase a quien se le pusiera delante.

El naire que lo conducía, sentado a la jineta, era un malabar de corta estatura vestido a la manera turquesa. Llevaba un alto turbante adornado con una espigada pluma de faisán, y su largo abrigo de terciopelo azul con drapeados dorados se derramaba por los lomos del animal a modo de gualdrapa.

La figura de aquel hombrecillo, estática y solemne, producía un gran efecto, mientras se inclinaba a uno y otro lado en un saludo cordial que era al mismo tiempo advertencia para que los curiosos o los insensatos despejaran el camino, no tanto porque el animal, viejo y medio ciego, fuese peligroso, sino porque el naire era un doncel conquistador que allá por donde iba tenía la fantasía, pasado el primer efecto, de cautivar a las doncellas, por un lado, y a los caballeros por otro; a las unas, tomándolas su mano y llevándola a la piel del animal, para que lo acariciaran, y a los caballeros principales de los lugares por los que iban pasando, vendiéndoles las duras y largas cerdas del elefante, asegurándoles que poseían las milagrosas virtudes de un poderoso afrodisíaco.

Completaban la comitiva dos grandes carros tirados por bueyes cornalones, hasta docena y media de magníficas mulas, montadas por criados, dueñas y criadas, tres hombres más, armados y con largas capas aguaderas, y, cerrándola, un coche en el que viajaban quienes por aquel aparatoso boato no podían ser sino señores muy principales.

Estaba a punto de hacerse de noche y los dos pajes corrieron a uno de los carros de donde sacaron dos lampiones que encendieron con iracundos pedernales. Llevaron las luces al coche, y de él vieron descender una dama y un caballero vestidos con suntuosos trajes de camino, él, con su ropilla, sus follados y una capa gascona de piel de oso, y ella con capotillo y sombrero, y una toca de rebozo rojo con la que se tapaba la boca. Y así como todos procuraban mantenerse alejados del elefante, se acercaron a estos dos raros y ricos personajes todos los lugareños; en primer lugar lo hicieron el regidor y sus alguaciles, y no faltaron a aquel encuentro ninguno de los hombres principales del pueblo.

Preguntó el alcalde quiénes eran y cómo viajaban con carga tan desusada. Tomó la palabra el que por el aspecto no parecía menos que un príncipe, y dijo:

—Venimos de Cádiz, de recoger este elefante, regalo del general genovés don Felipe Alberoni a su cuñada la duquesa, aquí presente y esposa mía, y lo llevamos a nuestra tierra donde pensamos tenerlo este invierno y emplearlo en las fiestas que en nuestro castillo solemos preparar. Hace unos meses tuvimos invitados allí a dos vecinos de este pueblo, y cobramos por ellos singular estima, un caballero que se llama don Quijote de la Mancha, y su escudero Sancho Panza, a quien di el gobierno de una ínsula, donde dejó muestras patentes y memorables de su buen juicio. Poco después pasó, dándoles caza, otro caballero, vestido de blanco, que iba preguntando el paradero de don Quijote, y a él también lo tuvimos como huésped, y él nos contó muchas cosas de ese hombre tan único, y así le prometimos que si algún día pasábamos cerca, no dejaríamos de visitarlo. Pudiendo hacer noche hoy en Argamasilla, a la duquesa y a mí nos entraron ganas de llegarnos a este lugar por ver a don Quijote, a Sancho y a nuestro amigo el bachiller Sansón Carrasco. Supimos por el propio Sansón, que a la vuelta nos trajo la noticia, que don Quijote había sido vencido en Barcelona por él, y que le impuso la penitencia de no salir en un año, y conociendo el alto valor que daba a su palabra, nos lo imaginamos cumpliéndola en este encierro. Así que pensamos que ya que don Quijote no podía ir en pos de las aventuras, le traeríamos una bien extraña a las puertas de su casa. ¿Dónde está don Quijote, dónde está Sancho Panza?

Por no decirle que don Quijote había muerto, de lo que seguramente iban a llevarse un gran disgusto, y porque quieren algunas noticias un dilatado prólogo, mandaron a llamar a Sancho Panza, que llegó al poco, asfixiado, seguido de Sansón Carrasco y de Antonia. Recobró el aliento delante de los duques, y echando la rodilla a tierra y tomando a un tiempo la mano de la duquesa y la mano del duque, y sin saber a cuál de las dos había de atender con más solicitud, las llenó de besos, y dijo:

—Nunca habría creído que Vuestras Excelencias se dejasen ver por estos perdidos caminos ni que el cielo me iba a conceder de nuevo la gracia de verlas. Ahora mismo mandaré llamar a mi mujer, para que ella dé personalmente las gracias a la señora duquesa con hartos bellotas por aquella sarta de corales que le mandó, y a mi Sanchica, a la que por fin se le hizo un vestido con el traje verde de montero que me regalasteis, lo mismo que a mi Sancho, que acaso lo queráis llevar con vos de criado cuando veáis que es un diamante de doce caras. Pero aquí os esperaba una noticia que habrá de entristeceros como nos ha entristecido a todos, si acaso no os la han dado ya: hace algo más de tres meses que don Quijote ha muerto. Enterrado está y mañana podréis ver su tumba y sembrar sobre ella unos responsos. ¿No recibisteis la carta que os envió nuestro cura don Pedro?

—Si llegó —respondió el duque, que se tomaba mucho tiempo al hablar, gustándose en la retórica de su voz de bajo profundo—, si llegó, allá estará esperándonos, que hace ya tres meses que nos partimos hacia Cádiz.

No pudo reprimir la duquesa una mueca de fastidio y contrariedad, pues se había prometido pasar en aquel pueblo una velada amenizada por los disparates del caballero. Traían preparadas incluso, como confirmaron después, algunas burlas notables, pues en su comitiva iba el lacayo Tosilos, la dueña doña Rodríguez, la doncella que se hizo pasar por la Trifaldi y la que respondió al nombre de Altisidora y otros más de los que habían participado en las consumadas burlas que se le hicieron a don Quijote y a Sancho y que resultaron un punto más levantadas de lo que hubiese sido preciso. Pero como la duquesa era una señora muy distinguida y cortesana, supo desviar el mohín de su fastidio a las buenas maneras, y allí sobre la marcha se destocó en una tan breve como dramática interpretación que hubiese hecho creer a todo el mundo no tanto que don Quijote se había muerto, sino que quien se moría en ese momento con la noticia era ella misma. No obstante, terminada aquella endecha, preguntó impaciente a Sancho:

—Dinos, Sancho, dónde podremos recogernos esta noche y si hay una posada que pueda darnos alojamiento al duque, a mí y a todos los que vienen con nosotros, así como un lugar donde dejemos acomodado al elefante.

Iba Sancho a responder, cuando vieron salir de su casa al conde, que hacía dos horas había llegado con su familia a recoger sus rentas y asentar en su secretaría al joven Carrasco, y a nadie había dicho nada aún de su llegada.

—Señoría —se presentó—, soy el conde de los Alcores y ésa de la plaza es mi casa. Acabo de llegar con mi familia de la Corte, donde vivimos, y aunque los aposentos no están dispuestos como convendría a la importancia de tales huéspedes, os ruego que lo seáis de mí y de mi familia mientras estéis en este lugar. En cuanto al elefante, podréis acomodarlo en uno de mis alhorines, donde se le preparará lo que haya menester.

Y aunque el duque no quería ocasionar trastorno alguno, tanto insistió el conde, que los duques y sus criados y dueñas se quedaron en la casa del de los Alcores, enviando a la posada al naire, al aprovisionador y el resto de los criados que se ocupaban del animal, tras de lo cual se fueron todos a sus casas, esperando impacientes el día siguiente para poder admirar a su gusto aquel fastuoso viajero de las selvas africanas.

Enterado sobre la marcha el conde de que su nuevo secretario había sido amigo y vencedor de don Quijote, del cual ni había oído hablar hasta ese momento ni por supuesto había leído su libro, quiso agradar a sus huéspedes y pidió al bachiller que cenara con ellos esa noche.

Fue una gran cena aquella, pese a la improvisación.

—Y así fue, después de vencerlo en Barcelona —concluyó el bachiller, tras haberles hecho pormenorizada crónica de esa derrota—, como mi amigo don Quijote se volvió a este pueblo. Traía la promesa de no salir en un año, que pensaba acortar él no de tiempo, pero sí de tedio, viviendo vida pastoril y de égloga como el pastor Quijotiz, acompañado de su amigo el pastor Pancino y de mí mismo, que los acompañaría con el nombre de Sansonino o Carrascón. Y a los pocos días de llegar a su casa, y sin que nada ni nadie lo presagiara, ni hubiera tenido tiempo como quien dice de quitarse el polvo del camino, cayó enfermo, y en menos de dos semanas se lo llevó por delante la melancolía y la tristeza de verse reducido en ese estado, comprobando acaso que ninguno de los trabajos que había hecho en sus salidas por el mundo le había reportado otra cosa que penas y desdenes, motes viles y burlas por todas partes. Pero habéis de saber que don Quijote murió cuerdo, pidiendo perdón por todas sus locuras y encomendando su alma a Dios y deseándonos a todos vernos presto en el paraíso.

Oyeron con atención los duques y el conde todas estas noticias, y una vez que acabó de hablar el bachiller, el duque, con patente contrariedad porque aquella muerte les había privado de una garantizada diversión, dijo:

—Es lástima, porque pensábamos llevárnoslos con nosotros a nuestro castillo, a él y a Sancho, y tenerlos allí todo el invierno como a servidores nuestros, y para ello habíamos incluso concertado un gran encuentro con Dulcinea. A tal propósito he enviado a Tosilos y dos de las dueñas hasta el Toboso, con el recado de traerse a Dulcinea con ellos, para lo cual el lacayo lleva dineros nuestros, joyas y otros presentes que sirvan para ablandar su ánimo si acaso éste se muestra remiso, y así los esperamos mañana aquí. Que habría sido cosa de ver ese torneo entre Dulcinea y don Quijote, y ya habíamos cruzado apuestas de que resultaría aún más interesante que cuando en un peleadero se muestran dos gallos que no se han visto nunca hasta entonces.

Los oía hablar el conde y no entendía cómo personajes tan importantes de España y de tan rancia raigambre se dejaban enredar con pasatiempos de muchachos, pero enseñado a la vida de la Corte y reconocido al honor que era tenerlos de huéspedes, los agasajó toda la noche con inequívocos desvelos.

Quisieron también los duques saber de Sancho Panza y de la vida que hacía en el pueblo, y si trabajaba y en qué, y volvió la duquesa a manifestar su deseo de llevárselo consigo, si quería él entrar a su servicio, porque confesó que le había cobrado una grandísima afición a sus simplezas y repentes, lo mismo que a sus refranes, que tanto le habían distraído durante el último verano.

—Aunque he notado en él un gran cambio, que casi me le hizo irreconocible. Y no lo digo tanto porque haya perdido más de tres arrobas de su peso, como que me ha parecido un hombre de porte triste, lo cual en los Sanchos de este mundo resulta una enfadosa impertinencia. Para triste ya está una. No obstante, bien estaría hablar con él y hacerle decir alguna de sus simplezas.

Viendo el conde que deseaban hablar y tener allí a ese tal Sancho Panza, a quien ni conocía ni del que sabía otra cosa que lo que allí se estaba contando, envió recado a uno de sus criados a la casa del escudero para que lo trajera.

Mientras llegaba, contó Sansón Carrasco cómo Sancho Panza no había podido hacer ni hacía nada desde que don Quijote había muerto, con gran preocupación de su familia, a la que tampoco tranquilizó el hecho de que hubiese querido aprender a leer y de que hubiera leído ya la primera parte de su historia.

Oír eso y romper a reír los duques, y, por imitación, el conde, fue todo uno, pues encontraban muy gracioso y el colmo de la extravagancia que un gañán mostrase curiosidad por leer, y desearon entonces, más que nunca, tenerlo delante y ver cómo se despeñaba con aquellos tan recientes y poco digeridos estudios suyos.

Llegó Sancho a casa del conde y viendo allí sentada a la dueña doña Rodríguez, no pudo reprimir una elegía:

—¡Quién iba decirnos, doña Rodríguez, que volveríamos a vernos, y en estas circunstancias! ¡Cuánto rabiamos juntos y cómo daría yo ahora por volver a las andadas, y a aquella perpetua zaragata! Ahora entiendo cabalmente las palabras de mi amo cuando decía que cualquier tiempo pasado fue mejor, y suspiraba él por aquella edad de oro donde no había ni tuyo ni mío. ¡Qué pronto se va el placer, cuán presto llega el dolor! Y si ahora estuviese aquí nuestro don Quijote les admiraría tanto, que si mucho lo tasaron por loco, llegaría a los cielos lo que le tasaran por cuerdo. Y decidme, mi respetada dueña, ¿cómo le fue a aquella hija vuestra que casó con Tosilos? ¿Viven bien avenidos, no se arrepienten de aquel casamiento que les llegó de modo tan extraño y desviado? ¿Goza vuesa merced de buena salud? ¿Espera ya nietos vuestra persona?

Se admiró mucho la dueña doña Rodríguez de oír hablar de aquella manera tan comedida y rodeada al escudero, y antes de responderle pedía ella a sus señores, con rápidas miradas, si se le concedía la venia de satisfacerle la curiosidad y el interés. Se la otorgaron ellos y le dio ella cuenta exacta de lo que quería saber.

No se resignaba la duquesa a perder su momento de diversión, y por verle equivocarse y emplear unas palabras por otras, quiso saber cómo era que le había dado por aprender a leer, y refirió Sancho lo ya sabido, o sea que cuando había sido gobernador tuvo mucho pesar en no poder él ni leer las cartas que los duques le enviaron ni la que le envió su amo, teniendo que darlas a quienes sabían de ese negocio.

—Ah, y qué gran noticia es ésta, Sancho —dijo la duquesa, que ya empezaba a ver por dónde podía principiar la burla— que te traemos muy buenas nuevas de tu ínsula. Cuando te fuiste quedaron tan faltos de tu consejo y tan mal acostumbrados por tu buen gobierno, que aquella república anda ahora muy feamente, y nada nos placería más al duque y a mí que te volvieras allá, donde serías al punto aclamado y vivirías tan regaladamente como no pudiste por la brevedad de tu mandato.

Confirmó el duque con una gran cabezada las palabras de su esposa, y todos esperaron las de Sancho, quien, al contrario de lo que en él era uso, se tomó unos instantes para responder.

—Ya en los nidos de antaño no hay pájaros hogaño, y aunque se me traspasaran plenos poderes y estuviera en mi mano enviar al destierro al doctor Tentetieso por haber querido matarme de hambre, y aunque pudiera con el gobierno hacerme rico y vestir a mi Teresa como a una reina, y casar con condes y condesas a mis hijos, no volvería yo a levantar la vara ni vestir la toga. Pude ser caballero con mi amo, y no lo quise, y ahora digo lo que entonces le dije, cuando me encontró en aquel barranco en el que fui a caer. Después de tantear las cargas que trae consigo el gobernar, y las obligaciones, hallé por mi cuenta que no las podrían llevar mis hombros, ni son peso de mis costillas, ni flechas de mi aljaba; y así, antes que diese conmigo al través el gobierno, quise yo dar con el gobierno al través, y dejé la ínsula tan bonitamente como la encontré: con las mismas calles, casas y tejados que tenía cuando entré en ella. Mientras duró mi gobierno no pedí prestado a nadie, ni me metí en granjería; y, aunque pensaba hacer algunas ordenanzas provechosas, no hice ninguna, porque supuse que hacerlas o no, iba a dar lo mismo, pues nadie habría de cumplirlas. Salí, pues, de la ínsula sin otro acompañamiento que el de mi rucio. Eso le dije a don Quijote esa mañana en la que me sacó de la sima, que de no haber sido por él, allí estarían mis huesos y los de mi buen rucio a estas horas. Y lo que os dije entonces, Señorías, lo repito: que mejor estaba comiendo mi pan y hartándome con don Quijote que gobernando no ya una ínsula, sino el mundo entero. Y bastará que esperen vuesas mercedes a que se publique la segunda parte de la verdadera historia de don Quijote, como nos tiene asegurado el bachiller que ha de publicarse, para que lean vuestras Excelencias que lo mismo que hablo aquí lo dije en su día a don Quijote, y que estas palabras no me las ha dictado ni la humildad ni la simpleza, sino el más recto veredicto del corazón. Así lo siento y conforme al sentir, digo y hago, que he aprendido ya a decir sólo lo que siento, sabiendo que si sé sentir sabré decir.

Ni la duquesa ni el duque reconocieron en este hablar a Sancho, porque no le encontraron ninguna sandez, y puesto que le oyeron hablar de esa segunda parte del Quijote, saltó la duquesa de su escaño, orgullosa de poder anunciar en aquella pequeña corte de lugareños la extraordinaria nueva:

—¡Y cómo lo has adivinado! Ese libro ya ha salido a la luz, y conmigo traigo uno que compré en Sevilla a un comerciante que los llevaba a América, donde lo esperan con no menos ansias que acá.

No pudo contener tampoco la emoción Sansón Carrasco de saber que allí, en aquella casa, estaba la deseada y esperada segunda parte de don Quijote, y quiso saber si ya lo habían leído el duque y la duquesa y si cumplía todo lo que en la primera prometía, y si era igual de gracioso e ingenioso.

—A mi marido, el duque, no le entretienen otros ejercicios que los de la caza, y no lee, porque o le da sueño, o se lo quita, y a mí leer me levanta dolor de ojos, y en este viaje no ha venido con nosotros ninguna de las doncellas que allí suelen leerme cada tarde por acortar los días, así que estoy deseando llegar a casa y hacer que me lo lean, por ver si en esta segunda parte se habla de nosotros y de todo lo que en nuestro castillo sucedió.

Dudó el bachiller si podía o no pedir a la duquesa la merced de que se lo dejase ver al menos, y mandó ésta a la dueña doña Rodríguez que lo sacase del arca en que venía. Lo trajo al rato y pasó a manos del bachiller, que lo abrió como si fuese una avecilla herida al que el menor roce pudiera quebrar del todo o ahogar su corazón. Tan entusiasmado le vio la duquesa con él, que le dio licencia para que se lo llevara esa noche y leyese en él lo que dieran de sí las horas de la vigilia, con la promesa de que al día siguiente, antes de partir, se lo devolviera.

Recibió tanto contento de ello el bachiller que no acertaba a encontrar las palabras con qué agradecerle aquel grandísimo ensanche, muy superior a cualquier otro que por él hubiere podido hacer, y sin despedirse de nadie, corrió a su casa por no perder ni un minuto, y tras él se marchó cada cual a la suya, se recogieron los condes, se aposentaron los duques y sus criados, y esperaron al día siguiente a que llegaran Tosilos, las dueñas y Dulcinea.

CAPÍTULO TRIGÉSIMO SEGUNDO

MANDÓ Sansón Carrasco a un criado que le subiera a su aposento un quintillo de aceite para el velón, una jarra de agua y unos amarguillos, y se dispuso a leer aquel libro con desusada voracidad.

No supo en un primer momento a qué páginas acudir, porque luchaban en él la curiosidad de buscar, floreándolo, aquellos pasajes en los que barruntaba se hablaría de él, y la disciplina escolar adquirida en Salamanca que le decía que el dos sólo viene después del uno y el tres después del dos.

Venció durante unos momentos la curiosidad y pasó algunas hojas, hasta dar con su nombre. Se le aceleraron los pulsos de tal modo que sentía el corazón ahogándole la garganta, y las rodillas le temblaban y sus ojos devoraban atropelladamente las palabras saltándose muchas, como ese perro hambriento cuyas fogosas fauces sacan de la gamella, derramándola, la mitad de unos despojos a los que ha de volver luego cuando ya ha dado cuenta del resto. Así le pasó durante casi una hora al bachiller, que iba y venía, de aquí para allá, sin saber dónde atender, si a la aventura del Caballero de los Espejos, a la del de la Blanca Luna o a las primeras páginas donde se relata el inicio de su amistad con don Quijote.

Sosegado al fin, y satisfecha esa curiosidad primera, engolosinado por lo que ya había leído y que tanto parecía contentarle, dio principio a la historia por los umbrales. No dejó de leer ni la tasa, ni la fe de erratas ni la dedicatoria ni el prólogo del autor ni ninguna de las aprobaciones que al principio se incluían, especialmente aquella del licenciado Márquez Torres.

Una gran pesadumbre recibió el bachiller al enterarle el licenciado que Miguel de Cervantes, a quien se debía la publicación del libro, era un viejo soldado, hidalgo y pobre que se estaba en Madrid padeciendo la pobretería de los ingenios a los que el público ha dado la espalda hace años, y mayor pena saber por el propio Cervantes en su dedicatoria al Conde de Lemos que el novelista se hallaba a la sazón «muy sin dineros», y en ese momento, poniendo por testigo al velón de tres luces, en medio de la más serenas y reposadas sombras de la noche, juró el bachiller que a la primera ocasión que pudiera se correría a Madrid para llevarle a un hombre de tan señalado talento el consuelo de algún viático y algunos cuartos.

Nadie, desde que se inventara la imprenta, ni aun antes, había disfrutado tanto con la lectura de ningún libro como disfrutó aquella noche Sansón Carrasco con la segunda parte del ingenioso caballero don Quijote de la Mancha. Sólo le apenumbraba e impacientaba saber que en su carrera tenía como contrincante al lampo de la aurora, y cada poco tiempo levantaba la vista del libro por ver si se anunciaban al fin en las ventanas las rosadas crines de sus corceles. ¡Y qué contagioso era el mundo de los caballeros andantes, que a él mismo le hacía pensar con tan levantadísimas palabras!

Y aun teniendo sobradas facultades y el bien musculado hábito de la lectura le llegaron las primeras claras del día en el momento en el que el Caballero del Verde Gabán, conocido también como don Diego de Miranda, lo presentaba a su esposa y a su hijo, don Lorenzo, que tan buenos ratos le dio a don Quijote con sus poesías y requiebros de amor, escritos a la dama ideal de los poetas. Y hubiera seguido leyendo hasta dar culmen al libro, si no se hubiera ajustado con la duquesa, su prestadora, en devolvérselo a la mañana siguiente.

Con gran pesar se dirigió entonces a la casa del Conde que encontró Sansón alborotada con una noticia que había llenado de inquietud a los duques.

A muy temprana hora vino a decirles el naire que el elefante no se había querido levantar de su granero, sino que allí, arrodillado, estaba tan triste y apocado que no se le podía mirar a los ojos sin sentir aguda pena, porque parecía salírsele por ellos el ánima y los deseos de comunicar su mal febril.

¡Y la aventura que se había perdido el mundo juntando a don Quijote Caballero de los Leones con el elefante! ¡Y la que ya no podría tener lugar entre el caballero y Dulcinea!

La duquesa, en ropa de levantar, recorría la casa gritando a sus criados y de un humor pésimo. ¡Morirse don Quijote! ¡Qué inconveniente desatención! ¡Y ahora el elefante! «¿Es que en este pueblo todo lo que lo gracioso quiere morirse?», decía a voces a quien quisiera oírla.

Fueron a ver a aquel animal majestuoso, y por más que lo aguijonearon unos y otros, no acertaba más que a levantar la trompa dos palmos del suelo y a desmayarla de nuevo con profundo abatimiento.

El conde, que no quería sino agradar a unos huéspedes tan importantes, aprovechó las circunstancias para rogarles que se quedaran en su casa el tiempo preciso, en tanto se reponía el paquidermo, y aunque en un principio pensaron partirse ellos y dejar con el elefante al naire y a los lacayos y ayudantes que precisaran, era tal el amor que sentía la duquesa por el animal, que no quería separarse de él, tratándolo con mayor mimo que si fuese la más cumplida y solícita de sus doncellas.

—Podéis quedaros por ahora con el libro, porque estaremos algunos días más aquí —otorgó la duquesa luego, cuando se tropezó con Sansón, y quiso saber si ya lo había leído entero y qué le parecía.

—Entero no sé cómo podría leerlo yo ni nadie en una sola noche—apuntó el siempre zumbón bachiller—, como no fuera en sueños, pero creo que si me dais dos días más, podré devolverlo comido y digerido. Aun así, por lo leído, puedo deciros de este segundo tan buenas o mejores cosas de las que se han dicho del primero.

Volvió Sansón a su torre, con el ruego de que nadie viniera a molestarle, como no fuese el conde, su señor.

Pero no precisó éste de ninguno de los servicios de su secretario en esos días, y pudo llegar al final del libro, que remató con lágrimas en los ojos, tanto porque con el acabóse se le terminaba el gozo de leerlo, como porque en ese crepúsculo desgarrador se narraba la muerte del caballero.

Necesitado de encontrar a un compañero con quien comunicar todo lo que había leído, se fue Sansón Carrasco a casa de Sancho Panza, y se lo llevó por ahí, a las afueras del pueblo, a pasear y a dejar que el aire puro y libre le ventilase la cabeza después de haberla tenido durante tres noches enfrascada en la crónica de don Quijote.

—Ningún libro se ha escrito como éste ni más humano, Sancho, y a Cide Hamete y a Cervantes debemos todos nosotros el quedar para la posteridad mucho mejor pintados de lo que somos, lo cual dice bien de su generoso pulso para idealizar las líneas de nuestro retrato. No hay en todo el libro ni una palabra que no haya salido del tintero de la piedad o que no la haya dictado la misericordia, y las cosas y nosotros mismos estamos esquiciados tan a lo vivo que es como si anduviéramos libres por entre sus páginas, y entráramos y saliéramos de ellas como de nuestras casas. Y si es cierto que las locuras de nuestro amigo mueven a risa todavía hoy, a mí han dejado ya de hacerme gracia, porque veo lo mucho que incomprendimos a don Quijote los que más decíamos comprenderle, porque sus locuras, siéndolo en la forma, nunca lo fueron en el fondo. Y sí, ahora me doy cuenta de qué equivocado andaba yo queriendo traerlo a casa, con la excusa de apartarlo de las burlas y los agravios que se le hacían en el ejercicio que él llevaba de deshacerlos en otros. ¡Qué necio fui, queriéndolo reducir a mi cordura! El loco fui yo y todos cuantos creen que los libros son cosa diferente de la vida, que se leen y se olvidan. Para él cada libro fue un sol o una luna, que le daban o le quitaban luz, y yo le dejé a oscuras para siempre. ¡Yo sí que fui tonto, por pensar que las burlas menoscaban el honor de nadie, cuando suele ser lo contrario, que quien se burla de alguien suele quedar en esa burla a la postre peor que el burlado! Mi propósito, al querer vencer a don Quijote, fue, como quien dice, humano. El de don Quijote, al querer vencer a los gigantes, sobrehumano y propio de un héroe. Yo me fingí caballero andante, y en eso anduve como impostor. Don Quijote no necesitó fingir con nadie, porque lo que era, lo fue siempre a conciencia, sin engaño. Y por mucho que lo escarnecieran, apalearan y burlaran, y en el libro se ve, jamás le alcanzaron el corazón, que obraba tan rectamente humillando al soberbio y ensalzando al humilde, que es la única enseña que ha de seguir un hombre de bien, y no al revés, como suele hacerse: decir viva quien vence. Y quiero decirte que si por arte de magia uno de aquellos encantadores en los que él creyó me propusiese el trato de arrancarme un brazo por traerlo de nuevo a la vida, lo haría, y me quedaría con ello igualado a su autor, de quien se diría perdió el suyo no en la más memorable y alta ocasión que vieron los siglos pasados ni esperan ver los venideros, militando debajo de las vencedoras banderas del hijo del rayo de la guerra, Felipe Segundo, de feliz memoria, sino dándolo por nosotros, por ti, por don Quijote, por Antonia y Quiteria y por cuantos en el libro aparecemos, a la manera que de la costilla de Adán salió Eva.

—Siendo así, ya ardo en deseos de leerlo. Démelo vuesa merced, que la duquesa no querrá negarme tal favor. El elefante aún sigue postrado y según el malabar tiene unas fiebres que tardarán en pasarle una semana. Y si vos habéis tardado tres días en leerlo, ocho, digo yo, serán suficientes para que pueda hacerlo yo, que ya puedo considerarme en este oficio de lector casi oficial de tercera.

—Y aún te van a sobrar, porque has sido un buen aprendiz, Sancho, y más leyendo aquello que se dice de nosotros, porque en ese caso al entendimiento le nacen alas, que parece que el libro, más que escrito, ha sido destilado, por cómo se bebe. Pero las advertencias que te hice la primera vez, en este caso vendrán dobladas. Mira que hallarás pasajes en los que averiguarás cosas que sería mejor que no las supieses, porque no añaden nada y pueden quitarte el reposo. Y ya sé que esto que voy a decirte seguramente te va a avivar la curiosidad, pero si me hicieras caso, con la primera parte te darías por contento. Habrás de leer cosas aquí que te hagan daño.

—Si así es, tengo ahora mucha más curiosidad que antes. Pero no se preocupe vuesa merced, porque estoy curado de espanto. Dadme el libro y yo iré donde la duquesa.

—Iré contigo, Sancho, porque no está bien que el libro le llegara por otras manos que aquellas en las que ella lo dejó.

Encontraron a la duquesa en el granero adonde había ido a llevar cierta golosina al elefante, que eran dos docenas de requesones, que a aquella mole convaleciente le hacían gemir de gratitud, de contento y de gusto.

—Y dime —dijo la duquesa en cuanto vio que el bachiller Carrasco le traía el libro— ¿habla de mí en él?

—Sí habla.

—¿Y ésa es parte principal del libro o de las llamadas de paso?

—Principal.

—¿Y cuenta la burla de Clavileño?

—La cuenta.

—Y quiero yo saber si trae allí también la invención de Altisidora y Merlín.

—Allí aparecen, sí señora, Merlín y Altisidora y todos los que entraron en las burlas como redomados comediantes.

—¿Y dice si soy hermosa y distinguida?

—Sí. Ya lo creo. Y no sólo el historiador dice de vuestra Excelencia todo lo bueno, sino que se recogen unas palabras que la dueña doña Rodríguez le dice a don Quijote, y compara vuestra lozanía y la morbidez de vuestro rostro a una espada acicalada y tersa, y las dos mejillas, a leche y carmín, una el sol y otra la luna.

Quedó muy complacida la duquesa y hueca, viéndose alabada tan en público y allí mismo prometió a la dueña doña Rodríguez dos perlas que tenía. Lo agradeció doña Rodríguez de modo entrecortado, pero no le quitaba el ojo al guasón bachiller, pues demasiado bien se acordaba ella de haber dicho todo eso a don Quijote, y aún más, como que toda aquella hermosura de la duquesa debía agradecerla primero, a Dios, y luego, a dos fuentes que tenía en sendas piernas, por donde se desaguaban los malos humores de los que decían los médicos que estaba llena.

Y fue también una malicia del propio bachiller, que no tenía ya, después de haber leído aquella segunda parte, demasiada buena opinión de quienes, como los duques, no parecían encontrar entretenimiento más que en burlarse de la gente, demostrando en eso ser como tantos que tienen una desarrolladísima jovialidad cuando se trata de los demás y muy malas pulgas cuando los demás quieren tenerla con ellos mismos.

El propio Sansón Carrasco se dio perfecta cuenta de que aquellos duques tampoco debieron de serle muy simpáticos ni a Cide Hamete ni a Cervantes, porque ni uno ni otro revelaron el nombre de señores tan importantes. Aunque, cabe añadir al paso, que Cide Hamete malamente pudo revelarlo ni aun escribir esa segunda parte, porque llevaba muerto más de ocho meses, y debió de ser que Cervantes, que como muchos otros esperaba después de la primera la segunda parte, decidió seguir atribuyendo al moro el resto de la historia, para no meterse en más jardines y seguir la unidad de la obra, y así si la primera parte se la debemos enteramente a Cide Hamete, la segunda, que también se le atribuye, sólo pudo ser de Cervantes. O no. Qué sabemos nadie. El caso es que formalmente ni uno ni otro simpatizaron con los duques, como tampoco el bachiller. Y su recelo hacia tan sublimadas altezas subió de cotas, quizá porque pensó que únicamente en ese trance, mientras duró el hospedaje en casa de los duques, su buen amigo don Quijote no había procedido como debiera a su dignidad, estando demasiado obsequioso y servil con quienes tanto se burlaban de él, desplazado su lugar natural que fue siempre el de no someterse a nadie, y menos que a nadie al poderoso. Y así, había leído aquellas páginas con un sentimiento ambiguo de lástima y enojo, y pensaba que el autor debía de haberse andado, como en otros pasos, mucho más discreto, y mientras estaba leyéndolas, deseaba terminarlas cuanto antes por ver a sus dos amigos de nuevo al aire libre, dando rienda suelta a su melancolía don Quijote, y a sus desportilladas aspiraciones Sancho Panza.

Contenta la duquesa con las palabras que le había referido Sansón Carrasco, y seguida por éste y el escudero, marchó a buscar al duque, a quien halló en compañía del conde, examinando unos caballos que el dueño de la casa estimaba mucho, y allí no tuvo empacho la duquesa en repetirlas, subiéndolas de punto lo indecible.

—Habéis de saber, esposo, que se dice de mí, y es cosa que me da reparo repetir ante tanta gente, recatada, discreta y sencilla como me conocéis todos, que soy la mujer más hermosa de España y que no igualan mi tez las más lucientes armas de las que hablaba Homero. Recordadme, doña Rodríguez, que al llegar a casa se le envíe a ese Cervantes uno de los vestidos viejos del duque, con su sombrero y todo, y aquí tenéis no las dos perlas prometidas, sino el collar.

Y ante todos, testigos de su dadivosa naturaleza, se desprendió la duquesa de aquella joya, y se la entregó a la dueña, quien la aceptó con indisimulada reserva, por no saber si aquélla era o no otra más de las burlas de su señora, que acabaría por arrebatarle el collar y el buen nombre, si se enteraba alguna vez de las cosas que de ella iba diciendo a sus espaldas. Después, y esponjada y algodonosa como estaba la duquesa por los que creía los más altos elogios del libro, no dudó en prestárselo a Sancho, pidiéndole no se le pasara ninguno de los comentarios favorables que sobre su persona se dijeran, porque «aunque de fábrica modesta, me gusta saber lo que se dice de mí, por mejorarme si se me censura, o por adobarme de modestia, si tanto se me sahúma, como ahora».

CAPÍTULO TRIGÉSIMO TERCERO

MÁS de una semana se quedaron aún los duques en el lugar, y en este tiempo hubo algunas cosas dignas de mención. Entre ellas, que el duque se pasó casi todos aquellos días con el conde, cazando en sus tierras, y no siempre alimañas, mientras la duquesa, ausente el duque, se aburría en casa con la señora condesa, una mujer a todas luces mucho más hermosa, cortesana y joven que ella, sin sombra de fuentes en sus piernas, y que no acababa de entender cómo su marido el conde los tenía todavía como huéspedes.

Hay que reseñar, asimismo, que al día siguiente, como anunciaron los duques, llegaron Tosilos y las dueñas desde El Toboso, sin haber conseguido que les acompañara la famosa Dulcinea, y que don Quijote se le apareció en sueños, o eso creyó, a la duquesa, en la víspera de su marcha. En realidad fue esa ideación la que la precipitó, pese a que en opinión del naire el elefante aún seguía desganado y remiso a emprender camino.

Doce días necesitó Sancho para leer el libro. Teresa, que le veía a todas horas que no se le caía de las manos ni mientras comía, lloraba por los rincones, creyendo que Sancho se había vuelto ya rematadamente loco como don Quijote, porque si para ella que hubiese leído uno era una cosa extraordinaria, verle leer el segundo lo encontraba dentro de los fenómenos satánicos, y de su opinión eran sus hijos, a cuyos ruegos hizo oídos sordos el padre.

Y desde luego más le hubiera valido haberle hecho caso en aquella ocasión a su buen amigo el bachiller, que jamás le había mentido. Nunca debió haber leído aquel libro. Qué amargura sintió cuando lo acabó. Todo iba bien, y aun mucho más jocundamente que en la primera parte, hasta que llegó, en efecto, a los episodios en los que se relataba la estancia en el castillo del duque. Y vio, con cuánta crudeza, la crueldad de las gentes para quienes de una manera pura quieren deshacer tuertos, como su amo, o, como él, ganarse limpiamente un jornal y mejorar su vida y la de los suyos. ¿Qué daños les habían hecho don Quijote o él a los duques, para que así los escarnecieran, para que se hubiesen burlado de ese modo de ellos? ¡Todo había sido engaño, todo un escarnio insufrible, todo trazas y añagazas indignas! ¡Y qué formidable fábrica la de aquella casa para destruir y partir como piedras los hermosos ideales!

Leyó todas aquellas páginas Sancho con un peso en el corazón que le impedía respirar, y a menudo debía dejar el libro y salir al corral a meter aire puro en el alma, para poder continuar. ¡Y qué diferencia entre los burladores y el burlado don Quijote, cuando le nombraron gobernador! Con los ojos bañados en lágrimas leyó de nuevo, y parecía tenerlo delante, con aquella voz suya, tan grave y melancólica, los consejos que le diera don Quijote, cuando partió a gobernar la ínsula, creyéndola real, y no ficticia, veras y no burlas de unos señores demasiado ligeros en varear el corazón del prójimo.

Al llegar a este punto, corrió a buscar a su amigo el bachiller, quien al verle con los ojos enrojecidos y en la mano el libro, adivinó la causa, y por no apurarle y comprometerle, excusó de preguntársela.

—Antes de seguir adelante y devolver el libro, querría yo copiar este trozo, para leerlo cuando me viniese en gana y lo necesitase, pero mi letra es todavía torpe. ¿Podría con la suya trasladarlo a un papel?

Se prestó con gusto el bachiller a servirle de amanuense, y leyendo uno y escribiendo el otro, quedó escrito en una cuartilla lo que sigue: «Haz gala, Sancho, de la humildad de tu linaje, y no te desprecies de decir que vienes de labradores; porque, viendo que no te avergüenzas, ninguno se pondrá a correrte; y préciate más de ser humilde virtuoso que pecador soberbio. Innumerables son aquellos que, nacidos de baja estirpe, han subido a la suma dignidad pontificia e imperatoria; y de esta verdad te pudiera traer tantos ejemplos, que te cansarían. Mira, Sancho: si crees que en medio está, y te precias de hacer hechos virtuosos, no hay por qué tener envidia a los que los tienen de príncipes y señores, porque la sangre se hereda y la virtud se conquista, y la virtud vale por sí sola lo que la sangre no vale. Nunca te guíes por la ley del encaje y del ordeno y mando, que suele tener mucha cabida con los ignorantes que presumen de agudos. Hallen en ti más compasión las lágrimas del pobre, pero no más justicia, que las alegaciones del rico. Procura descubrir la verdad por entre las promesas y dádivas del rico, como por entre los sollozos e importunidades del pobre. Cuando pueda y deba tener lugar la equidad, no cargues todo el rigor de la ley al delincuente, que no es mejor la fama del juez riguroso que la del compasivo. Si acaso doblas la vara de la justicia, no sea con el peso de la dádiva, sino con el de la misericordia. Si alguna vez llegas a juzgar un pleito de algún enemigo tuyo, aparta la mente de tu injuria y ponla en la verdad del caso. No te ciegue la pasión propia en la causa ajena, que los yerros que cometieses en ella, la mayoría de las veces, ya no tendrán remedio; y si le tienen, será a costa de tu crédito, y aun de tu hacienda.

Si alguna mujer hermosa viene a pedirte justicia, quita los ojos de sus lágrimas y tus oídos de sus gemidos, y considera con sosiego la sustancia de lo que pide, si no quieres que se anegue tu razón en su llanto y tu bondad en sus suspiros. Al que has de castigar con obras no lo trates mal con palabras, pues le basta al desdichado la pena del suplicio, sin la añadidura de las malas razones. Al culpado que caiga bajo tu jurisdicción considérale hombre digno de lástima, sujeto a las condiciones de nuestra depravada naturaleza, y en todo cuanto esté de tu parte, sin hacer agravio a la contraria, muéstratele piadoso y clemente, porque, aunque los atributos de Dios son todos iguales, resplandece y campea a nuestro modo de ver más el de la misericordia que el de la justicia. Si sigues estos preceptos y estas reglas, Sancho, serán largos tus días, tu fama será eterna, tus premios colmados, tu felicidad indecible, casarás tus hijos como quieras, títulos tendrán ellos y tus nietos, vivirás en paz y beneplácito de las gentes, y en los últimos pasos de la vida te alcanzará el de la muerte, en vejez suave y madura, y cerrarán tus ojos las tiernas y delicadas manos de tus tataranietos. Esto que hasta aquí te he dicho son documentos que han de adornar tu alma».

Cuando quedó trasladado aquello, secó el bachiller la tinta meneando el papel en el aire, como pañuelo, lo dobló en cuatro muy exactas partes Sancho y lo guardó debajo de la camisa, anunciando al bachiller que cuando acabara el libro vendría a verlo, sin querer hablar más por el momento, porque estaba con el alma en carne viva, y se fue a rematar aquel trabajo que tantas congojas le producía, ajeno al gran revuelo que había en el pueblo desde que la ilustre comitiva del duque había llegado a él.

Se había corrido por los contornos la llegada de aquel fiero animal y fueron muchos los que venían a verlo.

Quiso mostrárselo también Sansón a Antonia, pero la encontró abatida y sin ánimo, porque habían empezado a sobrevenirle las náuseas propias de su estado, y sin atreverse apenas a importunar al que ya era, aunque en secreto, su esposo, le decía:

—Mira, Sansón, que si tardamos más en decirlo, tendremos bautizo y entierro el mismo día, porque del sofoco que he de pasar, me llevarán a enterrarme junto a mi tío.

Le prometió Sansón hablar a su padre en cuanto el conde se marchara de nuevo a la Corte, pero no se decidía el conde a despachar a sus ilustres huéspedes mientras el elefante siguiera enfermo, y aquello se alargaba lo indecible. Por eso empezó Sansón Carrasco a pensar en una traza para abreviar aquella estadía de los duques, que encontraba, a medida que los iba conociendo un poco más, dos seres más dignos de lástima que de otra cosa, en su genuina estupidez.

Entre las cosas y noticias dignas de mención que ocurrieron aquellos días, hubo también una relacionada con Dulcinea.

Sucedió cierto día en que los duques quisieron agasajar a todos los amigos de don Quijote, y tuvo que ver con la nueva que Tosilos había traído del Toboso, donde le confirmaron a la comitiva ducal que no hacía ni un mes que la tal Aldonza Lorenzo se había casado con un caballero que había llegado al pueblo trayendo cartas del muy famoso Caballero de los Leones, también conocido antes como el de la Triste Figura y después por el de los Espejos, y más universalmente como don Quijote de la Mancha.

Cuando se enteró de esto Sansón Carrasco, supuso que ese caballero casadizo no podía ser otro que aquel don Santiago de Mansilla a quien conoció y con quien había terciado en aquella venta donde encontró a Quiteria. Nada dijo, y nada hubiera dicho el bachiller, de no so ser porque estando ese día a la mesa, con su señor y los duques y todos los demás, ocurrió lo que ocurrió.

Habían sido llamados aquel día también el cura y el barbero, por la curiosidad que tenía la duquesa en todo lo que se relacionaba con don Quijote, a quien ya solía llamar, «mi don Quijote», o simplemente «don Quijo», curiosidad, ha de decirse al paso, que los duques se negaron a extender a la triste tumba del caballero, cuando don Pedro les invitó a visitarla y a rezar sobre ella unos cristianos responsos, con tenerla a cincuenta pasos; dejó el duque resuelto ese capítulo con cincuenta ducados que entregó al señor párroco para misas por el alma del hidalgo, pero no quiso mancharse los zapatos con el barro del camposanto.

También de camino hay que recordar que Sancho, tras leer en la Segunda Parte que todo lo de la gobernación de su ínsula había sido una afrentosa infamia, así como lo de extremar la broma enviándole aquellas sartas de corales a Teresa Panza, y ríete tú de las ignominias se excusaba de continuo para no personarse donde le llamaban la duquesa ni el duque, por la tirria que les había tomado. No obstante, y después de mil requerimientos, no pudo evitar acudir a aquel almuerzo. Se sentó en un rincón y selló sus labios, contrariado por haber tenido que dejar de leer su libro, que aún no había concluido.

Estaban todos a la mesa y entró el lacayo Tosilos, anunciando que el marido de la llamada Dulcinea había llegado al pueblo, y enterado de que los duques habían querido ver a su mujer, pedía audiencia.

—Antes de dejarle pasar —dijo el bachiller— he de confiaros algo de suma importancia para la tranquilidad de este pueblo y de sus habitantes ahora y en los siglos venideros.

En pocas palabras les contó cómo había encontrado en una de las ventas donde posó don Quijote a media docena de caballeros que andaban vagando en busca del pueblo de don Quijote, más locos y trastornados que él, con el fin de agasajarlo y quién sabe si convertir su pueblo en un centro de peregrinación, teniendo en cuenta la fama y la celeridad con que las aventuras se iban propagando. Relató también cómo otros iban incluso en pos de Sancho, con la intención de llevárselo como escudero. Y cómo él, Sansón Carrasco, había ocultado el nombre de la patria de don Quijote por tener la fiesta en paz.

—Así que, señores, les pido que si preguntara si la conocemos, neguemos que ésta haya sido la patria de don Quijote, si queremos una vida tranquila. Le hemos enterrado y vive ahora en libro. Su patria es ese libro, y su sepultura. Quien lo celebre y admire, acuda al libro. Ésa es su Meca, su Roma, su Jerusalén, su Compostela.

Se mostraron de acuerdo todos con la prudente maquinación de Sansón Carrasco e hicieron pasar al caballero.

Venía vestido con un tabardo sobre el jubón, y un sombrero de ala ancha que se quitó y con el que hizo tan profunda humillación que pensaron iba a barrer de una sola pasada el suelo de aquella estancia.

—Señores... —principió el caballero mirando detenidamente a los allí presentes, y sólo por el modo en que dijo esa palabra se vio que iba a decir las cosas, más que en canto llano, en contrapunto.

No reconoció don Santiago al bachiller, a quien miró como a un extraño, pero sí le conocieron a él, por razones distintas, el bachiller, y Sancho. A ninguno de los dos podía pasarles inadvertido aquel ojo inconfundible que tenía, metido un poco en el otro, y aquel jabeque tan feo sobre la ceja. El bachiller conoció en él al caballero de la venta que respondía al nombre de don Santiago de Mansilla, y Sancho a aquel Ginés de Pasamonte que mostró su mala catadura después de ser liberado por don Quijote junto a otros galeotes y penados, robándole el rucio, como acababa de enterarse leyendo la segunda parte, y como también se enteró leyendo en ella que aquel titiritero que obedecía al nombre de maese Pedro y que se presentó en la venta con un ojo tapado a lo corsario y un mono adivino, no era otro que Ginés, sólo que en aquella ocasión de los títeres llevaba disfraces tan consumados, que ninguno de los que le conocían, hubiera podido sospechar de quién se trataba.

—Señoras —prosiguió—, me llamo don Santiago de Mansilla.

Y dio a esta frase categoría de revelación.

—Yo me quiero salir de aquí —dijo en un susurro Sancho al bachiller, sospechando nueva burla y no estrenada afrenta—. ¿Qué es todo esto? Asco me dan ya todas las pantomimas...

—No sé qué te ocurre, Sancho —le respondió por lo bajo el bachiller—, pero deja hablar al caballero.

Así lo hizo Sancho, que se caló la caperuza hasta los ojos y hundió éstos en las simas de los manteles, por no ser descubierto de quien quería pasar por caballero. Aunque el recaudo de Sancho para taparse quizá resultase excesivo, porque lo probable es que tampoco lo hubiese reconocido; tanto había adelgazado el escudero.

—Había ido a Zaragoza a comprar dos yeguas, tataranietas de unas que trajo a España el visir moro de Granada —siguió diciendo aquel Ginés de Mansilla, aquel don Santiago de Pasamonte.

No recordaba tampoco Sansón Carrasco que ese de las yeguas hubiera sido el negocio de aquel don Santiago, sino otro muy diferente de vendegatos, lo cual hizo que no perdiera una palabra de las que decía, ni de vista a Sancho Panza, que a cada instante que pasaba, más y más se mostraba desasosegado e impaciente.

—Muy cerca de Zaragoza, en La Almunia de doña Godina —prosiguió el llamado para Sansón don Santiago y para Sancho Ginés de Pasamonte— conocí a don Quijote de la Mancha, el caballero más loco y admirable de cuantos hoy fatigan los caminos, y a su escudero, el más gracioso de los edecanes.

La sorpresa allí fue general y todos, pendientes de Sancho, le observaban por si éste decía algo, pero viendo que el escudero no decía nada, dejaron proseguir en sus razones al visitante, creyéndolo más que un embustero, como lo creía Sancho, un pobre loco, uno más de los que habían empezado a verse por La Mancha.

—Hablamos de libros de caballerías, de batallas, de gestas armadas, de glorias venideras, de los trabajos esforzados, de sinsabores... Y al enterarse don Quijote que pasaría yo muy cerca del Toboso, me rogó si acaso podía llevarle una carta a quien, en aquel pueblo, era la dama de sus pensamientos, la más gentil de las doncellas, el dechado de toda hermosura, aquella por la que él había llegado a estar treinta noches seguidas sin pegar ojo, en un perpetuo ay, en un perenne suspiro. Así se lo prometí, y al día siguiente me puse en camino hacia El Toboso. No me fue difícil hallar a tal doncella, porque todo el mundo la conocía en aquel pueblo, por ser hija, nieta, biznieta y tataranieta de cristianos viejos y tobosanos, y por haber llegado ya a aquel pueblo noticia de que había un caballero que iba sembrando el nombre de la doncella por el mundo, para gran disgusto de la muchacha que había visto rota su boda con un labrador de aquel lugar a cuenta de las habladurías y galanteos del hidalgo. Y aunque trataron de convencer a este mozo de que aquéllas eran las fantasías de un loco, y que Aldonza Lorenzo, que es como en realidad se llama la doncella, no le había dado pie ni había visto a ese caballero en todos los días de su vida, no pudieron convencerlo, pues se ve que el novio era desconfiado de suyo y dijo: «A otro perro con ese hueso». Yo la busqué, como digo, y la encontré en el memorable instante en que almohazaba un macho. Al oír el nombre de don Quijote quiso tirarme la bruza a la cabeza, por saberlo el causante del estropicio de su boda, y no lo hizo por ver que mis ropas eran de un caballero principal, con aquel herreruelo de terciopelo colorado de tres pelos que llevaba un sombrero volado y esta misma espada que traigo, que salió de casa de Guido Vivar, el espadero de Toledo que le hace las suyas al Rey. Me pareció la doncella tan hermosa y aún más de lo que se ha escrito y dicho de ella, y aunque es de familia pobre y ni siquiera pudo leer aquellas octavas reales que le traía, por no saber leer, y pensando que era la musa de don Quijote, allí mismo se despertó en mí el vivo deseo de hacerla mi esposa. Convencí a su padre para que me la diera, y ella me recibió en sus brazos muy contenta, y hoy somos marido y mujer, yo muy contento por haber cobrado pieza tan esquiva y tanto o más estimada por serlo de don Quijote, y ella feliz viéndose tan mejorada en el casamiento. La boda se celebró en mi pueblo y allí nos llegaron noticias de que unos señores muy principales que posaban en éste querían ver a Dulcinea, y como por este nombre sólo podía estar relacionado el negocio con don Quijote, aquí estamos de paso, volviendo a El Toboso, donde haremos las tornabodas. Mi mujer espera fuera, y yo me dispongo a oír lo que quieran decirme Vuestras Excelencias. ¿Querrían verla?

Para entonces ya Sansón y Sancho, que ni siquiera habían tenido ocasión para carearse, tenían todo aquello, cada cual por su lado, por un montón de embustes, y los demás no comprendían que nadie fuese tan simple que deseara casarse con una mujer únicamente porque otro la deseaba, ni que la viera hermosa sólo porque el otro así la veía.

Acogió el duque las palabras de aquel hombre con una profunda reverencia, mientras Sancho le cuchicheaba al bachiller, que tenía al lado, y le sacaba de engaños y le decía que aquél no era sino el famoso Ginés de Pasamonte o de Parapilla, el más consumado felón y el peor hablado de los rufianes, de quien tenía ya noticia el bachiller por haber leído la primera parte de su historia, y la segunda.

—También nosotros somos muy adalides del partido de don Quijote —empezó diciendo el duque, después de su reverencia—, y viniendo de paso hacia nuestra tierra, nos entró deseo de ver a quien un caballero como él ponía en los cuernos de la luna por su hermosura, su cortesanía y sus donaires. Nos la encontramos casada, y no nos queda sino gozarnos de ello y daros todos los parabienes. Ahora bien, caballero, querría saber, y los aquí presentes conmigo, si no teméis que don Quijote, enterado de esa felonía de Dulcinea, venga y os rete, o se quite la vida, o entre en un monasterio, privándonos a todos de sus aventuras.

—No debería hacer nada de todo ello —respondió el impostor—, sino mostrarse como buen perdedor y reconocer que su prenda me la llevé yo, y que a mí se me conocerá ya eternamente como el Lanzarote de esta Ginebra de secano. Así pasaré a las galerías eternas de la fama. Y si la fama no se bastara para vocearlo, yo pienso contarlo, pues habéis de saber que he escrito ya con estos pulgares un libro con mi vida, que mal año para Lazarillo de Tormes y para todos cuantos se han escrito o se escriban de aquel género, y en él se contará cómo vencí a don Quijote donde más daño podía hacerle, que era conquistando a la dama de sus desvelos y de su desesperación, razón de su vida y razón de sus aventuras y conquistas.

Salió don Santiago a buscar a su esposa, saltó de su asiento Sancho con los puños en alto, y juró que allí mismo desenmascararía a aquel embustero y ladrón y que luego llamaría al oficial de la Santa Hermandad para que lo sepultara de grillos y prisiones y lo volviera a mandar a galeras, como correspondía a un penado tan alborotado como él, y sin peligro ya de que ningún loco don Quijote fuera a libertarlo de nuevo.

Pidieron los presentes a Sancho aclaraciones, y las dio, en pocas palabras, contando lo que ya sabían todos acerca de quien únicamente podía obrar como lo hacía por especial enemistad con don Quijote, si bien nadie comprendió las razones por las cuales aquel hombre que había conocido al verdadero don Quijote, a quien debía su libertad, se había pasado al partido del falso don Quijote, vengándose del primero al casarse con Dulcinea.

Volvió al poco rato el ya desenmascarado Ginés de Pasamonte. Le acompañaba una moza garrida y atezada, a cuyo rostro asomaban todas las jornadas que había consagrado ella a las labores al aire libre. Parecía de hasta treinta y cinco años y mayor, por tanto, que su recién estrenado esposo. Venía pintada de una manera grotesca, con tanto albayalde en el rostro y tanto arrebol en los labios y las mejillas que parecía una cortesana. Vestía con ropas suntuosas, y éstas ni se acomodaban a su persona ni favorecían sus ademanes, que se envaraban en aquella saboyana. Tampoco disimulaban que era moza de las de chapa, hecha y derecha y de pelo en pecho, capaz de tirar una barra como el zagal más forzudo; y con una voz que podía oírsele a media legua, cuando a requerimiento de los duques declaró quien era, no podía acallar de dónde había salido.

—Yo soy la verdadera Dulcinea del Toboso, como puede verse, y no ninguna de las falsas y relamidas, que según tengo entendido, y me ha declarado mi señor marido, empiezan ahora a propalar por esas tierras. Pues Toboso no hay más que uno y Dulcinea no hay más que yo. Y para dar crédito de ello, ha pensado mi señor esposo abrir en El Toboso un mesón donde todos los caballeros que allá llegan mandados por don Quijote con sus misivas, puedan hospedarse.

No le intimidaba a Aldonza Lorenzo la importancia de los señores así reunidos, sino que parecía haber aprendido del desparpajo de Ginés de Pasamonte, y rubricó sus palabras con tal reverencia que asombró a todos los presentes.

—¿No es hermosa, señores? ¿No habla como los ruiseñores? ¿No resplandece? —proclamó, preguntándolo, don Santiago.

Asintieron los duques, mostraron su conformidad el conde y los demás, y se esperaba Sancho a ver en qué paraba todo, y ya iban a salirse de la estancia Ginés de Pasamonte y su esposa cuando éste reparó en Sansón Carrasco. Se le quedó mirando fijamente, como quien estudia un rostro familiar, aunque no se sabía si le estaba mirando con el ojo bueno o con aquel otro atravesado que se le metía en el de al lado.

—¿No nos vimos vuesa merced y yo hace unos meses la víspera de que le llevara aquellos pliegos a mi dulce Dulcinea?

—Así fue —admitió el bachiller—. Yo era, aunque no lo declarara entonces, uno más de la secta de los quijotistas. Me alargué, como me dijisteis, hasta La Almunia, pero cuando llegué me encontré con que el pájaro había dejado el nido y en él, las más insólitas noticias: para unos había pasado a Francia, por ir a encontrarse con Roldán, otros decían que se había embarcado hasta Inglaterra, donde se había dado cita con Arturo, los caballeros de la Mesa Redonda y el preste Juan de las Indias, otros, que se había embarcado en Santander con destino al Perú, y otros, en fin, que se había vuelto a su pueblo. Pregunté cuál era éste, y nadie a ciencia cierta supo decirme su nombre, ni por dónde quedaba. Y aunque son muchos los que a estas alturas aseguran que lo han visto nacer, por lucirse un poco con el renombre, y gozar de la parte de esa fama que les corresponde, en ninguno he hallado los datos ciertos, como si todos, alcaldes, curas, hidalgos, escribanos, y señores principales se hubieran puesto de acuerdo para que ya nadie lo supiera.

—Eso lo confirmo yo también, y ha llegado ya a mis oídos

que las dos Argamasilla, de Alba y de Calatrava, Herencia, Peralbillo, Caracuel, Tirteafuera, Miguel Turra, Quintanar de la Orden y El Viso, andan en pleitos por fijar cuál de todos estos pueblos es la cuna de don Quijote, y de todos ellos han salido gentes a buscarle para que declare ante la justicia la verdad, y diciendo uno, descarte los otros, y como no podrá declararse de todos, se dice que la mayoría llevan recaudos para convencerlo de ser de uno y no de otro. Pero de momento don Quijote ha debido correrse a otras tierras, y no aparece.

—¿Y sabéis, don Santiago, si en esa colla de pueblos se ha mencionado éste como cuna de don Quijote?

Conoció la duquesa la naturaleza socarrona del bachiller, y alegre ante la madeja de las burlas, palmoteó exultante y de tal modo, que el bisojo Ginés y Aldonza la miraron, creyendo que se trataba de una de esas menguadas criaturas que se ríen por todo.

—No —respondió Ginés al bachiller, sin dejar de observar a aquella mujer, hasta que logró borrar de su semblante toda manifestación de felicidad—. De todos esos lugares, villas y pueblos que he declarado lo he oído, y de otros más que no recuerdo. Pero nunca de este pueblo, aunque entendería que aquí disputaran ese honor, como otros lo hacen, pues aquel a quien le quepa esa gloria, prosperará como Roma, como Loreto, como Guadalupe, como Monserrate y otros santuarios. Y así he pensado yo en El Toboso abrir, como acaba de declararos mi esposa, mesón y posada para albergar a todos los peregrinos que por el pueblo se están llegando, ávidos de conocer los escenarios gloriosos de ese libro. ¿Y qué mejor ocasión si ven de paso a la única, verdadera, genuina, bellísima Dulcinea de la Mancha? Y yo creo que El Toboso no le irá a la zaga al mismo pueblo natal de don Quijote, y entre nosotros —y bajó la voz Ginés de Pasamonte hasta hacerla inaudible, como si temiera que la divulgación de esa confidencia pudiera perjudicarle— cuanto más tarde en averiguarse el pueblo de don Quijote, mejor irá para el nuestro. Y al lado de la posada pienso también abrir tienda en la que los peregrinos, caminantes, curiosos, avisados, romeros y toda la patulea puedan comprar el famoso y auténtico bálsamo de Fierabrás, elixir contra todos los males, y muchos otros peteretes y gollerías a los que ya hemos bautizado como «Amarguillos don Quijote», o «Polvorones Dulcinea», éstos fabricados expresamente por mi esposa, que no puede hacerlos mejor nadie, o las que ya está tejiendo por encargo mío un tejedor de El Viso, a quien acabamos de ver, «Mantas Sancho Panza».

No pudo resistir Sancho Panza ni uno más de aquellos monumentales embustes, y echando su caperuza atrás, se levantó y fue a taparle la salida, y con la más melosa y afectada cortesía le preguntó:

—¿Y no venderéis en vuestra tienda, por casualidad, los «naipes fuleros del cunero Ginés de Pasamonte», o el Rucio de Sancho Panza que le robasteis hace un año, o «Títeres del mayor hi de puta de la gran puta», o alguna de las cadenas que os llevasteis colgando como bardaje que lleva el diablo, trainel muerto de hambre, cornudo, puto, mandil, hereje, traidor, gafo, judío?

Oyéndose nombrar de tales nombres, Ginés de Pasamonte quedó parado en medio como estatua de piedra mármol. Por más que miraba a Sancho, no acababa de conocerle; tanto había cambiado en los últimos tiempos. Ginés, curtido en lances todavía más audaces e inauditos, se puso en guardia. Todas las miradas se posaban en él, y Dulcinea le miraba sin saber qué significaba todo aquello, sin advertir aún que aquel pícaro se había casado con ella para hacer gran negocio. Los demás esperaban sin duda que se defendiera o respondiera algo, y lo habría hecho, porque recursos oratorios le sobraban. Pero era Ginés de Pasamonte también un hombre práctico, y viendo que la puerta la defendía el escudero, a quien flanqueaba el bachiller Sansón Carrasco, ganó de dos pasos la ventana, la abrió, se montó de un salto en el alféizar y lanzando desde allí un galante beso a su dama, se lanzó a la calle. Se precipitaron todos por ver qué había sucedido, si allá abajo había quedado con la pierna o la cabeza quebradas, pero no vieron sino a Ginés montado en su caballo y saliendo del lugar en tan tendido galope que lo encubría una espesa nube de polvo.

—Ése no para —pronosticó el bachiller— hasta salir de estos reinos, y no le verán estos campos y encinas hasta el mismo día del Juicio.

Volvieron todos donde quedaba llorosa Dulcinea, a quien explicaron las cosas que sabían del que era ya su esposo, y se quedó consternada.

—¿Qué he hecho yo para que cayera sobre mí la maldición de don Quijote? ¿Por qué razón he de padecer las locuras de un hombre al que ni quise ni podría querer? Me decís que don Quijote ha muerto. Pero ¿cómo creeros? ¿Quién dice la verdad en todo esto? Me casaría con él ahora mismo si viviera, ficticio o verdadero, y si por su culpa no he encontrado maridos, por su culpa, cuando lo encontré, perdí el que tenía. Cuánto mejor hubiera sido que ese vuestro don Quijote se hubiera dejado de requilorios y otras lindezas, que tal vez se estilan en la Corte, y le hubiera pedido mi mano a mi padre, y él se la habría dado contento de ver que se la llevaba un hidalgo de los de escudo en ristre. Pero ya veis cuál es mi sino, que me he quedado peor que antes, porque no puedo decir que sea ni viuda ni casada ni mozuela con un marido al que ya no volveré a ver en todos los días de mi vida.

Consolaron como pudieron a la recién abandonada, le entregó el duque una bolsa con treinta escudos, por que pasara mejor aquellos tragos, y ordenó a Tosilos y a una de las dueñas, llamada doña Tecla, que la acompañaran de vuelta a El Toboso y se la devolvieran al padre, avalando la inocencia de la hija en todos aquellos tejemanejes.

Los demás se fueron cada cual a su casa, y con más prisas que ninguno, Sancho Panza, que quería terminar su libro y entregárselo a Sansón Carrasco, para que éste lo devolviera a la duquesa, a quien pensaba no mirar nunca más ni hablar mientras viviera, y aun esto era poco, porque Teresa Panza, a quien Sancho había relatado cómo todo lo de la ínsula y lo de la sarta de corales y lo de las bellotas habían sido burlas sangrantes, quería presentarse en el palacio del conde y allí decir a la señora duquesa de los veneros perniles cuatro verdades como acaso nunca le hubiera dicho nadie. Y tuvo Sancho que hacer lo impensable para que su mujer no se presentara en casa de los condes y llamara a la duquesa tía asquerosa, y a su marido bardaje del demonio.

CAPÍTULO TRIGÉSIMO CUARTO

No esperó Sansón Carrasco la visita de Sancho Panza esa mañana, para que le devolviera el libro que había de llevar a la duquesa, sino que fue a buscarlo a casa del escudero.

Lo halló junto al fuego, con los pies metidos entre las brasas, tan fría era la mañana, y tan llorando que pensó el bachiller que acaso hubiera sucedido en la familia de los Panza una desgracia.

—No —le aclaró Sancho—, sino que al llegar al final del libro y encontrarme de frente otra vez con la crónica de la muerte de mi amo, y ver cómo estaba eso tan bien ajustado a la verdad, he vuelto a acordarme de aquellos días gloriosos y de la orfandad en la que aquel hombre nos dejó, que parece mayor cuanto más pasa el tiempo, y aún me parece que cumpliendo él su vida, y culminándola, dejó la nuestra a medias, o al menos la mía, que no quiero hablar de otros. La mía, sí, está hoy más demediada que nunca.

—¿Y tienes opinión del libro? ¿Te ha gustado más o menos que el primero?

—Como el primero, se atiene esta crónica a la verdad exacta, sólo que en la primera parte no había nada que no supiera yo, y en ésta se me han revelado muchas combinaciones y tretas a las que era ajeno. Unas, como esa de hacerse Caballero de la Blanca Luna, se pensaron para hacer el bien, y dicho sea al paso, me ha escocido un poco que no quisierais ponerme en el secreto, y otras, en cambio, se hicieron con el único propósito de burlarse de nosotros y reírse a nuestra costa, sin otra ganancia que la de la misma burla. Las burlas, no entrando el daño a terceros, son todas legítimas, y son mejores aquellas de las que acaba participando el burlado. Estos señores duques han dejado de ser para mí señores y duques, y he estado tentado de ir a devolverles yo mismo los doscientos ducados que a la salida del castillo me dieron. Doscientos ducados para mí son una fortuna, pero para ellos no fue más que el triste precio de las burlas, el salario de los juglares y los trástulos, el mendrugo que a mí y a mi amo nos echaron como a bufones. Pero he pensado un destino mejor para ese dinero del que no tocaré ni un maravedí, porque me quemaría las manos como el caire de una puta. Y fijaros hasta qué punto estoy resuelto a hacerlo que ni siquiera mi Teresa se acordó de aquel llámame perro y échame pan, y ha prometido no acercarse ni a una de esas monedas, así pereciese ahora en la miseria. Y aun esta mañana me pedía que le diera el libro, porque quería ella devolvérselo, envuelto en cuatro lindezas.

Trató Sansón Carrasco de consolar a su amigo y de quitarle hierro a aquellos pasajes, pero fueron tan endebles sus argumentos, que acabó una vez más dándole la razón, y le contó que llevaba ya días pensando cómo quitárselos de encima y sacarlos del pueblo, por abreviar cierto negocio que le importaba mucho a él, y pagarles en su misma moneda.

—No contéis conmigo, señor bachiller. Porque con éstos yo sé que no hay mejor desprecio que no el hacer aprecio, y no me volverán a ver el pelo. Aunque no les arriendo la ganancia cuando dentro de unas semanas lean ellos el libro, y se encuentren con que los historiadores ni siquiera se atrevieron a mencionar su nombre, por no manchar la crónica de un hombre tan valeroso y bueno como fue don Quijote, o cuando ella se vea que ha salido a la luz el asunto de sus caños. Y así tengo dicho ya a Teresa y a mis hijos que cuando vengan del Palacio a preguntar por mí para verme hacer los volatines, les digan que me he ido a cuidar de los cerdos, mucho más hospitalarios que todos sus castillos, murgas y tramoyas.

—Algo se me ocurrirá antes de que se partan, porque soy yo mucho menos partidario que tú de la justicia poética. Y no viene mal que algunos prueben de su misma medicina.

—No había terminado aún de deciros que ni Teresa ni yo pensamos tocar uno solo de los ducados que vinieron de esas manos. Como yo, habréis leído en la aprobación del licenciado Márquez y os habréis enterado por ella de la triste vejez que atraviesa el autor de esta crónica. Y si no comprendía el embajador de Francia cómo a un ingenio como el suyo se le mataba de hambre, decidme cómo lo admitiremos quienes le debemos el mismo ser. Porque teniendo la vida, la vida se acaba. Sólo la salmuera de la fama consigue hacer que la vida se conserve durante un millón de años, y así será de bien nacidos ir a socorrer a quien ha hecho un trabajo tan meritorio como Cervantes con nosotros, embalsamándonos para toda la eternidad. Y si no conociéndonos habló con tanto tino de nuestras vidas, es probable que, viéndonos, quiera acabar la crónica que empezó, dándonos al fin el remate que tuvo don Quijote; y no digo que espere a vernos muertos para acabarnos, sino que haga un libro en el que se diga el arrepentimiento del bachiller Sansón Carrasco por vencer a caballero tan bueno y el dolor de su escudero Sancho Panza por no haberlo servido mejor, ignorante como era y analfabeto. Pues digo que éste es libro entero para don Quijote y medio libro para todos los demás. Vayamos, pues, a Madrid. Si alguien se ganó esos doscientos ducados, fue él y no yo.

—¿Quién ha podido llamarte simple, Sancho? ¿Quién ha dicho que tu corazón estaba embotado por el vino y empedernido por el egoísmo? ¿Quién no ve en tus entrañas las más generosas bondades y las mejores inclinaciones? ¡Y qué gran idea ha sido ésa! ¿Y cómo es posible que los dos hubiéramos pensado lo mismo? También yo, al enterarme de las penalidades de ese hombre, tomé la resolución de llegarme a Madrid a la primera ocasión y llevarle algo con que socorrer su vejez, ya que ni condes ni duques han querido hacerlo. A tus doscientos añadiré otros sesenta que tenía encajados y aún creo que convenceré a Antonia para que dé algo, que no dejará de hacerlo si algo le queda, pues si Cervantes dio cuenta de la locura de su tío, mejor que nadie ha sabido poner en alto su cordura y el buen corazón del linaje de los Quijano. Dame un abrazo, Sancho, señal de hermanamiento en las ideas y voluntades, y trae ese libro, yo se lo llevaré a la duquesa, que Dios confunda por necia. Y he de confesarte que sólo el deseo de que no se queden sin leer esa Segunda Parte, me impide quedarme con el libro, como es mi deseo.

Ciertamente era ya mucha la prisa que tenía Sansón en comunicar en su casa el casamiento secreto con Antonia, porque no tardando mucho, iban todos a advertir la preñez. Así que se anduvo todo el día cavilando qué haría y cómo, para que de una vez por todas la duquesa, el duque y su triste elefante, salieran de aquel pueblo, y así consideró que no se le presentaría mejor ocasión que aquella misma noche, pues el conde había ido hasta Toledo, por sostener un pleito en su Audiencia, y concertó su vuelta para el mediodía siguiente.

Esperó a que se hiciera de noche y a que todo el mundo se recogiera en casa. Era una noche lluviosa, desapacible y fría, viva expresión de las desolladas tristezas de La Mancha.

Contó Sansón Carrasco con la ayuda de dos criados, uno del duque, Tosilos, y otro de su padre, de nombre Celestino.

Con Celestino bajó el bachiller las armas de don Quijote del sobrado donde se guardaban, y se las llevó con el mayor sigilo a su propia casa, contigua a la del conde. Ajenos a esta máquina fueron los padres del bachiller, quienes, como de costumbre, se recogieron temprano en sus aposentos. En cuanto al ama y a la sobrina fue necesario tranquilizarlas, por que no pensaran que la locura era un mal que atacaba a los que frecuentaban la vieja casa de don Quijote.

Deshizo el bachiller una tomiza de esparto en largas y despelujadas hebras, las rebozó en ceniza y en harina, y cuando estuvieron listas, compuso con ellas unas barbas tan parecidas a las que don Quijote gastaba que sólo con ellas hubiera bastado para el engaño. Pero Sansón Carrasco era un tracista puntilloso, como ya había demostrado en la confección de los trajes que llevó, primero el de los Espejos, y luego el de la Blanca Luna, y pegó en sus cejas con un poco de esperma de vela un manojo de aquella estopa cenicienta. Pidió a Antonia albayalde y se puso bajo los ojos media onza de pantalia que le pintaron unas ojeras que ya hubieran querido para sí el santo Job y san Jerónimo juntos, dejándose un rostro tan desmejorado y penoso como un sepulcro. Aún esperó otra hora a que la noche acabara de echar sus cerrojos, y cuando todos dormían, pasándose por un viejo portillo que comunicaba desde antiguo el huerto del conde y el de los Carrascos, a la luz de una luna que rompía por momentos los más negros nubarrones, entró en el Palacio, del que tenía, como secretario, las llaves. La luz de la luna más que iluminar su figura, la recortaba. Era suficiente para quien como él se consideraba un artista de la comedia. Tosilos, con quien el bachiller Sansón Carrasco había intimado ya cuando había pasado por el castillo de los duques, acaso porque les unía el mismo amor por el teatro y las fabulaciones, le llevaba la lanza y la adarga, como escudero. Celestino le sujetaba del brazo para evitar que se cayera, porque la loriga le quedaba un poco grande.

Quedó en la puerta principal Celestino, vigilando, por si alguien llegaba, y Tosilos ayudó a Sansón Carrasco a subir las escaleras, llevando en alto una linterna. El agónico roce de las armas y el chasquido de las espuelas, codales y rodilleras, así como la mal encajada celada, llenaron aquel silencio de estremecedores y ensordecidos vaticinios.

Se dirigió entonces Sansón al aposento donde estaban acostados los duques. Dormían profundamente. Temió Carrasco que el láudano alegremente vertido por su amigo Tosilos en el vino de los criados hubiera acabado igualmente en la copa de los duques. Los necesitaba despiertos. Tosió, carraspeó, golpeó el suelo con el lanzón, como el guión que abre las procesiones, y sólo así despertó el duque, y a las voces de éste, la duquesa.

—¿Quién vive? —preguntó el duque, que sólo veía a contraluz la espectral sombra de una estantigua—. ¿Qué burla es ésta?

—No quién vive, no, sino quién muere, y no burlas, sino muy veras —respondió tan reposada y gravemente el bachiller, imitando la voz de su amigo don Quijote, que incluso a Tosilos, que esperaba tras la puerta, le hizo dudar que no fuese el mismo don Quijote de la Mancha a quien él tan bien conoció, y le llenó el alma de espanto.

Llamó a gritos el duque a sus criados, pero no tuvo más respuesta de ellos que el eco angosto de su propia vacilación.

Quiso entonces ponerse de pie, y se encontró con la espada en el pecho.

—Da un paso, y te atravesará como a un cochino. He venido a hablaros desde el más allá, donde vago sin sosiego.

Saltó la duquesa de la cama, y huyó despeluzada hacia la puerta, queriendo salirse, y lo hubiera logrado si Tosilos no hubiese encajado la tarabilla.

—Es inútil, mujer, que huyas. La puerta está trancada, nadie nos oye y esta noche es de Satanás, al que asisten Lucifer, Barrabás y Belcebú, y Asmodeo, príncipe de la lujuria, Leviatán, demonio del orgullo, Belial, patrono de los gitanos, adivinos y brujas, Auristel, que reina sobre jugadores de naipes hechizos y sobre blasfemos, y el gran Renfas, el diablo cojuelo, introductor de todos los vicios en este mundo. Vuelve a la cama si no quieres enfriarte y que mi espada atraviese el pingüe pecho de tu esposo.

Volvió sumisa la duquesa a la cama, temblando de frío y miedo, y pudo continuar Sansón con aquel discurso.

—¿Tenías que venir hasta mi pueblo a escarnecerme? ¿No os bastaron las burlas que a mí y a mi escudero nos endosasteis en vuestro castillo? ¿Aún os quedaban risas con que vejarnos, dolos con que humillarnos, favores que lanzarnos como se lanzan a un perro los despojos? ¿Sólo un pobre loco puede entretener vuestras vidas acorchadas y secas? ¿Tan podridos estáis que sólo la irrisión os alivia de vuestra vida miserable? ¿No has encontrado tú, duquesa, un cauterio mejor para vuestros caños que las burlas al prójimo?

Hizo aquí el bachiller una estudiada pausa para que la duquesa calibrara la naturaleza de la revelación de algo que ella llevaba tan en secreto.

—¿Te ha sorprendido, duquesa, que sepa lo de tus llagas? ¿O que te ves a solas con Tosilos desde hace dos años, cuando el duque se marcha a sus monterías?

Nunca hubiera pensado Tosilos, y ni se atrevió a moverse de detrás de la puerta, que aquella confidencia que le había hecho a su amigo Sansón Carrasco pudiera él ventilarla tan a la ligera, lo mismo que las otras que fue desmigando allí con aquella voz impasible y triste.

—Y tú —prosiguió, hundiendo un poco más la espada en el pecho del duque—, ¿no dices nada? ¿Te sorprende, duque,

que sepa que llevas robados más de dos millones de maravedíes de las alcabalas en estos últimos diez años y que sé dónde los guardas? ¿No tienes bastante que quieres ahora robarme el reposo eterno y sacarme del cementerio de mi propio pueblo? ¿Has contado alguna vez el número de tus bastardos? ¿Quieres oírlo? Veintitrés dicen que tienes, pero yo sé que alcanza a cuarenta y ocho, si acaso, a esta hora, no están llegando los que harán el cuarenta y nueve y el cincuenta, pues vienen mellizos. ¿Queréis reír de veras? ¿Si te atravieso con la punta de mi espada ese sucio gaznate, te reirás? ¿Si te abro otras diez fuentes en tus posaderas, duquesa, lo encontrarás risible?

Dejó pasar un momento. Apartó la espada del pecho del duque, que pudo respirar aunque no todo lo anchuroso que hubiese querido. Se abrazó la duquesa a su esposo, y no se atrevió él a rechazarla.

La imagen de aquel don Quijote postizo era magnífica a contraluz. El simulacro de las barbas y la tez demacrada, al resplandor de aquella luna tormentosa y llovida, impresionaba. Cierto que era Sansón Carrasco de más corta estatura que don Quijote, pero era ya tanto el miedo que tenían metido en el cuerpo los duques, que no reparaban en pie de más o de menos, ni aun en vara.

—Dejadme tranquilo. Jamás volváis a poner mi nombre en vuestros labios ni los zapatos en este pueblo. Ante nadie os ufanéis de haberme burlado en el castillo, y tendremos la fiesta en paz. Mañana, en cuanto amanezca, partid de aquí en hora mala. No esperéis al conde. Y no os detengáis hasta llegar a vuestro castillo. Allí, busca, duque, a las madres de tus hijos y entrégales a cada una doscientos ducados, que tus robos podrán permitírtelo, y a cada hijo, otros doscientos, y si la madre ha muerto, entrega al hijo los doscientos que serían de su madre, porque acaso haya muerto por no haber los socorros que le debías. Y empezad a vivir vida de penitencia, porque no os queda mucho en este mundo, y será mejor que vayáis pensando en el otro donde un Dios justiciero pesará con balanza todas vuestras acciones. A ti, duque, te matará un jabalí sin que puedan remediarte tus monteros, y tú, duquesa, acabarás desaguada por tus llagas, que ya nunca cerrarán. Y a Tosilos le darás, duquesa, dos mil ducados, por todas las veces que lo metiste en tu lecho sin que él lo apeteciera. Y si no cumpliereis alguna de estas que son como leyes, volveré a salir de mi tumba y esta vez no valdrán contemplaciones ni suspiros y a los dos, uno con otro, os ensartaré con la lanza, y aquí paz, y después gloria.

Y dándose la vuelta se dirigió a la puerta, donde le esperaba Tosilos. La abrió éste con diligencia, volvió a cerrarla, y Sansón se salió a la parte trasera, cerró con llave y de allí se fueron todos, muy entretenidos, a la casa de Antonia, que le esperaba curiosa de saber cómo se había pasado la burla.

Lo celebraron los tres jóvenes bebiendo tres dedales de mistela, no sin inquietud Tosilos de ver en qué iban a parar todas aquellas disposiciones, y contento de que aquel don Quijote le hubiera apalabrado dos mil ducados, y se fueron a dormir.

CAPÍTULO TRIGÉSIMO QUINTO

No durmieron aquella noche los duques, y tanto miedo les quedó, que ni siquiera se atrevieron a principiar el capítulo de los reproches, los agravios y las afrentas, dando por verdadera aquella visión, y más cuando preguntaron a los criados a la mañana siguiente si acaso no habían oído los alaridos que ellos habían dado, pidiendo amparo, o el estrepitoso caminar de don Quijote con sus armas.

Ninguno, según confesaron uno por uno y el primero de todos el gran Tosilos, había oído nada, y la duquesa, que quiso comprobar la cerradura de su aposento, no acababa de explicarse cómo ella no había podido abrirla para salir, y sí, y tan sencillamente, entrando y saliendo, el fantasma de don Quijote, dando en creer que don Quijote, como los fantasmas, no había abierto la puerta, sino que la había traspasado, como luz un vidrio.

—Mira —le advirtió a solas su marido— que el miedo pone tales ojos al cuerpo que éstos llegan a ver figuraciones.

—Si fue una figuración o no, dígalo vuesa merced. Bien quedo se estuvo, y a mí hubieran podido matarme y vos no hubieseis hecho nada, y de haber sido de niebla aquella espada no la habríais notado en el pecho, como así me dijisteis que estaba de buida. Para mí aquél fue el fantasma verdadero de don Quijote y una advertencia del cielo, esposo mío, para que nos arrepintamos de estas vidas empecatadas. Nos ha anunciado la muerte, y yo desde hoy voy a llevar vida pía.

—Lo que es a mí, ya no vuelven a verme de caza ni los gazapos, y me río yo de todos los jabalíes.

Pero no se reía el duque, que renunciaba allí a lo que más le gustaba en este mundo, que era el ejercicio de la caza, excusa para multiplicar el número de sus bastardos, y dio la voz de levantar el campamento y salirse del pueblo, hubiera o no llegado el conde.

Así se hizo. En tres horas todo estaba listo, y aunque el elefante no vivía sus mejores días, logró el naire ponerle en pie con la ayuda de un atizador muy persuasivo.

Nadie comprendió tanta acucia en quienes tanto se habían demorado en el pueblo, pero tampoco preguntaron la razón de ella, porque no eran costumbre las inquisiciones a señores tan principales sobre el porqué de sus actos.

Cuando llegó el conde y halló la casa desocupada, preparó él mismo su partida y sin atender a nada, se salieron aquella misma tarde hacia la Corte.

Al siguiente día, y también hacia Madrid, lo hicieron el bachiller y Sancho Panza, caballeros en dos de las magníficas mulas del conde.

No se cansaba Sancho de que el bachiller le contara una y otra vez aquella burla dada a los duques, y sólo lamentaba el no haber estado presente para haberla saboreado a su gusto.

—Los doscientos ducados hubiera dado de muy buena gana por ver todo aquello que decís, y a vos, vestido de don Quijote. Y hablando de dineros —continuó diciendo Sancho— he de deciros algo. La vida es corta, hoy estamos aquí, y mañana allí, un día bebemos el buen vino y al otro criamos las malvas del cementerio. ¿Os acordáis del moro Ricote, el tendero de nuestro lugar?

—¿Cómo no he de acordarme? ¿Olvidas que yo también he leído la Segunda parte de la historia? Tristes jornadas aquellas que llenaron de pesadumbre y lágrimas a España, y a todos los de su nación.

—Pues ya sabe cómo lo encontramos en traje de peregrino, volviendo envuelto con una partida de romeros tudescos, por que no le descubrieran. Y allí me dijo que venía a nuestro pueblo a desenterrar unos tesoros que no había podido sacar en su primera salida, y a encontrar a una hija. Me contó que había vivido en Alemania, donde pudo hacerlo con más libertad que aquí, porque sus habitantes no miraban en muchas delicadezas, pues cada uno vive en aquella tierra como quiere, con libertad de conciencia. Pensaba sacar esos tesoros y volver a donde se los dejarían disfrutar sin preguntarle si era o no su linaje más o menos rancio o si adoraba o no a Alá. Halló la hija en Barcelona, como sabéis, la víspera de que vencierais a don Quijote siendo el de la Blanca Luna. Llevaba ya entonces los tesoros, pero lo que no se cuenta en la historia, bien porque no se acordara de ello el fantasma de Cide Hamete o Cervantes, bien porque Ricote lo llevara tan en secreto que ni el historiador pudo alcanzar aquel tan oculto pensamiento, lo que no se cuenta, digo, y vos no sabéis, es que me confió que había desentrañado todos los tesoros, menos uno, por entrañar el hacerlo algún peligro de ser descubierto, al hallarse metido éste en un pozo junto a un camino muy pasajero. A mi vuelta he pensado desenterrarlo, dárselo a mi Teresa para tener su boca contenta y ponerme a serviros como escudero, si acaso quisierais tomarme a vuestro servicio, que un hombre como vos ha de tener cerca un criado como yo, con tanta experiencia de la vida. Don Quijote estaba loco, pero ni vos ni yo lo estamos. Y él hizo por loco cosas que acaso sólo les estuvieran reservadas a los cuerdos, porque este mundo no han de arreglarlo las harto locuras de uno sino las pequeñas corduras de muchos. Cuando empezó, él era uno, y yo y vos ya somos dos. No hay sino que salir mundo adelante, andar y ver, para darse cuenta de cómo van los famosos tuertos que decía mi amo, que con mirarlos muchos ya se enderezan de suyo, dando a entender con ello que si no lo habían hecho era por falta de cuidado y atención, y socorrer huérfanos, menesterosos, pobres, viudas, estropeados, doncellas desvalidas las más de las veces se consigue poniéndose uno a su lado, haciéndose ver, de la misma manera que no hay que hacer mucho en un gallinero sino estarse en él para que el raposo no lo avasalle, y estarse despierto junto al rebaño para que el lobo no se atreva a atacarle. Hace dos días vos acabáis de hacer vuestra primera aventura, y saber que van a quedar socorridas cincuenta mujeres burladas y otros tantos muchachos huérfanos de su padre, tiene que enorgulleceros. En una sola noche habéis hecho vos, señor bachiller, más que en toda su vida hiciera el pobre don Quijote con toda su brega andantesca. Pues si es muy necesaria la locura para emprender según qué empresas, sólo puede coronárselas con un poco, y aun un mucho, de juicio. Al morir don Quijote yo era uno y hoy soy otro. Nunca pensé que algo así a un hombre barbado como yo pudiera ocurrirle. He visto mundo, me han manteado, apedreado, apaleado, robado y hambreado a lo largo y lo ancho de los caminos, pero fui libre. Mientras lo era, no supe que lo fui; murió mi amo, y con él mi libertad. En nuestro pueblo me ahogo y quiero alcanzar el colmo de los caminos, que es la libertad. Quiero a mi mujer y quiero a mis hijos, y dicen que el casado casa quiere, pero si me quedo con ella, me moriré como se murió don Quijote de melancolías. Quien conoció la libertad un día no puede ya vivir ni medio sin ella, y cuánto menos, toda una vida. Anímese, bachiller, vista sus armas y salgamos de nuevo al mundo.

Sansón Carrasco le oía más curioso que divertido, pues veía que en todo aquello de lo que hablaba Sancho estaba puesta su alma.

—¿Y cómo quieres, no creyendo en caballerías, que me calce de nuevo la celada y enristre la lanza? ¿No sería mejor ir los dos vestidos de calle o de camino?

—Sería una insensatez, porque el tiempo que yo serví a don Quijote vi que muchas veces hizo prevalecer la fuerza de su razón por la razón misma, pero muchas otras la impuso únicamente la razón de su fuerza, y así si aquel con que vas a contender o disputar una cuestión os ve la espada al cinto, se sujetará más que si piensa desmandarse. Vos habéis vestido ya por dos veces las armas, saliendo a vencer a don Quijote. ¿Quién o qué cree vuestra merced que convenció al duque de que habrá de dar todas esas limosnas? ¿El discurso de sus armas, o las armas de su discurso? Si yo hubiese nacido tal que manejase la espada como el azadón, contad con que no os estaría pidiendo nada, y sería en un cuerpo caballero y escudero.Y a nadie mejor que a Cervantes podemos preguntarle. Él, que escribió la historia de don Quijote y la mía y la vuestra, al menos hasta el día de hoy, como quien dice, nos dirá qué nos conviene más, y siendo como parece por lo escrito un hombre ecuánime, su consejo será nuestro mejor amigo.

—Sancho —le respondió el bachiller, que tenía en ese momento el pensamiento puesto al mismo tiempo en aquella vida caballeresca y en Antonia—, Sancho amigo, no creo que fuese una buena idea salirnos tú y yo a partir el campo ni a deshacer los tuertos de la vida. Tú lo has dicho. Has leído los dos libros como yo los leí. En el segundo se cuenta, como has dicho, mis dos salidas, para vencer a don Quijote. En una me venció él y en otra le vencí yo. Pero ¿no te has preguntado por qué los cronistas de la historia no dicen nada de mis viajes? Cuatro días tardé en dar con vosotros en aquel bosque. Y más de un mes, la segunda, hasta que al fin me encaminaron las informaciones a Barcelona. ¿Crees que fueron los encantadores quienes me soplaron vuestro paradero en los oídos? Salí e iba preguntando a unos y a otros. Iba siempre vestido con aquel disfraz, y muchos me tomaban por loco. Preguntaba a todos, viajeros y circunstantes, por daros alcance. Busca tú un loco en España. Eso es más difícil que hallar una aguja en un pajar, no porque sólo haya uno, sino porque hay tantos que se confunden unos con otros. Anduve de aquí para allá, como lanzadera del telar, y de venta en venta, y preguntando fui siguiéndoos la pista. La primera vez fue sencillo porque os topé cerca de nuestro pueblo. Pero volví a casa, me vendaron las heridas, me reposé, y el azar quiso llevarme de nuevo a la casa de don Diego de Miranda, y la suerte propuso, otro día, después de haberos perdido el rastro, que me tropezara con alguien que había estado en las bodas de Camacho, y me contara que allí habías ido al pueblo de Basilio el pobre, donde alguien me llevó hasta aquel primo del licenciado que os mostró el camino hasta la Cueva de Montesinos, y que tan admirables cosas me dijo de aquel viaje, y cerca de allí di con el castillo de los duques, que me tuvieron una semana, acaso porque creyeron que yo era otro loco de remate como don Quijote, y allá pensaron endosarme algunas burlas, si no fue porque pude pararles los pies a tiempo. Fue entonces cuando me hice gran amigo de Tosilos. Y también yo caí en manos del bandido Roque Guinard y fue el nombre de don Quijote la ganzúa que abrió la puerta de aquellas prisiones, sin costa ninguna ni otros diezmos. Llegué a Barcelona, vencí a don Quijote y volví al pueblo, parándome en el camino para dar la noticia a los duques. En el viaje, como en todo viaje, sucedieron historias curiosas y de mucho entretenimiento. Y a esto voy: ¿te has preguntado, Sancho, por qué ninguna de ellas las recogió en su crónica el historiador, ni Cervantes quiso averiguarlas? Porque no sólo han de suceder para que merezcan la gloria de ser recordadas, ni todos tenemos la gracia de saber contarlas ni encontraremos tampoco a muchos que quieran oírlas. El mundo precisaba un don Quijote, y lo ha tenido. Ya has visto a dónde llevan las imitaciones. Si me apuras, diré que el mundo necesitaba incluso un Sancho Panza, y un Sansón Carrasco, y todos y cada uno de los que se mencionan en la historia, o de los que ni siquiera se mencionan. Hasta de duques necesitaba, y la vida fue a servirlos entre los más tontos que pudo. Porque la verdad la hacemos entre todos, y no hay vida de pocos que no la hagan muchos, ni vida de muchos que no se sustente en pocos. Pero está cada cual encajado en su lugar, y no ha de querer la falda de la loriga ser el peto. Nunca segundas partes fueron buenas, y que cada cual se esté en lo suyo.

—Es posible que las cosas sucedan como vuestra merced dice, y las personas van cambiando. Don Quijote fue loco y murió cuerdo, yo era simple y acaso lo soy menos, y vos mismo dudáis ahora si venciéndole a don Quijote hicisteis lo que mejor se acomodaba a nuestra vida y a la buena gobernación de nuestra patria. Hágame caso y vayamos a correr el mundo.

—Don Quijote salió por el estrechísimo camino de las armas a conquistar el muy inexpugnable castillo de la Fama. Yo, Sancho, ni quiero andar ese camino ni me preocupa la Fama. En nuestro pueblo he dejado a mi esposa, y de ella espero un hijo. Cometería gran infamia, abandonándoles ahora a su suerte, por buscar lejos lo que tengo al lado, o sea, la dicha. Viviré mi vida y moriré y acaso durante un tiempo mis hijos y mis nietos me recuerden con amor y constancia, y luego el inconstante tiempo todo lo borrará.

Pensó el bachiller que Sancho le preguntaría algo sobre su casamiento, pero viendo que no y pensando que acaso no se atrevía a hacerlo, fue el propio Sansón quien le dijo…

—¿Y no vas, Sancho, a preguntarme nada de lo que acabo de contarte de mí y de Antonia?

—No, porque lo sabíamos.

—¿Lo sabíamos?

—Todo el pueblo. Desde hace dos meses no se habla de otra cosa, para desesperación de muchos mozos, como Cebadón, que al parecer se había hecho otras composiciones.

—¿Cebadón? ¿Y quién le ha dado a ése vela en este entierro?

—Ah, yo no sé. Pero quería decir que todos lo sabíamos.

—Lo sabrá todo el pueblo, menos mis padres, te aseguro.

—Suele pasar. La gente sólo ve y sólo escucha lo que quiere ver y oír.

Iban las mulas a muy vivo paso y sin sentirlo ya avistaron el bachiller y el escudero tras una larga alameda, riberas del Manzanares, las torres famosas de Madrid y sus alcázares.

Sancho se había quedado meditando en sus cosas, y al fin habló.

—A mí, en cambio, señor Sansón, parece estar royéndome ese gusanillo de la Fama, y no me resigno a dejarla pasar, y no tanto por la Fama, como por sentirme sólo a medias, que algo me dice que si los siglos venideros y el presente ya tienen noticias de un Sancho porro, yo me siento obligado a darles un nuevo Sancho, si no sabio, sí, al menos, prudente.

—Con lo que has hecho hasta aquí, va a sobrarte Fama, Sancho.

—No digo yo que no, pero los muchos trabajos de don Quijote han quedado a medio hacer, y habrá que terminarlos.

—Habrá. Pero las cosas de este mundo quedan a medio terminar siempre cuando uno muere, y de ahí se dice que necesitaríamos dos vidas, una para hacer las probaturas de la vida, y otra para vivirla.

—Pues cuente que con don Quijote hemos hecho las probaturas. Nos espera pues la vida.

CAPÍTULO TRIGÉSIMO SEXTO

DEJARON las mulas en la posada llamada del Peine, en la calle Postas, cerca de la Puerta de Toledo, y marcharon sin demora de tiempo a buscar a Miguel de Cervantes.

Iban intrigados los dos amigos por conocer a quien tan bien parecía conocerles, no habiéndolos visto nunca, y pensando que de la misma manera que don Quijote se enamoró hasta las cachas como suele decirse, y de oído, puede uno conocer a un prójimo también de oído, sólo por las cosas que de él haya referido la fama.

No tenían modo más derecho que encaminar sus pasos a la casa del impresor y librero Cuesta, que había estampado las dos partes del libro, y lo hallaron en su nuevo taller de la calle San Eugenio, en un mechinal, corrigiendo unas sucias galeradas.

Se alegró mucho Juan de la Cuesta de conocer a figuras tan importantes de la historia, y les llenó de atenciones y cortesías, hizo traer dos sillas, y los sentó frente a su mesa y fue él mismo a buscar un ejemplar de la *Segunda Parte*, que les mostró.

Le contaron Sansón Carrasco y Sancho Panza que no sólo sabían de su salida, sino que la habían leído ya, y que la hallaban aún mejor que la primera, y le agradecieron con efusivos modos haber dado a conocer una historia tan bien traída.

—Los parabienes, señores, deberíamos en primer lugar dároslos todos a vuesas mercedes, como hace el público con los comediantes cuando acaban su comedia o su tragedia; y en segundo lugar a Miguel de Cervantes que tuvo la suerte de encontrar la primera parte en el Alcaná de Toledo, y el tesón de pasar la segunda a limpio, ordenarla, pulirla y traérmela con las informaciones que de unos y de otros, hasta donde yo sé, ha ido recogiendo estos últimos meses, cosa que no debió de costarle mucho porque por todas partes se habla ya de esa historia, pero sí fatigarlo lo indecible, pues ya entonces el hombre andaba muy enfermo y no solía dejar el lecho. Por eso nada me entristece más que deciros que no podréis dárselos a Cervantes, porque no hace ni tres meses que lo hemos enterrado y no tenemos lágrimas bastantes para llorar al primero de los ingenios españoles, como confirma el hecho de que muriera pobre y dejado de la mano de Dios y de los pocos amigos que le quedaban, que lo asistimos hasta el final y le socorrimos en lo que pudimos. Miren en aquellos rimeros, ya compuesto en unas partes e impreso en otras, el último libro que me dio: *Los trabajos de Persiles y Sigismunda*. Con qué ilusión esperaba su salida, y como ya han leído la *Segunda Parte*, sabrán que allí decía que este *Persiles* había de ser o el más malo o el mejor que se hubiera compuesto en nuestra lengua, entre los de entretenimiento. Y sabiendo yo que no es malo, sólo puedo decir que es el mejor. Únicamente faltaban las tasas, las aprobaciones y este prólogo suyo, que ahora corrijo. No le quedaban fuerzas para respirar ni dolores que conocer, y aún raspaba en lo más hondo de sí donosura con que levantarnos a todos el ánimo, escribiéndolo. Léanlo, y verán que nadie ha dejado este mundo con el ánimo más entero.

Extendió Cuesta unas cuartillas al bachiller y allí principió su lectura en voz alta, por que Sancho pudiera oírlo también. Era la letra de Cervantes corrida y desigual, y tan temblona, que a otro no tan habilidoso en leer toda clase de letras como el bachiller, le habría costado entenderla.

Entró en ese momento un ayudante de Cuesta en la oficina, que lo reclamaba en las prensas, y allí dejó solos al bachiller y al escudero:

—Lean, lean con reposo esas razones y vean si no mereció Cervantes ya que no mejor muerte, que no la tuvo mala del todo en unos tiempos en los que no basta tenerla para sobrevivir, sí una vida mejor, pues en esta España es fácil morir, lo difícil es vivir, y la piedad que tuvo con otros, la tuvo consigo mismo, que no es fácil llegar a viejo y no amargarse.

Y dicho esto, se salió Cuesta a atender a su oficial.

Se puso en pie Sansón Carrasco, se arrimó a un ventanuco que metía en aquel lóbrego mechinal un poco de luz y allí principió su lectura, mientras Sancho se desparrancó en su asiento por escuchar más a su sabor las palabras últimas de Cervantes:

«Sucedió que viniendo otros dos amigos y yo del famoso lugar de Esquivias, por mil causas famoso, una por sus ilustres linajes y otra por sus ilustrísimos vinos, sentí que venía a mis espaldas picando con mucha prisa uno que, al parecer, traía deseo de alcanzarnos, y aun lo mostró dándonos voces que no picásemos tanto. Le esperamos, y llegó sobre una borrica un estudiante pardal. Venía todo vestido de pardo, antiparras, zapato redondo y espada con contera, valona bruñida y con trenzas iguales, la verdad es, no traía más de dos, porque se le venía a un lado la valona por momentos, y él traía sumo trabajo y cuenta de enderezarla. Llegando a nosotros dijo: "¿Vuesas mercedes van a alcanzar algún oficio o prebenda a la Corte, pues allá está su Ilustrísima de Toledo y su Majestad, ni más ni menos, según la prisa con que caminan?, porque la verdad es que a mi burra se le ha cantado el víctor de caminante más de una vez". A lo cual respondió uno de mis compañeros: "El rocín del señor Miguel de Cervantes tiene la culpa desto, porque es más bien pasilargo". Apenas hubo oído el estudiante el nombre de Cervantes, se apeó de su cabalgadura y se le cayó aquí el cojín y allí el portamanteo, que con toda esta autoridad caminaba. Arremetió a mí, y, acudiendo a asirme de la mano izquierda, dijo: "¡Sí, sí; éste es el manco sano, el famoso todo, el escritor alegre, y, finalmente, el regocijo de las musas!". A mí, que había visto en tan poco espacio el gran encomio de mis alabanzas, me pareció una descortesía no corresponder a ellas. Y así, abrazándole por el cuello, donde le eché a perder de todo punto la valona, le dije: "Ése es un error donde han caído muchos aficionados ignorantes. Yo, señor, soy Cervantes, pero no el regocijo de las musas, ni ninguno de las demás baratijas que ha dicho vuesa merced; vuelva a cobrar su burra y suba, y caminemos en buena conversación lo poco que nos falta del camino". Así lo hizo el comedido estudiante, tuvimos algún tanto más las riendas, y con paso asentado seguimos nuestro camino, en el cual se trató de mi enfermedad, y el buen estudiante me desahució al momento, diciendo, "esta enfermedad vuestra es de hidropesía, y ni toda el agua del mar Océano que dulcemente se bebiese, lo sanaría. Vuesa merced, señor Cervantes, ponga tasa al beber, y no se olvide de comer, que con esto sanará sin ninguna otra medicina". "Eso me han dicho muchos —respondí yo—, pero así puedo dejar de beber a todo mi beneplácito, como si hubiera nacido sólo para eso. Mi vida se va acabando, y, al paso de las efemérides de mis pulsos, que, a más tardar, acabarán su carrera este domingo, acabaré yo la de mi vida. En fuerte punto ha llegado vuesa merced a conocerme, pues no me queda espacio para mostrarme agradecido a la voluntad que vuesa merced me ha mostrado." En esto llegamos a la puerta de Toledo, y yo entré por ella, y él se apartó a entrar por la de Segovia. Lo que se dirá de mi suceso, tendrá la fama cuidado, mis amigos gana de decirla, y yo mayor gana de escucharla. Torné a abrazarlo, volvió a ofrecérseme, picó a su burra, y todo lo bien que él iba caballero en su burra, dejó tan mal dispuesto a quien había dado gran ocasión a mi pluma para escribir donaires. Pero no son todos los tiempos unos: tiempo vendrá, quizá, donde, anudando este roto hilo, diga lo que aquí me falta, y lo que yo sé que convenía. ¡Adiós, gracias; adiós, donaires; adiós, regocijados amigos; que yo me voy muriendo, y deseando veros presto contentos en la otra vida!».

Levantó los ojos del papel el bachiller y encontró los de Sancho tan encharcados en lágrimas, y exhalando sincopados hipidos, que fue necesario esperar un rato a que cobrase el aliento.

—¡Lo que no hubiera dado por conocer a ese señor, que pudo escribir de sí mismo, como de los demás, sin afectarse! ¡Y cómo mi amo don Quijote hubiese pegado la hebra con él, siendo como parece que eran, de la misma camada! Me ha parecido que tanto llegó este Cervantes a estimar a mi amo don Quijote, que se hubiera dicho que mientras aquél se moría en nuestro pueblo, se moría este Cervantes en Madrid, y que contando la muerte de don Quijote en el libro, estaba hablando de la suya en la misma realidad de su vida. Y como fui escudero de don Quijote, me habría gustado entrar a su servicio como criado. ¿No habéis notado que la realidad de don Quijote, muriendo, era la de este señor Cervantes, y que la muerte de don Quijote debió de ser como la suya?

—Así me lo ha parecido también a mí, y ello prueba que llegados a un punto, estando vivas, no hay mucha diferencia entre las cosas que suceden en los papeles y en la realidad, si se saben contar sin sacarlas de su quicio.

Entró en ese momento Juan de la Cuesta y Sansón Carrasco pidió al impresor licencia para hacer traslado, como él le había traspasado a Sancho las palabras de don Quijote cuando se marchó a la ínsula, aquel prologuillo de Cervantes, por conservarlo siempre fresco en la memoria, sobre todo en los momentos de acabamiento y fatiga, y hasta que se publicara el nuevo libro.

No sólo se avino a ello Cuesta, sino que le entregó las mismas cuartillas escritas por Cervantes, por haber sido ya compuestas y corregidas, y no sólo eso, sino que quiso obsequiarles con sendos ejemplares de la *Segunda Parte*, y así entregó el de la mesa a Sancho y buscó otro, que dio al bachiller. Dobló éste con delicado tiento las cuartillas, las metió entre las páginas del libro como hostia sagrada, lo guardó en la faltriquera, dieron las gracias y se dispusieron a ir a la casa donde Cuesta les dijo hallarían a la mujer de Cervantes, Catalina de Salazar, a la sobrina de Miguel, Constanza de Ovando, y a Isabel de Saavedra, la hija bastarda que Cervantes había tenido con la mujer de un mesonero hacía ya más de treinta años.

Antes de despedirse del impresor, preguntó el bachiller a Cuesta si recordaba el día exacto de la muerte de Cervantes, pero ése era un extremo del que no pudo informarles.

Llegaron en cinco minutos a la casa a la que les había encarrilado Cuesta. Al contrario que la que habían tenido hasta hacía bien poco en la calle de las Huertas, antigua y lóbrega, la nueva en la que vivían aquellas mujeres en la calle del León no era más luminosa, pero sí recién hecha.

Encontraron en el portal a una mujer que resultó ser la del propietario de la casa, un escribano llamado Martínez.

—¿Por quién vienen mercaderes preguntando? ¿Las Cervantas? Es esa puerta.

No se les escapó a los dos amigos el drama que encerraba aquel sonsonete. Las Cervantas. Nada sabían, desde luego, de la dura y larga brega de las hermanas de Cervantes, tantos años enredadas con los hombres y sus promesas, engañadas y engañantes, ni de los pesares de la bastarda Constanza, ella misma engañante y engañada, ni los de la bastarda Isabel, a quien ni la vida ni los hombres habían tratado mejor. Pero todo quedaba declarado en aquel... ¡las Cervantas!

Llamaron donde les había indicado la mujer del escribano, que no se recataba en mirar con descaro desde la calle las trazas de Sansón y Sancho Panza.

Salió a abrirles María, la criada. Doña Catalina, como la llamó, estaba en casa. En casa se encontraba también Constanza, sobrina de Cervantes, y no esperaban a Isabel, su hija. Mandaron a la criada a que la avisara. Tardaría unos minutos. Vivía allí al lado, en la calle Cantarranas.

Cuatro eran los aposentos que tenían alquilados al escribano Martínez, que en aquella misma planta baja tenía su escribanía. Aposentos angostos y tristes, sin confortes, con las paredes recién blanqueadas y desnudas. Se veía, desde la entrada, la puerta abierta de una cocina tenebrosa. La hedentina era grande. Olía toda la casa al bodrio que se cocía en un anafe y a vinagrillo, y parecían meterse dentro todos los ruidos de los coches y la grita que hacían de aquélla una de las calles más ruidosas de Madrid.

Les pasaron al que parecía principal aposento, uno con ventana a la calle, donde había un bufete, otro pequeño contador, sobre su mesa, y en la pared el retrato de un hombre viejo, de mirada melancólica, barba rala, boca sumida y nariz fina, corva y proporcionada, vestido de negro y con una lechugilla escarolada sin planchar. Planchadas, en su tabaque de mimbres blancas, una camisa blanca con puntas de randas y una basquiña de tela parda.

Se sentaron las tres mujeres y frente a ellas Sansón Carrasco y Sancho Panza. De alguna parte salió un gozque, cruce de mandarín y rata, cariñoso y alegre, que se puso a lamer las viejos zapatos de Sancho. Hubo que mandar a María a pedir una silla en la escribanía, porque no la había en casa. Nadie se arrancaba a hablar.

Catalina era una mujer de unos cincuenta años. Cincuenta, poco más o menos tendría Constanza. Las dos eran mujeres avejentadas, tristes, descoloridas. No entraba en aquella casa el sol por ninguna parte. Sancho, acostumbrado al aire libre, se ahogaba allí dentro. No le gustaba Madrid. Catalina vestía una saya negra y tocas negras. Tocas negras y una saya negra vestía también Constanza. Una era delgada, y la otra crasa. Catalina tenía la mirada vidriosa e inexpresiva de ciertas mujeres estériles. Constanza aún no había perdido los vestigios de su belleza, aquella primitiva lozanía que la hizo rodar entre los brazos de tantos hombres principales, nobles, ricos. Viendo juntas a las dos mujeres, se sabía que todo lo tenían hablado ya entre ellas, envidiado, reprochado y callado.

Expresó su pesar el bachiller Sansón Carrasco, en nombre propio y en el de Sancho, por la muerte de Cervantes.

Recogieron el duelo las mujeres con una leve inclinación de cabeza, y por hacer tiempo el bachiller quiso saber si aquella mesa era la misma en la que Cervantes solía trabajar. Sí era, respondieron las dos mujeres al unísono. La criada ni se molestó en la confirmación.

Llegó al fin Isabel. Era una mujer extraña, aventada, intemperante. Pequeña, delgada, vivaracha, de ojos alucinados y labios finos. Se desprendió de un capotillo pardo, y mostró su vestido, de un lujo algo ajado, con un corpiño de terciopelo azul, camisa alta y basquiña, así como un collar de perlas de dos vueltas. No era hermosa, y un atravesado e incontenible visaje azotaba su semblante haciéndole levantar una ceja y plegar el rincón de la boca.

Se asombró de ver a aquellos dos hombres de aspecto tan desigual en su casa. Los tomó por un alguacil y su criado. Se asustó; tenía pleitos por todos lados. Ya estaban todas.

—Me llamo Sansón Carrasco y éste es Sancho Panza, que sirvió como escudero a don Quijote.

Celebraron mucho las mujeres que hubieran venido a verlas, e Isabel de Cervantes quiso saber si también el señor Sansón Carrasco formaba parte de la historia que había contado su padre. Le sonaba el nombre de Sancho Panza, pero no el de Sansón Carrasco. No, no había leído aún el libro en el que su padre los había sacado. Había tenido otras cosas en que ocuparse, pero declaró que ya sentía ganas desde hacía tiempo de leer lo que tantos le ponderaban por todas partes. La conversación se envaraba. Sansón, después de algunas generalidades y menudear sobre las cosas del pueblo, cedió la palabra a Sancho, para que éste formalizara la donación de aquellos dineros que traía. Sancho les contó cómo leyendo la aprobación del licenciado Márquez Torres y conociendo los aprietos por los que atravesaba la vida de Cervantes y que se hallaba éste muy sin dineros, habían venido a traerle doscientos setenta ducados que don Quijote había dejado en su testamento para tal fin.

Improvisó aquello Sancho sobre la marcha, por entender que aquellos dineros serían mejor recibidos de una herencia que de la mera caridad, y sin pensar que malamente hubiera podido don Quijote enterarse de lo del licenciado Márquez Torres, ya que aquél murió antes de que éste hiciese pública su información, pero ninguna de las mujeres ni aun el avisado Sansón Carrasco pareció percatarse de aquel anacronismo.

Sacó de la faltriquera la bolsa con los cuartos y se la entregó a Catalina, no sin antes sorprender en la mirada de Isabel el estilete de la codicia.

Constanza y Catalina conocían al licenciado Márquez Torres, no así Isabel, aunque ninguna de las tres parecía haber leído tampoco su aprobación. Catalina y Constanza parecían, en cambio, conocer bien la vida de Sancho, a quien preguntaron por su mujer y sus hijos, lo mismo que preguntaron al bachiller por sus padres, y celebraron que éste se hubiera casado con la sobrina de don Quijote, por lo que le dieron los parabienes.

En unos minutos, quitándose la palabra de la boca, relataron las mujeres todo el rosario de privaciones, necesidades y calamidades que azotaban sus vidas y que sacudieron los últimos días del que fue marido de una, tío de otra y padre de la más joven.

—Mientras vivieron mis cuñadas —dijo Catalina—, nos ayudaron. El obrador de costura que con ellas teníamos estaba muy solicitado. Murieron ellas, despedimos a las labranderas, y empezó la quiebra. Los negocios de mi marido nunca marcharon bien ni él fue habilidoso ni supo llamar a las puertas que debía ni escoger sus amigos, que le robaron, engañaron y entramparon. Vivimos con lo poco que a mí me queda en Esquivias, lo poco que no se llevaron sus malos negocios o que supe resistirme a darle y lo poco que me da mi hermano don Francisco. Tampoco supo mirar lo suyo, y así como otros logran vivir de las comedias, él no sacó de las suyas más que sinsabores, envidias y malogros, y no harto con su poca suerte, aún encontró ánimos para regalar a autores más jóvenes argumentos y versos con los que ellos medraron, sin acordarse de agradecérselo.

No quiso Sansón Carrasco dejar a aquella mujer seguir con sus amargas letanías, y quiso saber si su marido tenía aún más papeles, y si no convenía venderlos a algún librero o impresor, por socorrerse con ellos.

—¡Más le hubiese valido no haber escrito tanto y haberse ocupado en negocios de más provecho! Lo último que le llevé al librero Villarroel, que es una garduña, fueron unas cuartillas para ese libro de *Persiles*, y no me dio nada, porque todo se lo había adelantado ya a mi marido. Le llevé la semana pasada otras cosas más que aparecieron por casa, ya terminadas, hasta cuatro libros tan gruesos como esos que ha publicado, y me dijo que no podía comprármelos y que probase con otro. Vi a otros dos mercaderes de libros, y uno me aseguró que ninguno de los cuatro estaba terminado y el otro, que no corren buenos tiempos para esa clase de obras, y que solicitara en otra parte.

Pidió verlos por curiosidad Sansón Carrasco.

—Los cuatro los he vendido a un zarracatín del Rastro —confesó Catalina con un rictus amargo en el que era difícil saber lo que había de resentimiento, de tristeza o de incomprensión.

—¿Os acordáis de qué eran los libros? ¿Sabéis si alguno tenía que ver con don Quijote?

Se levantó Catalina y volvió al rato con una arquilla, que abrió delante de los manchegos. Extrajo de ella unos papeles, sellados y firmados, testamento de Cervantes, y leyó la parte que correspondía a los libros:

«Dejo también a mi mujer Catalina de Salazar hasta ciento diez libros de diversos autores y propios, así como los cartapacios que contienen las obras *Las semanas del jardín*, *El engaño a los ojos*, *El famoso Bernardo* y *El final de Sancho Panza*, para que mi mujer los venda y mande publicar con el impresor que más conviniere.»

Conmocionado y alborotado quedó Sancho al oír que uno de aquellos libros que Miguel de Cervantes había escrito versaba sobre él, pero más le inquietó aquel «final», que no sabía a qué podía referirse, teniendo en cuenta que él era un hombre fuerte y saludable y en proceso. ¿Moriría, como algunos auguraban ya, advirtiendo su extraña delgadez?

Volvió la mujer a encerrar el testamento en la caja de madera, donde acomodó también la bolsa con los ducados que le había entregado Sancho, la cerró con una llave, que guardó en el pecho, y lamentó no haber podido conservar aquellos papeles y libros, dada la suma necesidad y hambre que se pasaba en la casa, aunque les facilitó las señas y nombre del estacionero que se los había llevado, por si querían rescatarlos, que se los daría a buen precio, teniendo en cuenta lo harto poco que les habían dado por ellos.

Se despidieron de aquellas pobres mujeres Sansón y Sancho, y cuando ya iban las mujeres a cerrar la puerta tras ellos, se acordó de preguntar el bachiller:

—¿Y pueden vuesas mercedes decirme el día exacto en que murió Miguel de Cervantes?

Se lo dijo, y el bachiller exclamó:

—Sancho, ¿lo has oído? —dijo el bachiller cuando se hallaron de nuevo en la calle, solos—. ¡El mismo día que don Quijote! No debió de tener Cervantes tiempo más que para ultimar nuestra historia, escribir esos prólogos que le faltaban, arreglar su alma para el tránsito, y morirse. Y por eso, muriéndose él como se estaba muriendo, entendió tan bien la muerte de nuestro amigo.

—Así me lo pareció a mí cuando lo leía. Y ahora, visitando esa casa, más me desespero yo de no haber conocido a tiempo sus estrecheces para poder remediarlas.

—¡Qué tristeza ha sido venir aquí! ¡Y cómo hubiéramos debido haberlo hecho mucho antes! Apenas lleva muerto dos meses y pico nuestro señor Miguel, y esas pobres mujeres han tenido ya que vender su alma para poder sostenerse, pues estoy seguro de que Cervantes había puesto el alma en todos y cada uno de esos papeles. Cómo debió de sufrir aquel buen hombre, juzgando lo que penan ahora ellas. Vamos a por esos libros, Sancho. Saquémoslos del purgatorio.

—Ay, no sé si yo me hallo con ganas de saber más de lo que sé, tan apocado me dejó esa noticia. ¿Qué me dice de que haya escrito Cervantes un libro sobre mi acabamiento? ¿Quiere decir que he de morirme pronto? Me ha metido el miedo en el cuerpo, bachiller. Olvidemos ese mal negocio, y volvamos a casa, con nuestra ignorancia.

—No, Sancho. Corramos a la tienda de ese aljabibe y traigámonos esos papeles, y leamos en ellos qué podía querer decir y qué dijo, porque el que sabe, precave, y quién sabe si está en tu mano, amigo, el torcer tu destino como aquellos prohombres de la antigua Grecia a quienes los dioses otorgaron el don de esquivar las flechas que sus enemigos les lanzaban.

—No me convence.

Pero allí dirigieron sus pasos, porque no era el bachiller Sansón Carrasco persona a la que se hiciese olvidar algo que se le hubiera metido en la cabeza, y a eso del mediodía llegaron al Rastro, donde hallaron al aljabibe jugando al pídola con otros regatones y cicateros de ese barrio.

—Señores —les dijo el zarracatín—, no hay por qué molestarse. Los papeles esos los compré, los tuve en mi tienda dos meses, y hace dos días pasó un gentilhombre que dijo conocer a su autor, quien era único, aseguró, en hacer reír a la gente, y me los pagó como le pedí.

Le preguntó entonces Sansón Carrasco si por casualidad se acordaba quién era ese autor, y el aljabibe se encogió de hombros:

—Un cómico sería.

Y si sabía quién se los había comprado.

—Os lo he dicho, un gentilhombre, pero no de aquí, sino de fuera, puede que inglés. Lo declaraba su habla, llena de tropiezos y gangosa, y la de su criado, que aún sabía menos de nuestra lengua que su amo.

CAPÍTULO TRIGÉSIMO SÉPTIMO

Se volvieron a su posada, dejaron allí los obsequios del librero Cuesta y después de comer en un figón cercano, pasearon la Corte aquella tarde y el célebre Mentidero, admiraron sus edificios, palacios e iglesias, se asombraron de ver a tantos hombres principales en sus coches y a tantas mujeres embozadas en su belleza, hallaron incontables el número de los pajes y criados y el de las mujeres públicas, mesones y casas de juego solapadas, y hasta vieron en su jaula, en el Retiro, los dos leones que el gobernador de Orán mandó al Rey, y a los que don Quijote retó a combate desigual, venciéndolos por hastío del contrincante.

—Vámonos pronto a nuestro pueblo, señor bachiller, que no está hecha para mí la ciudad ni este andar de un lado para otro sin saber por dónde. La visita esta mañana a las Cervantas me ha entristecido lo indecible y el saber que hay por ahí corriendo un final de Sancho Panza me tiene el ánimo encogido, y ya empiezo a sentirme mal por todo el cuerpo, que me duele aquí, y aquí y aquí...

Y se iba señalando Sancho todos aquellos puntos en los que le punzaban sus males imaginarios y por donde barruntaba se le iba a meter la muerte con su aguda segur.

—¿Y advertiste, Sancho, la tristeza de aquellas tres mujeres? Hubiera asegurado que se necesitan tanto como se detestan, y que se quieren tanto como se aborrecen. ¡Y aquellos aposentos, sin una alcatifa, sin un repostero, sin otro adorno que las estridencias de la calle y aquel olor hediondo del guisote!

La pesadumbre de no haber hallado con vida a Cervantes se quitó con la alegría de dejar atrás Madrid, y las apreturas y estrechos callejones de la ciudad hicieron mucho más limpios y manifiestos los anchísimos caminos de su regreso, aunque ninguno de los dos sabía qué les esperaba.

—Mira, Sancho, que no sé qué pasará a mi vuelta. Casado estoy con Antonia, pero mi padre no lo sabe, y temo que cuando lo sepa, cometerá cualquier desaguisado. Ni toleró a don Quijote ni mira con buenos ojos a la sobrina ni va a aceptar que yo me haya casado con tal prisa.

Llegaron al pueblo por la mañana y allí se despidieron, con promesa de juntarse aquella tarde y de que contara Sansón a Sancho en qué había parado el negocio con su padre, y Sancho a Sansón lo de su tesoro.

Y si lo del tesoro de Sancho lo llevó en secreto, lo mismo que su hallazgo, para alborozo propio y de Teresa, lo de Sansón y Antonia fue tan público y notorio que en apenas dos horas había hecho ya el recorrido de casa en casa, con las palabras terribles del señor Tomé Carrasco, quien colérico echaba a su hijo de la casa, lo desheredaba y se comprometía personalmente para escribirle al conde, con el fin de que éste expulsara de su servicio a quien no sabiendo guardar la honra de su padre raramente podría guardar la del conde.

Volvió Sansón a casa de Antonia, dispuesto a contarle lo ocurrido con su padre, y lo que encontró fue cosa bien diferente.

Gritaba como un desaforado el señor De Mal.

—Ay, ramerísima, ¡cómo me has tenido engañado estos meses! ¡Y yo, cómo me creí todas tus vagas promesas! Ahora lo veo bien claro, no querías sino jugar con este viejo. Pero te lo advertí; de no ser mi esposa, lo perderás todo, no te dejaré ni una miserable vedija en el colchón. Vete, júntate con ese mozo del bachiller Churrasco, mira a ver de dónde va a sacar él los torreznos con que regalarte, y luego ven a contármelo.

El bachiller, que se oyó nombrar de tal modo por el escribano, quien no se había percatado de su entrada, dijo:

—Señor escribano, vaya con pie más atentado en eso de motejar a la gente, y sálgase de esta casa, y pleitee cuanto quiera, que acaso le suceda como al viejo del cuento, a quien su mucha lascivia tanto como su poco juicio llevaron en volandas a la sepultura, y si pensasteis que una doncella como Antonia, lozana como una rosa, iba a acabar en los brazos de un viejo desdentado, consumido y pestífero como vos, es que conocéis poco del mundo.

Y como a «sal de mi casa y qué queréis de mi mujer, no hay que responder», el escribano bufó como un gato tiñoso, y dejó aquel aposento con el puño levantado y poniendo al cielo por testigo de toda la cólera con que pensaba azufrar a la estirpe de los Quijano.

Ya solos, y apaciguada la casa, el bachiller dijo a Antonia:

—Nada tengo que hacer en este pueblo. Marchémonos de aquí y busquemos fortuna en otra parte. Ancha es Castilla, y más las Indias.

—Hablemos con don Pedro —le dijo la muchacha—. Él comprenderá, y aunque el testamento de mi tío fue muy claro, sabrá como hombre justo dejarnos lo poco que nos queda, y defender la hacienda del señor De Mal y todos los otros buitres. De aquí somos y aquí nos quedaremos.

—Eso no va a poder ser, aunque don Pedro quisiera. El testamento de tu tío era bien claro, y si don Pedro como albacea estuviera dispuesto a pasar por alto aquella manda, yo, que también soy albacea del mismo testamento, no lo consiento. Pero si has de quedarte más tranquila, manda a llamar a nuestro amigo el cura.

No fue necesario ir a buscar a don Pedro, porque hasta don Pedro llegaron aquellas alarmantes noticias de lo que había sucedido en casa de los Carrascos.

Encontró a los jóvenes apesarados e indecisos.

—Antonia, al casarte con Sansón, lo has perdido todo. Así lo dejó advertido tu tío. Ni siquiera es necesario hacer averiguación si tu marido entiende o no de novelerías, porque es bien notorio que no sólo sabe lo que sean esas novelerías, sino que las protagoniza. Las últimas voluntades de don Quijote son sagradas, y al casarte con Sansón te has visto honrada, pero pobre; y si no lo hubieras hecho, acaso conservaras tu hacienda, pero habrías perdido la honra. En el primer caso es posible que la pobreza te hubiera encaminado a la deshonra, y en el segundo no es difícil, tal y como están las cosas, que hubieras acabado perdiendo la hacienda después de haber perdido la honra. Yo, como amigo de tu tío, ya no sé qué aconsejarte. Por mí, mientras puedas, quédate en esta casa, que algo se nos ocurrirá, pero quiero que sepas que el señor De Mal dice tener los escritos que le harán entrar en posesión de las que considera ya propiedades suyas. Piensa incluso, después de haber oído el otro día a ese Ginés de Pasamonte, según ha dicho, abrir en la casa una posada, a la que llamará de Don Quijote, y prosperar a costa del nombre de quien fue su amigo, traicionando el acuerdo según el cual ninguno de nosotros revelaría jamás a extraños el nombre del pueblo que fue cuna de aquel hombre ilustre.

—De menos nos hizo Dios, don Pedro —dijo Sansón—.

La hacienda de Antonia se ha quedado entre los dedos de los abogados y del escribano. Que les aproveche. Somos jóvenes aún y por delante se alarga siempre un camino que no alcanzan a acabar los ojos. Mi padre me ha negado mi hacienda, pero mi madre me ha dado sus joyas, en las que mi padre no tiene jurisdicción, y al otro lado del Océano hay un mundo que nos espera, y un pariente que nos llama por carta. Aquí ya se ha visto hasta dónde podíamos llegar, que esta república española o vuelve locos a sus mejores hombres o les hace pobres, y siendo pobres, acaban enloqueciendo, porque todos los avasallan y no hallan más valedores que entre los locos. No tenga cuidado, y denos sus bendiciones. Espero un hijo y él va a darnos las fuerzas que nos faltan. Es demasiado viejo este mundo para remediarlo. Allá nos aguarda uno bien nuevo donde acaso, como quería nuestro amigo, no exista ni tuyo ni mío.

Llegó en ese momento, enterado, Sancho, y el señor barbero, a quienes en pocas palabras se puso al corriente de la decisión tomada.

—No entiendo nada de lo que está sucediendo en este pueblo, que se diría que lo han tomado al asalto todos los demonios y lo están sacudiendo como un olivo. ¿Y no diréis que al venir me he encontrado a Cebadón borracho que me ha asaltado diciendo que se iba a llevar por delante a todos los de esta casa, incluido vos, señor bachiller, y que no cejará hasta levantar de esta casa lo que es suyo? No ha olvidado todavía que lo echasteis por holgazán y chicharrero, a todas horas cantando; ni siquiera dejó de cantar el mismo día que murió don Quijote.

Antonia, que oyó como todos aquellas intranquilizadoras noticias, empalideció y miró al ama, buscando en ella a un tiempo un tácito consejo y algo de ánimo.

—No te apures, Antonia —le tranquilizó el bachiller—. Las cosas parecen a veces que vienen a juntarse y hacer más ruido, como de pronto se junta en el campo una tolvanera que amenaza con llevárselo todo por delante. Pero al rato se ha disuelto y siguen las cosas como antes. Y tú, Sancho, ya sabes que nos partimos Antonia y yo al nuevo mundo. Quédate tú aquí velando por el buen nombre del que fuera tu señor. Ánimo, amigos, no son estos momentos para andarse tristes. Ya soy un hombre y una mujer es Antonia. Enamorado estoy de Antonia y Antonia enamorada está de Sansón. No hace falta más para vivir en este mundo, y aún tenemos más de lo que tiene la mayoría de la gente.

Lloraba Quiteria y lloraba don Pedro, demasiado viejo para no quedar impresionado por aquellos giros, caprichos de la Fortuna.

—Nada de llantos, fuera murrias, aire, aire, que nada que suba mucho ha de empezarse por poco. Saca, Quiteria, el mejor vino y brindemos por el hijo que espero.

Se oyeron en ese momento los golpes desaforados de la aldaba y las voces de quien parecía estar desangrándose, a tenor de los rugidos.

—Corre a abrir —ordenó el ama a Matías—, que no ganamos para sustos.

Apareció en la puerta Cebadón. Venía borracho, con la camisa sucia y rota. Se fue hacia él el ama como una loba, al tiempo que buscó Antonia el flanco de Sansón.

—Vete de esta casa, Cebadón —le ordenó Quiteria—. Como te acerques a Antonia aquí, delante de don Pedro y de todos, te mato.

Y acabar de decir esto y echar mano de una hoz que estaba colgada en la pared, fue todo uno.

Puso el grito en el cielo, exigiendo paz, el cura, se puso Sancho junto al ama, por si había que defenderla, se alarmó Antonia y preguntó Sansón:

—¿Qué es todo esto? ¿Quién te da derecho a venir a esta casa dando voces?

—¿Quién? —respondió Cebadón, al que costaba mantener la mirada en un punto fijo—. Ésta era mi casa, y ya me acerqué una vez a Antonia, y no pareció que le importara.

Y en un rápido movimiento, sacó de debajo de la camisa uno de esos cuchillos de degollar marranos.

—Antonia —y esta vez trató Cebadón de que sus ojos no se movieran de los de la muchacha—, antes muerta que de otro.

Y se lanzó con el cuchillo por delante, con el avieso propósito de hundirlo en el pecho de la joven.

Quisieron la suerte y el vino que había bebido, que Cebadón tropezara con unos arreos, y cayera al suelo, momento en que el bachiller y Sancho aprovecharon para desarmarlo y echarlo a la calle, con la amenaza de llamar a los de la Santa Hermandad.

Quedó la reunión después de esa entrada rota como una tinaja, y con difícil lañadura.

Espantó Antonia de su frente la sombra funesta del mozo, y miraba de hito en hito a su esposo. Estaba pálida. Su estado le había sembrado por el semblante, hermoseándole, algunas pecas graciosas. Se le secaron los labios y se le humedecieron los ojos, como aquel día en que trajo Sansón Carrasco de vuelta a casa al ama Quiteria.

Como nadie parecía allí querer hablar de lo que acababa de suceder, salió el ama diciendo que iba a buscar aquel vino.

—Yo te acompaño —saltó Antonia, como quien se abraza a un clavo ardiendo.

Cuando se encontraron a solas, rompió Antonia en tan alarmantes sollozos que tuvo Quiteria que sosegarla sacudiéndola los hombros.

—Calla, niña. ¿Es que quieres que te oiga llorar el bachiller?

—Ay, Quiteria, ¿y cómo voy a tener engañado a un hombre tan bueno? ¿No te parece un crimen embarcarnos sin decirle nada?

—Mejor que mejor. Allí nadie se preguntará quién era o quién no Cebadón, ni sabrán nada del loco de tu tío, ni nada de las miserias de este pueblo. Vais allí no a nuevo mundo, sino a nueva vida, que es lo que todos soñamos con poder hacer algún día.

—No quiero ir, Quiteria, que presiento que nos habremos de ahogar en la travesía. Si al menos tú quisieras venir con nosotros...

—¿Yo? ¿Y a mí qué se me ha perdido allá? Ánimo chiquilla, que esos temores de vuesa merced son como los del parto, todas los tienen, todas los pasan y, pasados, todas los olvidan. Allá llegaréis sanos y salvos, y si alguna vez quieres decirle a tu esposo la verdad del hijo que esperas, allá tú, pero mira que sea más tarde que pronto y piensa antes a quién vas a hacer mejor revelando ese secreto.

—A mi conciencia, que reposaría tranquila. Yo le diré, él entenderá, él sabrá perdonarme.

—Hazlo, y acaso lo único que quedase tranquilo en tu vida a partir de entonces, fuese tu conciencia. Y ahora, vámonos, que estarán esperando el vino. Seca esas lágrimas y pon buena cara. Y no olvides que ese hijo antes que de nadie, es tuyo, y para ser feliz al niño tanto le dará ser de uno o de otro padre.

Pusieron las mujeres los jarros en la mesa, bebieron y festejaron los amigos de Antonia y de su tío, y no consintió Sansón que se vertiera una lágrima más ni que nadie hablara del pasado. Ni del presente. Ni se habló tampoco del futuro, porque después de saber que Sansón y Antonia no esperarían ni un solo día en aquel pueblo, ninguno se atrevía a preguntar ni a pedir que reconsiderasen tal decisión.

Esa noche, la primera que pasaban a solas Sansón y Antonia, ésta le dijo.

—Sansón, tienes que saber algo.

—No, Antonia. Lo que tuviera que saber, dime, ¿te hará más feliz a ti? ¿Me hará más feliz a mí? ¿No podremos los dos vivir sin saberlo?

Negaba Antonia con la cabeza, sin atreverse a despegar los labios.

—¿No? Pues déjalo. Y duerme, que mañana será otra vida.

Al día siguiente no había amanecido y se iban a salir al camino Sansón y Antonia, cuando el ama Quiteria salió a decirles:

—Antonia, donde tú vayas, voy yo. No he dormido en toda la noche. Aquí ya no me queda nada. Lo único que me queda de mi señor Quijano eres tú, y ni tú ni nadie me lo va a quitar. Me da miedo el mar, y me acongojo pensando que he de cruzarlo, pero más temo a la soledad y lo que se me avecinaría si quedo aquí.

Sólo pregunto si adonde iban quedaría cerca de La Asunción, donde tenía ella un hermano, si no había muerto.

Se arrojó la muchacha en los brazos del ama y si no fuera porque Sansón les escardó los lloros, aún estarían en el zaguán abrazadas las dos, consolándose de su suerte.

Llevaba el bachiller una mula, única propiedad que su padre consintió que sacase el mozo, la mejor de su cuadra, y sólo por que el mozo se alejara con ella todo lo más veloz que pudiera de aquel pueblo, y ensillaron a Rocinante para Antonia, y una de las borricas para el ama, pero no aquella Altea, muy castigada.

Llevaban, como se dice, lo puesto y una maleta con mudas y ropa de estar y recibir. Y Quiteria ni eso: lo suyo y aquel pañizuelo con las lágrimas de cera, una pluma de ganso y un cuerno de pólvora que fue de su señor.

Iban las mujeres con el ánimo encogido en esa hora triste de su destierro, y trataba de animarlas con discretos cuentos Sansón Carrasco, cuando vieron a lo lejos que picando su borrico les salía al paso, de entre unas casejas que había allí en el alfoz del pueblo, lo que sólo era sombra. Llegó a donde estaban y más por la voz que por lo que se veía en la que era todavía noche cerrada, supieron que se trataba de Sancho.

—No se apuren, señoras. Sabe bien mi señor Sansón Carrasco que aquí se queda mi mujer y mis hijos bien provistos con dineros nuevos y ricoteros, y si el caudal se seca y quieren encontrarme, ya sabrán cómo hacerlo y yo les mandaré recado.Y ahora me salgo al mundo, como hace un año me salí con don Quijote. No iba entonces tan contento como voy ahora, porque por lo menos sé que no me zurrarán ni cocearán ni me brumarán más las costillas. Cuando serví a don Quijote me di cuenta de que no hacen falta muchas cosas para salir adelante, y que lo mucho, cuando se va ligero y libre, estorba, y lo poco, satisface y contenta. Traigo algunos dineros conmigo y el libro que el señor Cuesta me dio hace dos días. Un poco de empanada para el camino y algo de vino.Y mi rucio, que puede hacerme ganar al día veintiséis maravedíes, y con ello la mitad de mi despensa. Con eso tengo de sobra.Y sólo pido que allá donde vamos baste nuestro nombre, ya famoso, para que aquellos que quieran avasallar doncellas, robar a pobres, azotar a niños, importunar a viejos, someter a viudas y hacer cualquier tuerto, sepan que sin estar en la jurisdicción de la locura, defenderemos la fuerza de la razón, y cuando ésta no baste, emplearemos la razón de la fuerza, que en causas tan palmarias, no hay peligro de errar ni por qué dar más explicaciones. ¿Puedo entonces, señor bachiller, llamaros amo?

Se hubiera dicho incluso que Sancho Panza, con aquella decisión, había repuesto de golpe, de la noche al día, las tres arrobas que se habían llevado por delante las angosturas que le sitiaron el corazón al morir don Quijote, que con las libras de carne ganada parecía que había cobrado las ganas de hablar.

Y la cháchara de Sancho fue quitando la murria a las mujeres y soltando la lengua de Sansón Carrasco, que cada legua dejada atrás era otra menos que les quedaba para llegar a Nueva España, donde él había oído decir que ataban a los perros, o poco menos, con longaniza. Y así, con el ánimo abierto de par en par, y por acortar tan largo camino, empezó a cantar una copla muy antigua, que él hizo alegre, aunque era bien triste, sin dejar de mirar a Antonia ni sonreír:

> Heridas tenéis, amiga,
> y duelen os.
> Tuviéralas yo,
> y no vos.